Für George Morrell
geb.?, gest. 1943
zum Andenken
an den Vater, den ich nie kannte

W0226359

Sie erreichten einen Ort, wo ein alter Mann in einem Boot über den Fluß ruderte. Der Fährmann war Charon, und diejenigen, die er nicht in sein Boot hineinließ, waren die Unglücklichen, die nicht ordnungsgemäß bestattet worden waren. Sie waren dazu verdammt, hundert Jahre ziellos umherzuwandern, ohne jemals einen Ort der Ruhe zu finden.

Edith Hamilton

Erster Teil

1

Die langen Reihen nackter, weißer Kreuze schienen sich endlos hinzuziehen. Sie waren in einem perfekten Muster angelegt: Die Entfernung zwischen jedem Kreuz und jeder Reihe war völlig gleich. Horizontal, vertikal – die Linien richteten sich nach einer ausgewogenen, wohldurchdachten Ordnung.

Houston empfand jäh eine Kälte, die ihn zittern ließ. Das kommt nur vom Wind auf dieser Anhöhe, sagte er sich, ohne aber daran zu glauben. Sein gemieteter Citroen stand auf dem höchsten Punkt der Landschaft ringsum. Er lehnte sich gegen den Wagen und blickte auf den Militärfriedhof hinab, der eine halbe Meile unter ihm lag. Windböen zerrten an seinen Haaren und machten seine Wangen gefühllos. Er mußte blinzeln. Eine Träne stahl sich aus seinem rechten Auge. Nur der Wind, dachte er wieder, doch auch jetzt glaubte er es selbst nicht. Natürlich, nur der Wind...

Die Kreuze glänzten, als würden jeden Morgen ganze Kompanien trauernder Soldaten an ihnen vorüberziehen, den Staub abwischen und sie polieren. Ihre blanke Sauberkeit machte Houston zu schaffen, ihre ruhige Ordnung beunruhigte ihn. Vor siebenunddreißig Jahren waren dort unten zehntausend Soldaten gestorben. Er fragte sich, ob wohl ein General an der gleichen Stelle gestanden hatte, wo er sich nun gegen seinen Citroen lehnte. Das Tal mußte die reinste Hölle gewesen sein: Flammen, Explosionen, Rauch und Krater, weit über die verwüstete Landschaft verstreute Leichen, ein ohrenbetäubendes Inferno, ein Chaos. Seine Fantasie erschreckte ihn. Der Wind spielte ihm seltsame Streiche: Houston meinte, in weiter Ferne prasselndes Gewehrfeuer zu hören, und er war sich fast sicher, schrille Schreie und angsterfülltes Stöhnen zu vernehmen. Und...

Houston schauderte. Als er eine weitere Träne fortgeblinzelt hatte, war das Tal wieder zum abgezirkelten Gitterwerk aus zahllosen Kreuzen geworden, scharf abgehoben von dem saftigen, dichten Gras, das so dunkelgrün war, daß es beinahe olivschwarz wirkte – das Haar der Gräber –, während die in der Ferne heraufziehenden Wolken einen Himmel von so tiefem Blau bedeckten, wie er es selten gesehen hatte.

»Es wird bald einen Sturm geben«, sagte Janice neben ihm.

Houston nickte und wandte sich um. Janice hatte die Arme vor der Brust verschränkt und preßte ihren braunen Tweedblazer fest an sich. Sie zitterte. Der Wind blies ihre langen rotbraunen Haare waagrecht nach hinten. Ihr Gesicht war gerötet. Ihre grünen Augen, zusammengekniffen und feucht wie seine eigenen, flehten ihn an. »Können wir uns das nicht vom Auto aus ansehen? Ich bin völlig durchgefroren.«

Houston lächelte sie an. »Ich glaube, ich war mit meinen Gedanken woanders.«

»Laß dir nur Zeit! Du hast siebenunddreißig Jahre darauf gewartet. Aber ist dir denn nicht kalt?«

»Wir machen die Heizung an. Wir können ebensogut dort hinunterfahren.«

Damit drehte er sich zur anderen Seite, öffnete die Fahrertür und stieg in den Citroen. Als er mit seinen Turnschuhen auf die Pedale trat, kamen ihm seine Füße steif und unbeholfen vor. Sein Gesicht fühlte sich taub an. Seine Hände waren eiskalt. Der Wind fegte pfeifend an seinem Fenster vorbei.

»Ich fühle mich so leer – so beklommen«, sagte Houston.

»Das ist völlig normal und war nicht anders zu erwarten. Immerhin handelt es sich um deinen Vater.«

»Handelte.«

Houston ließ den Motor an, verließ den ›malerischen Aussichtspunkt‹, von dem auf dem Hinweisschild die Rede gewesen war, und fuhr über die gewundene, zweispurige Asphaltstraße dem Rendezvous entgegen, auf das er sein ganzes Leben lang gewartet hatte.

»Es ist eigenartig«, sagte er. »Als Kind habe ich mich immer gefragt, wie es hier wohl aussehen würde. Ich habe mir

Friedhöfe vorgestellt, wie wir sie auch bei uns zu Hause haben. Aber das hier ist... Ich weiß nicht.«

»Er ist sterilisiert, homogenisiert, narkotisiert und in Cellophan verpackt worden.«

Er lachte. »Du hast die sechziger Jahre niemals hinter dir gelassen. Wenn ich meine Augen schließe, sehe ich dich immer noch auf den Stufen vor dem Gebäude des Studentenverbandes große Reden schwingen. ›Verbrennt eure Wehrpässe! Besetzt das Verwaltungsgebäude!‹«

Janice versteckte ihr Gesicht. »So schlecht war ich nun auch wieder nicht!«

»Verdammt, nein! Du warst gut. Aber ich muß dir die Wahrheit gestehen. Ich habe meinen Wehrpaß nicht verbrannt.«

»Aber ich habe es doch gesehen.«

»Das war nur ein Strafzettel für falsches Parken.«

»Du hinterhältiger... Du wolltest nichts anderes als...«

»In dein Bett. Ich kann es jetzt ja ruhig zugeben.«

»Du geiler Heuchler!«

»Eher wohl geiler Pragmatiker, um es exakt auszudrükken.«

Sie lachten immer noch, als die langen Reihen der Kreuze vor ihnen größer wurden – als würde man pfeifen, wenn ein Leichenwagen vorüberfährt, dachte er.

»Du bist wirklich unheimlich«, sagte sie.

»Hier gibt es keine Bäume. Hast du das bemerkt?«

»Bäume würden das Design doch nur stören. Die Armee liebt es, wenn alles tipptopp ist. Klar Schiff.«

»Das ist aber die Marine.«

»Ach, komm schon. Du weißt, was ich meine. Beim Militär wird umgebracht und anschließend der Tod glorifiziert.«

»Das ist der falsche Krieg für diese Phrasen. Das hier war nicht Vietnam.«

»Ja, da gebe ich dir recht. Ein notwendiger Krieg. Gar keine Frage. Doch wenn man dort oben steht und auf all diese Kreuze herunterstarrt, dann wird man niemals den Schmerz erkennen können, den sie bedeuten.«

»Ich bin mir nicht sicher, ob ich daran erinnert werden möchte.«

Er spürte, wie Janice ihn aufmerksam musterte. »Tut mir leid«, sagte sie. »Ich glaube, das war gedankenlos von mir.«

»Siebenunddreißig Jahre.« Er schüttelte seinen Kopf und umklammerte das Lenkrad. »Wußtest du eigentlich, daß ich niemals ein Foto von ihm gesehen habe?«

Janice war überrascht. »Was? Das ist doch nicht dein Ernst?«

»Mom hat alle Fotos verbrannt. Sie sagte, sie könnte es einfach nicht ertragen, an ihn erinnert zu werden. Später wünschte sie sich, daß sie es nicht getan hätte. Doch da gab es nicht mehr die geringste Möglichkeit, die Fotos zurückzubekommen.«

»Sie muß ihn ungeheuer geliebt haben.«

»Ich weiß nur, daß sie später mehr als nur eine Gelegenheit hatte, wieder zu heiraten. Doch sie hat jeden Antrag ausgeschlagen. Ich erinnere mich auch noch daran – es muß Jahre später gewesen sein –, wie sie sich in den Schlaf geweint hat. Ich wurde wach und habe sie gehört. Ich bin in ihr Zimmer gegangen und habe sie gefragt, was sie hätte. ›Ich denke nur nach, Pete‹, hat sie mit nassen Augen gesagt, ›ich habe nur an deinen Vater gedacht.‹«

»O Gott!«

»All diese Kreuze – unter welchem ist er wohl begraben?«

Janice legte ihre Hand auf sein Knie und drückte es beruhigend. Dann wühlte sie in ihrer Handtasche und fand ein Päckchen Zigaretten. Sie steckte eine an und reichte sie ihm.

Er nickte und nahm einen tiefen Zug. Amerikanische Zigaretten. Niedrige Teer- und Nikotinwerte. Es war nicht leicht gewesen, diese Sorte hier zu finden, und er hatte viermal mehr als zu Hause dafür bezahlen müssen. Doch bei den französischen Marken, die er versuchte, hatte er sofort husten müssen. Außerdem hoffte er, daß er nicht ganz soviel rauchen würde, wenn er nur schwer zu beschaffende, teure Zigaretten kaufte.

Der Citroen füllte sich mit Qualm. Er kurbelte das Seitenfenster herunter und spürte den Wind in seinem Gesicht. Der Zigarettenrauch zog aus dem Fenster ab. Houston beobachtete, wie sich die hohen Gräser an beiden Seiten der Straße flach im Wind beugten. Die Asphaltstraße machte auf dem Abhang einen scharfen Bogen nach links. Aus dieser Perspektive sah er auf die weiten, üppigen Obstplantagen an der Westseite des Tales. Doch der Wind trieb Wolken über den Himmel, die Sonne verhüllte sich, ein großer Schatten glitt über das Tal. Houston fuhr in eine Kurve. Jetzt blickte er nach rechts, nach Osten, und vor der Windschutzscheibe befand sich nur noch der Friedhof, nah und überdeutlich: endlose weiße Kreuze vor dem plötzlichen Schatten.

Houston beobachtete, wie die steinerne Umzäunung des Friedhofes größer und deutlicher wurde. Er fuhr durch ein offenes schmiedeeisernes Tor und hielt auf einem Parkplatz an. Sie stiegen aus ihrem Citroen und standen frierend im kalten Wind vor einem ausgedehnten, niedrigen weißen Gebäude, das Houston an Verwaltungszentren der großen Nationalparks zu Hause erinnerte; nur unpersönliches Glas und Metall. Amtlich, dachte er, nennt man das. Die Büsche und Sträucher sahen aus, als seien sie aus Plastik, und auch der Rasen kam ihm künstlich vor.

»Es ist verrückt«, sagte Houston. »Nichts wird sich dadurch ändern. Nichts wird sich ändern, nur weil ich jetzt hier bin. Verdammt, ich kannte diesen Mann nicht einmal!« Seine Stimme klang schrill.

»Sollen wir umkehren?«

Er schüttelte den Kopf. »Ich kann nicht. Jahrelang habe ich nicht mehr an Dad gedacht. Aber ich kann mich noch gut daran erinnern, wie ich mir als Kind geschworen habe, daß ich eines Tages sein Grab sehen würde. Und jetzt, da meine Mutter tot ist, sind wir nach Frankreich gekommen, damit ich sie vergessen kann. Dennoch muß ich ununterbrochen an sie denken. Vielleicht nehme ich ihr Grab hin, wenn ich das hier besuche. Vielleicht will ich ihm auch nur sagen, daß seine Frau gestorben ist.«

Janice nahm seine Hand und drückte sie. Houston hatte ein Gefühl, als würde ihm etwas den Hals zuschnüren.

»Dann laß uns dein Versprechen einlösen.«

Houston nickte. Er ging an einem Schild vorbei – AMERIKANISCHES KRIEGERDENKMAL – und den von Hecken umsäumten Weg zu den großen Eingangstüren aus Glas hinauf. Als er sie aufgestoßen hatte, schlug ihm stickige, abgestandene Luft entgegen und er hörte das Echo seiner eigenen Schritte auf dem Boden aus falschem Marmor. An den Wänden des langen, schmalen Raumes befanden sich Schaukästen: Fotografien und Karten, die den Fortgang der Schlacht darstellten, Gewehre, Helme, Uniformen und Eßgeschirre, Modelle, Dioramen, Gemälde, Fahnen. Der Raum war angenehm hell erleuchtet. Er hörte, wie sich die Tür hinter ihm mit einem sanften Zischen schloß. Er spürte, daß Janice dicht neben ihm war.

Doch er konzentrierte sich auf die Theke unmittelbar vor ihm. Ein schmalgesichtiger Angestellter mit kurzgeschnittenen Haaren, dünnen Lippen und einem dunklen Anzug erhob sich und wartete. Houston ging zu ihm.

»Kann ich Ihnen helfen?«

Houston bemerkte die Anstecknadel der ›American Legion‹ an seinem Revers. »Ich weiß nicht... Mein Vater ist hier gefallen«, sagte Houston. »Ich suche sein Grab. Sind die Gräber alphabetisch geordnet?« Seine Stimme klang in dem Raum, in dem jedes Geräusch wie in einem Mausoleum nachhallte, eigenartig hohl.

»Nein, Sir.« Der Angestellte beugte sich vor. Er war so dienstbeflissen, daß er Houston an einen Bestattungsunternehmer erinnerte. »Die Gräber sind nach Regimentern und Kompanien angeordnet. Wenn Sie mir, bitte, seinen Namen nennen würden, dann werde ich das Grab für Sie finden.«

»Der Name ist Stephen Houston.«

»Kennen Sie auch seinen zweiten Vornamen – nur für den Fall eines Doppelgängers.«

»Wie bitte?«

»Es könnte sein, daß es mehrere Stephen Houston gibt.«

»Ah, ich verstehe. Samuel.«

Der Angestellte, der mit einem deutlichen Südstaatenakzent sprach, sah ihn interessiert an. »Sie stammen aus Texas?« fragte er in schleppendem Texanisch.

»Nein – wie kommen Sie darauf?«

»Tut mir leid, Sir. Es ist nur wegen dieses zweiten Vornamens. Sam Houston.«

»Sicher. Nein, wir stammen aus Indiana.«

»Wenn Sie bitte einen Augenblick warten würden...« Der Angestellte drehte sich zu einem Computerterminal hinter der Theke.

Houston warf einen kurzen Seitenblick auf Jan. Der Bildschirm summte. Er spürte ein starkes Pochen in seinen Schläfen. »Ich könnte jetzt gut eine Zigarette gebrauchen«, sagte er.

Hinter seinem Rücken tippten Finger irgend etwas in die Tastatur des Computers. Jan kramte in ihrer Handtasche. Houston hörte wieder die texanische Stimme – jetzt in verblüfftem Ton.

»Der Name war doch Stephen Samuel Houston, Sir?«

»Ja, das ist richtig.« Er nahm von Jan eine Zigarette, steckte sie an und kehrte sich wieder zu dem Angestellten um.

Die nachdenklichen Falten auf der Stirn des Mannes gefielen ihm nicht. Sein Herzschlag beschleunigte sich. »Was ist denn los?«

»Wenn Sie mir bitte sagen würden, wie sich der Name schreibt?«

»H-o-u-«

»Nein. ›Houston‹ kenne ich. Der erste Vorname, bitte. Ich buchstabiere ihn mit einem ›ph‹ in der Mitte. Manchmal wird er jedoch statt dessen mit einem ›v‹ geschrieben.«

»Mit der ersten Möglichkeit lagen Sie richtig.« Houston verspürte ein beklommenes Gefühl.

»Sind Sie sich ganz sicher, daß er hier begraben liegt?«

»Absolut sicher.«

»Nicht auf einem anderen Friedhof?«

»Nein. Er liegt hier.«

»Einen Augenblick bitte!«

Mit steifen Schritten ging der Angestellte zur Tür. Er klopfte an. Eine gedämpfte Stimme antwortete aus dem Nebenraum. Houston beobachtete, wie der Angestellte in dem anderen Raum verschwand und die Tür hinter sich schloß.

»Was, zum Teufel, soll denn das wieder bedeuten?« fragte er Jan.

Ihre verdutzten Augen flackerten nervös. »Ich schätze, daß ihr dummer Computer nicht funktioniert.«

Houston drehte sich abrupt um, als die Tür wieder geöffnet wurde. Er blickte in das kantige Gesicht eines älteren Mannes mit dunklen Augen. Der Mann trug einen Navy-Blazer.

»Mr. Houston, ich bin Superintendent Andrews.« Beunruhigt und widerstrebend schüttelte Houston die ihm dargebotene Hand. »Mein Assistent hat mich davon unterrichtet, daß Sie das Grab Ihres Vaters besuchen möchten.«

»Ja, das ist richtig.«

»Er hat keinerlei Unterlagen finden können, daß Ihr Vater hier bestattet worden ist.«

Mit offenem Mund starrte Houston den Mann an.

»Er hat es zweimal überprüft, doch in unserem Computer befindet sich niemand mit diesem Namen.«

»Das ist doch nicht möglich!«

»So ist es nicht ganz, Sir. Als wir unsere alten Akten in den Computer eingegeben haben, sind wir dabei sehr sorgfältig vorgegangen. Aber letzten Endes sind auch wir nur Menschen, und wie es scheint, sind bei unserer Arbeit Fehler gemacht worden.«

»Fehler? Wollen Sie damit sagen, so etwas wäre früher auch schon einmal passiert?«

»Bedauerlicherweise ja. Vergangenes Jahr. Und dann noch einmal letzten Monat.« Andrews schien beunruhigt zu sein. »Unsere alten Akten befinden sich im Keller. Ich werde sie persönlich überprüfen. Ich werde keine fünfzehn Minuten dazu benötigen.«

»Einen Moment! Diese anderen Gräber – haben Sie die gefunden?«

Doch der Superintendent antwortete nichts.

2

Völlig verwirrt ging Houston in dem Raum auf und ab. Zunächst brauchte der Superintendent erheblich länger als die fünfzehn Minuten, die er versprochen hatte. Es vergingen neunzig Minuten. Als er schließlich zurückkam, bat er sie in sein Büro. Er machte ein nachdenkliches Gesicht.

Houston blickte Jan kurz an, drückte eine weitere Zigarette aus, und folgte ihr in das Büro.

Es wirkte bedrückend: Klein, streng, keine Fenster; ein Metallschreibtisch, auf dem sich nichts befand; Neonröhren verschlimmerten Houstons Kopfschmerzen noch.

»Wahrscheinlich werden Sie es schon erraten haben«, sagte Andrews.

Houston erstarrte auf seinem Stuhl. »Aber...«

»Bitte, bevor Sie sich unnötig aufregen... Es gibt möglicherweise mehrere Erklärungen dafür. Vielleicht ist er auf dem Friedhof nördlich von hier begraben worden. Das ist fünfzig Meilen entfernt.«

»Nein, er ist während der Schlacht gefallen.«

»Und daher gelangen Sie natürlich zu der Annahme, daß er auch hier begraben worden sein muß.« Andrews wartete.

Houston wollte auffahren, beruhigte sich wieder, gab nach. »Ja, das habe ich tatsächlich angenommen.«

»Aber das Militär, und das gilt besonders in Kriegszeiten, geht nicht unbedingt immer planvoll oder logisch vor.« Andrews schürzte seine Lippen. »Anstatt alles einfach und übersichtlich zu machen, könnten die Schreibtischkünstler ihren Vater auch ganz woanders begraben haben.«

»Dann« – Houston gab sich Mühe, seine flammende Ungeduld zu verbergen – »rufen Sie doch bitte diesen anderen Friedhof an!«

»Das habe ich bereits getan. Wir müssen jetzt nur noch auf den Rückruf warten.«

Doch als der Anruf schließlich kam, war es nicht das, worauf Houston gehofft hatte. Andrews legte den Hörer langsam wieder auf die Gabel. Er schüttelte seinen Kopf und klopfte mit einem Bleistift auf seinen Schreibtisch.

»Hören Sie, das ist doch einfach verrückt!« sagte Houston.

»Es wäre nicht aufrichtig von mir, wenn ich Ihnen nicht noch eine weitere Möglichkeit nennen würde.«

»Und die wäre?«

»Ich sage es wirklich nicht gern. Es wird Sie nur aufregen.«

Houston blinzelte den Mann an. »Sie meinen wohl, noch mehr?«

»Es gibt noch eine Möglichkeit. Ich betone ausdrücklich, daß es nur eine sehr kleine Chance ist. Es kann durchaus sein, daß Ihr Vater als jemand anderer identifiziert wurde.«

»Sie meinen einen anderen Namen?«

»Genau. Wenn seine Erkennungsmarke vertauscht worden ist...«

»Er liegt hier draußen irgendwo begraben, aber sein Name ist jetzt Smith oder Jones?« Houstons Stimme wurde lauter.

»Oder John Doe, ein unbekannter, nicht identifizierter Soldat. Im Kampf kann es passieren, daß Erkennungsmarken vernichtet werden. Das kommt vor. Und die Leichen sind manchmal so...«

»Bitte!« flehte Jan.

»Mrs. Houston, es tut mir sehr leid. Sie können mir glauben, daß es mir auch keinen Spaß bereitet, über dieses Thema zu sprechen. Aber es gibt noch eine weitere Möglichkeit. Es kann sein, daß uns ein Auslassungsfehler unterlaufen ist, als die Grabstellen des Friedhofs katalogisiert wurden...«

»Bitte, drücken Sie sich verständlich aus!« fuhr Houston den Mann an.

»Ihr Vater ist möglicherweise zwar hier begraben, nicht jedoch in unsere Unterlagen aufgenommen worden.«

»Wollen Sie damit sagen, daß Sie seine Leiche verloren haben?«

»Ich habe Ihnen gerade nicht gesagt, daß ich seine Leiche verloren habe, Sir!« Das Gesicht des Superintendenten wechselte die Farbe. Zuerst wurde es rot, dann grau. Sein Gesicht wirkte nun noch kantiger, seine Wangenknochen schienen sich noch deutlicher abzuheben. »Ich bin vor fünf Jahren hier stationiert worden. Ich weiß nicht, was meine Vorgänger möglicherweise getan haben. Aber ich kann Ihnen versichern, daß ich meine Arbeit gut mache.«

So wie man den Geruch von Ozon bemerkt, so spürte Houston in diesem beengenden Büro den Zorn.

»Pete, Mr. Andrews will uns doch nur helfen«, sagte Jan besorgt.

Houston rutschte nervös auf seinem Stuhl hin und her. Er rieb sich die pochende Stirn, nickte betreten, war verlegen. »Ich habe Sie persönlich auch gar nicht gemeint«, sagte er. »Ich meine nur, jemand...«

Houston merkte, wie der Superintendent ihn anstarrte. »Tut mir leid«, sagte er. »Ich bin Lehrer, wissen Sie. Ich sollte mich eigentlich präziser ausdrücken. Ich entschuldige mich bei Ihnen.«

Andrews' wütender Blick wurde nachdenklich. Hinter seinen dunklen Augen wog sein Verstand die Entschuldigung ab. Schließlich seufzte er tief. »Ich nehme das alles immer viel zu ernst. Entschuldigen Sie bitte meine Ausdrucksweise, Madam. Ich war früher in der Army. Sergeant. Heute arbeite ich für das Verteidigungsministerium. Ich bin immer noch ein loyaler Soldat. Sie ahnen gar nicht, wie sehr ich hasse, zugeben zu müssen, was das Militär manchmal alles versaut. Die Witze, die sich die Leute erzählen!« Er schüttelte den Kopf. »Ich tue mein Bestes, glauben Sie mir. Es war mir auch bei den anderen Malen, wo so etwas wie in Ihrem Fall passiert ist, ausgesprochen unangenehm. Jetzt fühle ich mich sogar doppelt unwohl. Was auch immer für ein Fehler hier geschehen ist, es war jedenfalls nicht der meine. Ich sollte mich dafür überhaupt nicht verantwortlich fühlen. Dennoch mache ich genau das immer wieder... Mr. Houston, was ist mit Ihrer Stirn?«

»Scheußliche Kopfschmerzen.« Houston blinzelte im grellen Kunstlicht des winzigen Büros. Das Summen der Neonröhren war wie der Bohrer eines Zahnarztes.

»Warte«, sagte Jan und begann in ihrer Handtasche zu suchen. Schließlich fand sie die Blechdose mit Aspirin und zog an ihrem Deckel. »Ich habe noch einen Schluck Kaffee übrig.«

Mit lauwarmem, bitteren Kaffee schluckte er drei Tabletten. Er stellte die Tasse wieder ab, schloß seine Augen und hoffte, daß der Schmerz bald nachlassen würde.

»Ich verspreche Ihnen, daß ich Sie zufriedenstellen werde, Mr. Houston. Ich werde herausfinden, was geschehen ist.«

Houston hob träge seine Lider und sah den Superintendent in dem grellen Licht mit zusammengekniffenen Augen an.

»Sie sind Lehrer, Mr. Houston. Das sagten Sie doch – oder?«

Hatte er das? Er konnte sich nicht mehr erinnern. »Ja. In Indiana.«

»High School?«

»Nein, College. Dunston College. Das ist eine Privatschule in der Nähe von Evansville.«

»Das ist beinahe in Kentucky.«

Houstons Interesse wurde wach. »Das ist... Woher wissen Sie das?«

»Ich bin in Louisville aufgewachsen. Ich bin jetzt schon seit – nun ja, seit ich hier stationiert worden bin, nicht mehr zu Hause gewesen. Man hat mir erzählt, daß der Smog noch schlimmer geworden ist.«

»Das können Sie ruhig glauben.«

»Tja, der Fortschritt. Gott bewahre uns. Sie unterrichten...«

»Kreatives Schreiben.«

»Ach, Sie sind Schriftsteller?« Andrews schien aufrichtig beeindruckt.

»Bislang sind von mir vier Romane erschienen.«

»Und daher konnten Sie es sich auch leisten, nach Europa zu reisen?«

Houston spürte ein Prickeln auf seinem Rücken. Irgend etwas flatterte in seinem Bauch. »Sie fragen mich das alles doch nicht zum Spaß? Sie haben doch einen guten Grund dafür.« Er funkelte Andrews wütend an. »Falls Sie denken sollten, daß ich mir das alles nur ausgedacht habe, weil ich Schriftsteller bin...«

»Nein, nein, Mr. Houston, das denke ich ganz und gar nicht. Aber haben Sie bitte noch einen Augenblick Geduld mit mir. Ich nehme an, Sie sind das erste Mal hier in Frankreich.«

»Wenn ich schon früher hier gewesen wäre, dann hätte ich auch schon früher das Grab meines Vaters sehen wollen.«

»Aber Sie sind doch nicht nur aus dem Grund nach Frankreich gekommen?«

»Ich verstehe nicht ganz...«

»Als Sie beide sich hingesetzt haben, um diese Reise zu planen, war es doch wohl nicht Ihre Hauptabsicht...«

»Zu diesem Friedhof zu kommen? Nein, da haben Sie recht. Meine Mutter ist gestorben. Nach ihrer Beerdigung mußte ich einfach fort.«

»Und da haben Sie sich gedacht, weil Sie nun schon einmal in Frankreich sind, könnten Sie doch auch sehr gut Ihrem verstorbenen Vater die letzte Ehre erweisen.«

»Der Gedanke an den Tod ließ mich nicht mehr los. Aber ich verstehe nicht, was das alles...«

»Sie sind völlig unvorbereitet hierhergekommen. Sie besitzen keinerlei Details, die mir weiterhelfen könnten, zum Beispiel die Dienstnummer Ihres Vaters. Kennen Sie wenigstens seinen Dienstgrad?«

»Corporal.«

»Das hilft mir schon etwas. Und wenn Sie wieder zu Hause sind, dann gehen Sie doch bitte einmal Ihre Familienpapiere durch. Fertigen Sie eine Kopie des Schreibens des Kriegsministeriums an Ihre Mutter an. Genauso verfahren Sie mit jedem anderen Dokument, das Sie finden können.«

»Es gibt sie nicht mehr.«

»Entschuldigen Sie?« Andrews blinzelte ihn erstaunt an.

»Meine Mutter hat alles verbrannt: die Briefe, die mein Vater ihr geschrieben hat, die Benachrichtigung des Kriegsministeriums, alles. Sie hat ihn sehr geliebt, wissen Sie. Ich nehme an, sie ist einfach zusammengebrochen. Sie hat versucht, jede Erinnerung an ihn auszulöschen. Alles, was sie nur irgendwie an ihn erinnern konnte, ist vernichtet worden.«

»Ich kann Sie zwar hören, aber ich muß gestehen, daß ich Schwierigkeiten habe, Sie zu verstehen.«

»Ich habe Ihnen gerade gesagt, daß sie ihn geliebt hat.«

»Nein«, sagte Andrews entschieden, »ich kann nicht nachvollziehen, wie Sie so sicher sein können, daß er hier beerdigt worden ist.«

»Sie hat es mir gesagt.«

»Wann?«

»Während meiner Kindheit. Als ich anfing, sie zu fragen, wieso ich keinen Vater hatte.«

»Was? Sie verlassen sich auf Ihre Kindheitserinnerungen?« Maßloses Erstaunen trat auf das Gesicht des Superintendenten.

»Sie hat es mir oft erzählt. Damals bedauerte sie bereits, was sie getan hatte. Sie wünschte sich, daß sie seine Briefe und seine Fotos noch hätte. Er wurde für uns so etwas wie eine Legende. Sie wiederholte endlos Geschichten über ihn. Wort für Wort. Ich mußte ihr versprechen, daß ich keine noch so winzige Einzelheit jemals vergessen würde. Ich kann mich noch an ihre Worte erinnern, als wäre es gestern gewesen: ›Peter, auch wenn dein Vater tot ist, wird er weiterleben, solange wir uns an ihn erinnern.‹«

Andrews schlug mit einem Bleistift auf den Schreibtisch.

3

»Der hält mich für verrückt!« sagte Houston.

Er stand mit Janice vor dem Citroen. Der Wind hatte sich gelegt, die Wolken waren verschwunden, grell schien die Sonne.

»Nein, das denkt er nicht.« Besorgt schaute Janice ihn an. »Aber wenn du an seiner Stelle wärst, was würdest du tun? Hat das Militär etwas vermasselt oder hast du in deiner Erinnerung etwas durcheinandergebracht?«

»Ich habe dir doch gesagt...«

»Ich glaube dir ja. Mir brauchst du nichts zu beweisen, wie gut du dich an etwas erinnern kannst. Ich habe selbst miterlebt, daß du deine Vorlesungen ohne jedes Manuskript halten kannst. Mich brauchst du also nicht zu überzeugen. Aber den Superintendenten, den mußt du erst noch überzeugen. Für ihn ist eine Tatsache erst dann wirklich eine Tatsache, wenn sie schriftlich fixiert und doppelt und dreifach überprüft worden ist. Soweit es ihn betrifft, hat er für dich alles getan, was er tun konnte, wenn man die besondere Natur deines Beweismaterials mit in Betracht zieht.«

»Was wiederum bedeutet, daß er denkt, ich wäre verrückt.«

»Nein. Nur, daß du dich irrst.«

Houston strich sich mit einer Hand durch sein Haar. Verwirrt und verlegen blickte er auf das bedrückende weiße Gebäude. »Schön, insoweit gebe ich ihm recht. Möglicherweise irre ich mich.« Abrupt drehte er sich zu ihr um. »Aber nicht, weil mich meine Erinnerung im Stich läßt, sondern weil meine Mutter in ihrer Erinnerung vielleicht etwas durcheinandergebracht hat.«

»Wir können sie nicht mehr fragen.«

»War es das dann?« fragte Houston widerwillig und offenbar nicht bereit, dies als Tatsache zu akzeptieren. »Lassen wir es dabei bewenden?«

»Wenn wir wieder zu Hause sind, können wir an das Verteidigungsministerium schreiben.«

»Aber wir sind jetzt hier! Nur ein paar Minuten Fußweg entfernt, ganz in der Nähe, liegt mein Vater begraben.«

»Wenn du einen Anhaltspunkt, einen Beweis findest, kann Andrew das Grab wenigstens lokalisieren, falls wir noch einmal zurückkommen. Du hast doch vor kurzem erst selbst gesagt: Was für einen Unterschied macht das schon?« Sie schien plötzlich daran zu denken, was ihre Worte eigentlich bedeuteten. »Vergiß meinen letzten Satz.«

Houston starrte sie ungläubig an. »Ich glaube, daß es für mich, einen Mann in mittleren Jahren, wirklich keinen großen Unterschied macht. Natürlich wird sich mein Leben nicht ändern, nur weil ich an seinem Grab stehe. Aber für den kleinen Jungen, der mit dem Schatten seines Vaters aufgewachsen ist, der ihn niemals in Ruhe ließ... Verdammt noch mal, was ist nur mit mir los?«

»Nichts. Du bist bloß sentimental. Das ist sympathisch.«

Houston lächelte sie an. »Du weißt wirklich, was du sagen mußt.«

»Das sollte ich auch. Schließlich sind wir schon lange genug verheiratet.«

Er küßte sie.

Als er sich noch einmal zu dem Gebäude umdrehte, sah er, wie jemand sie von einem Fenster aus beobachtete.

»Nicht ich bin derjenige, der sich irrt«, sagte er dem weit entfernten Schatten.

»Was?«

»Ich... Diese verfluchten Kopfschmerzen! Willst *du* nicht fahren?«

Houston stieg in den Citroën. Als sie ausgestiegen waren, hatten sie die Fenster geschlossen gelassen. Der Sitz war heiß, die Luft war abgestanden und roch süßlich. Während er die Seitenscheibe herunterkurbelte, merkte er, wie sich in seinem Kopf ein Gedanke zu regen begann.

Jan fuhr durch das schmiedeeiserne Tor. Über die kurvige Asphaltstraße steuerte sie den Wagen zum Gipfel des Hügels.

Obschon er die Gräber in seinem Rücken deutlich zu spüren vermeinte, drehte Houston sich nicht mehr um. Ihn beschäftigte eine andere Sache, dieses hartnäckige, nagende Gefühl, daß es noch irgend etwas gab, woran er sich bislang nicht erinnert hatte.

»Da war ein Franzose«, sagte er.

»Wo? Ich habe ihn nicht gesehen. Du willst doch wohl nicht sagen, daß ich ihn fast überfahren hätte?«

»Nein. Nicht hier. Da war ein Franzose. Jetzt erinnere ich mich wieder.«

»Du erinnerst dich woran?«

»An einen Franzosen. Damals. Neunzehnvierundvierzig. Meine Mutter sagte, daß er ihr einige Male geschrieben habe.«

Nun war sein Kopf wieder völlig klar. Der dunkle Winkel seines Gedächtnisses war plötzlich hell erleuchtet. Houston wurde ganz aufgeregt.

»Gibt es diese Briefe noch?« erkundigte sich Jan.

»Das bezweifle ich. Wenn sie alles andere verbrannt hat, dann wird sie wahrscheinlich auch diese Briefe verbrannt haben. Aber das ist gar nicht wichtig. Ich kann mich wieder daran erinnern, was sie mir über diesen Mann erzählt hat.« Sein Hochgefühl wurde stärker. »Dieser Franzose schrieb Mutter, daß sich sein Volk den amerikanischen Soldaten sehr verpflichtet fühlte, die gestorben waren, um das Land hier zu befreien. Jeder Einwohner seines Dorfes hätte sich ein anderes Grab ausgesucht. Sie schworen, sich um diese Gräber zu kümmern und dafür zu sorgen, daß Blumen darauf gepflanzt würden. Jeder einzelne gefallene Soldat sollte für diese Leute wie ein Bruder oder ein Sohn sein.«

Jan machte ein nachdenkliches Gesicht. Inzwischen hatte sie den Gipfel des Hügels erreicht und konzentrierte sich nun auf die Straße.

»Und dieser Franzose hatte sich das Grab meines Vaters ausgesucht.«

»Ich verstehe nicht ganz, wie uns das weiterhelfen sollte.«

»Er wird sich erinnern. Wir können ihn fragen, wo sich das Grab befindet.«

»Falls er heute noch lebt, und falls... Ach, das ist doch alles sinnlos. Wir wissen nicht einmal, wer er ist.«

»Ich weiß, wer er ist.«

»Du erwartest doch wohl nicht, daß ich glaube...«

»Pierre. Ja, das war sein Vorname. Deshalb erinnere ich mich doch wieder daran. Pierre de St. Laurent.«

»Das Dorf, in dem wir übernachten, heißt St. Laurent. Aber wieso erinnerst du dich daran, daß sein Vorname...« Sie sah ihn mit großen Augen an.

»Meine Mutter sagte zu mir: ›Falls das ein Trost für dich ist, denke immer daran, daß der Mann in Frankreich, der sich um das Grab deines Vaters kümmert, Peter heißt. Genau wie du. Pierre.‹«

4

Das Dorf erstreckte sich zu beiden Seiten eines träge dahinströmenden Flusses. Die Häuser lagen im schläfrigen Licht der Spätnachmittagssonne. Dieses idyllische Bild gab Houston das Gefühl, wieder zum normalen Leben zurückgekehrt zu sein. Er lächelte Blumenverkäufer, Obsthändler und alte Männer an, die in den Türen ihrer Häuschen hockten und Pfeife rauchten. Wenn der Verkehr, die Telefonmasten und die Stromkabel nicht gewesen wären, dann wäre er davon überzeugt gewesen, daß er sich im siebzehnten Jahrhundert befand.

Jan überquerte eine alte Steinbrücke. Unter ihr trieben zwei Ruderboote träge in der Strömung. In einem der Boote saßen ein Mann und ein Junge. Sie angelten. Unmittelbar vor sich sah er den Dorfplatz, auf dem hohe, weit ausladende Bäume in einem strengen Kontrast zu einem schlanken Obelisken standen – dem Denkmal für den Zweiten Weltkrieg. Grübelnd starrte er an einer Gruppe von Kindern vorbei auf die trostlose Tafel auf dem Obelisken – die Liste der Kriegstoten des Dorfes.

»Willst du nicht aussteigen?« fragte ihn Jan.

Houston raffte sich auf. Sie hatte vor ihrem Hotel angehalten, das zum Park und zum Fluß hinaus lag.

»Ich kann in diesem Land eine Speisekarte lesen«, sagte er. »Und ich finde auch die Toilette. Aber ich weiß nicht, ob ich es mir zutrauen kann, die richtigen Fragen zu stellen, geschweige denn die Antworten zu übersetzen.«

Sie gingen zum Eingang des Hotels. Vor vielen Jahren war es einmal ein Herrenhaus gewesen. Heute speisten und schliefen die Touristen dort, von wo aus die Adeligen einst das Land beherrscht hatten. »Europa vermittelt einem den richtigen Blickwinkel auf die Dinge«, hatte Janice bei ihrer Ankunft bemerkt. »Dieses Haus hier ist erbaut worden, lange bevor die USA gegründet wurden.«

Nachdem sie das hohe Foyer mit seinen Deckenbalken betreten hatten, gingen sie zur Rezeption. Houston fragte in seinem stockenden Französisch den Geschäftsführer des Hotels, ob man im Ort einen Dolmetscher engagieren könne.

Der Mann erwiderte betont langsam, daß Monsieur seinen Besuch hier doch dazu nutzen sollte, sein Französisch zu verbessern. Ein Dolmetscher würde ihn nur faul machen. Er möge ihm diese Unverschämtheit bitte verzeihen. Der Geschäftsführer lächelte ihn weiter freundlich an.

Houston lachte. Der Geschäftsführer entspannte sich.

»*D'accord. Je sais. Mais nous...*« Houston stockte. »Wir haben Geschäfte zu erledigen. Es ist sehr wichtig, daß ich alles genau verstehe. *Précisement.*«

Das sei natürlich etwas völlig anderes. Wenn Monsieur freundlicherweise einen Augenblick warten würde...

»Ich verhungere«, sagte Janice.

Pete sagte dem Geschäftsführer, wo sie warten würden.

Im Speiseraum setzten sie sich an einen Tisch vor einem Fenster, aus dem man auf die gewaltigen Bäume im Park hinausschauen konnte. Sie bestellten trockenen Weißwein, kaltes Hühnchen und einen Salat.

Pete spürte, wie ein Schatten über ihn fiel. Als er aufblickte, sah er eine Frau, die neben dem Tisch stand.

»Mr. Houston?«

Sie mochte an die Dreißig sein, vielleicht etwas jünger, keinesfalls jedoch älter. Sie war eine große, schlanke, dunkel- und langhaarige Frau mit ausgesprochen anziehenden Augen. Sie hatte volle Lippen und eine sanfte, tiefe Stimme.

»Mein Vater ist der Geschäftsführer. Er hat mir gesagt, daß Sie einen Dolmetscher suchen.«

Sie war so unvermittelt an ihrem Tisch aufgetaucht, daß Houston einige Augenblicke lang gar nicht bemerkte, daß sie ein völlig akzentfreies Englisch sprach.

»Ja, das ist richtig.«

»Wenn ich Ihnen behilflich sein kann...«

»Nehmen Sie doch bitte Platz. Möchten Sie vielleicht etwas Wein?«

»Nein, vielen Dank.« Als sie sich setzte, zog sie ihren Rock glatt. Sie trug Sandalen und einen gelben Pullover, dessen Ärmel hochgeschoben waren. Sie faltete ihre Hände auf ihrem Schoß und wartete.

»Das ist Janice«, stellte Houston seine Frau vor. »Und ich heiße Peter.« Sie schüttelten sich die Hände.

»Simone«, sagte sie.

»Ihr Englisch ist wirklich bemerkenswert.«

»Ich habe eine Hotelfachschule in Berkeley besucht. In den sechziger Jahren. Als die Studentenunruhen begannen, bin ich nach Frankreich zurückgekehrt.«

Dann habe ich mich also geirrt, dachte er. Sie ist nicht dreißig. Eher Mitte der Dreißig. Wie man sich doch täuschen konnte... Er erklärte ihr, was er wollte, erwähnte jedoch nichts von dem, was auf dem Friedhof geschehen war.

»Dann möchten Sie sich also bei diesem Mann bedanken«, faßte sie zusammen. »Sie möchten sich dafür bedanken, daß er sich um das Grab Ihres Vaters gekümmert hat.«

»Wir sind gerade in der Gegend. Ich denke, das ist wohl das wenigste, was ich tun kann.«

Simone machte ein nachdenkliches Gesicht. »Siebenunddreißig Jahre.«

»Ich weiß. Er wird inzwischen tot sein.«

»Das ist noch nicht alles. Auch wenn er noch leben sollte, könnte es vielleicht gar nicht so leicht sein, ihn ausfindig zu machen. Wissen Sie, viele Leute in diesem Dorf stammen von sehr alten Familien ab, so daß sie den Nachnamen St. Laurent tragen. Alles Nachfahren der St. Laurents, die sich hier angesiedelt haben. Ebensogut könnten Sie drüben in Amerika einen ganz bestimmten Smith oder Jones suchen.«

»Aber Pierre de St. Laurent – dadurch müßte man den Personenkreis doch eingrenzen können.«

Sie dachte darüber nach. »Bitte warten Sie einen Augenblick hier.« Mit einer weichen, fließenden Bewegung und aristokratischer Grazie erhob sie sich und verließ den Raum.

»Sehr attraktiv«, bemerkte Janice.

»Ach ja, wirklich? Ist mir gar nicht aufgefallen.«

»Dummkopf! Du solltest lieber essen, ehe du noch in ernsthafte Schwierigkeiten gerätst.«

Er grinste. Sie hatten eben ihren Kaffee ausgetrunken, als Simone zurückkehrte.

»Ich habe im Telefonbuch des Dorfes nachgeschlagen«, sagte sie. »Es ist schon ungewöhnlich, aber es gibt keinen St. Laurent mit solch einem doch weitverbreiteten Vornamen. Wären wir bei Ihnen in den Staaten, könnten wir jetzt in der örtlichen Wählerliste nachsehen. Doch so etwas haben wir hier leider nicht.«

»Dann besteht keine Möglichkeit, diesen Mann zu finden?«

Simone schien beunruhigt zu sein.

»Was ist denn?« fragte Houston.

»Ein Mann wird Ihnen vielleicht weiterhelfen können.«

Ihr Zögern verwirrte Houston.

»Er ist alt. Es geht ihm gesundheitlich nicht gut. Aber er weiß alles über das Dorf.«

Houston stand auf. »Worauf warten wir noch? Gehen wir zu ihm.«

5

Kampferdämpfe zogen Houston in die Nase. Die Vorhänge waren zugezogen. Abgesehen von dem schwachen Schein der Glut eines rauchenden Holzscheites im offenen Kamin war es in dem Raum dunkel.

Der uralte Priester saß in einem Sessel vor dem Kamin. Sein Name war Pater Devereaux. Er wirkte zerbrechlich und zusammengeschrumpft. Sein dünnes Haar erinnerte Houston an ein Spinngewebe. Er hustete sehr oft, und jedesmal schien ihm diese Anstrengung Schmerzen zu bereiten. Er zog ein großes, zerknittertes Taschentuch unter der Decke hervor, in die er sich eingewickelt hatte, und wischte sich über seinen Mund. Seine Kraft reichte nur für kurze, langsam gesprochene Satzbrocken aus und seine Stimme war so leise, beinahe lautlos, daß Houston sich unwillkürlich – obschon er die Sprache nicht verstand – zu dem alten Mann hinunterbeugte.

»Schon so lange her. So viel ist geschehen«, übersetzte Simone für sie.

»Sagen Sie ihm bitte, daß ich seine Bemühungen zu schätzen weiß. Sagen Sie ihm, daß alles, woran er sich erinnert, vielleicht sehr wertvoll sein kann«, sagte Houston.

Simone sprach auf französisch. Der Priester antwortete.

»Er erinnert sich an den Mann, den Sie suchen.«

Houston warf einen flüchtigen Seitenblick auf Janice und versuchte seine plötzliche Erregung zu unterdrücken.

»Aber es tut ihm sehr leid. Er kann Ihnen nicht helfen.«

»Warum nicht?« fragte Houston. »Wenn er sich doch erinnert...«

»Er entschuldigt sich. Doch der Mann, den Sie suchen, war damals jung. Er selbst war auch jung. Zuviel ist geschehen.«

Houstons Spannung wuchs. »Da stimmt doch etwas nicht. Sind Sie auch ganz sicher, daß er Sie richtig versteht?«

»O ja, völlig sicher.«

»Aber warum... Hören Sie, fragen Sie ihn bitte Folgendes: Der Mann, den ich suche – lebt er immer noch hier?«

Simone übersetzte. Der Priester schüttelte langsam seinen Kopf.

»Was soll das denn jetzt heißen?« sagte Houston. »Entweder weiß er es nicht oder er will es mir nicht sagen.«

Pater Devereaux hustete. Wieder wischte er sich mit seinem unförmigen Taschentuch den Mund ab und schloß die Augen. Houston hatte Mitleid mit ihm. Simone sagte kurz etwas und erhielt eine, für den Priester, ausführliche Antwort.

»Einiges von dem, was er gesagt hat, habe ich auch verstanden«, meinte Jan, doch Houston wartete gespannt auf Simones Übersetzung.

»Er weiß nichts, sagt er. Er weiß weder, wo dieser Mann lebt, noch ob er überhaupt noch lebt. Außerdem ist es ihm auch gleichgültig. Er sagt, er weiß, daß er in dieser Angelegenheit seine Pflicht nicht erfüllt hat, doch er bittet den Herrn um Vergebung. Als Pfarrer ist es seine Pflicht, über jedes Mitglied seiner Gemeinde zu wachen, doch in diesem Fall ist es ihm gleichgültig. Er muß jede von Gott geschaffene Seele lieben, doch er muß nicht unbedingt auch den Mann mögen, der sie beherbergt.« Im Kamin knackte ein Funken.

»Ich verstehe nicht«, sagte Houston.

Der Priester begann wieder zu sprechen. Seine Stimme wurde leiser. Dann hustete er wieder dermaßen stark, daß sich in Houston alles zusammenzog.

»Er braucht Ruhe, sagt er. Er kann keine weiteren Fragen mehr beantworten.«

»Aber...«

»Da ist noch etwas. Er sagt, daß er alles, was er über diesen Mann weiß, aus dem Beichtstuhl erfahren hat. Vor vielen Jahren. Viel hat sich seitdem verändert. Er kann sich noch gut an die Zeit erinnern, als Fleischessen am Freitag eine Todsünde war. Ebenso war es eine Todsünde, wenn jemand am Sonntag nicht in den Gottesdienst ging. Und auch die Ehescheidung.« Sie hielt einen Augenblick inne. »Er kann sich auch daran erinnern, wie er eine Messe auf Latein halten konnte. Er ist dankbar dafür zu sterben, ehe weitere Veränderungen ihn ermüden und ihm den Glauben schwermachen. Doch eines hat sich nicht verändert. Er wird auf keinen Fall die Geheimnisse preisgeben, die er als Beichtvater gehört hat.«

Houston konzentrierte sich auf den alten Priester vor dem Kamin. Das faltige Gesicht starrte in seine Richtung, seine gespenstischen Augen leuchteten. Houston seufzte und nickte langsam.

Pater Devereaux wandte sich wieder an Simone, auf die er kraftvoller als zuvor einzusprechen begann. Seine Stimme klang väterlich.

Obschon Houston sich zu verstehen bemühte, was der Priester ihr zu sagen hatte, wurde er von den süßen Kampferdämpfen abgelenkt. Schließlich gab er auf.

Jan stand mit großen Augen da; erschüttert, verwirrt, entmutigt.

Der Priester hörte auf zu sprechen. Simone beugte sich herab, um seine Hand zu küssen. Er segnete sie. Sie half ihm aus seinem Sessel auf. Pete bedankte sich bei ihm, obschon er sich nicht sicher war, wofür.

»Gott helfe Ihnen«, erwiderte Pater Devereaux auf Französisch. Er stützte sich auf einem Sofa, dann auf einem Stuhl ab und schlurfte hustend aus dem Zimmer.

Nachdem er den Kampfergeruch des Pfarrhauses hinter sich gelassen hatte, atmete Houston die frische Gartenluft des Spätnachmittags ein. »Und jetzt?« fragte er.

»Der Dorfschreiber«, schlug Simone vor. Sie gingen auf das eiserne Tor zu, das in die Steinmauer des Gartens eingelassen war.

»Der letzte Teil. Sie haben es nicht übersetzt«, sagte Houston.

»Nein. Das war persönlich.«

»Im Hotel haben Sie gezögert, uns hierherzubringen.«

Sie nickte. Houston zog das Tor auf und ließ sie vorangehen.

»Sie haben ja gehört, was er über Scheidung gesagt hat«, antwortete sie.

Houston nickte.

»Nun, als ich in Berkeley war, habe ich geheiratet. Er war nicht der Richtige für mich. Es ging nicht gut.«

Dann war sie also nicht wegen der Studentenunruhen nach Frankreich zurückgekehrt. Vielmehr lag es an einer ruinierten Ehe und der folgenden Scheidung.

»Er sagt, daß ich die Beichte ablegen soll, und er sagt, daß er für mich beten will.«

6

Der Keller im Rathaus des Dorfes befand sich nahe am Fluß. Die Feuchtigkeit durchdrang alles. Der hölzerne Fußboden fühlte sich weich an und die unansehnliche, schäbige Theke feucht. Die Papiere und Unterlagen in ihren hölzernen Kisten, die auf langen Regalen überall im Raum aufgestapelt waren, verströmten einen modrigen Geruch.

Houston sah den Gemeindeschreiber an, der seinen Blick mit zusammengekniffenen Augen erwiderte und energisch seinen Kopf schüttelte. Der Mann erinnerte Houston an den Sergeanten und den alten Priester, als er wiederholte: »*Non, Monsieur.*« Der Mann war um die Fünfzig, hatte Übergewicht und wirkte ängstlich. Houston nahm den Knoblauchduft wahr, den der Mann ausdünstete, und der mit dem Geruch von Pfeifenqualm und abgestandenem Wein vermischt war.

Houston konnte die Besorgnis des Mannes verstehen. Sie waren schon eine Stunde dort gewesen. Sie hatten den Angestellten gebeten, das Steuerverzeichnis des Dorfes nach einem Pierre de St. Laurent zu überprüfen. Doch ein solcher Name hatte sich nicht gefunden. Dann hatten sie ihn gebeten, das Verzeichnis der Grundbesitzer zu überprüfen. Auch hier war dieser Name nicht vorhanden.

»*Est-il mort?*« hatte sich der Angestellte laut gefragt und es im selben Augenblick wieder bedauert, daß er das gesagt hatte. Er schien sich am liebsten die Zunge abbeißen zu wollen, denn seine Vermutung würde automatisch weitere Arbeit bedeuten: eine mühselige Suche in den Sterberegistern all die Jahre zurück. Er seufzte tief und begann, Kisten auf die Theke zu bringen. Obwohl Houston wußte, daß ausschließlich Gemeindeangestellte diese Kisten anrühren durften, war der Mann doch bereit, Hilfe anzunehmen.

Genaugenommen ließ der Angestellte Houston, Janice und Simone die ganze Arbeit allein machen. Er schob seine

Daumen unter seine Hosenträger, drückte die Handflächen fest gegen sein gestreiftes Hemd, und wippte auf seinen Fußsohlen gemächlich vor und zurück. Immer wieder warf er an Houston vorbei einen Blick auf eine rostige, alte Uhr an der Wand.

Pete konnte die fremde Sprache lesen, auch wenn er sie nicht sprechen konnte. Doch die Unterlagen selbst bereiteten ihm einige Schwierigkeiten. Die Dokumente klebten oft aneinander, und bei einer unvorsichtigen Handbewegung konnten sie leicht einreißen. Während er sich durch die Jahre zurückarbeitete, wurde die Tinte zunehmend blaßer, und verschiedene Handschriften benutzten rätselhafte Kürzel. Mehr als einmal mußten er und Janice Simone um Hilfe bei der Entzifferung von Eintragungen bitten. Die achtziger Jahre, dann die siebziger und die sechziger. Jede der Kisten war alphabetisch geordnet, doch sämtliche St. Laurents waren willkürlich und wahllos zu einer einzigen Gruppe zusammengefaßt. Ihre Vornamen waren nicht geordnet worden. In diesem modrigen Keller ohne Fenster und mit wenigen von der Decke baumelnden, nackten Glühbirnen, begann Houstons pochender Kopfschmerz erneut. Er merkte, wie er die Augen zusammenkniff.

»Ich könnte einen Drink gebrauchen«, meinte Jan.

»Nicht nur einen, viele«, antwortete Pete. »Wir sind wenigstens schon halb durch. Nein, wir haben schon mehr als die Hälfte.« Er irrte sich. Es gab nur drei Kisten, die sie noch nicht überprüft hatten. Er hatte den Jahrgang 1953, Simone 1952 und Jan 1951.

»Wo ist denn 1950?« fragte Houston.

Der Angestellte war verdutzt. »*Qu'est-ce que c'est?*«

Simone übersetzte die Frage. Der Gemeindeschreiber begann mit einer langatmigen Erklärung.

»Das hier sind die letzten«, sagte Simone schließlich zu Houston.

»Was?«

»Die Akten enden mit dem Jahr 1951. Er hat recht. Ich hatte es völlig vergessen.«

»Aber aus welchem Grund?«

»Es gab einen Brand. Ich erinnere mich jetzt wieder.

Neunzehnfünfzig. Ich war noch ein Kind, aber ich erinnere mich daran, wie meine Mutter mich hingebracht hat, damit ich zuschauen konnte. Das Feuer verwandelte die Nacht zum Tag.«

»Das Rathaus?«

»Es war alt, aber sehr vornehm. Es war ein richtiges Rathaus, nicht wie dieses umgebaute Lagerhaus. Wer weiß schon, wie es dazu gekommen ist? Irgend jemand hat eine Zigarette liegenlassen. Vielleicht lag es auch an einem defekten Sicherungskasten. Wer kann das schon sagen? Das Haus ist jedenfalls bis auf die Grundmauern abgebrannt. Meine Mutter ließ mich solange zuschauen, bis ich so müde wurde, daß sie mich nach Hause bringen mußte. Am folgenden Morgen bin ich mit ihr wieder zur Brandstelle zurückgekehrt, und außer den Mauern hat nichts mehr gestanden. Noch Monate später roch es verbrannt, wenn ich dort vorbeikam.«

»Es ist doch sicherlich irgend etwas vor der Vernichtung gerettet worden.«

Sie sah ihn stumm an.

7

Sie gingen über die mit Kopfsteinen gepflasterte Straße. Der Himmel glühte orange, doch die Häuser nahmen den Blick auf den Sonnenuntergang und warfen schon früh die dunklen Schatten der Dämmerung. Houston gönnte sich einen kurzen Blick durch die Schatten auf den Nebel über dem Fluß, der über den Bäumen hinter dem entfernten Ende der Straße hing.

»Wenigstens haben wir es versucht«, sagte Janice.

Sie gingen Hand in Hand; er nickte teilnahmslos. In Gedanken beschäftigte er sich mit Pierre de St. Laurent. »Es ist beinahe so, als wäre dieser Mann einfach vom Erdboden verschwunden.«

»In Amerika würde man sagen, daß Sie ein Risikospiel versucht hätten«, meinte Simone, »aber die Chancen einfach zu schlecht für Sie gestanden wären.«

»Aber irgend jemand muß sich doch an ihn erinnern!« Seine Stimme klang angespannt, drückte Niedergeschlagenheit und Enttäuschung aus.

»Nein, das muß nicht so sein«, erwiderte Simone.

Houston warf ihr einen Seitenblick zu.

»Als der Krieg vorüber war, waren viele Dörfer dermaßen zerstört, daß die Erinnerung an das, was geschehen war, unerträglich schien. Menschen, die ihr Zuhause verloren hatten, die um ihre Eltern, Gatten, Kinder trauerten, diese Menschen entschlossen sich, woanders noch einmal von vorn anzufangen. Als Amerikaner werden Sie das nicht verstehen können. Sie haben Glück gehabt, daß Sie in Ihrem eigenen Land nur wenige Kriege hatten. Doch hier in Frankreich sind die Zeiten selten, wo wir in Frieden leben können. Ganze Jahrhunderte tobte der Krieg.« Simone schwieg einen Augenblick. Ihre Augen waren traurig. »Entwurzelung, das ist schwer zu erklären. Stellen Sie sich Ihren Bürgerkrieg vor. In Georgia, nachdem Sherman es dem Erdboden gleichgemacht hatte. Nicht ein Farmhaus hatte diesen Sturm überstanden. Alles war völlig zerstört. Und jetzt stellen Sie sich bitte vor, Sie würden Georgia siebenunddreißig Jahre später besuchen. Sie suchen einen Mann, der einen häufigen Namen besitzt, der in einem bestimmten Dorf lebte, als Sherman sengend und zerstörend durch das Land zog. Würden Sie dann erwarten, daß Sie diesen Mann finden könnten? Würde es Ihnen merkwürdig vorkommen, daß sich niemand mehr an ihn erinnern kann?«

»Aber es muß doch eine Möglichkeit geben!«

»Fühlen Sie sich diesem Mann wirklich dermaßen verpflichtet? Ist Ihr Bedürfnis, sich bei ihm zu bedanken, wirklich so groß?«

Beinahe hätte Houston ihr sein eigentliches Motiv verraten. Doch plötzlich verschloß sich etwas in ihm. Seine Abneigung, ihr die Wahrheit zu erzählen, beunruhigte ihn. Er erklärte sich dieses Gefühl selbst damit, daß er seine Erinnerungen nicht richtig zum Ausdruck bringen könnte. Seine tiefsitzenden Gefühle, die er so lange unterdrückt hatte, waren möglicherweise zu schmerzhaft. »Es ist eine Ehrensache, nehme ich an.«

Verwirrt blickte Simone drein. »Wir können morgen zur Polizei gehen.«

Jan war erschrocken. »Warum?«

»Weil Sie so fest entschlossen sind.«

Houston fühlte sich erschöpft. Er war froh, als sie die enge Kopfsteinstraße verließen und den ebenen Bürgersteig gegenüber dem Park erreichten. Die Schatten waren verschwunden. Hinter der Stille des Parks lagen die pastellorangenen Nebel des Flusses.

»Es ist wie auf einem Bild von Cézanne«, meinte Jan.

Warum ließ er sich von den Kümmernissen seiner Kindheit die Gegenwart verderben, fragte sich Houston. Ich bin hier, das Land ist wunderschön, das Essen ist ausgezeichnet, die Menschen sind sehr freundlich. Warum lasse ich mir meine innere Ruhe von einer anderen Zeit zerstören? Das Hier und Jetzt – nur das allein zählt. Und der Wein, dachte er. O ja, der Wein. »Genehmigen wir uns einen Schluck«, sagte er. »Simone, würden Sie mit uns zu Abend essen?«

»Vielen Dank, aber mein Vater benötigt mich. Ich bin schon viel zu lange fortgewesen. Vielleicht ein andermal, ehe Sie wieder abfahren.«

»Dann also morgen?«

»Und was ist mit der Polizei?«

»Ich glaube, das ist nicht nötig. Ich bezweifle auch, daß man mir viel weiterhelfen kann.« Er spürte Jans Hand in der seinen – und wie sich ihre Spannung löste. »Ich werde Sie bezahlen. Allerdings weiß ich nicht, wie Ihre Gebühren sind.«

»Mein Englisch konnte etwas Übung gut gebrauchen. Ich berechne Ihnen nichts.«

Er wußte, daß sie hoffte, er würde sich deshalb nicht mit ihr streiten. Seine Erschöpfung dämpfte seine Entschlossenheit, das Grab seines Vaters zu finden. Immerhin hatte er getan, was er tun konnte, sagte er sich. Was für einen Unterschied machte es schon, daß er keinen Erfolg gehabt hatte? Absolut keinen Unterschied machte es.

Sie betraten das Hotel, wo er sich umdrehte, um sich bei Simone zu bedanken. Doch er bekam dazu keine Gelegenheit. Ihr Vater, tadellos gekleidet, eine goldene Taschenuhrkette über seiner Weste, kam zu ihnen. Gepflegt, aristokratisch, wie er war, besaß er doch freundliche, fröhliche Augen. Simone erklärte ihm, wo sie gewesen war.

Das Gesicht des alten Mannes wurde bleich. »*Comment?*« Erschrocken wandte er sich Houston zu. »*Quoi?*« Seine Stimme klang argwöhnisch.

Houstons Magen verkrampfte sich. »*Pardon?*«

»Pierre de St. Laurent?« In den Augen des alten Mannes lag ein schockierter Ausdruck; seine Stimme klang erstaunt.

»*Oui.*«

Der alte Mann sprach mit Simone. Er redete so schnell, daß Houston kein Wort von dem verstand, was er sagte. Simone runzelte ihre Stirn.

»Was?«

»Mein Vater wünschte, er hätte es früher gewußt. Er hätte Ihnen helfen, Sie warnen, Ihnen eine Menge Ärger und Schwierigkeiten ersparen können – vielleicht sogar Schwierigkeiten, die noch auf Sie zukommen werden.«

8

Sie mußten warten. Obschon der alte Mann daran interessiert war, ihnen alles zu erklären, mußte er sich doch auch um seine Aufgaben im Hotel kümmern und das Abendessen überwachen. Nur widerwillig verließ er Jan und Houston.

»Später«, sagte der alte Mann. »Wir müssen über diese Angelegenheit unbedingt später noch sprechen.« Er wollte gehen, drehte sich aber plötzlich noch einmal bekümmert zu Ihnen um. »Ausführlich«, sagte er und wiederholte dann noch einmal: »*Longuement*. Denn es gibt vieles, was Sie nicht verstehen.«

Die Weitläufigkeit des Foyers bewirkte, daß Pete sich klein fühlte. Er spürte etwas hinter seinem Rücken – Simone ging fort. »Warten Sie«, rief er.

»Ich muß meinem Vater helfen.«

Und dann waren Pete und Janice allein. Den gedämpften

Geräuschen aus dem Speiseraum haftete etwas Gespenstisches an. Er fühlte sich isoliert, losgelöst von den blankpolierten Holzbalken und den getäfelten Wänden.

Der Fahrstuhl summte. Der Aufzug kam herab und das Metallgitter wurde aufgeschoben. Ein Hotelgast mit schwarzer Krawatte und Smokingjacke trat heraus und durchquerte das Foyer von rechts nach links, um in den Speiseraum zu gehen. Der Gast ging so nahe an Houston vorbei, daß ihm der Duft seines Körperpuders in die Nase zog – er roch nach Flieder. Gleichzeitig hatte Houston das Gefühl, als würde er diesen Mann aus weiter Ferne sehen, so, als ob er von der falschen Seite durch ein Fernglas schaute.

Unwirklich, dachte er. »Was ist hier los?« fragte er Janice.

»Peter Lorre.«

»Was?«

»Der Mann aus dem Reisebüro hat nichts von ausländischen Intrigen erwähnt, als er uns die Reiseunterlagen aushändigte.«

»Wir scheinen irgendeinen lokalen Skandal aufgerührt zu haben.«

»Wir haben ganz sicher irgend etwas aufgerührt. Und was machen wir jetzt?«

Sie blickten beide auf die Jeans des anderen. Sie hatten weder Lust sich umzuziehen noch essen zu gehen. Doch sie zwangen sich dazu, sich auf ihr Zimmer zu begeben und sich förmlichere Kleidung anzuziehen. Gezwungenermaßen kamen sie dann wieder herunter und gingen in den Speiseraum. Die Quiche war ausgezeichnet, doch Houston schenkte ihr nicht die Beachtung, die sie verdiente. Sein Magen war verkrampft, als erwarte er jeden Augenblick einen dringenden Telefonanruf, der schon längst hätte kommen müssen. Gedankenverloren saßen sie über ihrem Kaffee, doch der Geschäftsführer tauchte nicht auf. Simone blieb ebenfalls unsichtbar. Sie verließen das Hotel zu einem kleinen Spaziergang, gingen an gelben Straßenlaternen vorüber, atmeten in tiefen Zügen den kühlen Dunst des Flusses ein. Über ihnen am Himmel standen kalt und klar die Sternbilder.

Als sie wieder in das Hotel zurückkehrten, wurden sie bereits von Simone und ihrem Vater hinter der Rezeption erwartet. Beide wirkten angespannt, steif und ernst, als Houston und Janice auf sie zugingen. Bis zu diesem Augenblick war die Beziehung zwischen dem Geschäftsführer und Houston die eines Gastgebers und eines zahlenden Gastes gewesen. Doch jetzt wurde der Geschäftsführer zu einem Vertrauten, einem persönlichen Bekannten. »Jacques Monsard«, stellte seine Tochter ihn vor. Sein Vorname schien zu gewöhnlich für den kleinen, alternden Mann mit den aristokratischen Gesichtszügen zu sein. Houston schüttelte seine Hand und wurde zu einem Cognac in den Privaträumen des alten Mannes eingeladen.

Die Wohnung bestand aus zwei Räumen im Erdgeschoß, am Ende eines nach hinten führenden Flures und hinter dem Schild, das besagte, daß der Zutritt verboten sei. Houston sah nichts von dem Raum, der hinter einer verschlossenen Tür lag und wo er das Schlafzimmer vermutete. Das Wohnzimmer war jedenfalls groß und gut eingerichtet: Wenige, dafür jedoch sorgfältig ausgewählte antike Sessel, Lampen und Tische. Der Haupteindruck Houstons bestand aus glatten Stoffen und weichen Schatten.

Der Cognac war mit Abstand der beste, den er je getrunken hatte. Während er den Schwenker mit der goldbraunen Flüssigkeit langsam in seiner Hand bewegte, hörte er die Schläge einer Uhr auf dem Kaminsims – zehn und bald halb elf.

»Er war böse.« Monsards Stimme klang hypnotisch. Er sprach französisch und Simone übersetzte. »Nein. Es ist wichtig, ganz genau zu sein«, fuhr Monsard fort. »Kein Mann, kein wirklich Erwachsener, hätte sich jemals so verhalten, wie er es getan hat. Er war ein Junge von einundzwanzig Jahren. Doch seine Jugend kann seine Taten nicht entschuldigen. Er war böse.« Monsard artikulierte sehr sorgfältig. »Neunzehnhundertvierundvierzig. Sie sind zu jung, um das wirklich verstehen zu können. Sie können sich nicht vorstellen, was für eine Zeit das damals war. Dieses Hotel hat den Nazis als Hauptquartier gedient. In genau diesem Raum hier hat ein deutscher General seine Stabsbesprechungen abgehalten. Hier sind die Pläne entworfen worden, wie er die Alliierten bekämpfen wollte.«

Monsard machte eine Pause. Er sah, daß Houstons Glas inzwischen leer war und beugte sich vor, um nachzuschenken. Houston steckte sich eine Zigarette an, ohne dabei jedoch auch nur einen Augenblick seine Augen von Monsards Gesicht abzuwenden.

»Die deutschen Offiziere sind hier verpflegt worden, in diesem Speiseraum, der heute zu meinem Verantwortungsbereich zählt. Sie hatten alle besseren Häuser entlang des Flusses beschlagnahmt, um ihren Stab dort einzuquartieren. Die Soldaten kampierten am Flußufer, im Park und auf den Feldern. Auf jeden Einwohner des Dorfes kamen drei Dutzend Deutsche. Egal, wo auch immer man hinschaute, überall sah man ihre Uniformen und ihre Helme. Und ihre Panzer, ihre Kanonen, ihre... und gerochen hat es nach Waffenöl. Nach Auspuffgasen. Nach Schweiß. Und nach etwas Undefinierbarem. Mit der Zeit ist mir bewußt geworden, daß es die Angst war – die Angst der Deutschen als auch der Dorfbewohner.«

Während er sich erinnerte, verzog der alte Mann nachdenklich seinen Mund. Er holte tief Luft. »Es gab nicht genug Lebensmittel, um das Dorf zu ernähren, und die Deutschen waren an Nachschub knapp. Um kämpfen zu können, mußten sie essen, und daher durchsuchten sie unsere Häuser. Sie nahmen einfach unsere geheimen Vorratslager. Uns ließen sie nichts. Menschen verhungerten. Bei den hohen Ansprüchen, die die Deutschen an die Arbeit stellten, die wir für sie leisten mußten, verloren wir unsere Kraft.«

Zum erstenmal trank Monsard einen Schluck. Er hielt den Cognac einen Augenblick auf seiner Zunge und starrte mit verbitterten Augen auf Bilder einer Zeit, die lange vorüber war. »Pierre de St. Laurent«, sagte der alte Mann schließlich.

Petes Nackenhaare sträubten sich.

»Wir sind zusammen zur Schule gegangen, wir waren Freunde. Wir haben oft zusammen gespielt und wir wünschten uns, daß wir Brüder wären. Er war groß und kräftig, sah gut aus, und wurde von den Mädchen des Dorfes abgöttisch bewundert. Mir entging nicht, wie er das für sich ausnutzte, wie er die Mädchen mißbrauchte – die vielen Mädchen, die er hereingelegt hatte, indem er ihnen die Heirat versprach. Mir entging nicht der Zorn ihrer Väter, und mir wurde klar, wie sehr ich meine Treue und Ergebenheit an diesen Freund verschwendet hatte.«

Dann handelt es sich also tatsächlich um einen Dorfskandal, dachte Houston. Der Lustmolch und Wüstling des Dorfes. Kein Wunder, daß der Priester wenig begeistert war. Trotzdem hörte Houston weiter zu. Wieder war sein Glas leer, wieder füllte Monsard es auf. Inzwischen war das Zimmer verqualmt.

»Das Gerücht ging um, daß irgendwo im Dorf ein geheimes Lebensmittellager versteckt worden war. Spät abends – die Deutschen liebten es, die Leute zu schikanieren, wenn alle schliefen – fielen sie über ein Château her und stellten es vom Dach bis zum Keller auf den Kopf. Sie fanden das geheime Versteck tatsächlich hinter einer versteckten Kellertür. Am folgenden Morgen erschossen sie dann auf der Brücke jedes Mitglied dieses Haushaltes. Sogar zwei kleine Kinder. Sie zwangen das ganze Dorf, bei dieser Hinrichtung zuzusehen. Dann warfen sie die Leichen einfach von der Brücke und ließen sie im Fluß forttreiben. Es lag auf der Hand, daß jemand ihnen eine Information geliefert haben mußte, denn wie hätten sie andernfalls die versteckten Lebensmittel so schnell und sicher finden können? Der Informant war Pierre, obschon ich das damals noch nicht wußte. Das alles war dermaßen abscheulich, daß ich mir einfach nicht vorstellen konnte, wer so etwas getan haben könnte. Dabei spielte es gar keine Rolle, daß diejenigen, die die Lebensmittel versteckt hatten, egoistisch waren und nicht teilen wollten. Das ist eine andere Sünde, eine ganz andere Geschichte. Der Informant aber hatte eine erheblich schwerere Schuld auf sich geladen, indem er mit den Deutschen kollaboriert hatte.

Dann kamen die Alliierten«, fuhr der alte Mann fort. »Sie führten einen Scheinangriff nach Norden und legten damit die Deutschen herein, die zu der Überzeugung gelangten, daß man sie in diesem Dorf nicht entdeckt hatte. Also versuchten die Deutschen den Alliierten in einem Überraschungsangriff den Weg abzuschneiden. Was die Deutschen jedoch nicht wußten, war, daß die Alliierten inzwischen gewarnt worden waren. Die Deutschen verloren die Schlacht, wenn auch die Verluste auf beiden Seiten unvorstellbar hoch waren.«

»Die Alliierten? Aber wer hat sie gewarnt?« Houstons Stimme wurde lauter.

»Ja«, sagte der alte Mann. »Sie wissen es.«

»Pierre?«

»Während der Nacht schlich er sich durch die deutschen Linien. Er riskierte es, auf die alliierten Wachtposten zu stoßen. Aber er erreichte sein Ziel. Er erzählte ihnen seine Geschichte. Und unentdeckt ist er anschließend ins Dorf zurückgekehrt.«

Jan brach ihr Schweigen. »Warum?« Der alte Mann runzelte die Stirn. »Wenn er doch mit den Deutschen kollaboriert hat, warum hat er dann das getan?« fragte sie. »Es hatte doch für ihn überhaupt keinen Sinn, sein Leben aufs Spiel zu setzen, nur um den Alliierten zu helfen.«

»*Qu'est-ce que c'est?*« fragte der alte Mann Simone.

Sie übersetzte es ihm, und er nickte ernst. »*Qui. C'est illogique.*« Simones Übersetzung machte den Widerspruch deutlich. »Aber die mangelnde Logik seiner Handlungsweise ist doch nur scheinbar. Sie ist nicht tatsächlich oder real. Da wir ja nicht vermuteten, daß er ein Verräter war, haben wir das Risiko, das er eingegangen ist, als Tapferkeit interpretiert, als Treue und Loyalität. Oh, er ist gefeiert und geehrt worden! Er wurde zu unserem Helden, und er hatte die freie Auswahl unter den Mädchen.«

Der alte Mann trank von seinem Cognac, konzentrierte sich auf ein Fenster, auf die Schwärze der Nacht dahinter, gerade so, als wäre die Dunkelheit ein Bildschirm, auf dem die Bilder jetzt flimmerten. Houston hörte, wie irgendein Tier draußen einen scharfen Schrei ausstieß und vermutete, daß ein nächtlicher Raubvogel bei seiner Jagd erfolgreich gewesen war. Plötzlich war ihm sehr kalt, und auch ein weiterer Schluck Cognac wärmte ihn nicht wieder auf.

»Oh, Pierre war sehr raffiniert«, sagte Monsard. »Er muß

befürchtet haben, daß wir ihn verdächtigen und daß wir uns rächen würden. Er mußte also dafür sorgen, daß er auf keinen Fall angeklagt werden konnte. Er mußte beweisen, daß seine Loyalität außer Frage stand. Vielleicht waren die Deutschen nicht großzügig genug gewesen. Vielleicht dachte er, die Alliierten würden seine Dienste besser bezahlen. Aus Habgier suchte er sich einen lohnenderen Herren. Aber ich glaube nicht, daß die Alliierten ihn bezahlten. Die Amerikaner respektierten altruistische Motive. Sie waren der Ansicht, daß die Franzosen die Deutschen allein aus dem Grund schon verraten müßten, weil sie die Befreiung wünschten. Ich kann mir vorstellen, daß Pierre ziemlich enttäuscht gewesen sein muß. Doch ein Teil von mir stellt sich noch etwas ganz anderes vor.« Aus den Augen des alten Mannes sprachen Entsetzen und Ekel.

»Es gibt noch eine völlig andere Erklärung für all das. Sie ist böse. Abscheulich. Ich habe mich schon immer gewundert, wie es ihm gelingen konnte, so leicht durch die deutschen Linien zu schleichen, und wie er mit derselben Leichtigkeit auch wieder zurückkommen konnte. Angenommen, die Deutschen bezahlten ihn dafür, daß er den Amerikanern Informationen zuspielte. In einer zweiten Schlacht, fünfzig Meilen nördlich von hier, wurden die Alliierten besiegt. Die Amerikaner waren besiegt worden, weil die Deutschen im voraus Bescheid gewußt hatten. Die Deutschen mußten Informationen gehabt haben, die geheim und die für die alliierte Strategie lebenswichtig waren. Sie mußten etwas über den Untergrund gewußt haben. Ich war Mitglied der Résistance und Pierre ebenfalls. Nachdem die Alliierten dieses Hotel hier erobert hatten und die Amerikaner in diesem Raum ihre Pläne ausarbeiteten, wurden die Mitglieder des Untergrundes zu Rate gezogen, um den Alliierten zu helfen. Es wäre wichtig, so sagte man uns, daß wir die deutschen Linien infiltrierten und Beurteilungen ihrer Kampfkraft und Stärke abgaben. Das haben wir dann auch getan. Es war unser großer Augenblick, doch unsere Informationen waren falsch. Als die Alliierten ihren Angriff durchführten, mußten sie feststellen, daß man sie erwartet hatte. Sie standen Verstärkungstruppen gegenüber. Ich bin mir ziemlich sicher, daß Pierre der Informant für die Deutschen war. Entweder hatte er wieder die Seiten gewechselt, oder aber er war die ganze Zeit über ein deutscher Agent. Meiner Meinung nach ist es allein seine Schuld, daß das Blut von Tausenden von Menschen vergossen worden ist. Er war völlig egoistisch und interessierte sich immer nur für sich selbst.«

»Ich möchte ja nicht respektlos sein«, sagte Pete, »aber wo ist Ihr Beweis für all das?«

Simone übersetzte.

»Der Beweis?« Das Gesicht des alten Mannes verzerrte sich angewidert. »Er ist an dem Morgen des Tages verschwunden, als die Alliierten besiegt wurden. Er packte seine Habseligkeiten zusammen und verschwand einfach. Dafür konnte es nur einen einzigen Grund geben: Nur etwas wirklich Scheußliches konnte ihm vor unserer möglichen Vergeltung solch eine Angst einjagen, daß er davonlief.«

9

Pete blickte auf das Foyer hinaus, als der Fahrstuhl sie nach oben trug. Er fühlte sich so benommen, so leer, daß er einen Moment lang glaubte, nicht sie würden sich aufwärts bewegen, sondern das Foyer würde nach unten wegkippen. Houston schloß seine Augen. Verwirrt drückte er sich gegen eine Wand der Fahrstuhlkabine, dann war kurze Schwindelgefühl auch schon wieder fort. Der Anfall war vorüber, doch er bemerkte erschreckt, daß er stark schwitzte.

»Hast du zuviel getrunken?« fragte Jan. »Du hast ja einen Cognac nach dem anderen runtergekippt.«

Houston sah einen Korridor auftauchen. Sein Magen beruhigte sich wieder, während der Fahrstuhl sanft anhielt. Er holte tief Luft und drückte sich von der Wand ab. »Ich brauche dringend ein bißchen Schlaf«, sagte er. »Ich hätte mehr essen sollen.«

Er schob die Fahrstuhltür auf, hörte das Schrammen von Metall, wartete einen Moment, und warf Jan einen grämlichen Blick zu. »Na ja, wir haben immerhin zwei Stunden zugehört. Seine Geschichte klang überzeugend, findest du nicht? Aber wenn du mich jetzt fragen würdest, dann würde ich dir antworten, daß wir nur eins ganz sicher wissen: Daß nämlich sein Freund eines Tages plötzlich verschwunden ist. Wir wissen nicht, warum er verschwunden ist. Monsard stellte nur Vermutungen an.«

»Nein, wir wissen noch etwas anderes«, sagte Jan. »Bevor er damals verschwand, ist St. Laurent zu dem Priester gegangen. Er hat die Beichte abgelegt.«

Houston entspannte sich ein wenig. Die Müdigkeit setzte wieder ein. »Wenn seine Beichte und sein Verschwinden etwas miteinander zu tun haben sollten, dann sehe ich aber das Verbindungsstück nicht«, sagte er. »Wir können keinerlei Zusammenhang beweisen.«

»Aber für mich ist die Sache klar.«

»Weil du keine Katholikin bist. Sicher, für uns protestantische Amerikaner erscheint die Beichte etwas Ungewöhnliches zu sein. Das gilt jedoch nicht für die Katholiken in Frankreich, und auch nicht für das Jahr neunzehnhundertvierundvierzig. Die Menschen hier gehen immerzu zum Priester zur Beichte, und während des Zweiten Weltkrieges, mit dem Tod um sie herum, werden sie vermutlich doppelt so oft zur Beichte gegangen sein.« Houston bemerkte, daß er immer noch den Griff der Fahrstuhltür in der Hand hielt. Er ließ ihn los und trat zur Seite, damit Janice als erste aussteigen konnte.

Doch sie blieb im Fahrstuhl stehen. »Nein, das meine ich gar nicht«, sagte sie.

Er sah sie fragend an. »Was dann?«

»St. Laurent war nicht irgendein Ministrantentyp. Er mochte die Mädchen. Er hat sie in Schwierigkeiten gebracht. Erinnerst du dich, Monsard hat von mehreren Skandalen gesprochen?« Houston nickte. »Glaubst du denn, er würde diese Art von Sünde beichten?« wollte Jan wissen.

»Wenn das, was er getan hat, im ganzen Dorf bekannt war, dann mag er sich vielleicht gedacht haben, daß er es nicht vor dem Priester verstecken konnte. Außerdem würde es ihm nicht weh tun, wenn er beichtete, daß er der Lust verfallen war.«

»Stimmt. Aber welchen Sinn sollte es haben, zur Beichte

zu gehen, wenn er nicht alle seine Sünden gestand? Zumal der Pfarrer bereits alles über seine Sünde wußte! Hätte Lüsternheit Pater Devereaux schockieren können?«

»Wohl kaum. Priester kennen sich mit der menschlichen Natur gut aus. Sie erwarten einfach, daß man ihnen von der Sünde der Lust beichtet.«

»Also schön«, sagte Jan. Sie schaute ihn ernst an. »Dann erkläre mir doch bitte, was Pater Devereaux dermaßen empört hat, daß er sich bis zum heutigen Tag immer noch genau an diese eine Beichte erinnert und daß er den jungen Mann, der wegen der Absolution zu ihm gekommen ist, dermaßen verachtet!«

Houston hatte das Gefühl, als würde der Fahrstuhl plötzlich nach unten stürzen. Er mußte auf den Korridor hinaus. Janice folgte ihm und ergriff seinen Arm. »Und noch etwas«, sagte sie. »Zunächst einmal kann ich mir nicht vorstellen, daß Pierre nach allem, was Monsard von ihm berichtet hat, ein religiöser Mensch gewesen ist. Ich rate nur, aber ich zweifle daran, daß er häufig beichten gegangen ist. Dieses Mal jedoch suchte er den Priester auf und hat ihm alles erzählt.«

»Aber warum?«

»Weil Pierre de St. Laurent Todesangst hatte. Er bat um Absolution, bevor ihm etwas Schreckliches zustoßen konnte.« Im Korridor war es absolut still, während sie sich anstarrten. »Pater Devereaux ist der einzige Mensch, der das Geheimnis kennt«, fuhr Jan schließlich fort. »Und ganz sicher geht es nicht um eine Fleischessünde und ebenso sicher wird er es keinem Menschen erzählen.«

Houston zuckte beim Klang der Fahrstuhlglocke erschreckt zusammen. Irgend jemand hatte unten auf den Rufknopf gedrückt, doch der Fahrstuhl bewegte sich nicht. Houston zog das Metallgitter vor, bis das Schloß einrastete. Während die Stahlseile knarrten, summte der Motor und der Fahrstuhl glitt nach unten.

»Wir wecken noch alle auf«, sagte er. Sie gingen den Flur hinunter. Houston hörte, wie der Fahrstuhl das Erdgeschoß erreichte und wie der Motor verstummte. Er hörte, wie das Schutzgitter zurückgeschoben wurde. Es war ein Geräusch, als würde man mit einem Fingernagel über eine Tafel kratzen. Dann erwachte der Motor wieder zum Leben.

»Das ist doch einfach dumm«, sagte Houston. »Warum sollte ich beunruhigt sein? Das ist nur jemand, der noch lange aus war und der jetzt zurückkommt, um endlich schlafen zu gehen.«

»Jetzt machst du mir aber Angst«, meinte Jan.

Als sie ihre Zimmertür erreichten, hielt der Fahrstuhl auf ihrer Etage an. Houston suchte in seiner Tasche nach dem Zimmerschlüssel. Die Tür des Fahrstuhles wurde jäh aufgerissen. Houston starrte den Korridor hinunter – und hätte beinahe laut gelacht.

Der Hotelgast mit der schwarzen Krawatte und dem Smokingjacket, der nach Flieder gestunken hatte, als er an Houston vorbei durch das Foyer gegangen war, blickte mit verschwommenen Augen den Flur zu Jan und Houston hinunter, verlor dann beinahe sein Gleichgewicht, als er das Schutzgitter wieder zuschob, und stolperte dann schwankend den Flur in der anderen Richtung davon.

»Nichts als wilde Fantasien!« Houston lachte und küßte Jan.

»Willst du herumalbern?«

Er grinste sie an und drehte den Schlüssel. Sie gingen in ihr Zimmer. Abgesehen von dem gedämpften Licht aus dem Flur, das ihre Silhouetten über den Fußboden warf, war es völlig dunkel.

»Aber weißt du, eigentlich ist es mir völlig gleichgültig, was dieser St. Laurent im Schilde geführt hat. Alles, was mich interessiert, ist, wo...«

Er knipste das Licht an – und hörte mitten im Satz das Sprechen auf.

10

Sie starrten auf das Bett. Ein Mann lag darauf und hatte es sich auf den Kopfkissen bequem gemacht. Sein Blick war stechend.

Er war Mitte Dreißig, hatte ein kantiges Gesicht, eine

schmale Nase und kurzes Haar, das er einfach von links nach rechts gekämmt hatte. Der Mann sah krank aus. Vielleicht lag es daran, daß Bartstoppeln sein Gesicht grau erscheinen ließen. Seine Kleidung war dunkel – Pullover, Wollhose, Schuhe mit Kreppsohlen.

Houston spürte eine siedendheiße Panik in sich aufsteigen. Er empfing zu viele Informationen gleichzeitig. Jans verkrampfte Hand auf seinem Arm übermittelte ihm ihre Angst. Einander widerstrebende Instinkte drängten ihn, um Hilfe zu rufen, mit Jan zu fliehen, das Telefon zu packen, hineinzustürmen und den Mann zur Rede zu stellen. Sein Willen wurde zu einem Schwungrad. Dann blieb das Schwungrad hängen, verkeilte sich und erstarrte. Und er stand wie gelähmt da.

»Bitte, schließen Sie doch die Tür«, sagte der Mann mit einer tiefen, ruhigen Stimme. Er sprach Englisch, doch mit unüberhörbarem Akzent, wenn auch nicht französisch.

Zu viele Einzelheiten. Houston war sich bewußt, daß er sich nicht bewegt hatte, daß er mit offenem Mund dastand, daß er nicht atmete, während das Blut in seinen Schläfen dröhnte.

»Bitte«, wiederholte der Mann. »Schließen Sie die Tür.«

»Nein«, sagte Jan.

Das Adrenalin zeigte Wirkung. Zum Handeln gezwungen, doch ohne jede andere klare Handlungsrichtung, schloß Houston die Tür, bevor ihm klar wurde, was er eigentlich tat.

»Pete!« sagte Jan und versuchte die Tür zu packen.

Doch Houston hob eine Hand, um sie aufzuhalten. Er warf einen wütenden Blick auf den Mann. »In Ordnung, ich habe sie geschlossen.«

Vom Bett aus betrachtete der Mann ihn aufmerksam und atmete dann langsam aus. »Ich hoffe, Sie haben eine gute Erklärung parat«, sagte Houston.

»Ich rufe die Polizei«, meinte Jan. Sie stolzierte durch das Zimmer.

»Das würde ich nicht tun, Mrs. Houston.«

Als sie den Hörer ergriff, sprang der Mann vom Bett. Angsterfüllt riß Jan die Augen auf. Sie wich an die Wand zurück. Der Mann drückte die Gabel des Telefons herunter und riß ihr den Hörer aus der Hand.

Pete stürzte sich auf ihn. »Verdammt, lassen Sie die Finger von ihr! Ich ramme gleich das Telefon in...«

Der Mann wirbelte herum und hob das Telefon wie einen Knüppel hoch. Entsetzt blickte Houston in die kältesten, gefühllosesten Augen, die er jemals gesehen hatte. Wie angewurzelt blieb er stehen.

»Machen Sie die Sache nicht unnötig kompliziert«, fuhr der Mann ihn an.

»Sagen Sie, was Sie wollen!«

Der Mann stellte das Telefon wieder ab. »Ich hätte gedacht, das läge auf der Hand. Dasselbe wie Sie. Pierre de St. Laurent.«

Der Name war wie eine Münze, die in einem leeren Metallbecher klappert. Oder wie ein Diamant, der über Glas kratzt. Augenblicklich verbannte er alle anderen Gedanken aus Houstons Kopf. »Sie wissen, daß wir ihn suchen?«

»Jeder weiß das«, erwiderte der Mann.

»Aber wie...«

»Der Gemeindeschreiber, dessen Akten Sie durchgearbeitet haben. Sein Leben ist trist und langweilig. Er würzt es ein bißchen mit Klatsch. Zwei Amerikaner haben ihm Umstände bereitet. Der Name Pierre de St. Laurent sagt ihm gar nichts. Doch die älteren Leute erinnern sich. Nach siebenunddreißig Jahren diesen Namen zu hören, ist schon eine echte Überraschung. Es ist gar nicht so erstaunlich, daß ich von Ihrer Suche erfahren habe.«

»Das gibt Ihnen aber noch lange nicht das Recht...«

»Mrs. Houston, mir scheint, Sie stehen da nicht sonderlich bequem. Bitte setzen Sie sich doch hin, während wir miteinander ein wenig plaudern.« Die Ausdrucksweise bestätigte es Houston: Er sprach eher britisches Englisch als Amerikanisch.

Houston warf Jan einen kurzen Blick zu. Ihre Augen sahen jetzt eher mißtrauisch und vorsichtig als ängstlich aus. Sie hielt einen sicheren Abstand zu dem Mann, während sie langsam zu einem Stuhl ging. Einen angespannten Augenblick lang schien sie drauf und dran zu sein, die Tür aufzureißen. Doch dann setzte sie sich.

»Sind Sie so etwas wie ein Bulle?« fragte Pete. »Ein ...«

»Ich bin jemand, der an dieser Angelegenheit ein gewisses Interesse besitzt. Nicht mehr. Machen Sie diese Sache nicht geheimnisvoller, als sie tatsächlich ist. Auch ich habe nach ihm gesucht.«

»Warum?«

»Das kann ich Ihnen nicht sagen. Es ist – delikat. Ich habe persönliche Gründe.«

»Sie wollen es uns nicht sagen? Aber Sie bitten uns um Hilfe?«

Der Mann begann zu lachen, doch sein Lachen war weder heiter noch entspannt. Sein Lachen war wie das Husten eines Tuberkulosekranken.

»Sie verstehen nicht. Nein, ich bin es, der Ihnen Hilfe anbieten möchte. Sie sind bei Ihrer Suche vor einer Mauer gelandet. Aber ich kann Ihnen weiterhelfen.«

»Wie und warum?«

Der Mann kniff seine Augen zusammen. »Warum? Weil meine Bemühungen nicht erfolgreich sind. Es ist durchaus denkbar, daß Ihnen mit Ihrem unbefangenen Blick für die Dinge ein Detail auffällt, das mir entgangen ist. Und wie? Mit dieser Adresse hier. Die Stadt heißt Roncevaux. Rue Gabriel. Einhundertunddreizehn.«

»Wohnt er dort?«

»Keine weiteren Fragen. Sie haben alles, was Sie wissen müssen.«

»Und falls ich ihn finde?«

»Dann sagen Sie es mir.«

»Aber wie werde ich *Sie* finden?«

»Das werden Sie nicht. Ich komme zu Ihnen.«

Der Mann ging ruhig zur Tür.

»Nicht vergessen. Roncevaux. Rue Gabriel. Einhundertunddreizehn.« Er ergriff die Türklinke. »Mr. Houston... Mrs. Houston...«

Er nickte und verschwand auf den Flur.

Die Tür fiel mit einem leisen Klicken ins Schloß. Pete sah Jan an. Dann setzte er sich schnell in Bewegung, stürzte auf die Tür zu, riß sie auf.

Der Korridor war leer.

11

»Pete, laß uns damit aufhören.«

»Bitte?«

»Ich habe Angst.«

Houston, der sich auf die Kurve konzentrierte, die jetzt vor ihnen lag, hatte nicht die Zeit, ihr seinen Kopf zuzuwenden. Der Citroen nahm die Kurve schnell und beschleunigte auf dem folgenden geraden Straßenstück. Er hatte die Seitenscheiben heruntergedreht. Er roch die kühle, frische Morgenluft. Als er seinen Blick von den Feldern und Zäunen abwandte, sah Houston, daß Jan kreidebleich war. »Ich habe auch Angst«, sagte er. »Was aber noch lange nicht heißt, daß ich den Schwanz einkneife.«

»Du bist dickköpfig.«

»Da hast du recht. Aber vor allen Dingen bin ich sauer. Gestern morgen bin ich aufgestanden und habe damit gerechnet, das Grab meines Vaters zu sehen. Wo ich aber hinkomme, führt man mich an der Nase herum. Ich habe alle möglichen Gründe zu hören bekommen, warum ich sein Grab nicht finden kann. Auf dem Friedhof hat Andrews im Grunde genommen gesagt, daß ich verrückt wäre. Dann habe ich einen Priester kennengelernt, der nicht mit mir reden will. Dann dieser Gemeindeschreiber, dessen Akten nur bis neunzehnhundertfünfzig zurückreichen. Monsard, der fantastische Geschichten aus dem Jahre vierundvierzig erzählt. Und dann noch dieser widerliche Kerl, der auf unserem Bett ein kleines Nickerchen macht und sich offenbar für den Mitternachtsboten hält.«

»Und ich meine immer noch, daß wir lieber zur Polizei gehen sollten.«

»Denk doch bitte einmal darüber nach. Wir haben doch letzte Nacht ausführlich darüber gesprochen. Die Polizisten werden diesen Burschen vielleicht nie finden. Angenommen, sie schaffen es doch. Das Höchste, was sie ihm anhängen können, ist unerlaubtes Eindringen. Es gibt kein Anzeichen dafür, daß er eingebrochen ist. Wir haben unser Gepäck überprüft, es fehlt nichts. Also werden die Bullen wissen wollen, was er bei uns zu suchen hatte. Sie werden wissen wollen, worüber wir mit ihm geredet haben. Stell dir bitte ihre Reaktion vor, wenn wir die Wahrheit sagen. Ein verschwundenes Grab. Ein Mann aus dem Dorf, der neunzehnvierundvierzig verschwunden ist. Sie werden mich doch nicht anders als der Superintendent behandeln. Sie werden denken, ich wäre verrückt.«

»Ich würde mich aber sicherer fühlen, wenn wir mit ihnen reden würden.«

»Wer sagt denn, daß wir uns in irgendeiner Gefahr befinden? Niemand hat uns bedroht. Außerdem müßten wir wahrscheinlich in der Stadt bleiben, solange ihre Nachforschungen andauern. Aber heute in zehn Tagen fliegen wir schon wieder nach Hause. Ich möchte diese alberne Geschichte gern geklärt haben und anschließend den Rest unseres Urlaubs genießen.«

»Nein, es steckt mehr dahinter.«

Leise summend fuhr der Citroen die zweispurige Straße entlang. Die Sonne war schon wärmer, stand höher am Himmel. Houston sah kurz auf die Felder und Weiden an beiden Straßenseiten. Bauern waren schon wieder bei der Arbeit. Er zuckte die Achseln. »Wie kommst du darauf, daß mehr dahinterstecken sollte?«

»Du hast gerade doch selbst zugegeben, daß du Angst hast.«

»Weil mich irgendein Gedanke die ganze Zeit quält. Etwas, das ich noch nicht klar fassen kann. Wenn Pierre de St. Laurent nur halb so egoistisch war, wie Monsard es glaubt, dann verrate mir doch bitte, wieso er sich die Zeit genommen hat, um meiner Mutter einen Brief zu schreiben und wieso er versprochen hat, sich um das

Grab meines Vaters zu kümmern. Und wieso er dann wie aus heiterem Himmel verschwunden ist. Ich bin mir ganz sicher, daß die Antwort darauf ganz einfach ist. Aber ich werde nicht mehr ruhig schlafen, bis ich diese Antwort kenne. Und ich habe eine schreckliche Angst davor, daß es keine einfache Antwort geben wird, ja sogar, daß es vielleicht gar keine Antwort gibt.«

»In Ordnung, versprich es mir.«

Er sah sie fragend an.

»Ich werde mich nicht mehr beklagen«, sagte sie. »Ich werde meinen Mund halten und dir bei dieser Sache helfen. In Roncevaux werde ich warten, während du gehst und deine Fragen stellst. Aber falls du nichts herausfinden solltest, dann mußt du mir versprechen, daß du damit aufhörst, daß du mich dann schnappst und mich an...«

»...Orte voller Aufregung und Leidenschaften entführst.« Houston lachte. »Genau das mache ich doch. Ich nehme dich mit auf ein tolles Abenteuer.«

»Du bist ein alter Schwindler.« Janice lachte.

Und dann hörte er sie plötzlich in panischer Angst schreien. Energisch trat er das Gaspedal durch. Der Citroen schoß mit einer solchen Beschleunigung nach vorn, daß er hart in seinen Sitz gedrückt wurde. Seine Hände verrissen erschrocken das Lenkrad. Der Wagen schwenkte scharf nach rechts aus, dann nach links, ehe er ihn wieder unter Kontrolle hatte.

Er warf einen hastigen Seitenblick auf Jan. In ihren Augen sah er wildes Entsetzen. Sie waren riesig groß und schwarz und bodenlos. Ihr Gesicht war verzerrt und totenbleich. Ihr Schrei wurde zu einem hoffnungslosen Stöhnen.

Er mußte aufpassen, wo er hinfuhr. Als die Träger einer alten Brücke näherrückten, hörte Houston das Dröhnen an seiner Seite. Links von ihm. Er hatte es hinter sich gehört. In seinem Rückspiegel hatte er den Lastwagen auf sie zurasen sehen. Die Sonnenblenden waren heruntergeklappt, so daß er das Gesicht des Fahrers nicht erkennen konnte.

Doch jetzt raste er unerbittlich neben ihm. Schwarz, gewaltig und mit solch einem Höllenlärm, daß Houston kaum noch Jans Schreie hörte. Nichtsdestoweniger spürte er ihre wahnsinnige Angst. Sie rasten auf die Brücke zu.

Die Brücke war eng, einspurig. Auf beiden Seiten der Fahrbahn erhoben sich die massigen Träger. Während Houston voll Entsetzen auf die Brücke starrte, fühlte er sich merkwürdigerweise, als ob er mit Höchstgeschwindigkeit durch einen engen Tunnel rasen würde; sein Blickwinkel war irgendwie verlängert. Als er an einem Straßenschild vorbeiraste, mußte Houston die französische Aufschrift nicht erst lesen, um zu wissen, daß es ÜBERHOLEN VERBOTEN besagte.

»Was ist denn mit ...« Doch er kam nicht mehr dazu, seinen Satz zu beenden, denn der Lastwagen scherte aus, um den Citroen von der Straße abzudrängen. Nur: Es gab gar keine Straße mehr. Auf seiner rechten Seite hörte abrupt die Reihe der Kiefern auf. Dahinter fiel ein Abgrund steil zum Fluß ab.

»Pete!«

Der Lastwagen krachte gegen den Citroen. Es war ein harter, metallischer Schlag, der den ganzen Wagen erschütterte. Houston dachte zu spät an die Bremsen. Der Engpaß vor ihm ließ ihn erstarren. Alles, was er noch fertigbrachte, war, den Wagen weiter zu lenken. Wieder stieß der Lastwagen gegen den Citroen. Er spürte den harten Ruck. Seine Tür bog sich nach innen. Wenn er jetzt nicht auswich, würde er voll gegen die Brückenträger fahren. Die schreckliche Vision des Aufpralls sprang in seinen Kopf: Er sah, wie der Wagen zerdrückt wurde, wie er selbst und Janice durch die Windschutzscheibe geschleudert wurden.

Houston wußte nicht, daß er den Wagen herumgerissen hatte. Der Lastwagen raste weiter durch den Engpaß, während Houston schwerelos in den offenen Himmel starrte. Der stürzende Wagen begann sich zu neigen. Er sah deutlich das andere Ufer des Flußes. Dann stellte sich der Wagen hochkant und stürzte in die Tiefe.

Er starrte mit aufgerissenen Augen auf wirbelndes Wasser.

Vakuum. Absolute Stille. Das Zischen entweichender Luft. Er hatte keine Chance, sich auf das gefaßt zu machen, was dann kam. Perverserweise empfand Houston so etwas wie eine vage, verschwommene Euphorie, eine Stille, eine lautlose Ruhe.

Obwohl die schäumende Wasseroberfläche sehr weich aussah, schlug der Wagen doch mit einer solchen Gewalt auf, als würde er auf Zement treffen. Houstons Mund klappte bei dem Aufschlag wie von selbst auf. Der Rückschlag ließ die Kinnladen mit aller Kraft wieder zuklappen. Seine Zähne vergruben sich in die Zunge. Blitzschnell streckte er eine Hand aus, um Jan zu schützen.

Dann würgte er, schnappte verzweifelt nach Luft. Er konnte nichts mehr sehen. Er konnte nicht mehr atmen. Er konnte sich nicht mehr bewegen. Sein Gleichgewichtssinn war auf den Kopf gestellt. Und dann erkannte er, daß sich der Wagen auf den Kopf gestellt hatte. Seine Lungen rebellierten gegen das Wasser, das er eingeatmet hatte. Je mehr er hustete, desto mehr spürte er davon. Ertrinken – Houston dachte, daß er bewußtlos würde.

Er fummelte an seinem Sicherheitsgurt. Er hatte sich nicht angeschnallt. Er kämpfte mit der Tür, doch sie bewegte sich keinen Millimeter. Er spürte, wie Jan sich neben ihm bewegte. Er zwängte sich durch das Seitenfenster – es war offen, wie er sich noch erinnern konnte –, als wäre der Himmel über ihm das einzige Ziel, das er jemals erreichen wollte. Sein Gürtel verfing sich am Fensterrahmen. Er verkeilte einen Fuß im Lenkrad. Er trat, drückte sich mit aller Kraft ab und war plötzlich frei. Seine Schulter krachte gegen einen Felsen. Die Strömung packte ihn. Mit fieberhafter Verzweiflung tauchte er auf, während seine Brust explodierte und die Dunkelheit um ihn herum tiefer zu werden schien. In seinen Ohren röhrten unscharfe, diffuse, hohle Echos.

Schließlich mußte er einatmen. So einfach war das. Es war notwendig und es war ein Instinkt. Haargenau in dem Augenblick, als er tief einatmete, durchbrach er die Wasseroberfläche. Unter einer strahlenden Sonne tauchte er in die süße, reine, erfrischende Luft ein.

Er füllte seine Lungen, schlug um sich, trat um sich, um seinen Kopf über dem Strom zu halten. Er drehte sich, um nach Jan zu suchen. O Gott. Sie war noch dort unten!

Houston wartete. Als die Strömung ihn aber schneller flußabwärts zu treiben begann, konnte er nicht mehr warten. Er holte tief Luft, füllte seine Lungen bis zum Bersten, ignorierte seine Schwäche und Erschöpfung, tauchte, kämpfte sich in die Tiefe.

Sein Magen verkrampfte sich. Er klappte wie ein Taschenmesser zusammen. Sein Kopf schlug hart gegen seine Knie. Und plötzlich machte ihn die Kälte des Wassers empfindungslos, beruhigte ihn. Er war so müde. So schläfrig. Dann sah er eine Gestalt mit einem Heiligenschein. Und er wußte, daß es sein Vater war.

12

Der Tod war ganz und gar nicht so, wie er es immer erwartet hatte. Er war weder dunkel noch furchterregend. Er war so weich und ruhig und sanft. Und mit seinem Vater, der dort war, um ihn sicher zu führen, hatte Houston überhaupt keine Angst mehr. Er weinte. Houston bemerkte, daß er aufschaute, als wäre er wieder ein kleiner Junge. Sein guter, beschützender, liebevoller Vater stand über ihm, doch sein von einem hellen Schein umgebenes Gesicht war undeutlich und verschwommen. Es hatte keine Gesichtszüge. Als Houston sich streckte, um besser sehen zu können, sich verzweifelt auf die Zehenspitzen stellte, wurde er von einer Hand aufgehalten, die von hinten über seine Schulter fiel. Die Hand zog ihn fort. Er schüttelte die Hand mit einer wütenden Bewegung ab. Doch die Hand griff stärker, unerbittlicher zu. »Laß mich in Ruhe!« schrie er. Houston stolperte nach vorn, auf seinen Vater zu. Doch jetzt griffen auch noch andere Hände nach ihm, zerrten und zogen an seinen Schultern, packten seine Taille. Er kämpfte, schlug wie verrückt um sich. »Laßt mich los!« schrie er hysterisch. Sein Blick verschleierte sich. Hinter seinen Augen drängten Tränen. »Er ist mein Vater! Versteht ihr das denn nicht?« Doch die Hände erlaubten ihm keine Freiheit. Sie rissen und zogen an ihm, strengten sich an, um ihn zurückzuziehen. »Hilf mir!« schrie Houston, flehte seinen Vater an. Doch sein Vater blickte ihn nur mit reglosen, formlosen Gesichtszügen an. »Nicht schon wieder! Laß es nicht zu!« jammerte Houston. Statt dessen beobachtete sein Vater ihn nur ohne Augen. Dann hob sein Vater achselzuckend seine rechte Hand, winkte ihm noch einmal in einem stummen Abschied zu, drehte sich ruhig um und ging fort. Sein Rücken verschwand in der Ferne, wurde von Nebel verschluckt. »Du mußt mir helfen!« schrie Houston aus Leibeskräften. »Du bist doch mein Vater!« Doch er machte seinem Vater keine Vorwürfe. Houston gab den Händen, die ihn festhielten, die Schuld, und in einer maßlosen Wut wirbelte er herum, um die zu erwürgen, die ihn festhielten.

Grelles Licht quälte ihn. Geräusche strömten über ihn hinweg. Er versuchte seine Augen abzuschirmen, seine Ohren zuzustopfen. Doch irgend jemand hielt ihn fest, fesselte erbarmungslos seine Hände. »Ihr Schweine!« schrie Houston. Dann verstand er, daß es Jan war, und er erinnerte sich wieder, daß er versucht hatte, sie zu retten, und die Trauer um den Verlust seines Vaters wurde von dem Dank verdrängt, daß sie lebte. »Du hast es geschafft«, sagte er. »Himmel, du kannst dir gar nicht vorstellen, was ich für eine Angst ausgestanden habe!« Sie stand dicht vor ihm, beugte sich zu ihm.

»Jan, ich liebe dich.«

Doch ihre Haare waren dunkler geworden, ihr Gesicht war viel schmaler, und sie hatte auch traurigere Augen als zuvor. Diese Frau war nicht Jan, und doch kannte er sie. »Bitte, Sie müssen ruhen«, sagte die Frau.

Er sah, daß sie seine Hände festhielt. Er wand sich, um sich zu befreien.

»Entspannen Sie sich«, sagte sie. »Sie bringen Ihre Verbände durcheinander. Sie strapazieren Ihre Rippen.« Er fühlte einen Druck auf seiner Stirn, fühlte ein Stechen in seiner Brust. Schmerz durchraste ihn wie der Stich einer Hornisse.

»Himmel!« Voller Qualen blickte er auf: Dort waren Ärzte und Krankenschwestern. Doch er konnte nicht verstehen, was sie sagten. Französisch. Richtig. Sie sprechen Französisch.

»Wo ist Jan?«

Im Raum war es völlig still.

Houston blickte von einem Gesicht zum anderen. Dann blieb sein Blick auf dem Gesicht der Frau liegen, die er kannte und die nicht Jan war. »Simone?«

Mit traurigen Augen nickte sie. Houston schluckte. »Jan?« Sie schüttelte bedauernd den Kopf.

»Nein! Sie ist es nicht!« brüllte Houston. »Nein! Sie kann es einfach nicht sein!« Sie starrte ihn einfach nur an. Eisiger Schrecken griff nach seinem Herzen. Eine alles verzehrende Panik wuchs in ihm. Er strampelte sich aus dem Bett. »Sagt mir, wo sie ist!«

Dann explodierte der ganze Raum zu einer einzigen großen Bewegung. Ärzte und Krankenschwestern drängten sich zu ihm. Houston kämpfte mit ihnen, versuchte an ihnen vorbeizukommen. »Jan! Wo?«

Ein Nadelstich. Nein. Eine Nadel. Links von ihm. Eine Krankenschwester. Eine Injektionsnadel drang in seinen Arm ein. Er spürte, wie eine Flüssigkeit seine Blutbahn erreichte.

»Nein! Jan! Ich muß...«

Er fühlte sich schwindlig. Er umklammerte seinen Kopf. Er fiel zurück auf das Bett. Simone beugte sich herab. Sie zog das Laken bis unter sein Kinn hoch. Ihr Gesicht verzerrte sich, wurde länger, schwankte, flackerte, als wäre sie unter Wasser. »Ich werde bei Ihnen sein«, sagte sie.

Doch in Houstons Kopf stürzte das Wasser auf ihn ein. Er hörte einen entfernten, qualvollen Schrei. Die Dunkelheit umfing ihn, und er versank.

Zweiter Teil

13

Unendliche Trauer verzehrte ihn. Es war ihm völlig gleichgültig, wo er war oder wie lange er bewußtlos gewesen oder wie schwer er verletzt war. An Tagen voller Verzweiflung redete er sich ein, daß das alles nicht wirklich war, daß Jan immer noch lebte, daß er nur einen schlimmen Alptraum mitgemacht hatte. Doch seine Erinnerung war beharrlich, und seine Trauer war unerträglich. Er war sich absolut sicher, daß er seinen Verstand verlieren würde. Er konnte diese Qualen nicht aushalten. Und dann brach irgend etwas in ihm. Die Trauer betäubte ihn, griff seine Kräfte und seine Hoffnung und seinen Lebenswillen an. Seine Tränen verzerrten alles. Die Zimmerdecke schien sich zu kräuseln.

Er lag in völliger Dunkelheit auf einem Bett. Er hörte irgendwo Wasser fließen. Grollen? Donnern?

Gewitter.

Es war Nacht. Von einer Straßenlaterne fiel Licht auf das Fenster. Regentropfen liefen die Scheibe hinunter. Ein Mosaik sich ständig bewegender Schatten auf der Zimmerdekke.

Houston, schwach und ausgelaugt, fühlte sich wie unter Wassermassen begraben. Gleichzeitig schien er, schwindelerregend genug, aus einer großen Höhe herabzublicken. Sein Verstand konnte die einander widersprechenden Perspektiven nicht aushalten, keinen Einklang finden. Galle stieg ihm siedendheiß aus dem Magen auf; er kämpfte gegen den starken Drang, zu erbrechen.

Blitze zuckten durch die Nacht, und er sah das Zimmer: die prunkvolle Wandtäfelung, der massige antike Sekretär, das große, schwere Sofa.

Donner zerriß die Stille. Auf seiner Rechten wurde eine reich verzierte Tür geöffnet. Licht fiel in den Raum. Der Schatten einer Frau füllte den Türrahmen aus. Doch sie war keine Krankenschwester, und er befand sich nicht in einem

Krankenhaus. Aus dem Nachbarraum hörte er das Knistern eines Kaminfeuers.

Die Frau näherte sich seinem Bett. Als sie sich als Silhouette gegen das Licht in ihrem Rücken abzeichnete, besaß sie keinerlei charakteristische Züge. Wieder an seinen Traum erinnert, fühlte er sich verwirrt und verängstigt durch die Art und Weise, wie diese Frau zu schweben schien.

Er starrte sie an. Sein Magen verkrampfte sich. Mein Gott, ja! Das war Jan! Sein Puls beschleunigte sich unkontrollierbar. Dann zog sein Herz sich plötzlich krampfhaft zusammen. Sie drehte sich zum Fenster und er konnte ihr Profil sehen. Wieder zuckte ein Blitz durch die Nacht und Houston erkannte ihr Gesicht.

»Simone?« Seine Stimme klang gequält.

Sie fuhr herum, erschreckt, starrte ihn durch die Dunkelheit an.

Mit einem erstickten Schluchzen wischte er sich über seine verquollenen Augen. »Ich dachte, Sie wären...« Er konnte Jans Namen nicht aussprechen. Ein Kloß verschnürte ihm den Hals.

Besorgt sah sie ihn an. Sie knipste eine Stehlampe an. Der Schein dieser Lampe war warm, wurde von einem Spiegel zurückgeworfen, unglaublich klar und tief. Goldene Flecken auf seinem Rahmen funkelten im Licht.

Er blinzelte, war verwirrt. Seine Kehle fühlte sich wund an. »Wo bin ich?«

»Im Hotel. Im Zimmer meines Vaters.«

Sie kam zu ihm ans Bett. Sie öffnete eine frische Flasche Wasser, schenkte ein Glas ein, und hielt seine Hand, um ihm das Trinken zu erleichtern. Das Wasser prickelte, war süß und kalt. Er spürte, wie seine geschwollene Zunge das Wasser absorbierte.

»Nicht zuviel auf einmal«, sagte sie. Seine Lippen begannen wieder etwas zu spüren: heftig und stechend.

»Ich war im Krankenhaus.« Er ließ sich auf das Kopfkissen zurücksinken. Seine Feststellung war auch eine Frage. Er war sich nicht sicher, ob er wirklich dort gewesen war oder ob er es nur geträumt hatte.

»Die Ärzte konnten nichts weiter für Sie tun, als Sie nur

noch zu beobachten. Mein Vater hat gesagt, daß wir Sie hier bei uns ebenfalls beobachten und pflegen könnten. Er fühlt sich Ihnen verpflichtet. Es ist ihm immer noch sehr peinlich.«

»Weil dieser Mann in unserem Zimmer war?«

»Das hier ist das Haus meines Vaters. Seine Gäste stehen unter seinem Schutz.«

»Er hätte es ja gar nicht wissen können. Er hat wirklich keine Schuld... Aber sagen Sie ihm bitte meinen aufrichtigen Dank.« Der Regen peitschte gegen das Fenster. »Erzählen Sie mir alles, was geschehen ist.«

»Wir hatten gehofft, daß Sie uns das sagen könnten«, antwortete sie. »Ein Bauer hat Sie am Ufer des Flußes gefunden. Er hielt Sie schon für tot, doch als der Notarztwagen eintraf, gelang es einem Arzt, Sie wiederzubeleben. Die Polizei hat den Fluß abgesucht und die Stelle gefunden, an der Sie durch die Leitplanke vor der Brücke gebrochen sind. Froschmänner sind zu Ihrem Wagen herabgetaucht.« Sie rieb ihre Schulter und blickte zum Fenster.

»Und?«

»Es tut mir sehr leid. Ihre Frau war noch im Inneren des Wagens.« Er schloß seine Augen.

»Wir haben die Nachricht über Ihren Unfall im Radio gehört. Mein Vater konnte hier nicht fort, aber er bestand darauf, daß ich zu Ihnen fuhr. Den Rest kennen Sie selbst. Sobald es Ihr Gesundheitszustand erlaubte, habe ich Sie dann hierhergebracht. Sie haben eine leichte Gehirnerschütterung davongetragen und sich außerdem einige Rippen gebrochen. Sie können noch den Verband spüren.«

»Irgend jemand hat uns von der Straße abgedrängt«, sagte Houston, als die Erinnerung an den Unfall zurückkehrte. Sie sah ihn ungläubig an. »Es war ein Lastwagen. Ein großer schwarzer Lastwagen. Die Brücke war nur einspurig, und der Kerl hat versucht, uns zu überholen.«

»Die Polizei möchte sich gern mit Ihnen unterhalten.«

»Die werden auch nichts ausrichten können. Ich habe das Nummernschild des Wagens nicht erkennen können. Sie werden den Lastwagen niemals finden.«

»Vielleicht war der Fahrer betrunken oder hatte es sehr eilig.«

»Nein. Das war eiskalte Absicht.« Sie versteifte sich.

»Irgend jemand hat das ganz bewußt getan. Er wollte uns abdrängen.« Zorn loderte in Houstons Augen.

»Sie sind immer noch durcheinander. Ihr Kopf spielt Ihnen einen Streich.«

»Ein Fremder hat sich in unserem Zimmer versteckt. Er hätte telefonieren können oder uns auch eine Nachricht schicken können. Aber nein, er hat sich bei uns eingeschlichen. Ich kann nicht einmal beweisen, daß er überhaupt tatsächlich bei uns war. Als ich den Mann beschrieben habe, hat Ihr Vater ihn nicht identifizieren können. Hat sich Ihr Vater im Dorf umgehört?«

»Niemand kannte einen Mann, auf den Ihre Beschreibung paßte.«

»Also gut. Dieser geheimnisvolle Fremde hat uns in eine Stadt geschickt, die hundert Meilen weit von hier entfernt ist, und auf der Fahrt dorthin hatten wir dann einen Unfall. Wenn ich gestorben wäre, dann hätten Sie niemals erfahren, was wirklich geschehen ist. Aber ich habe überlebt, und ich kann Ihnen sagen, daß es kein Unfall war. Dieser Lkw-Fahrer wollte uns von der Straße abdrängen. Es war Absicht. Es gab auch nicht den geringsten Grund dafür, daß dieser Lastwagen versuchen mußte, uns zu überholen.«

»Aber das ergibt doch überhaupt keinen Sinn. Wer würde Sie denn umbringen wollen? Und warum?«

»Pierre de St. Laurent.« Houston sah, auf welche Weise sie ihn aufmerksam musterte. Sie schien zu denken, er wäre verrückt. »Ja, ich weiß«, sagte er dann. »Das alles liegt schon siebenunddreißig Jahre zurück. Wen interessiert es heute noch, was damals geschehen ist? Aber irgend jemanden interessiert es schon. Und zwar eine ganze Menge.«

»Sie brauchen jetzt Ruhe.«

»Nein, hören Sie zu. Versprechen Sie mir eins. Sie müssen mich dorthin bringen. Nach Roncevaux. Ich möchte wissen, wer unter dieser Adresse wohnt.«

»Ich kann Sie nicht unterstützen...«

»Versprechen Sie es!«

»Darüber sprechen wir später noch einmal.« Besorgt starrte sie zum Fenster.

»Was ist denn?« fragte Houston.

»Es ist nicht der richtige Augenblick.«

»Nun los! Sagen Sie schon!«

»Es gibt da eine Frage, die ich Ihnen stellen muß. Ich wünschte, es wäre nicht nötig.« Houston runzelte seine Stirn. »Sie müssen gewisse Vorkehrungen treffen.« Houston verstand nicht. »Ihre Botschaft hat Erkundigungen eingezogen. Ihre Frau. Sie selbst. Sie haben keine Eltern und keine Kinder. Es gab niemanden, der die notwendigen Papiere und Urkunden unterzeichnen konnte.«

»Was unterzeichnen?«

»Ich muß Sie fragen, wo Sie sie beerdigen lassen möchten.«

»O Gott!« Houston konnte seine Tränen nicht mehr zurückhalten. Er weinte. Er weinte hemmungslos. Und er hörte nicht mehr auf. Er glaubte, daß er niemals wieder damit aufhören könnte.

14

Langsam senkte sich der Sarg in den Fußboden. Er zitterte. Irgendwo unter sich vernahm er ein starkes Dröhnen. Ein Rumpeln. Dann verschwand der Sarg. Mit einem surrenden Geräusch hob sich die Falltür, bis sie wieder auf einer Höhe mit dem übrigen Fußboden war. Sie rastete ein. Das Rumpeln verstummte schlagartig. In dem Raum war es wieder völlig still.

Er sagte sich selbst: Denk nicht darüber nach, was als nächstes geschieht! Doch dann hörte er, oder meinte es wenigstens zu hören, ein anderes, unheilschwangeres Geräusch unter seinen Füßen: Irgend etwas prasselte und donnerte wie ein Hochofen.

Houston mußte fort von hier. Er drehte den dunkelroten Samtvorhängen, den hüfthohen Pfosten, die mit einer dikken Kordel verbunden waren und die die Stelle umsäumten, wo der Sarg gestanden hatte, seinen Rücken zu. Seine Schuhe scharrten über den Boden.

Simone, ganz in Schwarz, stand dicht hinter ihm, neben

ihrem Vater, der ebenfalls Trauerkleidung trug. Houston warf ihnen einen kurzen Blick zu. Er biß seine Zähne fest zusammen. Der Mann vom Bestattungsunternehmen trat zu ihm, sprach ihm dezent sein Beileid aus. Wenn Monsieur morgen bitte wiederkommen würde...

Houston nickte, murmelte ein kaum verständliches »Danke«. Doch seine Trauer hatte ihm den Hals zusammengeschnürt. Seine Stimme versagte. Sein Sehvermögen ließ nach. Der Raum wurde plötzlich grau. Er befürchtete, in Ohnmacht zu fallen. Er neigte sich zur Seite, griff nach Simone. Sie packte seinen Arm. Schnell ergriff Monsard den anderen Arm. Sie halfen ihm zum Ausgang.

Nur wie durch einen Nebel nahm er wahr, daß er einen Flur hinunterging. Dann öffnete sich eine Tür und er stand in der strahlenden Sonne. Benommen und schwindlig senkte er seine Augen, um sie vor dem grellen Licht zu schützen. Stufen, Bürgersteige, dann Gras. Er ließ sich auf eine steinerne Bank fallen. Sein Kopf hing tief zwischen seinen Schultern herab. »Es geht schon wieder«, sagte er zu ihnen.

Doch seine Trauer und seine Qualen brachen aus ihm heraus. Er war sich absolut sicher, daß ihm das Herz brechen würde.

Dann hielt ihn irgend jemand fest im Arm. Simone saß neben ihm, hatte ihren Arm um ihn gelegt. Houstons Schluchzen ließ seinen ganzen Körper erbeben. »Sie müssen das verstehen. Jan hat es so gewollt.«

»Sie müssen nichts erklären.«

»Ich mußte es ihr versprechen. Was sollte ich denn machen? Ich mußte ihren Wunsch doch respektieren. Einäscherung.« Houston ballte seine Fäuste und stöhnte. »Wenn ich sie hier in Frankreich begraben hätte... Was hätte ich denn gemacht, wenn ich wieder zu Hause bin? Ich würde zu ihrem Grab gehen wollen. Und ich hätte nach Frankreich kommen müssen, um es zu besuchen.« Er drückte seine Hände gegen die Augen.

»Und was, wenn ich sie zu Hause begraben hätte? Ich wäre mit dem Leichnam nach Hause geflogen und es ist sehr wahrscheinlich, daß ich nie wieder zurückgekehrt wäre.« Er zwang sich, tief einzuatmen.

Simone lehnte sich zurück. Ihre Stimme war behutsam und leise. »Ist das so schlimm? Wenn man bedenkt, was hier geschehen ist, würde ich nicht denken, daß Sie noch einmal zurückkommen wollten.«

»Ich muß bleiben«, sagte er.

»Warum?«

»Weil jemand möchte, daß ich keine weiteren Fragen stelle. Wenn ich das Land verlasse, dann hat er erreicht, was er vorgehabt hat. Aber diese Befriedigung möchte ich ihm nicht geben.«

Sie sah ihn nachdenklich an. »Dann glauben Sie immer noch...«

»Daß Jan ermordet wurde? Ja, ich bin fest davon überzeugt!«

»Aber die Polizisten haben doch Nachforschungen angestellt. Es gibt keinerlei Beweis dafür. Sie haben die Adresse überprüft, die Sie ihnen gegeben haben. Niemand mit dem Namen St. Laurent hat jemals dort gelebt. Sie haben nach dem Lastwagen gesucht. Sie haben sogar Karosseriewerkstätten abgesucht, falls die Seite des Lastwagens repariert worden sein sollte. Sie haben ihn nicht gefunden.«

»Ich wette, sie fragen sich sogar, ob es diesen Lastwagen überhaupt gibt. Sie haben doch selbst den Blick gesehen, mit dem sie mich angeschaut haben. Sie glauben, ich wäre hysterisch. Oder, daß ich vielleicht betrunken war. Oder, daß ich schlicht und einfach die Kontrolle über den Wagen verloren habe, und daß ich mir diese Geschichte mit dem Lastwagen nur ausgedacht hätte, um mein eigenes Versagen zu verbergen.«

Sie schüttelte ihren Kopf. »Sie glauben Ihnen. Es war Fahrerflucht.«

»Es war mehr als das. Ich weiß es. Und ich werde das Land nicht eher verlassen, als bis ich weiß, warum meine Frau sterben mußte. Sie war ein anständiger und guter Mensch. Ich habe sie geliebt. Und jemand wird für das, was er ihr angetan hat, bezahlen müssen.« Der harte Unterton seiner Stimme überraschte ihn selbst. Wut und Haß verdrängten seine tiefe Trauer. Das wollte er nicht. Haß war ein ekelhaftes, abstoßendes Gefühl. Doch sein Zorn beherrschte ihn jetzt vollständig.

Monsard sagte etwas auf französisch. Simone antwortete ihm. Dann sah sie Houston an. »Mein Vater hat recht. Ich weiß wirklich nicht, was...«

Sie zögerte. Houston sah sie mit großen Augen an. »Fahren Sie fort«, sagte er.

»Wenn Sie sich nicht auf die Polizei verlassen wollen, wenn Sie nicht glauben, daß sie sich wirklich Mühe gibt, dann kann ich allerdings beim besten Willen nicht sehen, was Sie allein erreichen wollen. Sie sind allein, und, verzeihen Sie mir das bitte, aber Sie wissen nicht, was Sie tun.«

Houston lächelte sie verbittert an. »Aber anscheinend komme ich doch ganz gut weiter, denn andernfalls hätte, wer auch immer den Lastwagen gefahren hat, schließlich nicht versucht, mich umzubringen. Ich werde dort weitermachen, wo ich aufgehört habe. Ich werde weitere Fragen stellen, und ich werde dorthin gehen, wo mich die Antworten hinführen. Ich bin nahe dran. Zumindest das ist sicher.«

»Wenn Sie wirklich recht haben – ich will Sie nicht beleidigen, indem ich so tue, als würde ich Ihnen glauben –, wenn Sie also wirklich recht haben, dann bringen Sie sich doch selbst in ernste Gefahr. Das nächste Mal haben Sie vielleicht nicht mehr so viel Glück.«

Houston preßte seine Zähne zusammen. »Wollen Sie die Wahrheit wissen? Ich sollte eigentlich eine Heidenangst haben. Nur, daß ich mich jetzt so leer und hohl fühle, und außerdem dermaßen zornig bin, daß ich auch nicht im geringsten so etwas wie Angst habe. Ich hoffe sogar, daß er es bei mir noch einmal versucht. Dann muß er sich wenigstens zeigen. Und ich bekomme die Gelegenheit, ihm meine Hände um den Hals zu legen.«

Sie zuckte zusammen.

»Meine Frau ist tot. Mir bleiben jetzt nur noch zwei Alternativen. Entweder fliege ich jetzt nach Hause zurück und trauere mein ganzes Leben lang, oder aber ich sage mir, daß sie ermordet worden ist, und dann versuche ich herauszufinden, warum. Was würden Sie denn tun? Falls ich nach Hause zurückkehre, falls ich es nicht versuchen sollte...« Seine Augen flehten sie an. »Helfen Sie mir!«

15

Obschon die Gebäude älter und die Bauweise eindeutig europäisch war, erinnerte Roncevaux Houston an die Industriestädte, die er aus West-Pennsylvania kannte. Selbst die Landschaft war ähnlich. Die dichtbewaldeten, plumpen Berge, durch die sich ein verschmutzter, sterbender Fluß schlängelte – und genau in der Mitte eines engen Tales lag Roncevaux, das von Berg zu Berg unter dem schwefelfarbigen Dunst unzähliger Fabrikschlote versteckt lag. Es war ein Teil Frankreichs, in den er lieber nicht gereist wäre; doch nachdem Jan gestorben und seine Erinnerung an ursprüngliche, unberührte Natur befleckt war, stand diese dunkle Kehrseite Frankreichs durchaus im Einklang mit seinen Gefühlen.

Man hatte ihm gesagt, daß hier in erster Linie Papier hergestellt wurde, und er konnte den ranzigen, bitteren Papierbrei deutlich riechen. Er warf einen flüchtigen Blick über die Gebäude. Steinerne Fassaden überzogen von aschgrauen Krusten. Der Staub, der vom Himmel auf die Stadt rieselte, ließ seine Augen schon bald tränen. Er kurbelte das Seitenfenster hoch und drehte sich zu Simone herum.

Sie saß hinter dem Lenkrad ihres neuen weißen Renault. Sie hatte ihn vor ihrem Aufbruch gefragt, ob er lieber selbst fahren wollte, doch sobald er seine Arme hob oder sich abrupt drehte, schmerzten ihn immer noch seine Rippen sehr stark. Abgesehen davon war er sich seit dem Unfall unsicher beim Fahren. Also las er die Straßenkarte und gab ihr Richtungsanweisungen, während sie den Wagen durch den dichten Verkehr lenkte. Selbst die Hauptverbindungsstraßen waren eng, und die finsteren Gebäude schienen ihn zu erdrücken, während er Straßenschild nach Straßenschild las. Es war Mittag, und trotzdem sperrte die dichte Dunstglocke über der Stadt die Sonne aus.

»Stellen Sie sich vor, wie es sein muß, hier zu leben«, meinte Houston.

»Was noch schlimmer ist, die Menschen haben gar keine andere Wahl. Tut es Ihnen schon leid, daß Sie hierhergekommen sind?«

Statt ihr zu antworten, zeigte er auf eine Kreuzung. »Hier bitte links. Sehen Sie es?«

Sie machte eine Kopfbewegung auf das Straßenschild: RUE GABRIEL.

Seine Wut schwoll an. Nicht mehr lange, dachte er.

Sie bog um die Ecke und kam in einen älteren Teil der Stadt. Die Gebäude schienen sich alle zur Seite zu neigen. Sie wirkten müde und erschöpft. Hölzern, ausgetrocknet, abblätternde Farbe.

Houston erschauerte. Alte Männer auf der Straße wirkten verhärmt, krank. Nur auf wenigen Häusern befanden sich Nummern. Fünfundfünfzig. Dann dreiundachtzig, und neunzig, sechsundneunzig. Diese matten Hausnummern hingen über den Türen. Doch sein Herz begann schneller zu schlagen, als er die Nummer einhundertdreizehn sah.

Simone fuhr an dem Haus vorbei.

»Warten Sie.«

»Ich muß einen Parkplatz suchen«, sagte sie nur.

Er blickte zurück, versuchte herauszufinden, ob es in diesem Gebäude Wohnungen gab oder nicht. Es gab eine alte steinerne Treppe und einen hölzernen Bogen. Die Fenster der vier Stockwerke schienen mit Farbe überstrichen worden zu sein. Entweder das, oder sie waren noch nie geputzt worden. Etwas weiter vor ihnen bog ein Lastwagen plötzlich von der Bordsteinkante auf die Straße ein. Nur um ein Haar verpaßte er den vorderen Kotflügel des Renault. Als er zurückzuckte, trat Simone schnell auf die Bremse, riß das Lenkrad hart herum, und rutschte mit dem Wagen förmlich in den freien Parkplatz hinein, den der Lastwagen verlassen hatte.

Er staunte über ihre Fahrkünste. Sie machte eine obszöne Handbewegung hinter dem Lastwagen her. Obschon ihm nicht danach zumute war, mußte er lachen. Sie warf ihm einen überraschten Blick zu und begann ebenfalls zu lachen.

»Ich habe in San Francisco meinen Führerschein gemacht«, erklärte sie ihm.

»Ich hatte mir fast schon gedacht, Sie hätten bei Stock-Car-Rennen das Fahren gelernt. Ich bin wirklich froh, daß ich nicht hinter dem Steuer sitze.«

»Wir schließen den Wagen besser ab. In dieser Gegend hier können wir froh sein, wenn er bei unserer Rückkehr nicht geknackt worden ist.«

»Ich fühle mich fast wieder wie zu Hause.« Und dann wünschte er sich, er wäre wirklich wieder zu Hause, wäre niemals nach Frankreich gekommen, hätte Jan niemals hierhergebracht.

»Sie sind plötzlich so blaß«, bemerkte Simone besorgt.

»Nur ein Gedanke, auf den ich nicht vorbereitet war.« Er stieg aus dem Renault aus und drückte den Türverriegelungsknopf ein. »Gehen wir, um dieses Haus zu überprüfen. Bringen wir es hinter uns.«

Ungeduldig wartete er, während sie um das Auto herum zu ihm kam. Dann gingen sie die Müll übersäte Straße hinunter. Sie kamen an drei Schlägertypen vorbei, die Simone anfeixten. Dann erreichten sie die Hausnummer einhundertdreizehn.

Houston starrte auf die trüben, undurchsichtigen Fensterscheiben hoch, warf einen schrägen Seitenblick auf die Dunkelheit hinter dem gesplitterten hölzernen Torbogen. Dann holte er tief Luft und ging die Stufen hinauf.

Hinter dem Torbogen befand sich eine staubige Tür. Er drehte den Türknauf. Knarrend öffnete sie sich. Sie betraten einen unbeleuchteten, schummrigen Flur. Es roch muffig, nach Schimmel, und wenn Houston sich nicht irrte, nach Urin. Rechts von ihnen öffnete sich eine Türe. Ein kahlköpfiger, unrasierter Mann zog den Reißverschluß seiner Hose zu, während er auf den Flur hinaustrat. Hinter ihm bemerkte Houston zwei französische Toiletten.

Der Mann blieb überrascht stehen. Er grinste verlegen. »*Pardonnez, madame.*« Und Houston verstand. »Ich habe Sie nicht gehört.«

»*J'accepte.*« Dann sprach sie schnell etwas auf Französisch. Der unrasierte Mann antwortete ebenso schnell.

Houston wartete gespannt.

Simone drehte sich zu ihm um. »Das hier ist ein Bürogebäude. Er ist der Hausmeister, sagt er. Es stehen dermaßen viele Büros leer, daß er befürchtet, daß das Haus schon bald verkauft werden wird. Dann wird er seine Arbeit verlieren.« Der glatzköpfige, unrasierte Mann lächelte weiterhin nervös. »Er denkt, wir wären gekommen, weil wir dieses Haus kaufen wollten«, fuhr Simone fort.

»Fragen Sie ihn.«

»St. Laurent?« Simone sprach den Mann wieder an. »Pierre de St. Laurent?«

»Ah, oui. Je le connais.«

Urplötzlich spürte Houston ein heißes Brennen in seinem Bauch. »Hat er vielleicht gesagt, er kennt ihn?« Er versuchte seine Stimme in der Gewalt zu halten. »Aber die Polizei behauptet doch, St. Laurent wäre nie hiergewesen.«

»Le nom. Je connais le nom. Quarante et un.« Der Mann nickte hilfsbereit, und deutete auf die Holztreppe in seinem Rücken. »Il a loué quarante et un.«

»Simone, schnell. Sagen Sie es mir.«

»St. Laurent. Er hat die Nummer einundvierzig gemietet. Oben.«

»Mein Gott. Hat er ihn gesehen?« Houston wußte nicht, welchem Impuls er zuerst nachgeben sollte: Die Treppe hinaufzustürzen, oder aber zu warten und zunächst mehr Informationen zu bekommen.

»Avez-vous lui vu?« fragte Simone. Der Hausmeister antwortete. Simone wandte sich wieder zu Houston. »Nein. Er sagt, er hätte seine Anweisungen von dem Maklerbüro bekommen. Er hat eine Nachricht bekommen, die ihn anwies, das Büro nicht zu verschließen und die Schlüssel auf den Schreibtisch zu legen. Später bekam er dann einen zweiten Brief, in dem er aufgefordert wurde, den Namen auf der Bürotür zu ändern. Der Briefträger kommt mit Päckchen und Paketen für ihn.«

»Ist er jetzt oben?« fragte Houston aufgeregt. *»Est-il ici?«*

»Jamais«, erwiderte der Hausmeister. Dann fuhr er wieder mit einem Wortschwall fort.

»Was?«

Simone übersetzte es ihm. »Er sagt, daß St. Laurent niemals hier ist. Jeden Abend, wenn er hinausgeht, braucht er das Büro nicht sauberzumachen. Und die Pakete stehen auch ungeöffnet dort oben.«

»Was soll das, zum Teufel?« Houston stürzte auf die Treppe zu. Er zitterte.

»Peter?«

Hinter sich hörte er Schritte, doch er machte sich nicht die Mühe, sich umzudrehen. Er packte das Treppengeländer und nahm zwei Stufen auf einmal. Die hölzerne Treppe knarrte. Das Geländer wackelte. Auf der zweiten Etage beleuchtete eine nackte, von der Decke baumelnde Glühbirne den Flur.

»Peter?«

Schließlich drehte er sich doch um. Simone kam hinter ihm die Treppe hinaufgelaufen. »Die Polizei war hier«, sagte er zu ihr, »und sie hat nichts erfahren. Ich verstehe das nicht. Aber das beweist wenigstens, daß ich in dieser Nacht tatsächlich einen Besucher hatte.«

»Das habe ich auch nie bezweifelt.«

»Aber Sie sind mein Zeuge, wenn wir wieder zur Polizei gehen. Ich hätte diesen Ort hier niemals mit St. Laurent in Verbindung bringen können, sofern mir nicht jemand gesagt hatte, wo ich suchen mußte. Sie sind mit mir hierhergekommen und Sie wissen, wie schwer es zu finden ist. Ich mußte einfach jemanden haben, der mir sagte, wo ich hingehen müßte. Jemand mußte mir diesen Ort nennen, mich hierherführen.«

»Ich sagte doch, ich habe Ihnen geglaubt.«

Während sie sich unterhielten, gingen sie weiter die Treppe hinauf. Sie erreichten den dritten Stock, doch hier hing keine Glühbirne von der Decke. Die Dunkelheit beunruhigte Houston.

Dann die vierte Etage. Sie erreichten die vierte Etage.

16

Er blieb einen Augenblick stehen, wartete. Hier oben gab es kein Geräusch, obwohl er den gedämpften Verkehrslärm von der Straße weit unten noch leise hören konnte. Seine dunklen Befürchtungen ließen den Korridor länger wirken, als er war. Doch seine Wut verdrängte schließlich sein beklommenes Gefühl, und so ging er den langen Korridor hinunter.

Einundvierzig lag ganz am Ende des Flures. Er warf einen flüchtigen Blick auf die Beschriftung – IMPORT – EXPORT – ST. LAURENT –, die mit einer Schablone auf die Milchglasscheibe geschrieben worden war.

Houston klopfte an. Keine Antwort. Houston klopfte wieder, und als er auch dieses Mal keine Antwort erhielt, spannte er sich an, um die Türklinke zu ergreifen.

Simone packte seine Hand. »Sind Sie sich auch ganz sicher?« fragte sie. »Wenn das, was Sie denken, wirklich stimmt, dann sind Sie in großer Gefahr.«

»Wir beide«, sagte er. »Ich habe nicht richtig nachgedacht. Hören Sie, es ist vielleicht besser, wenn Sie hier draußen auf mich warten.«

»Sie machen wohl Witze? Wenn Sie glauben, daß ich allein hier draußen auf Sie warten werde...«

»Ich muß es tun. Ich schulde es Jan.« Houston drückte die Tür auf. Auf rostigen Scharnieren öffnete sie sich, und dahinter lag ein Einzimmerbüro. Es gab keine weiteren Türen, durch die man das Büro hätte verlassen können. Die beiden Fenster hatten Milchglasscheiben.

Houston trat ein. Er spürte, wie Simone sich an seinem Arm festklammerte, schaute sie jedoch nicht an. Er konzentrierte sich auf das Büro. Auf der linken Seite war der Raum völlig kahl. Auf der rechten Seite entdeckte er einen schäbigen Aktenschrank. Er durchsuchte die Schubladen. Sie waren leer.

Auf der Oberfläche des arg ramponierten Schreibtisches direkt vor ihm befanden sich zahllose runde Flecken von Flaschen und Gläsern. Auf dem Schreibtisch stand ein Telefon. Und drei kleine Päckchen mit entwerteten Briefmarken.

Houston trat hinter den Schreibtisch und blickte auf die drei Pakete herab. Als Adresse stand dort in Druckschrift: PIERRE DE ST. LAURENT. Er nahm eines der Pakete in die Hand. »Schwer.« Houston schüttelte es. »Es rappelt nichts. Ich frage mich, was wohl darin sein mag.«

Er stellte das Paket auf den Schreibtisch zurück und nahm den Hörer des Telefons ab. Er nickte, als er das Freizeichen hörte. »Hm, es funktioniert. Irgend jemand muß es also auch benutzen.« Und das war dann auch schon alles. Außer einem alten, schäbigen Ledersessel befand sich nichts weiter in dem Raum.

»Was machen wir jetzt?« fragte die Frau.

»Ich würde gern wissen, was in diesen Paketen ist.«

»Heißt das, Sie wollen sie öffnen?«

»Nein. Ich will nicht, daß man weiß, daß wir hier waren. Auf der Tür steht, daß dies ein Import-Export-Geschäft ist. Aber das bezweifle ich. Vorausgesetzt, er steht nicht kurz vor der Pleite. Dieser Raum hier wird nicht geschäftlich genutzt.«

»Wofür dann?«

»Ich weiß es nicht. Eine Briefkastenadresse vielleicht. Ein Ort, an dem man Nachrichten hinterlassen und empfangen kann.«

»Oder Pakete?«

»Könnte sein. Nur daß die Poststempel schon mehrere Tage alt sind. Wenn der Inhalt wertvoll sein sollte, dann frage ich mich, warum niemand vorbeikommt und sie abholt.« Houston nahm ein anderes Paket und schüttelte es. »Könnte Heroin oder vielleicht auch Geld drin sein. Verdammt, es könnten auch einfach nur Bücher sein.« Er verzog seine Lippen. »Vielleicht ist hier doch alles in Ordnung.«

»Das Büro war ja auch nicht verschlossen«, meinte sie.

»Was die Vermutung nahelegt, daß diese Pakete wertlos sind«, knurrte Houston. »Wir wissen jetzt auch nicht mehr als das, was wir schon vom Hausmeister erfahren haben.«

»Ich habe eine Idee.« Er sah sie aufmerksam an. »Sind Sie immer noch fest entschlossen?« fragte sie.

Houston nickte.

»Wir könnten in einem leeren Büro irgendwo ein Stück den Flur hinauf warten. Wenn dann jemand kommt, um die Pakete abzuholen, folgen wir ihm einfach. Dieser jemand könnte St. Laurent sein. Oder er könnte zumindest zu St. Laurent gehen.«

Er grinste. »Simone, das ist ja...« Houston sprach seinen

Satz nicht zu Ende. Sein Grinsen verschwand. Blitzschnell drehte er sich zur Tür um. Schritte waren auf den knarrenden Holzdielen des Flures draußen zu hören.

Sie hatten die Tür nicht hinter sich zugezogen. Simone wich zurück. Houston schwang um den Schreibtisch. Der Hausmeister blickte sie von dem Flur an. »*Ca va bien*?« Seine Augen wirkten beunruhigt.

Houston atmete auf, verstand. Natürlich, dieser Bursche sollte schließlich ein Auge auf das Haus werfen. Und jetzt macht er sich Sorgen, weil wir einfach hier in diesem Büro stehen. Er hat Angst, daß er seinen Job verlieren könnte. »Erklären Sie ihm, daß wir Importeure sind«, sagte er zu Simone. »Daß wir wiederkommen werden, wenn jemand hier ist.«

Sie übersetzte es dem Mann und sie verließen das Büro. Der Hausmeister starrte an ihnen vorbei in das Büro.

»*Merci*«, sagte Houston.

Sie gingen den Korridor hinunter. »Später«, sagte Houston zu dem Mann. »*Plus tard*.« Sie erreichten die Treppe.

»Jetzt können wir nicht mehr in einem leeren Büro warten«, meinte er zu ihr. »Wir müssen uns etwas anderes einfallen lassen.« Sie gingen langsam die Treppe hinunter.

Der Hausmeister ging noch einmal in das Büro, um sich zu vergewissern, daß nur ja nichts angerührt worden war. Sie hörten, wie hinter ihnen in dem Büro das Telefon zu klingeln begann. Houston blieb auf einer Treppenstufe stehen und drehte sich um. »Simone, warten Sie. Hören Sie. Übersetzen Sie mir, was er sagt.«

»Vielleicht geht er gar nicht an den Apparat.«

Das Klingeln hörte auf. Stille. Houston wartete gespannt.

Außer Sicht hörten sie den Hausmeister sagen: »*Oui*?«

Die Explosion ließ die Wände einstürzen. Das Dach brach zusammen. Der Flur verschwand einfach. Die Druckwelle schleuderte Houston zurück, warf ihn mit brutaler Gewalt gegen die Wand.

Er stürzte, schwerelos, und stöhnte auf, als er auf die Stufen aufschlug. Simone schrie. Er roch Rauch und etwas Beißendes, Durchdringendes, Stechendes. Er spürte Hitze. Ein Stück Mauer brach unmittelbar neben ihm zusammen.

Irgend etwas fiel auf ihn. Wand sich. In seiner Panik sah Houston, daß es Simone war. Im glühenden, flackernden Licht des Feuers sah er das Blut auf ihr, auf ihnen beiden.

Er schrie. Die sengende Hitze näherte sich. Er war die Treppe bis zum dritten Stock hinuntergefallen. Als er nach oben blickte, sah er, daß die Flammen bereits alles umhüllten.

Der Rauch ließ ihn husten und die Hitze begann ihm die Luft abzuschnüren. Es wurde heißer. Seine Kleider waren warm. Vor seinen Augen begann sich alles zu drehen.

»Wir müssen...« Doch dann atmete er den stechenden Rauch ein und hustete, konnte seinen Satz nicht mehr beenden.

Er stolperte mit ihr die Trümmer des Treppenhauses hinunter. Einmal verloren sie ihr Gleichgewicht. Einmal wichen sie hastig zurück, als ein brennendes Stück der Decke von oben herabstürzte und vor ihnen aufschlug. Sie hielten sich krampfhaft am Geländer fest und kletterten zu einem anderen Stück der Treppe hinunter.

Oder versuchten es zumindest. Denn das Geländer, das schon von Anfang an wacklig gewesen war, gab nach, und sie stürzten auf den Treppenabsatz der nächsten Etage. Der Schmerz raste durch seinen ganzen Körper und Houston stöhnte laut auf. Doch jetzt waren die Flammen wenigstens hoch über ihnen. »Sind Sie in Ordnung?« fragte er.

Simones Gesicht war aschfahl, und sie zitterte. Sie hatte noch genug Kraft, um zu stehen. Sie hinkten weiter hinunter. Kurz darauf taumelten sie hustend aus dem Gebäude. Am Bordstein fielen sie über den Kotflügel eines Autos. Eine Menschenmenge hatte sich inzwischen versammelt. Leute kamen zu Hilfe. Durch das Prasseln der Flammen hoch über ihnen hörte Houston das durchdringende Heulen sich schnell nähernder Sirenen.

17

»Morgen werden wir die Trümmer durchsuchen«, sagte der Inspektor. »Obschon ich in Anbetracht des Umfanges der Zerstörung kaum glaube, daß wir viel finden werden.«

Sie befanden sich in einem engen Raum mit sieben Schreibtischen. Neben Houston telefonierten zwei Polizeibeamte geschäftig. Houston rieb sich die Schulter und warf ihnen einen Seitenblick zu.

»Geht es Ihnen wieder besser?« fragte der Inspektor.

»Alles tut weh.«

»Das kann ich mir vorstellen.«

Die Krankenwagenfahrer hatten Simone und Houston mit Höchstgeschwindigkeit zur Notfallambulanz gefahren. Leichte Verbrennungen. Prellungen. Schock. Simone hatte sich ein Handgelenk verstaucht. Houston hatte sich eine Schulter ausgerenkt. Die Verbände um seine verletzten Rippen hatten den Aufprall etwas gedämpft. Nichtsdestoweniger fühlte Houston sich, als wäre er von Kopf bis Fuß nur eine einzige wunde Stelle.

Ihm war nach all den Medikamenten, die man ihm gegeben hatte, ganz benommen und schwindlig. Er konnte sich nicht daran erinnern, wann aus dem Tag Abend geworden war, und er konnte sich ebensowenig daran erinnern, wie er vom Krankenhaus auf das Polizeirevier gekommen war. Er war so fertig, daß er es nicht einmal merkwürdig gefunden hatte, als sich der Inspektor, der gesagt hatte, er heiße Alfred Bellay, auf Englisch vorgestellt hatte.

Doch als er den aufgeschreckten Ausdruck auf Simones Gesicht bemerkte, begann er sich zu wundern. Plötzlich wachsam geworden, musterte er den großen, schlanken, gutaussehenden und gutgekleideten Mann. »Haben Sie gerade Englisch gesprochen?« fragte er.

»Aus diesem Grund hat man mich zu Ihnen geschickt. Sobald die Feuerwehrmänner herausfanden, daß Sie Amerikaner waren, riefen sie mich um Hilfe. Vor vielen Jahren, in Paris, hatte ich mit Briten zu tun, und da mußte ich Ihre Sprache lernen.«

Houstons Gedanken wurden langsam wieder klarer. Der Mann schien Mitte Dreißig zu sein. Falls er, als er noch jünger gewesen war, seine Karriere in Paris begonnen hatte, dann mußte er irgendwem unangenehm auf die Füße getreten sein, wenn er dazu gezwungen war, hier in Roncevaux zu arbeiten. Meine Güte, wer wollte schon freiwillig hier leben?

Alfred Bellay sagte: »Dann nehmen Sie also an, es war eine Bombe?«

»Etwas anderes kann ich mir nicht vorstellen.«

»Ausströmendes Gas vielleicht?«

»Ich habe nichts gerochen.«

»Mademoiselle?«

Sie schüttelte ihren Kopf.

»Dann vermuten Sie also, daß sich in diesen Paketen Sprengstoff befunden hat?«

»Wir haben uns in dem Raum genau umgesehen, aber die Pakete haben wir nicht geöffnet. Wo sonst hätte die Bombe wohl sein können?«

»Das Telefon klingelte.«

»Ja.«

»Der Hausmeister ist dann in das Büro gegangen, um an das Telefon zu gehen.«

»Richtig.«

»Er nahm den Hörer ab, sagte etwas, und...« Bellay hob seine Hände, um eine Explosion nachzuahmen.

»Ja, das ist richtig.«

»Dann haben wir zwei Möglichkeiten. Die Bombe ist rein zufällig hochgegangen. Aus keinem besonderen Grund. Das ist die eine Möglichkeit. Andererseits kann die Bombe aber auch genau in dem Augenblick explodiert sein, in dem sie auch hochgehen sollte. Sie ist dann durch irgendeine Art von Fernsteuerung gezündet worden. Das Telefon selbst kann die Zündung nicht ausgelöst haben. Wenn das der Fall gewesen wäre, dann hätte das erste Läuten schon ausgereicht. Ich glaube, Sie haben gesagt, das Telefon hätte zweimal geklingelt?«

Pete nickte.

»Dann wollte derjenige, der angerufen hat, auf jeden Fall ganz sicher gehen, daß jemand in dem Büro war. Als er eine Stimme am anderen Ende der Leitung hörte, hat er einfach einen Knopf gedrückt, und ein Funksignal hat die Detonation ausgelöst.«

Houston hatte selbst schon an diese Möglichkeit gedacht,

hatte sie jedoch nicht erwähnt, weil er sich nicht sicher war, wie Bellay darauf reagieren würde.

»Sie haben mir aber noch nicht erzählt, was Sie beide dort zu suchen hatten«, sagte Bellay.

»Wir wollten einen Mann besuchen.«

»Bitte, Mr. Houston«, sagte Ballay. »Das ist doch wirklich langweilig. Ich stelle eine Frage und Sie antworten nicht mehr, als unbedingt nötig ist. Jemand, der nichts mit dieser Sache zu tun hätte, würde bereitwillig und ausführlich erzählen. Sie wissen mehr, als Sie zugeben.«

»Fahren Sie fort. Sagen Sie es ihm«, sagte Simone.

Bellay warf ihr einen kurzen Seitenblick zu und hob seine Augenbrauen. »Ach, dann sprechen Sie also auch Englisch.«

Sie nickte.

»Dann haben wir drei, wenn schon nichts anderes, wenigstens das gemeinsam. Was sollen Sie mir erzählen? Fahren Sie fort und sagen Sie alles.«

»Jemand wollte uns töten«, sagte Houston.

»Sieht ganz so aus, ja. Warum?«

»Wir suchen einen Mann. Pierre de St. Laurent. Er ist neunzehnhundertvierundvierzig verschwunden. Ein Mann hat angedeutet, daß wir ihn vielleicht in diesem Büro finden könnten.«

»Welcher Mann? Wer hat das angedeutet?«

»Wir wissen es nicht. Er hat seinen Namen nicht genannt. Er hat eine Nachricht hinterlassen und war wieder verschwunden.«

»Und dann sind Sie hierhergekommen?«

»Beim erstenmal bin ich zusammen mit meiner Frau gefahren. Es gab einen schweren Verkehrsunfall. Meine Frau ist dabei ums Leben gekommen.«

Erschrocken blickte Bellay ihn an. »Absichtlich, denken Sie wahrscheinlich, nach allem, was geschehen ist?«

»Ich bin ganz sicher.«

»Ich hatte meine Zweifel«, mischte sich Simone ein. »Aber jetzt stimme ich mit Peter voll und ganz überein. Irgend jemand versuchte ihn umzubringen. Um ihn daran zu hindern, diesen St. Laurent ausfindig zu machen.«

»Und aus welchem Grund ist dieser St. Laurent so wichtig für Sie?« wollte Bellay wissen. Seine Augen fixierten Houston unnachgiebig.

»Das ist der wirklich seltsame Teil der ganzen Sache«, sagte Houston. »Mein Vater war Soldat. Er ist neunzehnhundertvierundvierzig gefallen. Dieser St. Laurent hat sein Grab gepflegt. Ich wollte mich eigentlich nur bei ihm bedanken.«

Als Houston zu Ende gesprochen hatte, starrte er auf den Parkettfußboden. Er wußte nicht, warum er auch jetzt noch log, warum er nicht zugab, daß er das Grab seines Vaters gesucht hatte. Zu persönlich, zu kompliziert, dachte er. Nein, es war etwas anderes. Und du hast Angst davor. Du willst es einfach nicht wahrhaben.

»Lobenswert«, sagte Bellay trocken. »Aber wie es scheint, möchte er keinen Dank. Sie sagten, St. Laurent ist neunzehnvierundvierzig verschwunden?«

»Ja, und je öfter ich auf Sackgassen stieß, desto entschlossener wurde ich, ihn zu finden. Dann hat uns dieser Fremde hierhergeschickt, und ...«

Bellay runzelte seine Stirn. »Da ist noch etwas anderes.«

»Ich sage Ihnen die Wahrheit.«

»Aber auch die ganze Wahrheit? Sicher werden Sie meinen Standpunkt auch verstehen können. Dieser Zwischenfall ist völlig sinnlos. Aus welchem Grund sollte St. Laurent Sie töten wollen?«

»Das ist es ja gerade, was mich noch verrückt macht! Ich weiß es nicht.«

»Alfred?«

Bellay drehte sich zu den beiden Polizisten um, die während ihrer ganzen Unterhaltung im Hintergrund telefoniert hatten. Einer dieser beiden Männer hatte ihn gerade angesprochen.

»*Oui*?« antwortete er.

Die Unterhaltung wurde auf Französisch gehalten. Simone wurde aufgeregt, während sie dem Gespräch folgte.

Bellay drehte sich wieder zu Houston um. »Der ganze Block in dieser Straße dort hat einen Verwalter, einen Makler. Er hat seine Unterlagen überprüft. Dieses Gebäude gehört der Verlaine Enterprises, doch die haben noch nie etwas von einem St. Laurent gehört. Nichtsdestoweniger hat uns der Makler bestätigt, daß St. Laurent diesen Büroraum gemietet hat.«

»Dann wird er uns ja sicher auch eine Beschreibung dieses Mannes geben können.«

»Ich wünschte, es wäre so einfach. St. Laurent hat all seine Geschäfte mit dem Makler telefonisch und per Post abgewickelt. Er hat die Miete bar in einem Brief bezahlt.«

Houston stöhnte auf. Zum Teil, weil die Wirkung der Beruhigungsmittel nachzulassen begann und sein Rücken heftig schmerzte, aber zum anderen auch, weil er wieder einmal in einer Sackgasse gelandet war. Wieder einmal hatte Pierre de St. Laurent es geschafft, ihm zu entkommen.

»Wann?« fragte er.

»Entschuldigen Sie?« fragte Bellay verständnislos.

»Das Büro. An welchem Tag hat er es angemietet?«

»Diesen Monat. Am elften.«

»Das war vor drei Wochen.«

»Und warum soll das so wichtig sein?«

Houston zitterte vor Wut. »Jan war zu diesem Zeitpunkt bereits tot. Diese Schweine!«

»Peter, da haben Sie Ihren Beweis.« Simone saß kerzengerade auf ihrem Stuhl.

»Wofür?« wollte Bellay wissen.

Houstons Stimme war zornig. »Als der Fremde uns hierhergeschickt hat, bestand auch nicht die geringste Möglichkeit, daß St. Laurent in diesem Büro war. Das Büro war noch nicht einmal angemietet worden. Es mußte ja auch noch gar nicht gemietet worden sein. Wir sollten niemals dort ankommen. Als sie dann erfuhren, daß ich den Unfall überlebt hatte, hofften sie, daß ich dort weitermachen würde, wo ich begonnen hatte. Also warteten sie einfach ab, bis die Polizei das Gebäude überprüft hatte – dann mieteten sie das Büro an. Diese Schweine! Sie haben mich beobachtet, wie ich das Gebäude betreten habe. Sie haben im Büro angerufen und waren sich ganz sicher, daß ich den Hörer abnehmen würde. Sie mußten ganz sichergehen, daß ich wirklich in dem Büro war.«

18

Houston fuhr aufs Geratewohl, warf immer wieder einen Blick in den Rückspiegel. Er bog links ab, dann ohne jeden ersichtlichen Grund wieder rechts. Gelegentlich fuhr er einfach um einen ganzen Häuserblock herum. Er beschleunigte. Er bremste ab. Und als er schließlich davon überzeugt war, daß niemand ihn verfolgte, fuhr er, so schnell er konnte, auf die Hauptstraße, die aus Roncevaux hinausführte, und drückte dann seinen Fuß auf dem Gaspedal bis zum Boden durch.

»Auf dieser Straße kommen wir aus der Stadt heraus«, sagte Simone. Offenbar war sie überrascht.

»Ich weiß.«

»Aber das Hotel, zu dem uns Bellay geschickt hat, liegt in der entgegengesetzten Richtung.«

»Genau deshalb fahre ich in diese Richtung.«

»Dann haben Sie sich vorhin gar nicht verfahren? All diese falschen Straßen, in die Sie hineingefahren sind? Oh, mein Gott!«

»Sie verstehen jetzt also. Sie werden nicht erwarten, daß wir die Stadt schon so bald wieder verlassen. Wir sind verletzt. Es wäre völlig normal, wenn wir zumindest diese eine Nacht in der Stadt verbringen würden. Wie lange würde wohl jemand benötigen, um herauszufinden, in welchem Hotel wir abgestiegen sind?«

»Wir könnten uns unter anderen Namen anmelden.«

»Das macht es ihnen nur wenig schwerer. Aber nicht unmöglich. Falls wir dort bleiben würden, würden sie uns schließlich auch finden.«

»Wir könnten Bellay um Polizeischutz bitten.«

»Würden Sie einer Wache vertrauen? Wir würden den Mann nicht kennen, würden nicht wissen, ob nicht irgend jemand den Mann ausschalten und einfach die Polizeiuniform tragen würde, um uns zu täuschen. Doch selbst wenn wir diesem Polizisten vertrauen würden: Ein Mann, der es wirklich darauf anlegt, uns zu töten, wird immer einen geeigneten Weg finden. Wir haben gar keine andere Wahl. Wir müssen fort. Während wir St. Laurent gejagt haben, hat irgend jemand uns gejagt. Das nächste Mal wird er auf Nummer sicher gehen wollen. Er wird es so einrichten, daß kein Mensch uns je finden wird.«

Sie schüttelte sich. »Sagen Sie so etwas nicht.«

»Ich will, daß Sie das genau verstehen. Wir kämpfen um unser nacktes Leben.«

Die Fernscheinwerfer beleuchteten die leere, von Bäumen gesäumte Straße vor ihnen. Pete kniff die Augen zusammen und blickte auf ein Hinweisschild. »Kennen Sie diese Stadt?«

»Ich habe noch nicht einmal von ihr gehört«, sagte sie.

»Nun, vielleicht hat das auch sonst kein Mensch. Zehn Kilometer. Versuchen wir es. Ich kann nicht mehr viel länger fahren. Meine Schulter schmerzt wie verrückt.«

»Mein Handgelenk ist stark angeschwollen. Ich kann überhaupt nicht fahren«, meinte Simone.

Er schaltete in den zweiten Gang herunter. Er mußte sich stark zusammenreißen, um nicht laut aufzustöhnen, als er das Lenkrad drehte. Sein pochender Arm widersetzte sich. Der Renault passierte einen Graben und fuhr auf einer Schotterstraße weiter Richtung Osten. Seine Scheinwerfer schnitten suchend in die pechschwarze Nacht.

»Simone, es tut mir sehr leid.«

»Was?«

»Das ich Sie in diese Sache mit hineingezogen habe.«

»Ich hätte ja nicht mitkommen müssen. Sie haben mir gesagt, daß Jan ermordet worden sei, doch ich dachte, Sie würden sich das nur einbilden. Ich habe Ihnen Ihren Willen gelassen.«

»Aber ich wußte, daß es keine Einbildung war. Ich wußte, daß es ein Risiko bei dieser Geschichte gab. Ich war dermaßen in meinen Zorn vertieft, daß ich nicht erkannt habe, daß ich auch Ihr Leben aufs Spiel setze, Sie ebenfalls in Gefahr bringe. Ich hätte Sie niemals um Hilfe bitten dürfen.«

»Das macht jetzt auch keinen Unterschied mehr. Ich bin hier. Ich habe mich entschieden. Sagen wir, wir haben uns beide geirrt. Es ändert wirklich absolut nichts.«

»Hören Sie, ich kann ein Risiko eingehen. Sie können mich in dieser Stadt verlassen. Aber wenn Sie wieder nach

Hause kommen... Ich mache mir Sorgen. Vielleicht wird er dann hinter Ihnen her sein.«

Sie antwortete ihm nichts, doch Houston konnte deutlich hören, wie sie die Luft scharf einzog.

»Verstehen Sie? Es ist vielleicht nicht nur heute abend gefährlich, wo Sie bei mir sind. Er kommt vielleicht zu dem Ergebnis, daß Sie in diese Sache verwickelt sind. Er hat vielleicht Angst, daß auch Sie eine Gefahr für ihn darstellen könnten. Trennen wir uns oder stellen wir uns gemeinsam dieser Sache?« Houston wartete, doch sie antwortete ihm nicht.

Er hielt seine Augen fest geradeaus, blickte hin und wieder rechts und links an dem Lichtkegel seiner Scheinwerfer vorbei. Und dann sah er plötzlich einige kleine Häuschen, ein Café, eine Tankstelle. Es brannten nur wenige Lichter in den Häusern. Er sah keinen Menschen. Ein einsames Auto stand verlassen am Straßenrand. Ehe er es recht mitbekam, war er schon durch die ganze Stadt gefahren. Vor ihm befand sich wieder nichts als die nächtliche Landschaft. Er wendete auf der Straße, verkrampfte sich bei dem Schmerz, den ihm dieses Manöver bereitete, und fuhr denselben Weg, den er gekommen war, wieder zurück.

»Simone, Sie haben mir nicht geantwortet.«

»Ich bin wütend.«

»Ich sagte Ihnen schon, es tut mir leid.«

»Nein, nicht auf Sie. Ich bin wütend, und ich habe Angst, und ich mag es nicht, wenn man mich bedroht. Damals, als ich noch verheiratet war, in den Staaten, da hat mein Mann mich ganz genauso behandelt. Er wollte mich beherrschen, wollte mich kontrollieren. Als ich ihn schließlich verließ, hat er mich verfolgt. Er hat mich terrorisiert. Zweimal hat er versucht, mich zu töten.«

»Mein Gott!«

»Ich bin nach Frankreich zurückgekehrt und ich habe mir selbst etwas versprochen. Nie wieder werde ich in Angst vor etwas oder jemand leben. Ich werde es mir einfach nicht gefallen lassen, mich immer fragen zu müssen, ob sich vielleicht irgendwer hinter den Büschen versteckt hat. Ich werde meine Freiheit nicht opfern und jedesmal zusammenzukken, wenn ich Schritte höre. Das ist mein Kampf jetzt. Ich will, daß dieser Mann aufgehalten wird.«

19

HOTEL stand auf dem Schild, doch das Haus schien eher einer Pension drüben in den Staaten zu entsprechen. Es war ein tristes, altes Haus, gut einen Häuserblock von der Hauptkreuzung des Dorfes entfernt. In diesem Teil der Stadt herrschte absolute Dunkelheit. Er parkte den Wagen hinter einigen Sträuchern ein Stück eine Gasse hinunter. Irgendwo in der Nähe fauchten Katzen, und sie kehrten langsam zur Straße zurück.

Das Haus lag dunkel und still in der Nacht. Houston klopfte an die Türe. Keine Antwort.

Houston klopfte wieder. Er zitterte vor Erschöpfung, die Nachwirkungen des Schocks. Simone trat tiefer in den Schatten, als die Scheinwerfer eines Wagens durch die Nacht schnitten.

Er klopfte ein drittes Mal, und schließlich ging irgendwo im Haus ein Licht an. Ein Schatten humpelte durch den Flur auf den Eingang des Hauses zu. Eine alte Frau in einem unförmigen Morgenmantel und einer ausgebeulten Nachthaube lugte durch ein schmales Fenster. Dann zog sie die Tür einen Spalt weit auf und sah sie mit einem mißtrauischen Blick an.

Simone übernahm das Gespräch – sie redete sehr viel, meinte Houston. Zuviel, nur um ein Zimmer für die Nacht zu mieten. Doch die alte Frau war darüber verärgert, daß sie geweckt worden war, und sie schien außerdem zu bemerken, daß Simone und Houston unterschiedliche Nationalitäten hatten. Was wiederum die Frage erweckte, ob sie verheiratet wären.

Houston nickte.

Wenn sie nicht verheiratet wären, sagte die Frau, dann müsse sie ihnen nämlich zwei getrennte Zimmer vermieten.

Pete verstand. Es stört sie nicht, ob wir in Sünde zusammenleben oder nicht, aber wenn sie uns zwei Zimmer vermieten kann, dann bekommt sie auch doppelt soviel Geld.

Sie konnten das Risiko jedoch nicht eingehen, die Nacht in getrennten Zimmern zu verbringen. Schließlich löste Simone das Problem, indem sie bereit war, das Doppelte für ein Zimmer zu bezahlen, und jetzt nickte auch die alte Frau, ebenfalls zufrieden.

Sie hatten ihre Taschen mitgebracht. Sie traten in das Haus. Houston bezahlte. Die Frau deutete formlos auf eine Treppe und eine Tür, die am Ende zu sehen war. Müde und erschöpft gingen sie hinauf.

»Sie hat den Beruf verfehlt«, sagte Houston. »Sie sollte Autos verkaufen.«

»Sie hat mir gesagt, daß es um sechs Uhr Frühstück gibt.«

»Was bedeutet, daß sie denkt, wir würden es sowieso verschlafen, weswegen sie sich gar nicht erst die Mühe zu machen braucht, ein Frühstück zuzubereiten. Ich nehme alles zurück. Sie sollte Politikerin werden.«

Sie betraten das Zimmer. Der Raum war ordentlich und sauber, aber auch klein. Die Matratze auf dem Messingbett war zu weich und sackte in der Mitte durch. Houston stellte ihre Taschen ab und testete mit einer Hand die Matratze. Simone hatte die Tür geschlossen.

»Ich hoffe, es ist Ihnen nicht unangenehm«, meinte Houston. »Aber es gibt leider keine andere Möglichkeit. Wir müssen uns das Zimmer teilen.«

»Ich habe schon einmal einen Mann schlafen gesehen. Die Frage ist nur: Wer bekommt das Bett und wer den Sessel?«

»Sollen wir eine Münze werfen?«

»Ich denke, ich werde mein Vorrecht als Frau wahrnehmen, und Ihnen den Sessel anbieten.«

»Das habe ich schon befürchtet.« Er schaute sich um. »Es gibt hier kein Badezimmer.«

»Den doppelten Preis und Sie erwarten auch noch ein Badezimmer? Sie sind ein Träumer!«

Houston zog die Tür auf und schaute hinaus. »Den Flur hinunter. Na ja, da ich ja sowieso im Sessel schlafe...«

»Sie dürfen zuerst ins Bad. Das habe ich befürchtet.«

Sie grinsten sich an. Dann erinnerten sie sich wieder an die Umstände, die sie zusammen in dieses Zimmer geführt hatten, und schlagartig wurden sie wieder ernst.

»Ich werde nicht lange brauchen«, sagte er.

Er packte seine Tasche und verließ das Zimmer. Als er in Schlafanzug und Morgenmantel zurückkehrte, entdeckte er, daß Simone sich bereits ausgezogen hatte und sich gerade ihren eigenen Morgenmantel anzog. Während sie fort war, fand er eine Decke in der Kommode und machte es sich, so gut es ging, in dem Sessel bequem. Aber irgend etwas nagte an ihm. Ein rätselhaftes Detail, das er übersehen hatte.

Simone kehrte zurück. Sie setzte ihre Tasche auf den Boden. Doch statt sich in das Bett zu legen, setzte sie sich auf die Kante und sah ihn aufmerksam an. »Bellay hatte recht.«

»Wobei?«

»Sie haben nicht die Wahrheit gesagt«, sagte sie.

»Sie irren sich.«

»Nein, absolut nicht.« Ihr Gesicht war ernst. »Ich war von Anfang an mißtrauisch. Sie schienen allzu versessen darauf zu sein, diesen St. Laurent zu finden und sich bei ihm bedanken zu wollen.«

»Er hat sich um das Grab meines Vaters gekümmert. Ich bin ihm verpflichtet. Was ist denn daran so merkwürdig...«

»Er hat es nicht getan.«

»Was?«

»Er ist neunzehnhundertvierundvierzig verschwunden. Er hat sein Versprechen niemals gehalten, das er Ihrer Mutter gegeben hat. Sie schulden ihm gar nichts. Sie sind ihm durchaus zu nichts verpflichtet.«

Pete spürte, wie jede Farbe aus seinem Gesicht verschwand. Irgend etwas schwoll in ihm an und sank gleichzeitig wieder zusammen, verbrannte.

»Aber ich habe diesen Widerspruch durchgehen lassen«, fuhr sie fort. »Ich dachte mir, Sie würden schon einen Grund haben, warum Sie mir nichts von Ihrem wirklichen Motiv erzählten. Es geht mich nichts an, dachte ich. Ich mochte Sie. Ich war neugierig. Ich bin mitgekommen.«

»Simone, ich wollte Sie niemals...«

»Lassen Sie mich ausreden. Dann ist Ihre Frau gestorben, und ich konnte sehr gut nachempfinden, was Sie durchmachen mußten. Anders als einige meiner Landsleute empfinde ich eine Zuneigung für die Amerikaner. Ich habe alle meine Zweifel und meine Skepsis einfach beiseite geschoben. Ich habe Ihnen auch weiterhin geholfen. Doch jetzt will mich irgend jemand töten. Ich mache Ihnen deswegen keinerlei Vorwürfe, gebe Ihnen keine Schuld daran. Wie ich schon sagte, ich habe mich entschieden, und auch wenn ich es blindlings getan habe, so war es doch immerhin meine bewußte Entscheidung. Ich werde auch in Zukunft dazu stehen. Doch solange ich in diese Geschichte verwickelt bin, erwarte ich von Ihnen, daß Sie bitte ehrlich zu mir sind. Während der ganzen Fahrt hierher habe ich auf eine Erklärung von Ihnen gewartet. Aber Sie haben mir offenbar nicht genug vertraut. Sie erweisen mir nicht Ihren Respekt, indem Sie mir die Wahrheit sagen. Jetzt kann ich allerdings nicht mehr länger warten. Was hat das alles eigentlich zu bedeuten? Worum geht es?«

Pete konzentrierte sich auf Simone. Er war beunruhigt. Nicht allein wegen der Gefahr, in der sie beide schwebten, sondern auch wegen einer ganz anderen Art von Angst. Wegen einer lauernden, versteckten Bedrohung seines Seelenfriedens und seines gesunden Verstandes. Diese Bedrohung war wie ein bösartiges Tier, das sich im Dunkeln anschlich. Er hatte versucht, es zu ignorieren. So zu tun, als wäre es nicht da. Sich einzureden, daß seine Verdachtsmomente in der Wirklichkeit keinerlei Grundlage hätten.

Doch jetzt war der Augenblick gekommen. Das Tier fauchte in der Dunkelheit. Das Tier knurrte ihn an. »In meiner Tasche«, sagte er. »Ich habe etwas Brandy dabei.« Houston schlug die Decke zurück, beugte sich weit aus seinem Sessel und griff nach seiner Tasche. Er öffnete sie und nahm die Cognacflasche heraus. Er schaute sich im Zimmer um, konnte jedoch keine Gläser entdecken.

»Dann werden wir wohl aus der Flasche trinken müssen!« Er schraubte den Verschluß ab und hob die Flasche an seine Lippen. Blinzelnd bot er ihr dann die Flasche an.

Sie überraschte ihn, indem sie sein Angebot annahm. Sie

sah kurz auf das Etikett, hob die Flasche und nahm einen kräftigen Schluck. Houston schaute zu, wie sich ihre Kehle bewegte, während sie schluckte. Dann stellte sie die Flasche auf den Fußboden zwischen ihnen.

»Die Wahrheit«, sagte sie. »Sie zögern es nur hinaus.«

Er musterte sie aufmerksam, wollte nicht reden, dann sprudelte es aus ihm heraus. »Es ist wegen meinem Vater. Ich kann sein Grab nicht finden.« Die Worte hingen in der Luft.

Er tastete die Taschen seiner Jacke ab, fand schließlich das Päckchen Zigaretten und steckte sich eine an.

Simone schaute ihn verdutzt an. »Was hat das denn mit all dem zu tun?«

»Meine Mutter hat mir immer erzählt, daß er auf dem Militärfriedhof in der Nähe Ihrer Stadt begraben liegt.« Trotz dieses seltsamen Druckes in seiner Brust zwang er sich, weiterzureden. »Da ich nun schon einmal in Frankreich war, dachte ich, ich müßte ihm auch meine Ehre erweisen. Aber es gibt keinerlei Unterlagen darüber, daß er dort begraben liegt. Ich konne das einfach nicht verstehen. Dann fiel mir wieder ein, daß Pierre de St. Laurent meiner Mutter geschrieben hatte. Er teilte ihr mit, daß er sich um das Grab ihres Mannes kümmern würde. Ich dachte mir, wenn ich mit St. Laurent sprechen würde, könnte er mir sagen, wo sein Grab liegt.«

Sie war völlig verwirrt. »Und deshalb ... Sie glauben, daß Ihre Frau und dieser Hausmeister gestorben sind und beinahe auch Sie selbst und ich, nur weil Sie jemand daran hindern möchte, herauszufinden, wo Ihr Vater begraben wurde?«

»Nein. Wenn Sie es so ausdrücken, klingt es wirklich sehr dumm.«

»Wie dann?«

Houston zog an seiner Zigarette. »Es ist nicht einfach zu erklären. Jedesmal, wenn in mir der Gedanke aufkommt, unterdrücke ich ihn sofort wieder. Ich meine, es ist einfach so verrückt – wenn ich herausfinden würde, daß es tatsächlich wahr ist, dann würde ich ...«

»Peter!« Ihre Augen flehten ihn an. »Es kann nicht verrückter als das sein, was bislang schon geschehen ist. Sagen Sie es mir«, sagte sie. »Vertrauen Sie mir.«

Houston nickte. »Sie müssen das verstehen. Ich habe meinen Vater nie kennengelernt. Er ist etwa zu derselben Zeit gefallen, als ich geboren wurde. Meine Mutter hat ihn verehrt und verherrlicht. Sie hat mir erzählt, wie intelligent er war, wie gutaussehend, und wie sehr er uns geliebt hat. Er war groß und kräftig, und er konnte gut Autos reparieren, und singen konnte er wie ein Opernstar. Für uns war er so etwas wie ein Heiliger. Doch die ganze Zeit, während ich groß wurde, sah ich immer die Väter meiner Freunde, und ich beneidete sie. Ich wußte, daß diese Väter alle nicht so wunderbar sein konnten, wie meiner es gewesen war, aber diese Väter lebten, und ich wünschte mir von ganzem Herzen, daß einer von ihnen meiner wäre. Ich habe meine Mutter gefragt, ob sie wieder heiraten wollte. Sie antwortete mir: ›Ich werde niemals einen Mann finden, der an deinen Vater heranreichen wird.‹ Und sie heiratete nicht mehr. Bis zu ihrem Tod hat sie nicht mehr geheiratet.«

Er stieß eine Rauchwolke aus. Simone nahm die Flasche vom Boden und nahm einen kräftigen Schluck. Auf ihrer Stirn lagen tiefe Falten.

»Kinder sind so erfinderisch«, meinte Houston. »Nennen wir es Fantasie. Oder vielleicht sollten wir es besser Hoffnung nennen.« Er schüttelte seinen Kopf. »Irgendwann begann ich mit diesem Tagtraum. Es dauerte nicht lange, da träumte ich auch nachts davon. Ich wollte diesen Traum. Ich stellte mir verschiedene – Erwachsene würden wahrscheinlich sagen: Szenarios vor. Was, wenn er nie gestorben wäre? Angenommen, er hätte sein Gedächtnis verloren, und er wußte nur nicht mehr, daß er eine Frau und einen Sohn hatte? Angenommen, er wäre verstümmelt worden, so schwer verletzt worden, daß er es einfach nicht fertigbrachte, uns häßlich, wie er seitdem war, gegenüberzutreten. Oder schlimmer noch, die schlimmste, finsterste Möglichkeit. Angenommen, er wäre völlig in Ordnung, hätte sich aber entschieden, nie mehr nach Hause zurückzukehren. Daß er uns verlassen hätte, daß er mir den Rücken gekehrt hätte und mich allein aufwachsen ließ.«

Houston spürte, wie ihm plötzlich die Tränen über das Gesicht rollten. Er hatte einen bitteren Geschmack im Mund. Er drückte mit seinen Fingern die Glut seiner Zigarette aus, als könne er so seine Trauer zerstören. Er hoffte, daß der Schmerz seiner verbrannten Finger ihn ablenken würde.

»Peter«, sagte sie leise. Sie stand auf und kam dicht zu ihm. Sie legte ihre Hände auf seine Schulter.

Doch er zitterte, und obschon er deutlich ihr Parfüm riechen konnte, war es Houston unmöglich, zu ihr aufzusehen. »Es ist, wie ich gesagt habe«, fuhr er fort, die Augen geschlossen. »Kinder haben manchmal eine sehr rege Fantasie.«

Ihre Hände drückten auf seine Schultern. »Sie vermuten, daß Ihr Vater noch lebt?« Ihre Skepsis war ihrer Stimme deutlich anzuhören. Und noch etwas anderes – eine unheimliche Angst.

»Mit der Zeit hat der Junge seine Fantasien dann verdrängt. Schließlich wurde er erwachsen. Doch jetzt finde ich heraus, daß mein Vater nicht dort beerdigt ist, wo meine Mutter immer gesagt hat, er wäre es. Und ferner, daß Pierre de St. Laurent einfach spurlos von der Bildfläche verschwunden ist. Und Himmel, ich will wissen, was hier los ist! Wenn das, was meine Mutter mir von dem Grab erzählt hat, nicht wahr ist, was ist dann sonst noch alles nicht wahr? Was von dem, was ich bislang als selbstverständlich akzeptiert habe, ist nicht das, wofür ich es gehalten habe? Der einzige Mensch, der mir auf all das eine Antwort geben kann, ist St. Laurent, und irgend jemand ist so nervös darüber, daß wir ihn vielleicht finden, daß er schon zweimal versucht hat, mich umzubringen. Und er hat meine Frau ermordet, und…«

Houston konnte nicht weitersprechen. Sie drückte ihn an sich, hielt ihn einfach fest, beruhigte ihn.

Als es plötzlich an die Zimmertür klopfte, verkrampften sie sich beide.

Beklommen drehten sich sich um. Es klopfte lauter.

Simone ging zur Tür. Während er sich die Tränen abwischte, beobachtete Houston, wie sie die Tür einen Spalt weit aufzog. Wachsam spannte er sich an.

Er hörte die Stimme der alten Frau.

Simone antwortete irgend etwas. Die Frau erwiderte etwas. Dann hörte er die schlurfenden Schritte der Frau die Treppe hinunter.

Simone schloß die Tür. »Sie sagt, wir würden sie nicht einschlafen lassen.«

Er nickte. »Auch nicht schlimm. Wenn ich so weitermache, bin ich sowieso ein Fall für die Klapsmühle.«

Sie kam durch das Zimmer, musterte ihn aufmerksam. Sie beugte sich herab und küßte ihn auf die Wange. »Wir werden Pierre de St. Laurent finden«, sagte sie. »So oder so, wir werden auf all deine Fragen eine Antwort finden.«

Der Schlaf überfiel ihn schneller, als er erwartet hatte. Nachdem Simone das Licht ausgeschaltet hatte, hörte er, wie sie zu dem Bett ging. Er hörte, wie sie ihren Morgenmantel auszog. Dann das Rascheln der Laken, als sie sich ins Bett legte.

Er trieb langsam dahin und er träumte, und in seinem Traum war er wieder in der Rue Gabriel 113. Er verließ zusammen mit Simone das Büro. Er sah, wie der Hausmeister hineinging. Wieder hörte er das Telefon klingeln. Die Explosion warf ihn die Treppe hinunter. Er spürte, wie Simone hart auf ihn prallte. Er hob sie hoch. Doch dann bemerkte er, daß ihr Kopf in einem grotesken Winkel abgebogen war, sah den faustgroßen Holzsplitter, der aus ihrer Stirn ragte. Sie war tot. Mein Gott, er hatte sie umgebracht! Zuerst Jan, und dann Simone! Nicht einmal, sondern zweimal. Er schrie, als Simones tote Augen ihn anstarrten. In panischem Entsetzen lief er fort.

»Peter!«

Er rang mit den Händen, die ihn packten.

»Pete, es ist nichts! Nur ein Alptraum!«

Er blinzelte, zitterte, starrte Simone an, die ihn festgehalten hatte, als er aus dem Sessel gerutscht war.

»Nicht einmal, sondern zweimal«, sagte er.

»Pete, es ist vorbei. Du hast geträumt.«

»Einmal und dann noch einmal.«

Er hatte eine Gänsehaut. Er tastete sich zum Lichtschalter vor und drehte sich dann mit einem plötzlichen wütenden

Funkeln in den Augen zu ihr um. »Es ist zweimal passiert«, sagte er ihr atemlos.

»Ja, ich weiß. Der Autounfall und dann die Bombe. Was ist denn?«

»Nein, das meine ich nicht.« Sein Verstehen rüttelte ihn auf, als hätte er einen Schock bekommen. Denn schließlich erinnerte er sich wieder an dieses nagende, quälende Detail. »Zweimal. Es ist schon zweimal früher geschehen. Der Friedhof. Vergangenen Monat ist schon jemand dort gewesen, um das Grab seines Vaters zu besuchen. Der Sergeant konnte es nicht finden. Und voriges Jahr ebenfalls. Der Sergeant sagte, auch diesmal hätte er das Grab nicht finden können.«

Houston sah, wie Simones Augen größer wurden.

»Mein Gott«, sagte sie. »Es fehlen noch mehr Gräber!«

20

Er riß den Schaltknüppel in den zweiten Gang. Der Renault kämpfte sich mit heulendem Motor den Berg hinauf und erreichte schließlich den Gipfel. Er schaltete in den dritten. »Dort ist es.«

Sie schnappte nach Luft.

»Hast du ihn noch nie gesehen?«

»Wollte nicht daran erinnert werden. Gott, wie viele Söhne liegen dort unten?«

»Zehntausend.«

»Oh«, sagte sie, »diese Verschwendung!«

Vor dem schmiedeisernen Gitter bremste er ab, und fuhr dann mit Vollgas über den Parkplatz. Mit quietschenden Reifen blieb er schließlich abrupt vor dem Schild AMERIKANISCHES KRIEGERDENKMAL stehen. Sie liefen hastig zu dem großen, niedrigen Gebäude hinüber. Houston stieß die Tür auf, hielt sie für sie fest, drehte sich dann um. Vorbei an den Dioramen in der Mitte des Raumes sah er den schlanken, großen Angestellten hinter seiner Theke.

Der Angestellte war wie ein Roboter, der durch die sich nähernden Schritte in Aktion gerufen wurde. Er drückte seine Brust heraus. »Ja, Sir? Mr. Houston? Wie geht es Ihnen heute?«

»Der Superintendent.«

»Sir, er hat zu tun. Er ist in seinem Büro.«

»Holen Sie ihn.«

»Wenn Sie weitere Informationen herausgefunden haben, sollten Sie mit mir sprechen.«

»Ich sagte doch klar und deutlich, daß ich Andrews sprechen will.«

Der Angestellte schien beleidigt zu sein. Mit einem Achselzucken wandte er sich zu Andrews Tür um.

Er mußte nicht anklopfen. Sie öffnete sich vorher.

Mit gereckten Schultern kam Andrews heraus und rollte dabei seine Ärmel herunter. Unter seinem frischen, weißen Hemd zeichneten sich seine Muskeln ab. »Tut mir leid, Mr. Houston.« Er schüttelte ihm die Hand. »Ich habe nichts erfahren.«

»Aber ich«, sagte Houston.

Andrews musterte ihn. Er warf einen verwirrten Blick auf Simone.

»Meine Frau...« Houston schluckte. »Sie ist tot. Diese Dame hier hilft mir.«

Andrews straffte sich. »Tot? Aber das...«

»Ich möchte nicht darüber sprechen.« Houstons Stimme klang unsicher. »Es tut zu weh. Irgendwie bin ich, ohne es zu wollen, in etwas hineingestolpert. Hören Sie, ich habe eine Frage.«

»Bitte.«

»Als meine Frau und ich bei Ihnen waren, da haben Sie gesagt, daß manchmal Fehler passieren können.«

»Ja, das ist richtig. Das Militär ist nicht perfekt.«

»Dann nannten Sie zwei Beispiele.«

»Ich weiß nicht...«

»Vergangenes Jahr ist bereits jemand gekommen, um das Grab seines Vaters zu besuchen, doch er konnte es nicht finden.«

»Richtig.«

»Dasselbe ist dann letzten Monat wieder geschehen, sagten Sie. Ich brauche die Namen der Leute.«

…r wozu?« Tiefe Falten standen plötzlich auf der Stirn …uperintendent. Er beugte sich vor. »Sie wollen andeu-…n…«

»Bitte. Ich brauche diese Namen.«

»…daß es irgendeine Verbindung gibt, daß wir alle Gräber finden, wenn wir erst eines gefunden haben.«

»Ich weiß es nicht. Ich stelle nur Vermutungen an. Aber ich werde das Gefühl einfach nicht los, daß hier irgend etwas faul ist. Zufall? Na schön, vielleicht. Aber ich…«

»Einen Augenblick bitte.«

Houston sah dem Superintendenten nach, der wieder in seinem Büro verschwand. Einen schrecklichen Augenblick lang wurde er in diesem Moment an seinen ersten Besuch hier erinnert, als Jan neben ihm gestanden hatte, so daß er irrsinnig hoffte, er würde sie sehen, wenn er jetzt seinen Kopf zur Seite drehte.

Statt dessen schaute Simone ihn an. Seine Trauer nahm zu, tat entsetzlich weh.

»Jeffrey Hutchinson.« Mit einem Zettel in der Hand kehrte Andrews zurück. »Den anderen Namen konnte ich leider nicht finden. Vergangenen Monat hat er mir seine Telefonnummer und Anschrift für den Fall da gelassen, daß ich herausfinden würde, wo das Grab sich befindet.«

Houston nahm seine Brieftasche heraus. »Ich kann Ihnen entweder das Geld geben, damit Sie für mich anrufen, oder ich kann mir auch eine öffentliche Telefonzelle suchen.«

»Was? Ich…«

»Wenn er letzten Monat hier war, dann wird er jetzt wahrscheinlich wieder zu Hause sein. Ich muß mit ihm sprechen.«

»Aber warum? Er hat mir alles gesagt, was er wußte.«

»Ich denke, es gibt etwas, das er vergessen hat.«

Andrews blickte ihn fragend an. »Sind Sie wirklich dermaßen davon überzeugt, daß irgend etwas an der Sache faul ist, daß zwischen all dem ein Zusammenhang besteht?«

»Es gibt nur einen Weg, das herauszufinden.«

Andrews dachte einen Augenblick lang nach. »Die Zeitdifferenz. Drüben in den Staaten ist es noch Nacht.«

»Dann schläft er wahrscheinlich noch. Also wird er mit ziemlicher Wahrscheinlichkeit zu Hause sein.«

Andrews starrte ihn an. »Ich sage Ihnen was. Wir machen ein Geschäft. Wenn sich das alles als ein einziger großer Irrtum herausstellt, dann bezahlen Sie dem Verteidigungsministerium das Telefonat. Wenn Sie recht haben, dann stekken Sie Ihr Geld wieder ein.«

»Das Geld ist mir gleichgültig. Ich will nur mit diesem Mann sprechen.«

Andrews nickte. »In meinem Büro.«

Wieder fühlte sich Houston an seinen ersten Besuch hier erinnert. Er war hinter Janice in das Büro des Superintendenten gegangen. Dieses Mal folgte er Simone, und in dem Zeitraum zwischen diesen beiden Besuchen hatte sich alles verändert. Er spürte seinen Zorn, spürte wieder seine bodenlose Trauer.

Die Neonröhren summten auch jetzt noch in dem engen Büro. Andrews nahm den Hörer von der Gabel des Telefones an der Wand. Er deutete auf die harten Stahlstühle. »Es wird einen Augenblick dauern.«

Doch Houston hielt ihn auf. »Warten Sie.«

Andrews wollte gerade die erste Zahl eintippen. »Warum?«

»Bevor Sie wählen... Warten Sie, ich darf mir doch einen Zettel nehmen?« Houston nahm einen Stift vom Schreibtisch und schrieb etwas auf das Papier. Dann faltete er den Zettel zusammen und legte ihn auf die Schreibtischplatte zurück.

»Was soll das denn bedeuten?« fragte der Superintendent.

»Ich muß Ihnen das beweisen.«

Andrews verstand nichts. Er fixierte Houston. Zweifel lag tief in diesen Augen. Dann tippte er die Telefonnummer ein. »Hoffentlich hat das alles einen Sinn«, brummte er. Er sagte etwas in das Telefon.

Houston staunte über sein fehlerfreies Französisch. »Wenn die Leitungen nicht alle belegt sind«, erklärte Andrews Houston auf Englisch. Er klopfte mit seinen Fingern nervös auf die Wand. Dann sprach er wieder Französisch.

»*Oui? ... Ah, merci.*« Zu Houston gewandt: »Wir haben Glück.«

Houston wartete.

»Ja? Mr. Hutchinson?« sagte Andrews. »Ich weiß, daß es ein bißchen früh ist, um Sie anzurufen, aber... Superintendent Andrews, Sir. Ich arbeite auf dem Militärfriedhof im Norden von St. Laurent in Frankreich... Ja, richtig... Nein, Sir, ich habe leider keine Neuigkeiten für Sie... Das weiß ich sehr wohl, Sir... Ich entschuldige mich bei Ihnen, daß ich Sie geweckt habe... Bitte, nur einen Moment. Hier ist jemand, der gern mit Ihnen sprechen möchte.«

Trotz der Entfernung konnte Houston deutlich das Knurren am anderen Ende der Leitung hören. Andrews zuckte zusammen und hielt Houston den Hörer hin. »Bin froh, daß Sie mit ihm reden müssen.«

Pete hielt den Hörer in der Hand. Die Stimme sagte nichts mehr. Er hörte unscharf und im Hintergrund andere Stimmen von einer Unterhaltung auf einer anderen Leitung. Er sprach betont deutlich.

»Mr. Hutchinson, mein Name ist Peter Houston. Sie kennen mich nicht, also versuchen Sie gar nicht erst daran zu erinnern, wo wir uns kennengelernt haben könnten.«

»Verdammt, wissen Sie eigentlich, wieviel Uhr es ist?« Die Stimme klang rauh und belegt.

»Ja. Bald fünf, glaube ich. Dort, wo Sie sind.«

»Viertel vor! Sie haben meine Frau und meine Kinder geweckt! Das wäre mir egal, wenn Sie Neuigkeiten für mich hätten! Der Sergeant sagte, es gäbe nichts Neues! Was, zum Teufel, soll das also? Findet Ihr Jungs das vielleicht besonders lustig, Überseegespräche zu führen und Leute aus dem Bett zu werfen? Verdammt noch mal, was soll das alles?«

»Es tut mir wirklich sehr leid, wenn wir Ihnen Ungelegenheiten bereiten. Aber ich muß Ihnen eine Frage stellen, Mr. Hutchinson. Die Antwort bedeutet Ihnen vielleicht nichts. Doch es könnte sein, daß wir dadurch das Grab Ihres Vaters finden. Ich mußte mich sofort mit Ihnen in Verbindung setzen.«

»Und wer, zum Teufel, sind Sie überhaupt? Sind Sie auch bei der Armee?«

»Nein. Und ich kann es Ihnen auch im Moment nicht erklären. Wenn ich Ihnen jetzt bitte meine Frage stellen dürfte?«

»Wenn ich anschließend wieder in Ruhe weiterschlafen kann, bitte! Ich habe zwei Jobs, wissen Sie! Ich...«

»Mr. Hutchinson, hat Ihre Mutter jemals einen Brief von einem Franzosen erhalten? Damals, neunzehnhundertvierundvierzig? Der Franzose müßte so etwas geschrieben haben wie, daß er den Männern dankbar wäre, die im Kampf für die Befreiung seiner Heimat gefallen sind. Als Gegenleistung müßte er dann versprochen haben, daß er sich um das Grab Ihres Vaters kümmern wollte.«

»War das etwa Ihre Frage? Wer kann sich noch soweit zurückerinnern?«

Ich, dachte Pete. Ich nehme an, man muß sich schon wirklich sehr einen richtigen Vater gewünscht haben. »Dann können Sie sich also nicht mehr erinnern?«

»Nein, natürlich nicht! Ich war damals noch ein Baby!«

Houstons Erregung begann nachzulassen.

»Mann, jetzt haben Sie auch noch meine Mutter aufgeweckt!« fuhr Hutchinson fort. »Hier kommt sie schon! Sie haben das ganze Haus mit Ihrem blödsinnigen Anruf geweckt!«

»Mr. Hutchinson, bitte fragen Sie sie!« Houstons Herz begann wieder schneller zu klopfen.

»Was soll ich sie fragen?«

»Das mit dem Franzosen.«

»Oh, verdammt... Warten Sie! Einen Augenblick!«

Es hörte sich so an, als würde der Telefonhörer am anderen Ende der Leitung auf irgend etwas Hartes geworfen. Er hörte ein kleines Kind schreien und die gedämpften Laute einer weit entfernten Unterhaltung.

Unerwartet begann Hutchinson wieder zu sprechen. »Sie hat einen solchen Brief bekommen. Sind Sie jetzt zufrieden?«

»Nein, ich muß unbedingt den Namen dieses Franzosen wissen.«

»Mann, um Himmels...«

»Bitte. Sie ist doch bei Ihnen. Es dauert auch nur eine Sekunde. Fragen Sie sie.«

Wieder die gedämpfte Unterhaltung.

Und dann hörte das kleine Kind auf zu weinen. Die wirre Unterhaltung hörte auf. Houston hörte nur noch die gedämpften statischen Geräusche der transkontinentalen Leitung.

»Ich glaube, er ist einfach fortgegangen«, sagte Houston zu Andrews und Simone. »Er revanchiert sich, indem er unsere Telefonkosten ins Unendliche schnellen läßt.«

Houston sah auf seine Uhr. Eine Minute verstrich. »Er spielt sein Spielchen mit uns. Ich lege auf und versuche es noch einmal.«

Doch als er den Hörer gerade wieder auflegen wollte, war Hutchinson wieder da.

»Pierre de St. Laurent. Sie hat die Briefe noch. Sind Sie jetzt endlich zufrieden?«

»Mr. Hutchinson, Sie können sich gar nicht vorstellen, wie. Vielen Dank.« Houston hätte beinahe vor Freude laut gelacht. »Ich gebe Ihnen jetzt noch einmal Superintendent Andrews. Sagen Sie ihm bitte, was Sie mir gerade erzählt haben.«

»Das ist doch verrückt.«

»Nur noch eine Minute!« Houstons Hand zitterte vor Aufregung. Er nickte Andrews zu. »Nehmen Sie den Hörer bitte.«

Besorgt beugte Simone sich vor.

»Kannst du raten?« fragte er.

Doch Andrews sprach bereits. »Mr. Hutchinson! Ja, geben Sie mir bitte diesen Namen.« Andrews runzelte seine Stirn, als wäre dieser Name in seinen Ohren nichts als Kauderwelsch. »Ja, vielen Dank«, sagte er und funkelte Houston wütend an. »Ich bin mir nicht ganz sicher, ob es wichtig ist. Wenn es uns jedoch weiterhelfen sollte, werde ich mich schon bald wieder mit Ihnen in Verbindung setzen.«

Andrews legte auf und starrte Houston an. »Tun wir einfach so, als wäre ich heute ein bißchen schwerfällig«, sagte er, »daß ich Mattscheibe hätte, seit ich aus meinem Bett gekrochen bin. Nach dem zu schließen, wie Sie gerade ganz aufgeregt geworden sind, haben Sie offensichtlich etwas herausgefunden. Wenn das so sein sollte, dann habe ich es verpaßt. Dieser Name sagt mir absolut nichts.«

»Wie hieß er?«

»St. Laurent. Pierre de St. Laurent.«

»Richtig.« Houstons Stimme war angespannt, triumphierend. »Falten Sie den Zettel auseinander.«

»Ich habe mich schon gefragt...« Andrews sprach nicht zu Ende und nahm das Stück Papier von seinem Schreibtisch.

Houston hörte, wie Simone scharf ausatmete. Dann drehte er sich zu Andrews. Der Mann blickte verwirrt von dem Zettel auf: PIERRE DE ST. LAURENT.

»Aber woher wußten Sie das? Woher konnten Sie das wissen?«

»Ich hoffe, Sie haben etwas Zeit«, sagte Peter.

»Zeit für was?«

»Für die verfluchteste Geschichte, die Sie je gehört haben.«

21

Es dauerte eine Stunde. Während der Angestellte mit frischem Kaffee hereinkam und sich der Aschenbecher mit Zigarettenstummeln füllte; während Houstons Stimme schwächer wurde und Simone hin und wieder eine ergänzende Bemerkung machte, beobachtete Houston aufmerksam die Augen des Superintendenten und entnahm ihnen seine Stichworte. Zuerst waren es ungläubige Augen. Schon bald waren sie neugierig. Die Faszination, die sie zeigten, ging sehr schnell in Verwunderung, dann in Bestürzung über, und schließlich verrieten sie ein erschrecktes Verstehen der Folgerungen.

»Wenn Sie wirklich recht haben...« Er sah aus, als könnte seine geordnete Welt eine solche verrückte Vorstellung nicht ertragen. »Es kann einfach nicht wahr sein. Das ist nicht möglich. Himmel, wie konnte so etwas nur geschehen sein?«

»Wie und was?« sagte Pete. »Wir müssen Ihre Unterlagen überprüfen.«

»Das, wonach Sie suchen, wird nicht in ihnen zu finden sein. Kann es gar nicht. Nicht, wenn das alles wahr ist.«

»Haben Sie einen Fernschreiber?«

Andrews nickte. »Unten im Funkraum.«

»Gut. Wonach wir suchen, muß bei irgend jemandem in den Akten stehen.«

Houstons Hände lagen auf dem Schreibtisch. Er beugte sich zu Andrews vor, der für einen Augenblick einen leeren Gesichtsausdruck hatte. Andrews preßte entschlossen die Lippen zusammen. Er schob seinen Stuhl zurück und stand schnell auf. »Gehen wir.«

Sie verließen das Büro und gingen an der Theke vorbei auf eine Tür zu, auf die in Französisch und Englisch ZUTRITT VERBOTEN geschrieben stand. Diese Tür befand sich am anderen Ende des Raumes.

Andrews drückte die Tür auf und ließ sie eintreten. Sie befanden sich in einem weiß gestrichenen Flur mit Neonröhren unter der Decke. Erste Tür: Toilette. Zweite Tür: Warteraum. Dritte Tür: Funkraum. Sie traten ein.

Houston entdeckte mit einem Blick das Funkgerät, einen Fernschreiber und einige weitere massige, sperrige Geräte, die er nicht erkannte. Vor dem Funkgerät saß ein Friedhofsangestellter.

»Ich bin fast fertig.«

»Was hat denn diese ganze Ausrüstung hier auf einem Militärfriedhof zu suchen?« wollte Houston wissen.

»Ach, wir haben dieses ganze Zeug bekommen, damit wir für den dritten Weltkrieg gerüstet sind. Völlig sinnloser Kram!«

»Na, dann werden Sie es jetzt wenigstens einmal benutzen können.«

Andrews mußte grinsen. »Hoffentlich weiß ich noch, wie man die Dinger bedient.« Doch Houston spürte die Angst, mit der Andrews sich zu diesem Experiment hinsetzte.

Andrews tippte einige Buchstaben und der Fernschreiber antwortete, indem er etwas ausdruckte, das wie ein Code aussah. »Dieses Telex ist mit unserem europäischen Hauptbüro verbunden«, erläuterte Andrews. »Mein Kollege an dem anderen Fernschreiber hat nur bestätigt, daß er mich empfangen hat.«

Andrews tippte weiter. »Ich bitte um eine Verbindung in die Staaten.«

Der Fernschreiber druckte aus: BITTE EMPFANGEN. ZWECK. Pause. Dann ein Fragezeichen.

»Besser, ich lasse mir einen guten Grund einfallen.«

Während Houston gespannt wartete, tippte Andrews weiter: UNTERLAGEN DES FRIEDHOFS UNVOLLSTÄNDIG. BENÖTIGE WEITERE INFORMATIONEN UM GRAB EINES VERMISSTEN SOLDATEN AUSFINDIG ZU MACHEN.

»Jetzt werden die sich wahrscheinlich am Kopf kratzen. Wenn sie es nicht kapieren, dann werden sie den Schwarzen Peter einem anderen zuschieben.«

Pause. Dann ratterte das Telex: BITTE BESTÄTIGT. GEBEN SIE BESTIMMUNGSORT IHRER ANFRAGE EIN.

Andrews rieb sich das Kinn. »Verdammt gute Frage.«

»Fangen Sie mit den Einberufungsakten des Zweiten Weltkriegs an. Wer war in welcher Einheit und so weiter«, sagte Houston.

Andrews nickte, setzte sich gerader auf seinen Stuhl, tippte weiter.

Die Maschine antwortete.

»Wir sind durch«, sagte Andrews. »Wir haben die Staaten.«

Houston atmete schneller.

»Sie werden uns kreuz und quer durch das Land umleiten. Verschiedene Büros. Und mit der Zeit werden wir die Unterlagen finden.«

Es dauerte eine halbe Stunde. Houston spürte einen leichten Schock, als ihre Suche in einer Einrichtung der Armee ganz in der Nähe der Stadt in Indiana endete, wo er unterrichtete. »Da bin ich schon solange dort und mußte erst nach Frankreich kommen, um den Zweck dieser Basis zu erfahren.«

Andrews versteifte sich. »So, es geht los. Zur Sache.«

Houston spürte, wie sich sein Hals zusammenzog, als er den Namen las, den Andrews jetzt tippte: STEPHEN SAMUEL HOUSTON. STATUS. 2. WELTKRIEG. Andrews schrieb zu Ende.

Die Antwort kam umgehend: SUCHEN AKTEN.

Sie warteten. Fünfzehn Minuten. Fünfundzwanzig. Houston spürte deutlich die vielen Zigaretten, die er verqualmte. »Wieso brauchen die denn solange?« fragte er ungeduldig.

»War ein großer Krieg«, antwortete Andrews mit einem Schulterzucken.

Das Klappern des Fernschreibers begann: ANTWORT AUF STATUS-ANFRAGE. STEPHEN SAMUEL HOUSTON. Pause. DRITTE ARMEE.

»Patton«, sagte Houston und konnte seine wachsende Aufregung nicht verstehen.

ZWEITE INFANTERIEDIVISION. DREIZEHNTES REGIMENT. ZWEITES BATAILLON. D KOMPANIE. Pause. FÜNFTER ZUG.

»Das war der erste Streich. Versuchen wir es weiter«, meinte Andrews und begann wieder zu schreiben: PAUL ANDREW HUTCHINSON.

Sie warteten. Dieses Mal kam die Antwort schneller. DRITTE ARMEE. ZWEITE INFANTERIEDIVISION. DREIZEHNTES REGIMENT. ZWEITES BATAILLON. D KOMPANIE. Pause. FÜNFTER ZUG.

Houstons Nackenhaare begannen sich zu sträuben. »Dieselbe Einheit.«

»Dachten Sie, es wäre anders?« fragte Andrews.

»Ich dachte, ich wäre verrückt! Ich habe gehofft, ich würde mich irren! Zwei fehlende Gräber! Und Pierre de St. Laurent hat mit beiden zu tun! Und jetzt erfahren wir, daß mein Vater und dieser Hutchinson in derselben Kompanie waren! Verdammt, sogar im gleichen Zug!«

»Zuviel für einen Zufall. Sie haben recht«, sagte Andrews. »Mir gefällt das nicht. Aber was machen wir jetzt? Soll ich Schluß machen? Haben Sie noch andere Fragen?«

»Mr. Andrews?« sagte Simone. Erschreckt drehten sie sich zu ihr um. »Fragen Sie bitte, ob sie einen Augenblick warten können«, sagte sie.

Sie sahen sie aufmerksam an. Auf ihrem sanften, feinen Gesicht zeichneten sich die kräftigen, hohen Wangenknochen noch deutlicher als zuvor ab. Houston sah, wie sie nachdenklich ihre vollen Lippen schürzte.

»Was ist denn?« fragte Andrews.

»Ich verstehe nichts vom Militär«, erwiderte sie. »Erklären Sie es mir. All diese Kategorien. Ist das die Untergliederung?«

»Ja, das ist richtig. Armee, dann Division, Regiment, Bataillon, Kompanie und schließlich Zug.«

»Wie groß ist ein Zug?«

Andrews zuckte die Achseln. »Unterschiedlich. Ungefähr fünfzig Mann.«

»In Kriegszeiten?«

»Das hängt ganz von der Zahl der Opfer ab. Doch selbst mit Ersatz können wir ziemlich sicher davon ausgehen, daß sie wohl kaum ihre volle Sollstärke hatten. Bei vorsichtiger Schätzung würde ich sagen, etwa dreißig Mann. Könnten noch weniger gewesen sein, aber sagen wir einfach dreißig. Es gibt noch eine weitere Unterteilung in Trupps. Das ist genau die Hälfte eines Zuges. Sagen wir, fünfzehn Mann in jedem Trupp.«

»Dann würde ich zweierlei vorschlagen. Erstens, wir ermitteln, in welchem Trupp Peters Vater und Hutchinson waren.« Im Raum herrschte absolute Stille.

»Und?«

»Wir setzen uns mit den Angehörigen der anderen Männer in Verbindung und bringen in Erfahrung, wie viele der anderen Soldaten bei St. Laurent gefallen sind.«

»Aber keine Gräber haben«, sagte Pete und verspürte plötzlich Angst.

22

Sie arbeiteten den ganzen Tag. Da es im Funkraum keinerlei Fenster gab, bemerkten sie auch nicht, daß die Abenddämmerung bereits begonnen hatte. Houston hatte das Gefühl, daß er in einer Art von Stillstand gehalten wurde, daß Tag und Nacht zu einer vergessenen, verlorenen, bedeutungslosen Dimension gehörten.

Schließlich wurde die Anspannung zuviel für ihn. Er ging nach draußen.

Die Abenddämmerung war wunderbar. Er stand neben Simones Renault und hörte schließlich, wie sie sich dicht neben ihn stellte. Er hielt seinen Blick auch weiterhin auf die Berge gerichtet, auf die Felder, das goldene Getreide, die Obstplantagen, die sich am Horizont erstreckten.

Dann drehte er sich um und schaute sie an.

»Weißt du, ich sage mir selbst, daß wenn ich es mir nur mit aller Kraft wünsche, daß ich dann blinzle und Andrews sehe, der mir das Grab meines Vaters zeigt. Dann bedanke ich mich bei Andrews und gebe meinem toten Vater die letzte Ehre. Anschließend wird mein Leben so weitergehen, wie es auch sein sollte. Zu Hause. Ich unterrichte wieder, ich schreibe wieder. Und ich lebe bis in ein schönes, hohes Alter glücklich mit Janice zusammen. Es ist, als müßte ich mich nur richtig fest darauf konzentrieren, daran denken, wie alles hätte sein können.«

Voller Enttäuschung und Wehmut atmete er heftig aus. Simone erwiderte nichts. Sie schaute ihn nur einfach an, als hätte sie ihn bis zu diesem Augenblick noch nie richtig gesehen. Dann bewegte sie langsam ihre Lippen, was wahrscheinlich ein klägliches Lächeln war. Mit einer winzigen Bewegung zuckte sie die Achseln, und schließlich nahm sie seine Hand und drückte sie zart. Gemeinsam kehrten sie ins Gebäude zurück.

»Es ist alles da«, sagte Andrews, als sie in den engen Raum zurückkehrten. Er drehte sich zu ihnen um und deutete auf die Blätter, die vor ihm auf dem Tisch lagen. Doch seine Stimme klang auch nicht eine Spur nach Siegesgewißheit.

Houston machte sich auf etwas gefaßt. Die müden Linien auf dem Gesicht des Superintendenten sagten ihm schon alles, was er schon sehr bald wissen würde. »Zeigen Sie es mir«, sagte er.

Andrews machte eine Handbewegung. »Auf diesem Blatt befinden sich die Namen aller Männer dieses Zuges. Ich habe eine Linie durchgezogen. Unter dem Strich befinden sich die Soldaten des zweiten Trupps. Ich habe mit meiner Schätzung einen Volltreffer gelandet. Fünfzehn Männer.«

»Mein Vater. Und da ist auch Hutchinson.« Obschon die anderen Namen für Houston keinerlei Bedeutung hatten, las er die ganze Liste. »Na schön, fahren Sie fort.«

»Und jetzt diese untere Liste. Dabei hatte ich meine Schwierigkeiten. Zum Beispiel die Verwandten aufzuspüren. Dermaßen viele transatlantische Telefonanrufe würden mit Sicherheit Fragen von meinen Vorgesetzten nach sich ziehen. Ich habe da einen Kumpel in den Staaten. Er schuldet mir noch den einen oder anderen Gefallen, also habe ich ihn angerufen, und er hat die Arbeit für mich erledigt. Ich mußte ihm versprechen, daß ich seine Telefonrechnung bezahlen würde. Die Kosten sind mir gleichgültig. Die Hauptsache ist, daß er es getan hat.«

Houston bedrängte ihn nicht. Sie stellten sich lediglich jeder auf seine Art auf das ein, was sie erfahren hatten. Dieses Mal war es die Geschichte des Superintendenten. Also sollte er sie auch auf seine Art erzählen.

»Die fünfzehn Männer im zweiten Trupp«, sagte Andrews. »Sie verstehen, wir sprechen jetzt über die Männer, die vor der Schlacht hier noch am Leben waren.«

»Ich kann ihnen folgen. Was ist mit ihnen?«

»Sie sind gefallen.«

»Was? Alle?« fragte Simone.

»Bis auf den letzten Mann. Der ganze Trupp.«

»Mein Gott«, sagte Pete.

»Ich bin zwar kein Fachmann in Statistik, aber ich kann einfach nicht glauben, daß der Kampf so hart war, daß nicht wenigstens einer von ihnen überlebt hätte. Oh, natürlich, ich habe auch die Broschüren gelesen, die wir herausgeben. Diese Schlacht war alles andere als ein Sonntagsausflug, aber andererseits war es auch nicht D-Day. Nur der Sicherheit halber bin ich den Regimentsbericht über die Schlacht durchgegangen. Wir haben das ganze Zeug hier, damit wir auf eventuelle Fragen von Besuchern antworten können. Die Verluste lagen im Durchschnitt bei dreißig Prozent. Manche Einheiten traf es schlimmer, während andere kaum Verluste einstecken mußten. Okay, ein Durchschnittswert. Dreißig Prozent. Also hatte dieser Trupp ein so ausgemachtes Pech, daß nicht nur vier oder fünf von ihnen fielen, sondern alle? Hundert Prozent Verlust?«

Houston konnte kaum noch atmen. »Fahren Sie fort.«

»Ich habe unsere Bestattungsunterlagen überprüft, und ich habe haargenau das gefunden, was ich auch hätte finden sollen, wenn alles ganz normal wäre. Ich erfuhr, daß von diesen fünfzehn Mann sechs dort draußen auf dem Friedhof liegen.«

»Und die übrigen?«

»Sagen Sie es mir. Ihr Tip ist auch nicht schlechter als meiner. Ich habe die Friedhofsverwaltung fünfzig Meilen nördlich von hier angerufen. Nichts. Die Leichen sind schlicht und einfach verschwunden. Und jetzt kommt's. Ich habe die Zuordnung von jedem Namen auf dieser Liste von einem Mann überprüfen lassen. Die sechs Soldaten, die dort draußen begraben liegen, werden als im Kampf gefallen geführt. Die verbleibenden neun als vermißt. Es ist niemals bewiesen worden, daß sie tatsächlich gestorben sind.«

»Deserteure? Glauben Sie, daß sie desertiert sind?« fragte Simone.

»Was soll ich denn sonst denken?«

»Aber hätte es dann keine Nachforschungen geben müssen?«

»Darauf können Sie wetten«, sagte Andrews. »Doch hier in Frankreich während des Krieges, soviel zu tun und so wenig Zeit, all die Arbeit zu erledigen... Da werden die Männer, die Nachforschungen angestellt haben, bald von anderen Dingen abgelenkt worden sein. Stellen Sie sich diesen Sommer doch nur einmal vor! Im Juni war der D-Day, und im September war der größte Teil Frankreichs befreit. Es gab Säuberungsaktionen, Armeen bewegten sich überall. Und in all diesem Durcheinander konnte einfach alles geschehen. Wenn sie wirklich desertiert sind, wo würden sie wohl hingegangen sein? Und warum? Sie hätten eine größere Chance gehabt, wenn sie bei ihrer Einheit geblieben wären. Das werden sich wahrscheinlich auch die Soldaten gedacht haben, die die Untersuchung durchgeführt haben, und damit hätten sie die Sache auf sich beruhen lassen. Aber trotzdem können Sie sich darauf verlassen, wenn Ihr

Vater auf Ihrer Schwelle aufgetaucht wäre, er wäre unmittelbar darauf verhaftet worden. Ich mache jede Wette, daß zumindest für eine gewisse Zeit Sie und Ihre Mutter militärisch überwacht worden sind.«

Vor Houstons geistigem Auge tauchte das Haus auf, in dem er gelebt hatte. Er sah seine Mutter. Und er sah sich und seine Mutter aus der Tür und über die Veranda kommen, und dann wie diese winzige Ausgabe seiner selbst neben seiner Mutter die Straße hinunterging. Houston trat aus einem anderen Haus und folgte ihnen. Er hatte die kindliche Welt nie verstanden, in der er lebte. Ihre Unschuld war befleckt.

»Damit bleibt uns immer noch eine Frage«, sagte Houston. »Falls sie desertiert sind, wohin in Gottes Namen sind sie dann gegangen? Und warum?« Er meinte, sein Kopf würde ihm platzen. »Wir haben im Grunde gar nichts bewiesen.«

»Da irren Sie sich«, antwortete Andrews. »Die Familien dieser vermißten Männer haben alle einen Brief erhalten.«

»Vom Kriegsministerium?«

Andrews verzog sein Gesicht. »Von Pierre de St. Laurent.«

23

Sie hörten die Kirchenglocken in der Dunkelheit. Sie hatten St. Laurent noch nicht erreicht, doch das periodische, weit entfernte Läuten hallte durch die Nacht. Die Sterne funkelten hell und klar auf einem nachtschwarzem Himmel. Houstons Kopfschmerzen dauerten an. Er hatte das Fahrerfenster heruntergekurbelt. Die kalte Luft schlug ihm entgegen. Selbst aus dieser Entfernung klangen die Glocken noch voll.

»So spät noch Gottesdienst?« fragte er und warf einen kurzen Blick auf die Leuchtziffern seiner Armbanduhr. »Eine Mitternachtsmesse vielleicht?«

»Heute ist kein besonderer Feiertag«, meinte Simone.

Houston zählte schweigend von eins bis vier. Als er bei fünf angekommen war, hörte er das tiefe Läuten wieder.

Dann zählte er wieder und dieses Mal murmelte er: »Fünf«, exakt als die Glocke wieder schlug.

Sie hörte ihn. »Was ist denn?«

»Die Glocke schlägt alle fünf Sekunden. Gleichmäßig, beständig. Vielleicht kommt es gar nicht von der Kirche. Gibt es eine Dorfuhr, die jede Stunde mit Glockenschlag verkündet?«

»Nein. Abgesehen davon bleiben die Leute im Dorf nicht lange auf. Die Glocken würden sie nur wecken. Das würden sie nicht wollen.«

»Dann muß es einen Grund geben. Etwas, das wichtig genug ist, um diese Ruhestörung zu rechtfertigen.«

»Ein Notfall meinst du?«

»Aber was würde denn...«

»Ein Feuer?«

Houston trat das Gaspedal durch. Der Renault schoß nach vorn. Da ihr Handgelenk immer noch stark geschwollen war, konnte Simone noch nicht fahren. Houstons Schulter war den ganzen Tag über steif gewesen, und seine Rippen schmerzten, doch er ignorierte einfach seinen Schmerz, als er in eine enge Kurve fuhr. Die Scheinwerfer durchschnitten die Nacht. Er suchte den sternenübersäten Himmel ab. Er sah kein Rot, kein Glühen über dem schwarzen Horizont.

»Wir müßten es eigentlich sehen«, sagte Houston. »Wir sind fast da.«

»Wenn es kein Feuer ist, was könnte es dann sein?«

»Das werden wir bald wissen.«

Die Glocke läutete immer weiter, lauter jetzt, nachdem der Renault an den ersten Anzeichen des Dorfes vorbeiraste – Häuser, Geschäfte. In vielen Häusern brannte Licht.

»Aber ein Gutes hat das Läuten«, meinte Houston. »Wenn all diese Leute durch das Bimmeln geweckt worden sind, dann muß auch der Priester wach sein. Ich denke gar nicht daran, erst morgen zu ihm gehen. Ich will ihn jetzt aufsuchen. Dieses Mal kann er uns nicht wieder abweisen. Wir haben zuviel Beweise. Er muß einfach verstehen, daß diese Sache wichtiger ist als sein Schweigen.«

»Du bist kein Katholik«, sagte Simone. »Du verstehst es immer noch nicht.«

»Ich verstehe aber sehr wohl, daß vor siebenunddreißig

Jahren irgend etwas Verrücktes geschehen ist. Ich verstehe, daß meine Frau tot ist. Dieser Priester wird mir sagen, was Pierre de St. Laurent ihm gebeichtet hat. Ich weiß nicht wie, aber ich werde dafür sorgen, daß er es mir sagt. Er muß einfach!«

»Sein Schweigegelübde ist viel zu wichtig. Wenn er reden würde, dann würde niemals mehr einer aus dem Dorf zur Beichte zu ihm gehen.«

»Es muß aber doch irgendeine Möglichkeit geben! Die Antwort liegt zum Greifen nahe, und er ist der einzige Mensch, der sie kennt!« Er lenkte den Wagen über die alte Steinbrücke, roch den Nachtdunst vom Fluß, sah ihn unter den Bäumen im Park schimmern.

Direkt vor ihnen erkannte er das Hotel. Jedes einzelne Fenster war hell erleuchtet, als fände dort gerade irgendeine Feier statt.

Simone war verblüfft. »So habe ich das Hotel noch nie gesehen. Was in aller Welt ist nur passiert?«

Houston machte sich gar nicht erst die Mühe, den Wagen neben das Hotel zu fahren, sondern hielt unmittelbar vor dem Eingang an. Er stürzte aus dem Wagen, achtete nicht darauf, wie sehr ihn seine Rippen und seine Schulter quälten.

Simone lief vor ihm. Sie hasteten die uralten Stufen hinauf. Die breiten Eichentüren standen weit offen. Gäste sahen zu der Glocke auf, die irgendwo in der Dunkelheit erklang.

Monsard stand inmitten seiner Gäste, immer noch in seinem Abendanzug. Sein faltiges Gesicht war zu einer gefrorenen Maske erstarrt. Simone umarmte ihn stürmisch.

Diskret blieb Houston ein Stück neben ihm stehen. Er bemühte sich zu verstehen, was Monsard seiner Tochter sagte.

Die Worte ihres Vaters ließen Simone erstarren. Sie drehte sich zu Houston um. »Es wird nichts gefeiert!«

Im hellen Licht des Hotels sah Houston, wie weiß ihr Gesicht geworden war.

»Es ist eine Totenwache«, sagte sie. »Eine Nachtwache. Die Dorfbewohner erweisen einem Toten ihre letzte Ehre.«

»Wer ist es?« Petes Neugier wurde unerträglich.

»Père Devereaux. *Il mourut*«, fuhr Monsard fort.

»Was? Hat er *Devereaux* gesagt? Der alte Priester?«

»Der Priester ist tot!« jammerte Simone.

In völligem Unverständnis schüttelte Houston seinen Kopf. »Nein, das kann doch nicht wahr sein.« Er blinzelte auf die glatten, ausgetretenen Stufen hinab. »Wir waren so nahe dran«, stöhnte er.

»*Vieux*«, hörte er Monsard erklären. Mitleid lag in seiner Stimme. Die folgenden paar Sätze waren unverständlich. Dann hörte Pete das Wort »*Malade*«.

Simone drehte sich wieder um. »Der Priester war alt. Der Priester war krank«, sagte sie. Ihre Augen wirkten verblüfft, fassungslos. »Kein Mann im Dorf wurde mehr geliebt, mehr geachtet als er. Man wird ihn sehr vermissen.«

»Aber wie? Wie ist es geschehen?«

»Ein junger Priester hat ihn in der Sakristei gefunden. Er war auf den Boden gestürzt. Der Arzt vermutet einen Herzinfarkt. Du hast ja selbst gesehen, wie schwach er war. Wie schwer ihm schon allein das Atmen gefallen ist.«

»Nur noch einen Tag. Wir hätten nur noch einen einzigen Tag gebraucht!« Pete rieb sich mit einer Hand über seine Augen. »Vergiß, daß ich das gesagt habe. Ich bin sicher, er wünschte sich noch viele andere Tage.«

»Er war so müde. Auf eine Art ist es schon ein Segen so.«

»Nicht für ihn, und auch nicht für uns.« Pete fühlte sich entsetzlich schwach und kraftlos. Er schien keinerlei Energie mehr zu haben. Die Treppe unter seinen Füßen schien zu beben. »So verdammt nahe!«

Er starrte in das hellerleuchtete Hotelfoyer, war schon so an den regelmäßigen Rhythmus der Glockenschläge gewöhnt, daß sein Unterbewußtsein immer weiter von eins bis fünf zählte. Doch als er jetzt wieder bei fünf angelangt war, hallte nichts mehr durch die Nacht. Das Echo des letzten Glockenschlages wurde langsam leiser, wurde immer schwächer, bis es schließlich ganz verschwand. Abgesehen von den gedämpften Stimmen der Hotelgäste und der Dorfbewohner, die sich in dem dunstigen Park versammelt hatten, herrschte nun wieder absolute Stille.

»Gott hab' ihn selig«, sagte Houston leise. Er schluckte trocken und ging in das Hotel.

Simone folgte ihm. »Ich muß mit dir sprechen.«

Er verstand nicht. Er folgte Simone hinter die Rezeption und vorbei an dem Fahrstuhl in den Korridor, der zu den Privatzimmern ihres Vaters im hinteren Teil des Hotels führte.

Sie blieb so unvermittelt und abrupt stehen, daß er beinahe gegen sie gelaufen wäre. Sie standen vor einer verschlossenen Türe neben Monsards Zimmer. »Spürst du es denn nicht? Verstehst du denn nichts?« fragte sie ihn eindringlich.

»Was soll ich spüren?«

»Der Priester ist tot, und alles was du empfindest, ist nur Enttäuschung? Warum bist du denn gar nicht mißtrauisch? Ich bin es! Waren wir denn nicht einer Meinung, daß es viel zu viele Zufälle waren? Der Priester war unsere letzte Hoffnung, und genau in dem Augenblick, wo wir uns entschlossen haben, ihn zur Rede zu stellen, müssen wir feststellen, daß wir zu spät kommen. Er stirbt. Ich kann unser Timing nicht so ganz glauben. Ich akzeptiere einfach nicht, daß es nur Pech war!«

»Aber er war doch krank!«

»Was es nur leichter machte.«

Houston spürte einen eiskalten Schauer seinen Rücken hinunterjagen.

»Die Sakristei. Er war allein. Ein Kissen auf sein Gesicht. Ein plötzlicher Schreck. Ein leichter Druck auf seine Brust. Es gibt einfach zu viele Möglichkeiten. Keinerlei Beweise. Pete, wer würde es jemals wirklich wissen?«

»Aber die polizeiliche Untersuchung...«

»Wir leben hier nicht in der Stadt. Hier wird alles auf die althergebrachte Art und Weise erledigt. Ein einfaches ärztliches Gutachten. Ein anständiges Begräbnis.«

»Aber wir können doch gar nichts beweisen...«

»Ich fühle es einfach. Ich kann es spüren. Nach allem, was geschehen ist. Mir bleibt gar keine andere Alternative. Ich muß einfach davon ausgehen, als wäre der Priester ermordet worden. Siehst du denn nicht, daß das auf der Hand liegt? Wer auch immer hinter uns her sein mag... Er kommt zurück und bringt auch die Details in Ordnung.«

»Es hört nie auf, Simone. Du kannst jetzt nicht mehr allein hierbleiben.«

»Und du auch nicht. Doch im Augenblick müssen wir uns vor meinem Vater mehr fürchten, als vor jedem Feind. Er wird es niemals zulassen, daß wir beide ein Zimmer teilen. Sein Moralverständnis läßt das einfach nicht zu. Er würde eine solche Schande niemals tolerieren.«

»Wir könnten mit ihm sprechen. Ihm alles erklären.«

Sie schüttelte entschieden ihren Kopf.

»Er könnte ja die Anstandsdame spielen«, meinte Pete.

»Und ihn damit in unsere Gefahr hineinziehen?«

Houston spürte einen unangenehmen Druck im Bauch. Er versuchte nachzudenken. Aus dem Foyer hörte er jetzt Schritte. Nach und nach kamen die Hotelgäste wieder in das Haus zurück. »Hier können wir nicht reden«, sagte er.

»In meinem Zimmer. Wir lassen die Tür einen Spalt weit auf, um meinen Vater zufriedenzustellen.« Sie packte die Türklinke und ging in den Raum. Er folgte ihr, roch das Parfüm und ihre frischen, duftigen Haare. Wieder hatte er das Gefühl, als wäre er mit Janice zusammen, nicht mit Simone. Er schien durch ein Loch in der Zeit zu fallen und zehn Tage in der Vergangenheit zu landen. Oben, in ihrem Zimmer. Nachdem Janice und er Monsard zugehört hatten, der ihnen an diesem Abend alles über Pierre de St. Laurent erzählt hatte. Wie sie auf ihr Zimmer zurückgekehrt waren und den abstoßenden Fremden mit den Bartstoppeln im Gesicht auf sie wartend gefunden hatten...

Und alles wiederholte sich. Nein! sagte sich Houston. Nein, ich sehe das nicht wirklich! Ich habe den Verstand verloren!

Doch derselbe Mann wartete jetzt wieder auf sie. Mit demselben kantigen Gesicht, derselben schmalen Nase und demselben dunklen kurzen Haar, das er sich streng von rechts nach links gekämmt hatte. Er trug dieselben schwarzen Kleider: Pullover, wollene Hose, Schuhe mit Kreppsohlen. Er lag wieder auf dem Bett – haargenau, wie er damals auf ihrem Bett gelegen hatte.

Es gab nur einen Unterschied: Dieses Mal war sein Brustkorb vom Hals bis zum Bauch blutverschmiert! Die weich schimmernde Samttagesdecke auf Simones Bett war scharlachrot. Das Fensterbrett des Erdgeschoßfensters war ebenfalls blutverschmiert. Dort war er in das Zimmer gekrochen, dann gestürzt und hatte schließlich einen breiten Blutstreifen auf dem Teppichboden hinterlassen.

Simone begann zu schreien.

Dritter Teil

24

Ihr Schrei war wie ein scharfer Stahldorn, der Houstons Schädeldecke zertrümmerte. Die Gewalt ihres Schreies ließ ihn zurückzucken. Sie hatte ihre Hände vor ihr Gesicht gerissen. Der Schrei drang durch ihre Finger. Von hinten ergriff Houston ihre Schultern, drehte sie zu sich um. »Nein!« sagte er leise.

Doch sie schrie weiter.

»Nein!« wiederholte er. Er schüttelte sie. Er war sich vieler verschiedener Einzelheiten gleichzeitig bewußt. Die Schreie, sich nähernde, laufende Schritte auf dem Flur hinter ihnen. Der angespannte, zarte Körper; ihre bebenden Schultern, die er krampfhaft umklammerte. Und ihr Ausdruck panischen Entsetzens auf ihrem Gesicht, als Simone ihre Hände langsam sinken ließ. Ihre feinen, empfindlichen Züge waren verzerrt, entstellt.

Jetzt spürte er auch, wie sich die anderen Hotelgäste in das Zimmer drängten. Er hörte, wie auch sie entsetzt nach Luft schnappten. Doch Houston konzentrierte sich ausschließlich auf Simone. Er zog sie an sich, nahm sie in seine Arme, spürte wie sie an seine Brust gedrückt zitterte. Wieder warf er einen Blick an ihr vorbei auf das Bett. Und aus seinem anfänglichen Schock wurde eiskalte Wut. Er würde den Mann finden, der das getan hatte. Und er würde dafür sorgen, daß dieser Mann so schreien würde, wie sie geschrien hatte.

Monsard stand neben ihm. »Irgendwer muß einen Arzt holen!« brüllte Houston. Doch keiner verstand ihn.

»*Un médicien*!« platzte Monsard heraus.

Mehrere Gäste stürzten aus dem Zimmer. Sanft schob Houston Simone ihrem Vater zu. Dann drehte er sich um und blickte wieder auf die blutbesudelte Gestalt auf dem Bett. Er fühlte Übelkeit in sich aufsteigen. Ein säuerlicher Geschmack in seinem Mund. Er setzte sich in Bewegung.

Houston war fassungslos, wie benommen. Kaum merklich atmete der Mann noch. Ganz leicht hob und senkte sich sein Brustkorb. Houston sah, wie seine Lider flatterten. Er hatte angenommen, der Mann wäre tot, doch jetzt hörte er ein keuchendes, stoßweises Atmen. Die Luft, die schwach über die fast geschlossenen Lippen kam, war wie ein schleimiges Röcheln.

Vorsichtig näherte Houston sich dem Bett, wollte nicht das Blut berühren, das in großen Lachen auf der Samtdecke lag. Er beugte sich zu dem schwerverletzten Mann herab. Sein Pullover war von oben nach unten in der Mitte über dem Bauch aufgeschlitzt. Houston sah das blutige Hemd. Er sah das ekelerregend zugerichtete Fleisch und mußte seinen Blick schnell zur Wand abwenden. Vor seinen Augen begann sich alles zu drehen. Schnell ergriff er das Kopfende des Bettes, um nicht zu fallen. »Der Arzt ist schon unterwegs«, sagte er zu dem Mann.

Er erhielt keine Antwort.

»Halten Sie noch aus. Wir holen Hilfe.«

Das Nicken war fast nicht zu erkennen.

»Können Sie mich verstehen?«

Zur Antwort bebten die Augenlider des Mannes.

»Wer hat das getan?«

Houston strengte sich an, ihn zu verstehen, doch die Worte des Fremden waren undeutlich, verschwommen. »Wer?« wiederholte Houston seine Frage.

»Finden Sie Charon!«

Houston wurde blaß. Der Mann hatte schon so viel Blut verloren, daß er sinnloses Zeug zu fantasieren begann. »Ich verstehe nicht, was Sie meinen. Ein Mann namens Charon hat das hier getan?«

»Verlaine. Finden Sie Verlaine.«

Es ergab einfach keinen Sinn. Bestürzt schüttelte Houston seinen Kopf. Nachdem der Mann zuerst irgend etwas aus der klassischen Mythologie gefaselt hatte, fantasierte er nun von einem Dichter des neunzehnten Jahrhunderts. »Sie kennen jemand mit dem Namen Verlaine?«

»Nein, Sie ...« Schaumiges Blut trat auf seine Lippen. Seine Augen zuckten verzweifelt, fiebrig hin und her.

»Wo bleibt denn der Arzt?« brüllte Houston die Leute an,

die zusammengedrängt in der Tür des Zimmers standen. Doch sie starrten ihn nur verständnislos an. Dann sah er, wie Monsard sich mit Simone durch die Leute einen Weg nach draußen bahnte.

Schnell drehte Pete sich wieder dem sterbenden Mann zu. »Sie müssen mir helfen! Was ist mit...«

»*Le blanc*«, platzte der Mann heraus.

Houston verstand nicht, warum er plötzlich wieder Französisch sprach. »Der Weiße?«

Der Mann krümmte sich in seinem Todeskampf. »Nein! Nicht weiß. *Le blanc*. Mußte – mich – umbringen.«

»Sie erstechen? Warum?«

»Ich – habe den – Priester getötet. Habe ihn – erstickt.«

»Aber...«

»Wußte zuviel. Hätte vielleicht – geredet.«

Der Mann hustete heftig. Seine Bauchwunde klaffte weiter auseinander. Houston würgte.

»Hat mich verraten.«

Houston mußte sich sehr anstrengen, die geflüsterten, gurgelnden Laute zu verstehen.

»Hatte mit – Ihnen gesprochen. War das – Verbindungsglied.«

»Zu wem?«

»Zu ihnen allen. Zu Verlaine – und Charon.«

Wahnsinn. Delirium.

»Sie haben mir nicht – vertraut. Charon hat mir nicht vertraut. Hören Sie zu!« Diese Forderung, dieser Befehl war so intensiv und eindringlich, daß Houston unwillkürlich zusammenfuhr. Der Mann hatte sich auf seine Ellbogen aufgestützt, um sich näher an Houston zu erheben. Sein Rücken war gekrümmt. »Hören Sie zu!«

Houston war entsetzt. Das Gesicht des Mannes wurde immer fahler, nahm die Farbe von Zement an. »*Le blanc*. Verlaine. Finden Sie Charon.«

»Schonen Sie sich! Sie brauchen Ruhe!«

»Keine Zeit mehr.« Die Stimme wurde wieder schwächer. Sein Atem kam nur noch zischend, wie Wind in den Bäumen. »Er hat mich – ein letztes Mal benutzt. Aber er hat – befürchtet, daß Sie mich – finden würden.«

Houston hörte sich nähernde Stimmen draußen auf dem Flur. »*Vous en allez! Vous en allez!*«

Ein dunkelhaariger Mann mit einem Arztkoffer in der Hand betrat den Raum. Unmittelbar hinter ihm folgte der Dorfpolizist.

Houstons Herz begann schneller zu schlagen. Schnell wandte er sich wieder dem verletzten Mann zu. »Ich habe es Ihnen ja gesagt. Halten Sie aus. Der Arzt ist jetzt da.«

Doch Houston benötigte nicht mehr als einen flüchtigen Blick. Das Gesicht hatte sich wieder verändert, hatte eine schreckliche Stille angenommen. »Nein, warten Sie! Sie haben mir noch nichts gesagt«, flehte Houston den Mann an. »Es gibt noch soviel, was ich unbedingt wissen muß!«

Im Zimmer herrschte plötzlich völlige Stille.

Pete schüttelte den Mann. »Der Doktor ist jetzt da. Wachen Sie auf!« Er beugte sich tief über den Mann, daß seine eigenen Kleider sich mit dem Blut vollsogen. »Sterben Sie nicht!«

Er stieß den Brustkorb des Mannes an, als sich eine Hand auf seine legte. Er sah borstige Haare, drehte seinen Kopf zur Seite. Doch in den Augen des Arztes fand er keinerlei Hoffnung mehr.

Petes Arm wurde schlaff. Er nickte langsam. Der Doktor nahm das Handgelenk des Toten und suchte nach seinem Puls. Dann zog der Arzt ein Augenlid hoch. Der Seufzer des Arztes sagte mehr als Worte.

Pete stöhnte auf, blinzelte benommen in die Richtung der neugierigen Hotelgäste, die sich an einem Ende des Raumes zusammendrängten. Sie schienen zu schwanken, unklar zu werden und ineinanderüberzugehen. »Sie haben ihn doch auch gehört«, schrie er die Leute an. »Sie haben doch auch gehört, was er zu mir gesagt hat. Charon. Etwas Weißes. Verlaine. Sagt Ihnen das irgend etwas?«

Doch offensichtlich fühlten sich die anderen Leute unbehaglich. Sie starrten ihn einfach nur an. Sie schienen langsam zurückzuweichen.

Später erzählte man ihm, daß er auf dem Teppichboden zusammengebrochen war, und Houston glaubte ihnen, wenn er vorsichtig die Schürfwunde auf seiner Stirn befühlte. Am Ende hatte sein Körper doch noch auf all die Mißhandlungen reagiert, die er in der letzten Zeit erfahren hatte. Er schlief achtzehn Stunden lang. Als er wieder erwachte, war er völlig ausgelaugt, fühlte sich orientierungslos. Wieder befand er sich in Monsards Schlafzimmer, und wieder war Simone an seinem Bett. Dieses Mal war Monsard ebenfalls anwesend.

Zuerst verlangten seine menschlichen Bedürfnisse nach ihrem Recht. Schwankend ging er ins Bad. Seine dunklen Bartstoppeln ließen sein Gesicht noch blasser erscheinen. Er schaltete seinen Verstand einfach aus und genoß das Gefühl der scharfen Rasierklinge auf seiner Haut. Er genoß die heiße Dusche und den unglaublichen Luxus frischer Socken und Unterwäsche, weicher Jeans und eines molligen Pullovers.

Er kehrte in das Schlafzimmer zurück. Das Bett war inzwischen gemacht worden. Der Raum war leer. Noch immer etwas wackelig auf den Beinen warf Houston einen Blick durch die offenstehende Türe in das Wohnzimmer, wo in dem offenen Kamin ein warmes, freundliches Feuer knisterte. Die Uhr auf dem Kaminsims zeigte Viertel nach acht.

Abends. Er konnte es immer noch nicht ganz glauben, daß er wirklich solange geschlafen hatte, daß er einen ganzen Tag verloren hatte. Simone stand im Raum und lächelte ihn an. Ihr Haar hatte sie zu einem Pferdeschwanz zurückgebunden. Sie trug ein adrettes blaues Kleid, durch das ihre Augen noch dunkler wirkten. Um die Taille trug sie einen Gürtel.

»Fühlst du dich wieder etwas besser?« fragte sie.

»Ausgeruht. Und doch erschöpft. Und du? Als ich dich das letzte Mal gesehen habe...«

»Mir geht es jetzt wieder gut. Ich möchte mich auch bei dir entschuldigen.«

»Wofür denn? Dafür vielleicht, daß du geschrien hast? Ich hätte ja beinahe selbst geschrien.«

»Der Arzt hat mir ein Beruhigungsmittel gegeben. Jetzt bin ich nur noch wütend, nicht mehr entsetzt und schokkiert. Es gibt Verschiedenes, was du wissen mußt!«

»Ich habe auch ein paar Neuigkeiten für dich.«

Monsard saß in einem tiefen Sessel vor dem Kamin. Er beugte sich vor und hörte zu, erriet offenbar ihrem Tonfall nach, über was sie sich unterhielten.

Houston beobachtete schweigend, wie Simone offenbar ihre Gefühle unterdrückte und ihre Gedanken zu ordnen versuchte. »Dieser Mann letzte Nacht«, begann sie. »Sein Blut war auch auf der Fensterbank und in dem Blumenbeet draußen vor dem Haus. Die Spur führt über das Grundstück nach hinten. Und sie begann offenbar in einer Gruppe Kiefern am Rand der Stadt. Dort befand sich ein Auto. Und man hat auch die Reifenspuren eines weiteren Wagens entdeckt.«

Pete setzte sich hin und umklammerte die Armlehnen seines Sessels. »Das ist es ja, was ich dir erzählen muß. Der Mann hatte noch die Kraft, mir etwas zu sagen, ehe er dann starb. Er hat mir gesagt, daß er den Pfarrer umgebracht hat.«

Ihr Gesicht wurde bleich. »Dann hatte ich also recht.«

»Er war aber nicht ganz bei Sinnen. Er hat fantasiert. Er erwähnte Charon und sprach von irgend etwas weißem.«

»Das ergibt keinen Sinn«, sagte sie.

»Ich weiß. Er redete in einem fort. Soweit ich es mitbekommen habe, und soweit ich aus seinem Gerede schlau werden konnte, hat er sich, nachdem er den Pfarrer getötet hatte, mit dem Mann getroffen, der ihm den Auftrag zu dem Mord gegeben hat.«

»Und ist dann selbst erstochen worden.«

»Genau. Er sagte nicht, was dann geschehen ist. Es muß einen Kampf gegeben haben. Er floh. Er kannte den Plan dieses Hauses. Er ist in dein Zimmer gekrochen, um sich dort zu verstecken.«

»Wenn er aber doch im Sterben lag, hätte er dann nicht versuchen müssen, einen Arzt zu erreichen?«

»Ein Arzt hätte doch nur die Polizei benachrichtigt. Abgesehen davon muß er gehofft haben, trotz seiner schweren

Verletzung überleben zu können. Er wollte nicht ins Gefängnis. Und auf diese Weise hätten wir ihm ja auch vielleicht helfen können.«

»Und ihm zu seiner Rache verhelfen, meinst du?«

Houston nickte. »Doch es lief nicht so, wie er es sich ausgemalt hatte. Hörst du, ich – ich weiß es nicht. Vielleicht hat er nur im Delirium geredet. Vielleicht ist er rein zufällig in dein Zimmer gekrochen und wußte es nicht einmal genau, welches Zimmer das war. Jedenfalls aber hat er geredet. Er sagte, daß Charon ihn noch ein letztes Mal benutzt und ihn dann anschließend getötet hätte, um zu verhindern, daß ich ihn finde und vielleicht mit ihm spreche.«

»Genau, was ich vergangene Nacht bereits gesagt habe: Irgend jemand macht reinen Tisch und beseitigt jetzt alle Einzelheiten und Spuren, die vielleicht zu ihm führen könnten.«

»Und das offenbar auch mit einigem Erfolg. Im Augenblick sind wir beide, du und ich...« Houston wollte diesen Satz nicht zu Ende bringen.

»Seine letzten losen Enden.«

Houston biß sich auf seine Unterlippe.

Monsard stellte eine Frage. Simone übersetzte. Der alte Mann warf besorgte Blicke von ihr zu Houston.

»Andrews befindet sich jetzt wahrscheinlich ebenfalls in Gefahr«, sagte Houston.

»Er hat angerufen«, sagte sie.

Houston streckte sich aufgeregt. »Wann?«

»Heute nachmittag. Er hat weitere Nachforschungen angestellt. Der Lieutenant des Zuges gehörte nicht zu den Männern, die verschwunden sind.«

»Dann lebt dieser Lieutenant also noch?«

»Der Sergeant hat mit ihm telefoniert. Der Lieutenant kann sich noch gut an die neun Männer erinnern, die damals verschwunden waren. Er hatte sich auch immer gefragt, was wohl aus ihnen geworden sein mochte. Du mußt wissen, daß es zwei Schlachten gab. Die eine fand hier bei St. Laurent statt. Die andere fünfzig Meilen nördlich von hier.«

Er nickte.

»Die zweite Schlacht. Dort sind sie verschwunden«, sagte sie.

»Aber warum dann so tun, als wären sie getötet und hier in St. Laurent beerdigt worden?«

»Um die Aufmerksamkeit von der Wahrheit abzulenken, von dem Ort, wo es geschehen ist!«

»Aber, was zum Teufel, ist denn nur dieses ›es‹?«

Sie schaute ihn nur an. Monsard begann weitere Fragen zu stellen. Houston achtete gar nicht darauf. »Charon«, sagte er. »Etwas Weißes. Verlaine.«

Abrupt unterbrach sie die Übersetzung für ihren Vater. »Was hast du da gerade gesagt?«

»Etwas, das ich vergessen habe. Letzte Nacht, bevor er gestorben ist, sagte der Mann noch: ›Finden Sie Verlaine.‹ Das ergibt doch gar keinen Sinn. Wer ist dieser Verlaine? Und wie, in drei Teufels Namen, sollen wir ihn finden?«

»Nein, nicht ihn.« Der entsetzte Ausdruck auf ihrem Gesicht erschreckte ihn.

»Kennst du ihn denn?«

»Erinnerst du dich denn nicht mehr? In Roncevaux. Bellay. Als wir in seinem Büro waren. Diese Polizisten im Hintergrund. Sie haben doch telefoniert, stimmt's?«

Houston versuchte krampfhaft sich zu erinnern. »Er hat mit ihnen geredet.«

»Und sie sagten, daß dieser ganze Komplex von Bürogebäuden...«

»... einen Makler hätte.«

»Und der Makler...«

»... sagte, daß die Gebäude der Verlaine Enterprises gehörten.« Houston erschauerte.

»Nicht ihm. Es. Der Mann gestern nacht hat die Verlaine Enterprises gemeint.«

Unvermittelt sprang Houston auf. »Hol deinen Mantel. Wir brechen sofort auf.«

»Wohin?«

»Nach Roncevaux.«

Monsard sagte entschieden: »*Non*!«

Im Raum war es plötzlich totenstill. Überrascht fuhr Houston herum.

Der alte Mann redete mit Nachdruck auf Simone ein und betonte seine Worte mit überschwenglichen Gesten.

»Was ist los?«

»Mein Vater ahnt, was du vorhast. Er besteht darauf, daß du hierbleibst. Du mußt essen, dich ausruhen, sagt er.«

»Keine Zeit.«

»Er sagt, eine Nacht mehr oder weniger wird auch keinen Unterschied mehr machen. Ich glaube, er hat recht. Wir würden erst weit nach Mitternacht in Roncevaux ankommen. Was könnten wir dann noch groß erreichen? Bellay wird wohl kaum noch in seinem Büro sein.«

»Wir könnten ihn aus dem Bett schmeißen.«

»Mit nichts weiter als nur Vermutungen und Annahmen in der Hand? Ein verschlafener Mann wird uns wohl kaum sehr viel Verständnis entgegenbringen.«

Houston umklammerte die Sessellehne. Seine Eile trieb ihn an, doch sein gesunder Menschenverstand riet ihm von seinem Vorhaben ab.

»Mein Vater hat Angst um uns. Er glaubt, daß wir uns besser verstecken sollten.«

»Und für immer in der Angst weiterleben, daß sie uns doch eines Tages finden werden? Aber so, selbst wenn wir dann immer noch Angst haben, tun wir zumindest irgend etwas!«

»Du könntest ja in die Staaten zurückfliegen.«

»Willst du das auch?«

»Ich versuche dir nur zu erklären, was mein Vater sagt. Er glaubt, wenn du wieder nach Hause fährst, daß sie sich dann vielleicht sicher fühlen und uns in Ruhe lassen würden.«

»Aber du wärst doch dann immer noch hier. Du würdest immer noch in großer Gefahr schweben.«

»Nein. Mein Vater glaubt, daß ich ohne dich in Sicherheit bin.«

Houston starrte sie verzweifelt an. Er fühlte sich zerrissen, verwirrt. Seine Trauer stand im Widerstreit mit der Schuld, die er ganz für sich empfinden würde, falls Simone etwas zustoßen sollte. »Ich kann nicht nach Hause. Ich habe noch eine Rechnung zu begleichen. Meine Frau.«

Als ob er ihn verstanden hätte, seufzte der alte Mann jetzt tief auf. Wieder begann er zu sprechen. Simone übersetzte es für Houston. »Dann bittet er dich, einen Kompromiß zu machen.«

»Was meint er damit?«

»Er bietet dir seine Gastfreundschaft noch eine letzte Nacht an. Und dann bittet er dich, seine Wünsche als Vater zu respektieren. Du sollst sein Haus verlassen, du sollst mich in Ruhe lassen. Und du sollst deinen eigenen Tod suchen, aber nicht auch meinen.«

»Simone, du weißt doch ganz genau, daß ich nichts weniger möchte, als dein Leben zu gefährden. Du weißt, daß ich nicht möchte, daß du getötet wirst.«

»Ich habe dir nur übersetzt, was er gesagt hat.«

»Aber was sagst du? Sag mir jetzt, was du wirklich möchtest. Ich werde es tun. Wenn es eine Hilfe für dich ist, dann werde ich jetzt gehen.«

»Dieser Mann letzte Nacht. Mein Vater sagt...«

Eine Faust hämmerte laut gegen die Wohnzimmertür. Das Geräusch erschütterte den ganzen Raum. Simone sprach nicht weiter. Ihr Gesicht verriet Sorge und Beunruhigung.

»Nein! Antworte mir jetzt. Sag es mir«, versteifte sich Houston.

Ihr Vater unterbrach ihn. »*Entrez!*«

Die Türe ging auf. Ein junger, tadellos gekleideter Kellner rollte einen Servierwagen herein. Unter den Silberdeckeln der Anrichteplatten stiegen verlockend riechende Dämpfe auf. Ein frisches Baguette lag in einem langen, schmalen Korb, der von einer Serviette bedeckt wurde. Rubinrot schimmerte Rotwein in einer Flasche.

»Ich habe keinen Hunger«, sagte Houston. Er begann zu weinen.

26

Aus dem Fenster des Zimmers im obersten Stockwerk des Hotels starrte er in die Nacht hinaus. Er war fest davon überzeugt, daß Monsard dieses Zimmer ganz bewußt ausgesucht hatte, um Simone soweit als möglich von ihm entfernt zu halten. Monsard hatte mit ihnen zu Abend gegessen und seine Rolle als besorgter Vater unmißverständlich klargemacht. Fünfzehn Sekunden, nachdem sie Houston auf sein Zimmer gebracht hatten, waren der alte Mann und Simone gegangen. Seitdem hatte Houston sie nicht mehr gesehen.

Und seitdem waren drei Stunden verstrichen. Es war jetzt ein Uhr und Houston stand neben seinem Fenster, starrte nachdenklich auf den dunklen Park unter ihm, auf den Dunst, der vom Fluß her durch die Bäume zog. Die Außenscheinwerfer des Hotels waren inzwischen ausgeschaltet worden. Houston hielt das Licht in seinem Zimmer ebenfalls gelöscht, damit er vor dem Fenster kein leichtes Ziel abgab. Doch die tiefen Falten auf seiner Stirn rührten nicht von der Gefahr her, in der er sich befand. Er runzelte seine Stirn, weil er Simones Meinungsumschwung einfach nicht verstehen konnte. Er verstand die Art und Weise nicht, wie sie ihn im Stich gelassen hatte. Bis zu diesem Augenblick war ihm nicht bewußt geworden, wie abhängig er in der Zwischenzeit von ihr geworden war.

Und jetzt wurde ihm diese Abhängigkeit verwehrt. Er war wieder allein und auf sich gestellt. Er mußte sich der unsicheren Zukunft, die vor ihm lag, nun allein entgegenstellen. Auch der Möglichkeit des Todes. Er lehnte sich gegen den Fensterrahmen und sagte sich, daß sie im Grunde genommen recht hatte. Es hatte keinen Sinn, daß sie auch ihr Leben aufs Spiel setzte.

Bin ich denn wirklich so egoistisch zu wollen, daß Simone dieses Risiko gemeinsam mit mir trägt, nur damit ich nicht so allein bin? dachte er. Soll sie doch versuchen, ihr Leben zu retten. Sie hat ihre Sicherheit verdient.

Er fühlte sich unbeschreiblich leer. Ja, vielleicht hatte der alte Mann doch recht gehabt. Vielleicht sollte ich wirklich wieder fahren, sagte er sich. Ich sollte nach Hause zurückkehren, mich um meine Angelegenheiten kümmern und Gott danken, daß ich noch nicht getötet worden bin.

Nur, das hier war ja seine Angelegenheit! Und ganz gleich, von welcher Seite er diese Geschichte auch immer betrachtete: Ihm blieb nur eine einzige Alternative. Er mußte den Mann finden, der seine Frau umgebracht hatte. Und morgen würde er damit anfangen. Allein.

Er richtete sich ruckartig auf und erkannte, daß er, gegen den Fensterrahmen gelehnt, eingedöst war. Die Leuchtziffern seiner Uhr sagten ihm, daß es schon zwei war. Die Nacht draußen wirkte ruhig und friedlich. Nicht anders, wie es in einem idyllischen Dorf auch sein sollte. Houston schnaubte verächtlich über diese Ironie. Er blieb noch lange genug vor dem Fenster stehen, um einen Mann durch den Dunst zwischen den Bäumen des weitläufigen Parks kommen zu sehen. Es war der Mann, der diesen Flieder-Körperpuder benutzte, erkannte Houston. Auch jetzt war er förmlich gekleidet und wieder kehrte er erst sehr spät ins Hotel zurück. Dieses Mal schien der Mann nicht betrunken zu sein, und Houston fragte sich müßig, wo er wohl gewesen sein mochte, daß er erst so spät zurückkam. Doch trotz seines achtzehnstündigen Schlafes fühlte Houston sich immer noch erschöpft, und er vergaß den Mann schnell wieder. Mit unsicheren Schritten schwankte er zu seinem Bett.

Die Laken waren kühl und rochen frisch. Er zog sich aus und kroch unter die Bettdecke. Sein Kopf sank auf das Kissen zurück, und er kuschelte sich auf der angenehm weichen Matratze zusammen. Sie war weich und doch auch fest; so ganz anders als der Sessel, auf dem er vor zwei Nächten geschlafen hatte. Die Erinnerung daran beunruhigte ihn. Mit ihr kam auch der Schmerz zurück, den Simones Entscheidung bei ihm verursacht hatte. Und die Einsamkeit, die er seitdem verspürte. Er versuchte, nicht mehr an Simone zu denken. Er begann von hundert an rückwärts zu zählen. Und kam nie bis fünfundsiebzig.

Ein Instinkt, eine unterbewußte Alarmglocke weckte ihn. Er blinzelte in die völlige Dunkelheit. Er hatte von dem Mann mit dem nach Flieder duftenden Körperpuder geträumt. Und jetzt wurde ihm bewußt, daß er von einem leisen Geräusch geweckt worden war.

Es war ein schabendes, kratzendes Geräusch. Metall auf Metall. Houston rührte sich nicht. Von dort, wo er lag, suchte er die Schwärze seines Zimmers ab.

Zuerst die Tür. Er hatte abgeschlossen. Irgendwer machte

sich vielleicht jetzt daran zu schaffen. Nein, er irrte sich. Das Geräusch kam woanders her. Außerdem würde ein Mörder es sicher nicht riskieren, dabei entdeckt zu werden, wie er sich auf dem Flur an einem Türschloß zu schaffen machte. Die meisten anderen Hotelgäste würden jetzt schon schlafen. Doch wenn nur einer von ihnen noch spät zurückkam – der Mann mit dem Flieder-Talkum zum Beispiel – konnte er Fragen stellen.

Der Mann mit dem Fliedergeruch. In Houstons Kopf begannen sich die Gedanken zu überschlagen. Jedesmal, wenn etwas geschehen war, war dieser Mann hier gewesen. Immer wieder dieser Mann!

Vorsichtig setzte Houston sich im Bett auf, drehte sich zum Fenster. Doch hier oben gab es keinen Balkon. Kein Sims ermöglichte den Zugang zu seinem Fenster. Aber wo dann? Woher kam dieses schabende, schwache Geräusch?

Sein Magen krampfte sich zusammen. Seine Hände begannen zu zittern. Und dann wußte er es: die Verbindungstür von seinem benachbarten Zimmer! Nicht eine Tür. Zwei! Es war kein Problem, die Tür auf der anderen Seite zu öffnen. Doch Houston hatte seine eigene Seite ebenfalls abgeschlossen. Und jetzt machte sich irgend jemand im Nachbarzimmer an genau diesem Schloß zu schaffen! Kein erst spät ins Hotel zurückkehrender Gast würde den Eindringling stören. Der Mörder würde all die Verschwiegenheit haben, die er zu seinem Geschäft benötigte.

Der Schatten der Tür begann sich jetzt langsam zu bewegen. Houston hatte keinerlei Waffe. Er war nackt und hilflos in der Dunkelheit. Er hatte keine Chance. Er atmete tief ein, bereitete sich darauf vor, laut zu schreien.

Und machte es dann doch nicht. Mit einem lauten Schrei würde er niemals rechtzeitig Hilfe herbeirufen können. Der Schrei würde seinen Mörder doch nur alarmieren und ihn dazu zwingen, schnell zu handeln. Houston drückte seinen Kopf tief in das Kissen zurück. Wenn der Mörder ein Messer benutzen würde, dann mußte er ganz dicht ans Bett kommen, und Houston würde ihn packen können.

Und dann was tun? Ganz sicher verstand der Mann etwas von seinem Geschäft, während Houston vom Kämpfen keine Ahnung hatte. Die Angst lähmte seine Hände. Seine Arme fühlten sich taub und unendlich schwer an.

Er kniff seine Augen zusammen, war sich ganz sicher, daß der Mörder aus dieser Entfernung, bei der Dunkelheit, unmöglich sehen oder wissen konnte, daß Houston wach war. Jetzt war die Tür vollständig auf, doch auch das angrenzende Zimmer lag im Dunkeln. Houston sah nur einen undeutlichen Schatten, der sich an ihn heranschlich. Zusammengekauert. Vorsichtig. Darauf bedacht, diese Sache ordentlich zu machen. Kein Schuß, der die anderen Gäste alarmieren würde. Ein Messer würde saubere Arbeit leisten. Oder vielleicht würde Houston auch wie der alte Priester erstickt werden.

Die Gestalt näherte sich langsam dem Bett. Musterte Houston. Beobachtete ihn. Obschon seine Lungen brannten, schmerzten, hielt Houston seinen Bauch angespannt, atmete langsam, tat, als würde er schlafen.

Eine Hand streckte sich nach ihm aus.

Jetzt! Houston machte einen Ausfall. Er sprang auf, landete auf der Gestalt, riß sie zu Boden, zerrte die Bettlaken mit, wickelte sie beide darin ein. Sie kämpften auf dem Fußboden. Er fluchte, versuchte, das Messer zu packen. Ein Knie stieß ihm heftig und scharf in den Unterleib. Er stöhnte auf und mußte sich mit aller Kraft dagegen wehren, um nicht hilflos zusammenzuklappen. Er packte die Kehle des Mörders.

»Pete! Hör auf!« Er würgte weiter. Verstärkte den Druck seiner Hände. »Nein! Pete!« In der Dunkelheit klang die Stimme heiser, irgendwie grotesk. »Nein! Du tust mir weh!«

Er erstarrte. Schnappte begierig nach Luft. Augenblicklich löste er seine Hände. »Simone!«

»Mein Hals!«

»Oh, mein Gott!« Houston rappelte sich auf und half ihr hoch.

Er tastete im Dunkeln herum, um die Nachttischlampe anzuknipsen. Sie schluckte schwer, massierte ihren Hals. Sie trug ein Hemd und Jeans. Ihre linke Wange begann anzuschwellen. Der Schmerz ließ sie schnell hintereinander blinzeln.

»Meine Güte! Ich hätte dich ja beinahe umgebracht!« sagte Houston.

Sie ließ sich schwer auf sein Bett fallen, rieb ihren Hals. Die Bettlaken lagen auf dem Boden.

Houston war plötzlich kalt.

Und er merkte, daß er nackt war. Er stand dicht vor ihr und hatte nichts an. Unsicher, verlegen hob er die Laken auf und wickelte sich hastig darin ein. Ein Ende legte er über seine Schulter.

Sie lachte.

»Was ist denn?« fragte er.

»Du siehst komisch aus«, sagte sie. »Albern. Lächerlich.«

»Du hast mir einen Todesschreck eingejagt.«

»Mein Vater hat den anderen Türschlüssel. Ich konnte nicht über den Flur kommen.«

»Du hättest auch einfach anklopfen können!«

»Und angenommen, jemand hätte mich gesehen? Oder vielleicht sogar mein Vater? Nein. Ich habe den Schlüssel gefunden, der zu dem Nachbarzimmer gehört.«

Er drückte die Laken fest an sich. Sie lachte wieder. »Und dann ist dieser verflixte Schlüssel im Schloß hängengeblieben.«

»Du hättest wenigstens an die Tür klopfen können.«

»Aber das ist doch gerade der Witz. Ich wollte dich nicht wekken! Ich lache über uns beide, nicht allein über dich. Das ist alles doch einfach lächerlich. Und diese Bettlaken!« Sie zeigte mit dem Finger auf ihn und kicherte leise. »Du siehst so schrecklich würdelos aus.« Tränen rollten ihr über das Gesicht.

Er konnte nicht anders. Er blickte auf die zerknitterten Laken hinunter und stellte sich vor, wie er wohl aussehen mußte: seine Verlegenheit, seine Empörung. Er spürte, daß er jeden Augenblick ebenfalls laut loslachen würde. Erleichtert gab er diesem Bedürfnis nach. Er warf sich auf das Bett und lachte, bis sein Bauch weh tat. Tränen strömten über sein Gesicht.

»Himmel, was sind wir für ein Paar«, stöhnte er schließlich. »Und was war so dringend, so wichtig, daß du nicht abwarten konntest, daß du hier bei mir einfach einbrechen mußtest?«

Sie hörte auf zu lachen. Plötzlich erinnerte ihr Gesicht an das eines kleinen Kindes. In ihren Augen lag Angst.

Und plötzlich verstand Houston. »Nein!«

»Pete, ich...«

»Nein!« sagte er entschieden.

Sie sah beschämt aus. »Es tut mir leid.«

»Keine Ursache.«

»Ich dachte... Vergiß es.«

»Sag es mir.«

»Ich dachte, wenn ich mit dir ins Bett gehen würde, dann würdest du verstehen, wie sehr ich bei dir sein will. Ich habe dir gesagt, was mein Vater meinte. Das bedeutet aber noch lange nicht, daß ich mit ihm einer Meinung bin. Ich mußte für ihn übersetzen, ihn seine Ansicht äußern lassen.«

»Du hast dich nicht mit ihm gestritten.«

»Nein. Nicht vor dir. Das hätte ihn beleidigt.«

»Du gibst also nicht auf?«

Nachdrücklich schüttelte sie ihren Kopf.

»Du kommst mit mir?« Er setzte sich auf. »Nach Roncevaux?«

»Wohin du willst. Ich kann dich nicht einfach so gehen lassen. Ich brauche dich. Verdammt... Ich liebe dich!«

»Sag das nicht.«

Sie schaute ihn sprachlos an.

»Sag das bitte nicht. Nein.«

Er schloß seine Augen. Er zitterte.

27

Sie brachen beim Morgengrauen auf. Sie schob einen Zettel unter die Tür ihres Vaters. Sie hatte geschrieben, daß er sich keine Sorgen machen sollte, daß sie ihn anrufen und ihm alles erklären würde, aber daß sie sich nicht für immer verstecken könnte. Sie und Houston hätten gar keine andere Wahl.

Doch während sie fuhren – Pete nahm diesmal eine andere Strecke und blickte immer wieder nervös in den Rückspiegel –, waren sie merkwürdig schweigsam. Ihr Schweigen dauerte an, als sich die schmale Landstraße scharf durch die von Bäumen gesäumte hügelige Landschaft schlängelte. Unsicher rutschten sie auf ihren Sitzen, waren angespannt und fühlten sich ganz offensichtlich nicht wohl.

»Irgend etwas stimmt nicht«, sagte sie schließlich. »Was ist es?«

Houston schüttelte langsam seinen Kopf, vermied es, sie anzusehen.

»Das ist nicht fair«, sagte sie. »Sei ehrlich zu mir.«

Houston umklammerte das Lenkrad. »Das ist nicht dein Problem.«

»Alles, was mit dir zu tun hat, betrifft auch mich. Bitte, schließ mich nicht aus. Das habe ich nicht verdient.«

Houston biß sich auf die Lippe bis sie schmerzte. »Ich werde schon wieder. Ich muß nur alles durchdenken. Mir klarwerden.«

»Letzte Nacht?« fragte sie leise.

Er nickte.

»Was ich versucht habe, mit dir zu machen?« bohrte sie weiter.

Wieder nickte er. »Meine Frau... Sieh mal, reden wir nicht darüber, ja? Ich will dir nicht weh tun.«

»Das wirst du auch nicht. Ich habe nicht gelogen. Ich habe es ganz genauso gemeint, als ich sagte: Ich liebe dich!« Sie hob abwehrend eine Hand. »Laß mich bitte ausreden. Ich war vielleicht wirklich etwas zu voreilig, habe zu sehr gedrängt. Das weiß ich. Und ich war mir von vornherein darüber klar, daß es Komplikationen geben würde. Aber das Risiko bin ich eben eingegangen. Ich mußte es dir einfach zeigen.«

»Ich werfe dir nichts vor.«

»Aber laß mich dir bitte eine Frage stellen. Hast du deine Frau wirklich geliebt?«

»Liegt das nicht auf der Hand?«

»Nein, das reicht mir nicht. Sag es mir. Hast du deine Frau geliebt, oder war deine Ehe nichts als eine Gewohnheit?«

Houstons Stimme klang angespannt, rauh. »Ich habe sie geliebt.«

»Würde sie von dir erwartet haben, daß du für den Rest deines Lebens um sie trauerst? Daß du ihr immer soweit treu bleiben würdest, als ob du noch verheiratet wärest? Jeder anderen Frau aus dem Weg zu gehen?«

»Nein. Wahrscheinlich würde sie das nur ärgerlich machen.«

»Dann sei ihrer Erinnerung treu. Respektiere sie. Halte immer in Erinnerung, was ihr zusammen hattet. Glaube mir, ich stehe in keiner Konkurrenz zu ihr. Ich erwarte nicht von dir, daß du sie vergißt. Ich möchte dich mit ihr teilen.«

Houston seufzte tief. Hinter seinen Augen schmerzten die Tränen.

»Pete, wir können heute, heute nacht, morgen sterben. Aber wenigstens werden wir zusammen sein. Wir haben dann die Augenblicke geteilt, die uns gegeben waren.«

»Verstehst du denn nicht? Ich fühle mich zu dir hingezogen. Ich will es nicht. Ich möchte einfach nur um Jan trauern.«

Sie sah ihn mit großen Augen an.

»Alles, was ich will ist, ihren Mörder zu finden. Ich habe einfach nicht das Recht, mich zu dir hingezogen zu fühlen.«

Als Antwort berührte sie nur einfach seine Hand.

28

Sie waren nie in Bellays eigentlichem Büro gewesen. Damals hatten sie ihn im normalen Waschraum des Polizeireviers getroffen. Als sie schließlich das Revier von Roncevaux erreichten und ihn nirgends entdeckten, gingen sie zu dem ersten der sieben Schreibtische, um einen übergewichtigen Polizeibeamten zu fragen, wo Bellay zu finden war.

Die Antwort des Polizisten auf Französisch schien dermaßen beunruhigend zu sein, daß Simone Houston einen besorgten Blick zuwarf. »Er besitzt gar kein eigenes Büro hier«, sagte sie. »Er ist nicht einmal auf diesem Revier stationiert.«

»Das stimmt doch nicht! Er hat uns doch klar und deutlich gesagt, daß er sich mit unserem Fall beschäftigen müßte, weil er ebenfalls Englisch sprechen würde. Also muß er doch hier sein.«

»Er kommt aus Paris.«

»Ja, das hat er uns doch auch gesagt. Er sagte, daß er vor einigen Jahren in Paris mit den Briten zu tun gehabt habe.«

»Aber das ist nicht vor einigen Jahren gewesen«, antwortete sie ihm. »Dieser Polizist hier behauptet, daß Bellay erst am Tag der Explosion aus Paris hierhergekommen sei. Erinnerst du dich? Wir sind in die Notfallambulanz des Krankenhauses gefahren worden. Wir haben warten müssen. Später hat man uns dann hierhergebracht und wieder haben wir warten müssen. Und dann ist Bellay aufgetaucht. Dazwischen lagen mehrere Stunden.«

Houstons Schläfen pochten.

»Damit hatte er genug Zeit, um von Paris nach Roncevaux zu kommen. Er ist hierhin geschickt worden, Pete. Er ist extra wegen uns gekommen. Wegen der Explosion. Er wußte mehr, als er uns gesagt hat. Er hat uns auf die Probe gestellt.«

Die anderen Polizisten in dem Raum drehten sich nach ihnen um. Niemand sagte ein Wort.

Houston warf einen flüchtigen Blick auf die Beamten. Simone hob ihre Hand, als wolle sie ihren Mund berühren.

Doch irgend etwas hielt sie davon ab. Etwas im Eingang der Wache. »Dann sind Sie also doch noch zurückgekommen«, sagte ein Mann. Seine Stimme war so tief, so volltönend, daß Houston meinte, ihre Vibrationen spüren zu können.

Überrascht drehten sie sich beide zu der Stimme herum.

Bellay stand im Türrahmen, eine Hand auf der Klinke. Wie bei ihrem ersten Zusammentreffen war er auch jetzt wieder gut gekleidet. Dieses Mal trug er einen braunen Anzug mit Weste. Die Hose hatte eine ordentliche Bügelfalte. Der Anzug saß perfekt. Mit einem merkwürdigen Gesichtsausdruck beobachtete er sie aufmerksam. Seine Augenbrauen waren leicht nach oben gezogen, sein Kopf eine Idee zur Seite geneigt. Seine Miene war fragend. Sein kurzes, dunkles Haar war ordentlich gekämmt.

»Wir wollten Sie eigentlich gestern schon anrufen«, sagte

Houston. »Ich nehme an, Sie wissen bereits, daß wir in dieser Nacht nicht hier in der Stadt geblieben sind.«

»Stellen Sie sich nur meine Überraschung vor.« Er kam auf sie zu. Seine Schuhe machten ein klackerndes Geräusch auf dem Holzparkett. »Zuerst habe ich mir ja noch Sorgen gemacht. Doch ich bin ins Leichenschauhaus gefahren, und als ich Sie dort nicht fand, gelangte ich zu der Auffassung, daß Sie offenbar vorsichtig waren. Na ja, wie dem auch sei, wenn Sie tot gewesen wären, hätte ich Ihnen vermutlich auch nicht mehr viel helfen können.« Seine Augen funkelten amüsiert. »Ich habe Fragen.«

»Wir auch. Sie haben uns angelogen«, sagte Houston.

»Ach ja? Wie das?«

»Sie haben uns gesagt, Sie wären hier stationiert. Das ist aber nicht der Fall. Sie sind extra aus Paris gekommen, um sich mit uns zu unterhalten.«

»Faszinierend. Und das wissen Sie auch ganz sicher?«

»Wir haben diesen Polizeibeamten hier gefragt. Er hat es uns gesagt.«

Das Lächeln verschwand aus Bellays Gesicht. Seine Augen wurden finster. Unmutig sah er den Polizisten an, der sich gerade fluchend damit abmühte, irgendein Formular in dreifacher Ausführung zu tippen. Bellay sagte kurz etwas auf Französisch. Houston hatte den Eindruck, es wäre Gossen-Französisch.

Der Polizeibeamte schaute auf. Sein Gesicht verfärbte sich, wurde rot. Er ballte eine Faust und bewegte sie in einer obszönen Geste.

Bellay schnappte nach Luft. Der Polizist nahm seinen einsamen Kampf mit dem Kohlepapier ungerührt wieder auf. Bellay lachte. Er wandte sich wieder Houston zu. »Kein Respekt, der Mann.«

»Und auch keine Geheimnisse.«

»Tja, wie wahr, mein Freund. Abgesehen von Ihnen. Oh, Sie haben doch Geheimnisse bewahrt, nicht wahr? Ich habe Sie um Informationen gebeten, und Sie haben mir nichts als magere Lügen aufgetischt.«

»Auch nicht mehr als Sie. Hören wir doch endlich mit dem Zeug auf! Was wird hier gespielt? Reden Sie Klartext!«

Für einen winzigen Augenblick schien Bellay seine Fassung zu verlieren. Abrupt stand er gerader, und dann schienen seine Augen wieder amüsiert zu funkeln. »Wir machen ein kleines Geschäft«, sagte er. »Das, was ich weiß, gegen das, was Sie wissen. Wenn Sie wirklich mit mir zusammenarbeiten wollen.«

»Verlaine.«

»Alles klar. Wir reden.« Bellay deutete auf die offene Tür.

Sie gingen. Simone folgte ihnen. Der Korridor war grau. Er hatte dringend einen neuen Anstrich nötig. Zwei Polizisten kamen aus einem Büro und gingen in ein anderes hinein. Ein Beamter ging auf die Toilette.

Bellay führte sie den Flur hinunter. Er klopfte an eine Milchglastür und trat ein, als er eine Stimme hörte. Er sprach drei Sätze auf Französisch. Ein Mann mit müden Augen und Hängebacken kam heraus. Er warf Houston einen kurzen Blick zu. Dann einen etwas längeren Simone. Widerwillig ging er.

»Man hat mich etwas überstürzt hierhergeschickt«, sagte Bellay zu Houston. »Aber für ein anständiges Büro hat man nicht gesorgt. Macht auch nichts. Das hier wird reichen.« Mit einer höflichen, eleganten Geste bat er sie herein.

Houston roch den Mief von Schachteln, Akten und Formularen. Ein Archivraum. In der Mitte des Zimmers stand ein Tisch.

Bellay schloß hinter ihnen die Tür. Die Geräusche aus dem Flur drangen nur noch gedämpfter zu ihnen herein. »Nehmen Sie doch bitte Platz. Es könnte eine Weile dauern.«

Simone gehorchte.

Doch Houston rührte sich nicht. »Verlaine«, sagte er. »Fahren Sie damit fort!«

»Nein! So läuft das hier nicht. Wenn Sie einen Tauschhandel mit mir machen wollen, dann erzählen Sie mir zuerst etwas.«

»Okay. Ich gehe wieder.« Houston griff nach der Türklinke.

Bellay machte keine Anstalten, ihn aufzuhalten.

Houston starrte auf seine Hand. Er seufzte und setzte sich

auf einen Stuhl vor dem Tisch. »Naja, versuchen mußte ich es schließlich.«

»Richtig. Doch ganz offensichtlich sind Sie neugieriger als ich es bin.« Bellay beobachtete ihn aufmerksam. Dann schien er zu einer Entscheidung zu kommen und, Houston imitierend, seufzte tief auf. »Ganz ehrlich«, gestand er, »ich bin so neugierig, daß ich sogar die Seele meiner lieben Mutter verkaufen würde. Fangen Sie bitte an. Erzählen Sie mir alles, was mit Ihnen geschehen ist. Lassen Sie nichts aus. Sie wissen nicht, was vielleicht wichtig sein kann.«

Houston steckte sich eine Zigarette an. Er begann mit seiner Geschichte, ließ keine Einzelheit aus, erzählte alles. »Verlaine«, schloß er. »Alles deutet auf Verlaine.«

»Und St. Laurent, obschon ich die Wahrheit gesagt habe... Dieser Name sagt mir absolut nichts.« Bellay schwieg einen Augenblick und schaute dann Simone an. »Haben Sie dem noch irgend etwas hinzuzufügen?«

»Nein. Peter hat alles gesagt.«

Bellay richtete seine Aufmerksamkeit wieder auf Houston. »Dann lebt Ihr Vater vielleicht noch und ist auf die eine oder andere Art in diese Geschichte verwickelt. Oder falls er gestorben ist, dann hatte er zumindest irgendwann etwas damit zu tun.«

»Womit? Jetzt sind Sie an der Reihe. Halten Sie Ihren Teil unseres Geschäftes ein.«

»Ich bin mir leider nicht so ganz sicher, ob ich das kann. Oh, ich kann Ihnen schon sagen, was ich weiß. Aber ich verstehe es nicht, kann es nicht einordnen. Warum sollten Sie es also verstehen?«

»Um Himmels willen...«

»Hören Sie genau zu. Ich arbeite schon viel zu lange an dieser Sache. Ich habe meine Objektivität, meine Distanz verloren. Vielleicht können Sie aus Ihrer Warte das einheitliche Muster, den Faden in allem erkennen.«

Houston wartete.

Bellay trommelte mit seinen Fingern kurz auf die Tischplatte und begann.

29

»Ich bin kein Polizist«, sagte Bellay. »Ich arbeite für die Regierung. Geheimdienst. Bin das, was Sie wahrscheinlich einen Spion nennen würden, obschon ich persönlich einen weniger dramatischen Ausdruck bevorzugen würde.«

Simone beugte sich vor. Houston war sich ihrer Gegenwart nur am Rande bewußt.

»Ich werde Ihnen den Namen meiner Organisation nicht nennen. Meine Institution zieht es vor, anonym zu bleiben. Davon abgesehen würde Ihnen der Name auch sowieso nichts sagen. Der Auftrag meiner Organisation ist rein defensiv. Wir dürfen uns nicht in die Belange ausländischer Regierungen einmischen und auch nicht versuchen, hinter ihre Geheimnisse zu kommen. Das interessiert uns nicht. Ganz im Gegenteil. Unser Zweck und unsere Aufgabe ist es, eine ausländische Regierung davon abzuhalten, sich in unsere internen Angelegenheiten einzumischen. Wir sind also so etwas wie Beschützer. Wir verteidigen das Land. Wir machen feindliche Agenten ausfindig und, hm, entmutigen sie.«

»Ist das ein Synonym für töten?«

»Ach, ich vergesse immer wieder, daß Sie ja Schriftsteller sind.«

»Woher wissen Sie das?«

Bellay lächelte. »Wir arbeiten sehr effizient, wissen Sie. Und Ihre eigene Botschaft ist nicht weniger effizient. Während Sie in der Ambulanz des Krankenhauses gewartet haben, sind Ihre Akten angefordert und eingesehen worden. Und natürlich auch die von Simone. Bitte, seien Sie jetzt nicht beleidigt. Das sind notwendige Maßnahmen, und wir behandeln diese Informationen natürlich streng vertraulich.«

»Ich habe nichts getan, was ich mir vorwerfen müßte«, sagte sie stolz.

»Ja, das weiß ich. Ich habe Ihre Akte gelesen.«

Sie sah verlegen aus, verletzt.

»Auch Mr. Houston hier hat keinerlei schändliche Geheimnisse. Ich bin fest davon überzeugt, daß Ihre Verbindung zu Verlaine völlig ungewollt ist. Sie sind unschuldig, könnte man auch sagen. Sie sind da tatsächlich in etwas hineingeraten, und die Frage ist jetzt, wie wir uns weiter verhalten sollen.«

»Sie wollen mir doch wohl jetzt nicht allen Ernstes erzählen, daß Verlaine eine Tarnorganisation für ausländische Agenten ist?«

Bellay musterte ihn aufmerksam. »Amerika ist nicht das einzige Land, das ein Krebsgeschwür in seiner Seele hat. Drogen, Verbrechen, moralische Schwäche. Das Böse greift ständig weiter um sich. Frankreich und England, Italien und Deutschland und ... Ich brauche Ihnen wohl kaum alle Länder aufzuzählen. Die Liste geht ins Uferlose. Wir sterben langsam. Jeder von uns, jede Nation.«

Eine Moralpredigt? fragte sich Houston. Ich frage nach konkreten Informationen und er antwortet mir mit einer Abhandlung über Moral. »Aber das ist doch wohl kaum Ihre Angelegenheit«, sagte er. »Sie sind kein Polizist.«

»Richtig.«

»Dann ...«

»Verlaine Enterprises ist eine Fassade für Drogenhandel und Hehlerei, Prostitution, Glücksspiel, Killer, Kredithaie, Fälscher. Dieser Firma, dieser Firmengruppe gehören Gebäudekomplexe wie der, in dem Sie beinahe getötet worden wären. Verlaine Enterprises kauft bankrotte Unternehmen auf und benutzt sie, um illegale Profite reinzuwaschen. Um aus schmutzigem Geld sauberes zu machen und so die Finanzämter zufrieden zu stellen. Die Lektion Ihres Al Capone ist hier in Frankreich ebensogut gelernt worden wie bei Ihnen drüben in den Staaten. Er ist nicht wegen Mord ins Gefängnis gekommen, Mr. Houston, sondern wegen Steuerhinterziehung. Es wird Sie sicher amüsieren zu hören, daß Verlaine, die ganz sicher ihr eigenes Gebäude in die Luft gejagt hat, jetzt von ihrer Versicherung den entstandenen Schaden ersetzt bekommen möchte.«

»Himmel.«

»Ja, auf eine Art finde ich ihre Frechheit und Dreistigkeit auch schon wieder beeindruckend. Aber wie Sie schon sagten, diese Art von Verbrechen gehen mich nichts an. Aber ich habe andere Geschäfte mit Verlaine Enterprises. Ungefähr vor einem Jahr begannen unseren V-Leuten auf der Straße gewisse Gerüchte zu Ohren zu kommen. Nichts wirklich Handfestes. Gerüchte eben. Und auch nicht hier in Roncevaux, sondern in Paris und Marseille. Es hieß, daß umfangreiche, sehr große Schiffsladungen Drogen in das Land geschmuggelt worden seien. Und ich meine wirklich große Mengen. Zehnmal mehr als das, was normalerweise ins Land kommt. Dann hieß es: Zwanzigmal mehr. Dann dreißigmal mehr. Wenn diese Gerüchte der Wahrheit entsprachen, dann muß man davon ausgehen, daß Geschäfte und Transaktionen in einem solch ungeheuerlichen Umfang nicht ohne weitreichende Bestechungen, durch organisierte Korruption von Beamten und Staatsangestellten möglich waren. Allein das läßt die Gerüchte, die von unseren V-Leuten und von Polizeibeamten aufgeschnappt worden waren, höchst fragwürdig erscheinen. Eine Korruption in diesem Ausmaß war ganz sicher nicht möglich. Doch vor allen Dingen ergaben diese Gerüchte auch nicht den geringsten Sinn. Wissen Sie, solche massiven Einfuhren von Drogen würden doch den Markt zwangsläufig dermaßen überschwemmen, daß der Marktpreis automatisch nach unten getrieben werden müßte. Und aus welchem Grund sollten die Gangster und Kriminellen ihre sicheren Profite schmälern wollen? Warum solche umfangreichen Transporte?«

Houston spürte, wie eiskalte Wut in ihm aufstieg. »Wenn Sie uns hereingelegt haben... Wenn es überhaupt keine Antwort auf unsere Fragen gibt...«

»Oh, es gibt eine Antwort. Andere Gerüchte, nicht von der Straße, sondern aus zuverlässigen Quellen von verdeckt arbeitenden Agenten. Es ist kein Geheimnis, daß die Entspannungspolitik völlig versagt hat. Ihr Präsident hat das ganz klar und unmißverständlich ausgedrückt. Ihr State Department behandelt die Sowjets, als hätte der Kalte Krieg niemals aufgehört. Der sowjetische Einmarsch in Afghanistan war der beste Beweis für das, was ihre wahren Absichten sind. Polen, Kuba, Südamerika, der Nahe Osten und natürlich auch Afrika. Wir haben es mit einem einheitlichen Muster zu tun. Es ist leicht zu durchschauen. Doch sie wissen, daß es mehr als eine Art gibt, um ein Land zu erobern. Es geht von außen... und von innen.«

»Was Sie vorhin gesagt haben...«

»Sie verstehen jetzt, was ich mit dieser Geschichte zu tun habe. Wir können es noch nicht beweisen, aber wir vermuten, daß die Sowjets versuchen, den Prozeß unserer inneren Selbstauflösung zu beschleunigen, nachdem sie die Geduld verloren haben. Verlaine Enterprises. Das ist nichts als eine Fassade für Gangster und Kriminelle. Aber einmal angenommen, die Kriminellen sind ebenfalls nichts als eine Fassade, als eine Tarnung. Angenommen, sie werden von den Sowjets als stillem Teilhaber kontrolliert. Und die Sowjets würden ihre Beteiligung und Verwicklung in diese Sache vor den Männern verbergen, die sie für ihre Ziele benutzen. Schmutziges Geld. Aufkauf legaler, sauberer Geschäfte. Kontrolle aus der Ferne. Bestechen und betrügen, korrumpieren und Nachschub liefern. Sie machen sich das Schlechte in unserem eigenen Gesellschaftssystem zunutze. Sie pflegen gute Beziehungen mit dem Abschaum, dem Bösen unseres Systems. Sie sorgen dafür, daß das Unkraut sich vermehrt, daß es sich weiter ausdehnt. Wenn wir dann schließlich so weit unten sind, daß wir uns nur noch für die Befriedigung unserer niedersten Triebe interessieren, wenn wir vom Chaos überwältigt werden, dann schreiten die Sowjets mit Leichtigkeit und völlig mühelos selbst ein.«

»Die Sowjets sollen den kriminellen Mob, das organisierte Verbrechen kontrollieren?«

»Und nicht nur bei uns, ja. Auch in Italien, in England, in Amerika. Aus Kriminellen werden die ahnungslosen Agenten einer fremden Macht gemacht. Wer würde sich so etwas jemals vorstellen? Aber die Gerüchte, Mr. Houston, dauern an. Und es gibt sehr viele davon. Ich untersuche diesen Fall jetzt bereits seit neun Monaten. Ich kann die Verbindung zwischen den Sowjets und der Verlaine Enterprises nicht beweisen. Aber die massiven Drogenlieferungen, der stetig sinkende Marktpreis... Das alles macht überhaupt keinen Sinn, wenn das eigentliche Ziel nicht die Unterminierung der Lebenskraft dieses Landes ist, wenn es nicht Verwirrung und Chaos ist.«

Petes Wut ließ nicht nach. »Alles, was ich will, ist nur Jans Mörder zu finden. Ich will denjenigen aufhalten, der uns beide hier umbringen will. Ich will endlich wieder ein normales, ruhiges Leben führen. Wenn Sie irgend etwas wissen, das uns bei diesem Ziel weiterhelfen könnte, dann sagen Sie es jetzt. Was hat das alles überhaupt mit mir zu tun?«

»Sie haben versucht, das Grab Ihres Vaters zu finden. Dann haben Sie versucht, diesen St. Laurent zu finden. Was Sie wiederum zu Verlaine geführt hat. Und darüber hinaus müssen wir uns jetzt auch noch mit dem Jahre neunzehnvierundvierzig beschäftigen. Mit einem vermißten Trupp amerikanischer Soldaten. Mit St. Laurents eigenem, mysteriösen Verschwinden. Irgend etwas ist damals passiert, und die Auswirkungen dieses Vorfalles besitzen auch eine Bedeutung für die Gegenwart. Wenn es uns gelingt, dieses Rätsel zu lösen, dann werden wir auch alle anderen lösen.«

»Und mein Vater steht quasi im Zentrum all dieser Fragen«, sagte Houston. Sein Mut, seine Zuversicht ließ nach. »Himmel, was für ein Mensch war mein Vater? In welche Sache war er verwickelt?«

»Ist«, sagte Simone.

»Was?«

»Nicht *war*, sondern *ist*. Es ist noch nicht zu Ende.«

Houston hatte das Gefühl, als würde der Raum um ihn herum plötzlich dunkel.

Bellay nickte grimmig.

»Sagen Sie mir, was ich tun soll«, sagte Houston.

»Es gibt nichts ...«

»Mit Ihnen oder ohne Sie ... Ich werde ihn finden. Helfen Sie mir«, sagte Houston. »Ich möchte etwas über Verlaine erfahren.«

30

Einspaltig getippt füllte die Liste der Firmenbeteiligungen von Verlaine Enterprises drei Schreibmaschinenseiten. Es waren Geschäfte und Unternehmen jeder Art und Größe.

Die Liste umfaßte Wäschereien und Importfirmen, Großhändler und Kinos, Restaurants ebenso wie Bürogebäude und Computerfirmen. Finanzierungsgesellschaften, Konglomerate und Holdings fusionierter Firmen. Houston war entsetzt. Er blickte von den Unterlagen auf.

Bellay erklärte die Zusammenhänge. »Auf dem Papier scheint Verlaine so unschuldig und harmlos wie die Heiligen Apostel zu sein. Alles scheint völlig legal, wird von sehr befähigten Anwälten organisiert. Steuern werden an den Staat abgeführt. Spenden gehen an Wohltätigkeitsorganisationen. Aktien werden herausgegeben. Die Investoren und Aktionäre erhalten ihre Dividendenausschüttungen. Alles, was die Muttergesellschaft wirtschaftlich unternimmt, erscheint so korrekt, so gut dokumentiert und abgesichert zu sein, daß wir unsere eigenen Anwälte und Wirtschaftsexperten benötigen, um uns überhaupt erst durch diesen Papierwust hindurchzuarbeiten und ihn zu entschlüsseln. Hinter diesem Labyrinth aus Fakten und Zahlen jedoch ist alles völlig undurchsichtig und verschwommen. Wenn wir nach den Hauptinvestoren der Firmengruppe suchen, dann stoßen wir nur wieder auf andere Firmen, die wiederum ihrerseits von anderen Firmen besessen werden. Und die Leute, die als Direktoren dieser Firmen genannt werden, existieren nicht. Ihre Namen sind erfunden. Falsch. Unter dem Strich wissen wir nicht, von wem eigentlich das Geld für all diese vielen verschiedenen Unternehmen kommt. Das ist die eine Seite. Auf der anderen Seite sind jedoch die Firmen, die zur Verlaine-Gruppe gehören, wirtschaftlich weder stark noch erfolgreich genug, um tatsächlich die Gewinne abwerfen und rechtfertigen zu können, die von ihnen offiziell angegeben werden.«

»Also kann man davon ausgehen, daß die Kapitalanlagen und auch die deklarierten Gewinne höchstwahrscheinlich illegale Gelder des Syndikates sind«, meinte Pete nachdenklich.

»Ja. Oder es stammt von den Sowjets, wenn man davon ausgeht, daß meine Vermutungen richtig sind.«

Houston überflog die lange Liste der Firmen noch einmal... Und plötzlich erkannte er einen unter den vielen Namen. Er war so vertraut, so überraschend, daß Houston schlagartig erbleichte.

»Pete, was ist denn mit dir?«

Beunruhigt drehte er sich zu Simone um. Er musterte jeden Teil ihres Gesichtes. Sah ihr herrliches Haar, ihr perfekt modelliertes Kinn und die Nase und die Wangen. Und schließlich blieb sein Blick auf ihren fragenden Augen haften.

Er brachte es einfach nicht fertig, es ihr zu sagen. Was, wenn seine Vermutungen nicht richtig waren? Er konnte sie nicht verletzen. Durfte es nicht riskieren, solange er sich nicht ganz sicher war.

»Ach, nur meine Rippen«, antwortete er; versuchte so normal wie möglich zu klingen. »Sie schmerzen. Vielleicht habe ich mich ein bißchen überanstrengt.«

»Kein Wunder«, meinte Bellay und warf einen Blick auf seine Uhr. »Es ist schon nach sechs. Wir könnten alle etwas Ruhe und Erholung vertragen. Darf ich mit Ihnen zu Abend essen?«

»Seien Sie bitte nicht gekränkt«, sagte Pete. »Aber ich brauche dringend etwas Schlaf und nichts zu essen. Ein andermal vielleicht?«

»Natürlich. Abgesehen davon warten auch noch einige persönliche Angelegenheiten darauf, daß ich mich um sie kümmere. Und dann haben wir natürlich auch noch unser kleines Problem.«

Houston runzelte seine Stirn.

»Sie befinden sich immer noch in Gefahr. Während Sie hier sitzen, ist immer noch irgend jemand auf der Jagd nach Ihnen. Es hat sich nichts verändert. Wir müssen einen sicheren Ort für die Nacht für Sie finden. Und ich gebe Ihnen recht. Ein Hotel ist nicht sicher genug!«

»Wo dann?«

31

Eine Jagdhütte. Zumindest schien es eine Jagdhütte zu sein. Sie befand sich auf dem Gipfel eines baumlosen Hügels. Auf den Hängen wuchsen weder Büsche noch Sträucher, und am Fuß des Berges begann ein Wald. Das ganze Gelände war von einem Maschendrahtzaun umgeben – der einzige Hinweis darauf, daß es mehr war als nur eine einfache Jagdhütte. Das niedrige, große Gebäude machte einen vollkommen harmlosen Eindruck. Die Wände bestanden aus Baumstämmen, das Dach aus Zedernschindeln. Es gab eine schäbige kleine Veranda und einen schiefen Holzschuppen als Einzelgarage.

Um dorthin zu gelangen, hatten Houston und Simone den Renault in der Tiefgarage der Polizeistation in Roncevaux zurückgelassen. Das Polizeihauptquartier hatten sie dann in einem Kastenwagen der Polizei verlassen. Ihr Fahrer war absolut wahllos und willkürlich kreuz und quer durch die Stadt gefahren, um einen möglichen Verfolger abzuschütteln oder, falls das nicht funktionieren sollte, zumindest einen solchen zu entdecken. Dann wechselten Houston und Simone in einen unauffälligen Pkw und wurden aus der Stadt hinausgefahren. Immer wieder blickte Simone ihn besorgt von der Seite an, so als ob sie darauf brennen würde, ihm eine Frage zu stellen. Doch sie bezähmte sich. Angespannt umklammerte sie seine Hand. Houston spürte ihre Anspannung deutlich, als er wieder daran denken mußte, was er in der Akte über Verlaine gelesen hatte.

Um sich abzulenken, blickte er aus dem Seitenfenster in die Nacht hinaus. Er starrte auf die dunklen Silhouetten der Bäume entlang dieser sanft ansteigenden Landstraße. Er bemerkte, daß der Fahrer einen Knopf auf dem Armaturenbrett drückte. Fast hätte Houston ihn schon gefragt, aus welchem Grund der Mann das getan hatte, doch dann bogen sie von der Landstraße ab. Es war ein holpriger, ausgefahrener Feldweg, an dessen Seiten die Sträucher dermaßen dicht wuchsen, daß immer wieder Äste und Zweige gegen den Wagen schlugen. Und es ging weiter leicht bergauf.

Dann, hinter der undurchdringlichen Finsternis der hoch aufragenden Bäume, entdeckte er die Lichtung auf dem Berg. Und auf dem Gipfel sah Houston dann, vor einem Schleier unheimlich wirkenden Mondlichtes, die harten schwarzen Umrisse der Jagdhütte. Er fröstelte.

Wieder drückte der Fahrer auf einen Knopf am Armaturenbrett. Dieses Mal verspürte Houston keinerlei Bedürfnis, ihn nach dem Sinn dieser Handlung zu fragen. Der Grund lag auf der Hand. Ein Metalltor vor ihnen schwang lautlos auf. Durch die so entstandene Lücke im Zaun setzten sie ihren Weg auf das Gebäude zu fort. Houston warf einen Blick zurück. Langsam schloß sich das Tor wieder.

Sie hielten an. Der Fahrer ließ den Motor weiterlaufen, machte jedoch auch keinerlei Anstalten, den Wagen zu verlassen.

Pete beugte sich zu ihm vor. »Wir warten hier. Kommt uns jemand abholen?«

Der Fahrer drehte sich um. Der Mann sah ihn verständnislos, fragend an. Houston wurde klar, daß der Mann kein Englisch sprach.

Simone wiederholte die Frage. Sie übersetzte die Antwort des Fahrers.

»Wir werden erwartet. Er soll anschließend mit einem anderen Auftrag zurückfahren. Er dachte, wir würden diese Prozedur kennen.«

»Was? Er will, daß wir hier aussteigen?« Pete spannte sich unwillkürlich an. »Aber dieses Haus da oben ist doch völlig dunkel. Und wir wissen auch nicht, wo wir hier sind.«

Der Fahrer sagte etwas. Simone übersetzte es wieder. »Er will, daß wir jetzt aussteigen. Er wäre sowieso schon ziemlich spät dran.«

»Den Teufel werden wir tun.«

»Er sagt, daß wir hier in Sicherheit sind.«

Plötzlich tauchte neben dem Wagen ein Schatten auf. Instinktiv zuckte Houston zurück, schützte Simone mit seinem Körper. Sein Herz schlug wie verrückt. Blitzschnell streckte er seine Hand aus, um die Türriegelung zu betätigen.

Zu spät. Die Tür bewegte sich schon, noch ehe er den Knopf gedrückt hatte. Aus der Dunkelheit beugte sich ein Mann in den Wagen hinein. Er war von Kopf bis Fuß schwarz gekleidet. Er hatte einen kurzgeschnittenen schwarzen Bart, trug ein schwarzes Barett, ein dickes schwarzes Schulterholster, in dem eine massige, ebenfalls schwarze Waffe steckte. Er war nahe an die fünfzig, hatte harte, strenge Augen und blinzelte Houston und Simone nun an.

»Bitte«, sagte er in einem stark akzentgefärbten Englisch. »Es ist sicherer, wenn Sie jetzt mit ins Haus kommen.«

»Sind Sie einer von Bellays Leuten?« fragte Houston mißtrauisch.

»Wir arbeiten zusammen. Wir haben denselben Arbeitgeber.«

»Dieser Ort hier...«

»Ist zu unserem Schutz da. Bitte, beeilen Sie sich jetzt. Hier draußen kann ich Sie nicht verteidigen.«

Houston warf Simone einen fragenden Blick zu. Sie nickte. Sie stiegen aus.

Sofort schloß der Fremde die Wagentür. Er klopfte mit seinen Knöcheln kurz auf das Wagendach. Der Fahrer fuhr los. Während Houston hinter dem Mann herging hörte er, wie das Tor sich wieder öffnete. Er drehte sich um und sah die Lichtkegel der Scheinwerfer wieder in der Nacht verschwinden. Das Brummen des Motors wurde leiser und schließlich war nichts mehr von dem Wagen zu hören. Mit einem leisen Flüstern schloß sich das Metalltor wieder.

Dann, abgesehen von ihren Schritten auf dem taufeuchten Gras, abgesehen von dem Geräusch schlagender Flügel – vielleicht eine Fledermaus –, war die Nacht wieder völlig still. Houston, sich Simone an seiner Seite voll bewußt, fixierte den breiten, muskulösen Rücken unmittelbar vor sich. Der Fremde trug ihr Gepäck.

»Kein Mensch hat sich die Mühe gemacht, uns etwas zu erklären«, sagte Pete. »Wo, zum Teufel, sind wir hier eigentlich...?«

»Es ist ein Zufluchtsort. Oder auch ein sicheres Haus für diskrete Treffen. Oder auch einfach nur ein Ort, um sich auszuruhen und zu entspannen. Das Haus wird zu vielen verschiedenen Zwecken benutzt. Manchmal auch für Einsatzbesprechungen und Verhöre. Man nennt mich übrigens Henri. Kein Nachname, bitte. Wenn Sie etwas brauchen, bin ich jederzeit für Sie da.«

»Und Sie sind auch unser Leibwächter?«

Sie erreichten die Stufen auf die knarrende Veranda.

»Dieser Ausdruck ist mir zu zweideutig. In früheren Zeiten hätte man mich wohl als ein Faktotum beschrieben. Meine Hauptaufgabe ist Ihre Behaglichkeit, Ihr Komfort und Ihre Sicherheit.«

Er öffnete die verblichene, ungestrichene Holztür. Im Halbdunkel erkannte Houston eine zweite Tür. Es war eine solide Metalltür, an deren Seite Henri jetzt einige Zahlen in eine kleine elektronische Konsole eintippte. Irgendein versteckter Motor begann leise zu summen. Die schwere Tür glitt langsam auf.

»Eine Vorsichtsmaßnahme.« Mit einer einladenden Handbewegung bat Henri sie ins Haus.

Sie traten in eine tiefschwarze Finsternis. Houston hörte, wie Henri irgend etwas an der Wand berührte. Als die Tür zuschlug, ging das Licht an. »Das funktioniert vollautomatisch«, meinte Henri. »Das Licht geht sofort aus, wenn die Tür aufsteht.«

Houston blinzelte. Der Raum war groß. Die Decke wurde von schweren Holzbalken getragen, die Wände waren mit dunklem Holz getäfelt und auf dem Boden lagen dicke, rustikale Teppiche. An einer der Wände hing sogar ein Bärenfell und über dem mit Schiefer verkleideten Kamin hing ein stattliches Achtender-Geweih.

Doch am meisten war Houston über die große Ansammlung von Monitoren überrascht – Funkgeräte und andere elektronische Geräte mit vielen Skalen –, die die ganze rechte Wand dieses Raumes einnahmen. Die Skalen leuchteten und kleine Anzeigelämpchen blinkten. Nadeln bebten auf Anzeigen.

»All diese Geräte«, sagte Houston.

»Überwachungseinrichtungen. Nachdem wir die Metalltür geschlossen haben, ist dieses Haus hermetisch abgeriegelt. Sie werden bemerken, daß es hier keinerlei Fenster gibt.«

Houston schaute sich schnell in dem Raum um. Die Wände waren solide und es waren keinerlei Öffnungen zu sehen.

Simone war verblüfft. »Aber ich habe von draußen doch

Fenster gesehen. Sie waren alle dunkel. Das Haus schien völlig leer und verlassen zu sein.«

»So soll es ja auch aussehen. Das ist Teil der Illusion, die wir mit der Jagdhütte vermitteln wollen«, antwortete Henri höflich. »Die Jalousien hinter den Fenstern, die Sie gesehen haben, sind heruntergelassen worden, und dahinter befinden sich dann die Wände, die Sie hier sehen. Für einen Außenstehenden sieht es dann so aus, als wollten die Benutzer der Hütte tagsüber ihre Privatsphäre bewahren wollen und nachts ist eben einfach niemand hier. Hinter den Jalousien wird man nie auch nur einen Schatten sehen können. Keine Silhouetten, die einem möglichen Heckenschützen ein Ziel bieten. Es ist sicher, anonym und praktisch. Diese Jagdhütte ist wie ein Bunker. Hinter den Holztäfelungen befinden sich starke Metallplatten. Für ausreichend Lebensmittel und Trinkwasser ist gesorgt?«

»Haben Sie das alles entworfen?«

»Sehr scharfsinnig von Ihnen. Ja, es ist mein Hobby. Ich kann mich glücklich schätzen, daß es auch gleichzeitig mein Beruf ist. Diese Geräte hier stellen die Verbindung zu unserem Hauptbüro her. Via Satellit. Was jedoch erheblich wichtiger ist, sie überwachen auch das gesamte Gelände. Natürlich wird auch der Maschendrahtzaun, den Sie sicher gesehen haben, elektronisch überwacht. Falls jemand versuchen sollte, ihn zu durchschneiden oder über ihn zu klettern, werden wir hier ein Signal empfangen. Und natürlich haben wir auch geeignete Instrumente, die den Wald beobachten. Sie werden vielleicht bemerkt haben, daß Ihr Fahrer einen Knopf auf seinem Armaturenbrett gedrückt hat, als er von der Hauptstraße auf den Zufahrtsweg hierher abgebogen ist.«

Pete nickte.

»Das war das Zeichen für mich, daß er bald kommt. Andernfalls hätten mich die Anzeigen dieser Instrumente hier gewarnt. Nachdem ich den Alarm empfangen hätte, würde ich die geeigneten Maßnahmen für einen drohenden Angriff getroffen haben.«

Pete schluckte. »Ich könnte jetzt einen Drink gebrauchen.«

»Jack Daniels, wenn ich mich nicht irre. Und die Dame...«

»Einen trockenen Martini, bitte.«

»Ach? Das steht nicht in Ihrer Akte.« Henri schien ein wenig verwirrt zu sein. »In diesem Schrank dort finden Sie alles. Ich persönlich kann das Risiko der Nebenwirkungen von Alkohol nicht eingehen, aber ich freue mich, wenn meine Gäste sich bedienen.«

Pete kümmerte sich um die Getränke. Er deutete auf die vielen verschiedenen Flaschen in der Bar. »Die sind ja alle noch ungeöffnet und versiegelt.«

»Meine Gäste sind sehr vorsichtig.«

»Wie meinen Sie das?«

»Sie würden niemals aus einer bereits angebrochenen Flasche trinken.«

Houston würgte. Der Bourbon säuerte seinen Magen. »Es dürfte aber auch nicht sonderlich schwierig sein, Gift in eine Flasche zu geben und anschließend das Siegel zu erneuern.«

»Irgendwann kommt immer der Augenblick, an dem man einfach Vertrauen haben muß.«

So wie wir auch Vertrauen haben, dachte Houston.

»Ich muß mit dir sprechen«, sagte Simone.

Er hatte gewußt, daß dieser Augenblick früher oder später kommen mußte, obschon er gehofft hatte, daß er ihm aus dem Weg gehen könnte. Die ganze Zeit über hatte sie ihn nur angeschaut.

»Ihr Zimmer befindet sich dort drüben«, sagte Henri und deutete auf eine Tür. »Dort werden Sie auch ein Bad und eine Dusche finden. In einer Stunde werde ich das Abendessen servieren.«

Simone hatte die Türklinke bereits in der Hand, bevor Henri zu Ende gesprochen hatte. Houston nahm ihre Taschen vom Boden. Das Zimmer war geräumig, hatte ebenfalls Deckenbalken und war getäfelt. Der Boden bestand aus versiegelten Hartholzdielen und es gab ein großes Doppelbett. Sobald Houston das Zimmer betreten hatte, schloß sie hinter ihm die Tür. »Ins Bad«, sagte sie.

»Was?«

»Du hast mich verstanden.« Schnell ging sie zu einer weiteren Tür und zog sie hastig auf. Er sah die hellen, weißen Kacheln. Sie ging hinein. Er stellte die Taschen ab.

Stirnrunzelnd folgte er Simone. »Was ist denn?«

Doch sie antwortete nicht. Statt dessen drehte sie die Wasserhähne des Waschbeckens auf. Dann auch die Dusche. Im Lärm des laufenden Wassers drehte sie sich zu ihm um. »Du verheimlichst mir schon wieder etwas.«

»Glaubst du, es gäbe hier irgendwelche versteckten Mikrophone?«

»Natürlich glaube ich das. Ich wäre dumm, wenn ich denken würde, daß unser Zimmer nicht mit Wanzen gespickt ist. Die Wahrheit! Hör endlich auf, mir Dinge vorzuenthalten!«

Das Wasser lief weiter. »Rede schon!« sagte sie.

Widerwillig begann er zu sprechen. »Bellay hatte doch diese Verlaine-Akte. Wir haben die Unterlagen gelesen.«

Sie nickte.

»Ich hatte die Liste der Firmen und Unternehmen, die zur Verlaine-Gruppe gehören. Simone, ich wollte dich nicht kränken. Dir nicht weh tun. Das ist der einzige Grund, warum ich dir nichts gesagt habe. Ehrlich. Ich mußte mir erst über die Bedeutungen dessen klarwerden, was ich gelesen hatte. Etwa in der Mitte des zweiten Blattes sah ich den Namen des Hotels deines Vaters. Es gehört Verlaine.«

Simone sah aus als wäre sie geohrfeigt worden. »Mein Vater arbeitet für die Verlaine Enterprises?«

»Hinter dem Namen des Hotels stand die richtige Anschrift. Und dann sah ich auch den Namen deines Vaters.«

»Das muß ein Irrtum sein!«

»Deshalb habe ich dir ja auch nichts von meiner Entdekkung erzählt. Ich wollte das vor dir verheimlichen, bis ich die Gelegenheit hatte, die Wahrheit herauszufinden.«

»Bellay muß das doch auch wissen.«

»Natürlich.«

»Dann hat er uns auf die Probe gestellt.«

»Deshalb sind wir hier. Er beschützt uns nicht. Er *beobachtet* uns!«

»Aber... Wenn das wahr ist...« In ihren Augen lag Verzweiflung. »Wenn es kein Irrtum ist, dann bedeutet das doch, daß mein Vater...«

»Versucht hat, mich aufzuhalten. So ist Jan ermordet worden. So ist dieser Mann in unser Zimmer gekommen. Und auch in dein Zimmer. Er wollte mit deinem Vater abrechnen.«

»Nein. Er hat Vaters Namen doch gar nicht erwähnt.«

»Das spielt keine Rolle. Alles, was ich weiß, ist, daß sich der Name deines Vaters auf dieser Liste befindet und...«

Sie stürmte aus dem Badezimmer.

»He!«

Sie wirbelte zu ihm herum. »Nein! Ich werde es dir beweisen! Ich weigere mich einfach, daß du so etwas denken sollst. Er ist mein *Vater*. Und jetzt willst du mir sagen, daß ich ihn gar nicht wirklich kenne, daß er uns angelogen hat, als er uns von Pieere de St. Laurent erzählt hat. Das bedeutet doch, daß St. Laurent noch lebt und daß mein Vater ihn kennt, daß sie Partner sind, daß... Wenn ich das glauben würde, was du da andeutest, dann würde ich verrückt. Wenn ich mir vorstelle, daß mein Vater versucht haben soll, mich umzubringen!«

»He, ich bin doch auf deiner Seite. Rede nicht so laut. Sonst wird dieser Mann dort draußen...«

»Das ist mir vollkommen gleichgültig! Ich werde dir beweisen, daß du dich irrst! Ich werde es auch diesem Bellay beweisen! Ich werde es jedem beweisen!«

»Aber *wie*?«

»Ich werde ihn einfach anrufen! Jetzt sofort! Ich werde ihm sagen, was wir erfahren haben! Er würde mich niemals anlügen! Ich werde ihn einfach fragen!«

32

Sie ergriff die Türklinke. Pete eilte ihr nach. Sie schien zu befürchten, daß er sie aufhalten wollte, denn nun wurden ihre Bewegungen schneller. Sie riß die Türe dermaßen heftig auf, daß sie mit einem Krachen gegen die Zimmerwand geschlagen wurde. Pete stürzte hinter ihr her.

Über Simones Schulter sah er Henri, der jetzt zu ihnen herumwirbelte. Er zog hastig einen Kopfhörer von den Ohren, mit dem er gerade offenbar etwas mitgehört hatte. Auf seinem Gesicht stand ein verwirrter, überraschter Ausdruck. Über seinem schwarzen Bart breitete sich eine tiefe Röte aus. »Ich... Ich habe nur...«, begann er stammelnd.

»Ich weiß, was Sie gerade getan haben«, sagte Simone scharf. »Sie haben gelauscht! Aber das spielt keine Rolle! Sie wissen, was ich will! Das Telefon! Wo ist es? Lassen Sie mich es benutzen!«

»Es ist aber ausschließlich für dringende Notfälle vorgesehen!«

»Und was, zum Teufel, ist das jetzt? Sie haben doch gehört, was wir dort drinnen gesagt haben! Es *ist* dringend!«

»Lassen Sie mich vorher über Funk meine Dienststelle um Erlaubnis bitten.«

Simone entdeckte das Telefon zwischen zwei Monitoren an der Wand.

Henri spannte sich an, bereitete sich darauf vor, sie festzuhalten.

Schnell schob sich Houston zwischen die beiden. Simone erreichte das Telefon und begann zu wählen.

»Das ist nicht erlaubt!« sagte Henri.

»Beruhigen Sie sich«, antwortete ihm Houston. »Wenn es funktioniert, erhalten Sie bestimmt eine Belobigung. Wenn nicht, dann können Sie immer noch sagen, daß es allein unsere Schuld war.«

Henri griff nach seiner Waffe. Doch dann hielt er mitten in seiner Bewegung die Luft an.

Denn Simone sprach bereits etwas in den Hörer. Ihr Französisch klang eindringlich. Houston verstand nur wenige der sehr schnell gesprochenen Sätze und Ausdrücke.

Doch Henri verstand alles nur zu gut. Seine Augen waren zu schmalen Schlitzen zusammengekniffen. Steif stand er da, die Lippen fest aufeinandergepreßt. Sie wirkten bleich und blutleer.

Ohne zu atmen drehte Houston sich zu Simone um. Sie sprach jetzt lauter, ihre Worte klangen noch eindringlicher, noch fordernder.

Plötzlich veränderte sich ihr Tonfall. Aus Eindringlichkeit wurde Verblüffung, aus Sicherheit wurde Verunsicherung.

Houston warf Henri einen kurzen Seitenblick zu. Der Mann erschien jetzt ernster, und mit grimmiger Entschlossenheit nickte er.

»Was sagt sie?« fragte Houston irritiert. Seine Stimme drohte zu versagen.

Henri hob eine Hand, um ihn zum Schweigen zu bringen. Er starrte Simone an.

Der Hörer glitt aus ihrer Hand, fiel auf die Gabel zurück. Sie betrachtete das Telefon angewidert, als wäre er schmutzig.

Sie strich sich ihr Haar zurück. Houston sah den weichen Flaum auf ihrem Nacken. Ein starkes Zittern durchfuhr ihn. Simone bebte, drehte sich dann langsam um und blinzelte ihn aus verquollenen Augen an.

»Und? Was ist los?« fragte Houston.

»Mein Vater«, sagte sie nur.

Houston ging zu ihr und berührte leicht ihre Schultern. »Was ist mit deinem Vater? Komm, sag es mir!«

»Er ist fort.« Sie begann zu weinen.

Houston zog sie an sich, spürte ihre Tränen auf seinem Hemd. »Er hat sicher irgendwelche Besorgungen zu machen.«

»Nein.« Die Tränen erstickten ihre Stimme. »Er ist fort. Er ist heute morgen abgereist. Er hat seinen Koffer mitgenommen.«

»Aber wohin? Ich... Das ist doch einfach verrückt! Sag mir was du gehört hast!«

»Unser Angestellter.« Sie schob sich von ihm fort und sah ihn an. Tränen schimmerten auf ihrem Gesicht. »Heute morgen. Keiner weiß, was eigentlich passiert ist. Jedenfalls schien mein Vater wegen irgend etwas sehr beunruhigt zu sein. Er redete ununterbrochen leise mit sich selbst. Er konnte sich nicht auf die Arbeit konzentrieren. Dann hat er unserem Personal gesagt, daß sie die Arbeit ohne ihn fortführen sollten. Er würde in ein paar Tagen wieder zurück sein. Spätestens in einer Woche. Von seinem Büro aus hat er dann verschiedene Telefonate geführt. Schließlich hat er seinen Koffer gepackt und ist gegangen.«

Die Monitore summten. Zum erstenmal bemerkte Pete jetzt ihre Geräusche. Doch dann begann Simone laut zu weinen, und er hörte nichts als ihren tiefen Schmerz. Er zwang sie, ihn anzusehen, nahm sie fest in seine Arme, streichelte zärtlich ihren Kopf. »Vielleicht hat das ja gar nichts zu bedeuten. Geschäftliche Probleme.«

»Ja, siehst du das denn nicht? Weißt du denn wirklich nicht, warum er sich so verhalten hat?« Er schüttelte seinen Kopf.

Sie entzog sich seinen Armen. »Mein Zettel. Meine Nachricht. Ich habe ihm doch geschrieben, daß ich mit dir gehe. Daß ich dir helfen werde. Und mir selbst helfe. Mir bliebe gar keine andere Wahl, habe ich geschrieben. Ich würde hoffen, daß er mich verstehen könnte.«

»Mein Gott. Letzte Nacht!«

»Er wollte, daß ich mich von dir fernhalte. Wir haben gedacht, das wäre nichts als ein Zeichen seiner väterlichen Besorgnis. Er wollte mich nur beschützen.«

»Aber das war es nicht. Er wußte, was uns erwarten würde. Er hat es immer schon gewußt. Seitdem er zum erstenmal gehört hatte, daß ich nach Pierre de St. Laurent suche.«

»Er hatte aber nicht erwartet, daß sie auch versuchen würden, mich umzubringen. Er ist gegangen, weil er Verlaine anbetteln will. Er will sie bitten, daß sie mein Leben verschonen sollen. Unsere Väter. Nicht nur deiner, auch meiner. Sie stecken *beide* in dieser Sache.«

»Aber er hat doch telefoniert, sagten Sie«, mischte Henri sich ein.

Sie drehten sich um. Sie waren verwirrt, als würde er weder Englisch noch Französisch, sondern irgendeine andere obskure Sprache sprechen.

»Was?« sagte Pete verständnislos.

»Er hat telefoniert. Von seinem Büro aus«, sagte Henri.

»Ja, das stimmt«, erwiderte Simone.

»Er hat seinen Koffer gepackt und dem Personal gesagt, daß er für einige Tage fort wäre.«

»Ja und? Was soll damit sein?« fragte Houston. »Ich verstehe nicht, wie uns das weiterhelfen sollte.«

»Denken Sie doch nach. Er ist nicht in der Stadt geblieben. Er ist irgendwohin gereist.«

»Das ist offensichtlich. Aber ich verstehe immer noch nicht...«

»Diese Telefonate müssen Ferngespräche gewesen sein. Also werden sie ihm auch in Rechnung gestellt. Wir werden die Nummern vom Computer der Telefongesellschaft erfahren«, sagte Henri.

Houston starrte ihn mit offenem Mund an. Und dann begannen die Überwachungsgeräte zu heulen.

33

Houston zuckte zusammen, als sei ihm plötzlich ein Messer in die Brust gestoßen worden. Er wirbelte zu der Ursprungsquelle des auf- und abschwellenden Geräusches herum. Es war ein hoher, durchdringender Ton, der anstieg und dann wieder abnahm. »Was ist das?«

»Sicherheitsalarm!« Henris Augen verengten sich. Er zog seinen Revolver.

Der Alarmton der elektronischen Überwachungsgeräte hörte nicht auf. Houston klammerte sich an eine schwache Hoffnung. »Vielleicht ein Defekt im System.«

»Unmöglich. Ich habe es gebaut.« Henri machte drei Schritte und stand vor seinen Geräten.

Simone packte Houstons Arm. Er spürte den starken Druck ihrer Finger.

»Irgendwer nähert sich dem Gelände durch den Wald.« Henri zeigte auf eines der Geräte. »Von Süden her.« Er deutete mit dem Daumen auf die am weitesten entfernte Wand.

Auf einem großen blauen Bildschirm bewegte sich unaufhörlich ein Lichtbalken kreisförmig um einen Mittelpunkt. Von der unteren Seite des Bildschirms wanderte ein gelber Punkt auf das Zentrum zu.

Henri zeigte mit einem Finger auf einen roten Punkt exakt in der Mitte des Bildschirms. »Das sind wir. Der Gipfel des

Berges. Den Bildschirm können Sie wie eine Karte lesen. Oben ist Norden, unten Süden. Rechts und links sind Osten und Westen.«

Der gelbe Punkt setzte seinen Weg von Süden aus nach oben weiter fort. »Ein Tier«, schlug Pete vor.

»Nein, unmöglich«, meinte Henri entschieden. »Die Sensoren reagieren auf Größe, Gewicht und Körperwärme. Ganz besonders auf Körperwärme. Das einzige, was diese Sensoren aktivieren kann, ist ein Mensch.«

»Aber wer auch immer jetzt dort unten im Wald ist, muß doch noch lange keine Bedrohung für uns darstellen«, versteifte sich Simone. »Vielleicht ist es ein Camper oder ein Wanderer.«

»Das werden wir schon sehr bald wissen. Der Punkt befindet sich jetzt am Zaun.«

»Und wenn er berührt wird?«

»Der Zaun steht unter Strom.«

»Um zu betäuben?«

»Um zu töten.«

Simones weit aufgerissene Augen verrieten deutlich, was auch Houston dachte. »Aber wer auch immer dort unten sein mag, er kann doch auch völlig harmlos und unschuldig sein!« sagte sie fassungslos.

»Wir können es nicht riskieren, daß wir uns da irren.«

Eine zweite Sirene begann jetzt zu heulen. Lauter noch als die erste. Simone wurde panisch.

»Da haben Sie Ihre Antwort«, sagte Henri nüchtern. »Am Zaun. Wer auch immer das sein mag, aufgehalten worden ist er jedenfalls nicht.«

Der gelbe Punkt bewegte sich auf dem Bildschirm weiter auf das Zentrum zu.

»Aber Sie haben doch gesagt, daß der Zaun elektrisch geladen ist.«

»Unser Unbekannter war gut vorbereitet. Er weiß sehr genau, was er tut.«

Houston sah wie Henri seinen Revolver fester umklammerte. Seine Hände waren dermaßen verkrampft, daß die Knöchel weiß hervorstanden. »Halten Sie ihn auf!« sagte Houston.

»Automatische Maschinengewehre werden das Feuer eröffnen, sobald er den halben Weg über die Lichtung zur Jagdhütte zurückgelegt hat. Sie sind so angeordnet, daß sich ihre Schußlinien überschneiden. Es gibt keine toten Winkel. Der Hügel selbst ist vermint. Natürlich abgesehen von der Zufahrt. Er wird schon aufgehalten werden. Nur keine Angst. Auf dem Hang gibt es keinerlei Deckung.«

Doch Houston fragte sich, warum Henris Atem so rauh und schnell ging, wenn sie sich doch keine Sorgen zu machen brauchten. Als eine weitere Sirene zu heulen begann, hatte Houston seine Antwort. Während sie einerseits in der Hütte geschützt waren, waren sie andererseits jedoch auch in ihr gefangen. Auf dem Westsektor des Bildschirms tauchte jetzt ein zweiter Punkt auf, der sich ebenfalls unaufhaltsam dem Mittelpunkt näherte.

»Zwei!«

Houston umklammerte den Rand der Instrumentenkonsole, um sein starkes Zittern unter Kontrolle zu bekommen. Es waren nicht zwei Punkte... Es waren drei! Der nördliche bewegte sich jetzt ebenfalls zur Mitte!

Und dann auch noch ein gelber Punkt auf der Ostseite!

»Diese verdammten Sirenen! Ich halte das nicht mehr länger aus!« Simone preßte die Hände auf ihre Ohren.

»Der Schalter«, sagte Pete.

Henri drückte einen Knopf. Schlagartig verstummten die nervenaufreibenden Sirenen. Doch die Stille war schlimmer als der Lärm. Die Luft war wie ein Vakuum. Houston fühlte sich benommen. Und die vier Punkte, nachdem sie alle die gleiche Entfernung zur Hütte erreicht hatten, blieben stehen.

Der Lichtbalken wanderte weiter immer und immer wieder über den Bildschirm. Die gelben Punkte blieben bewegungslos stehen. In einer perfekten symmetrischen Anordnung.

»Was passiert da draußen?« fragte Simone ängstlich.

»Wenn wir Fenster hätten, könnten wir das sehr schnell feststellen!«

»Seien Sie froh, daß wir keine Fenster haben«, platzte es aus Henri heraus. »Dann würden wir drei nämlich wunderbare Ziele abgeben. Gott sei Dank haben wir die Metallwände!«

»Aber haben Sie denn da draußen keine Videokameras installiert?«

»Doch. Aber der Bildschirm, sehen Sie doch. Der Empfang wird durch irgend etwas gestört.«

»Ich höre auch kein Maschinengewehrfeuer«, sagte Pete.

»Diese Männer wissen sehr genau, an welchem Punkt sie stehenbleiben müssen. Bis jetzt sind sie noch nicht in das Kraftfeld getreten, daß die MGs auslöst.«

»Und sie werden es auch nicht«, sagte Pete trocken.

»Wieso sind Sie sich da so sicher?«

»Weil sie Sie schon soweit ausgestrickst haben. Sie sind wirklich sehr gut vorbereitet. Sie wußten ganz genau, was sie hier erwartete.«

»Das ist unmöglich. Das kann niemand wissen.«

»Sie wiederholen sich. Es ist durchaus nicht unmöglich. Es ist schon passiert!«

»Sehen Sie!« Simone zeigte auf den Monitor.

Der südliche Punkt schob sich langsam näher.

»Was ist mit den Minen?«

»Er muß sich auf dem Zufahrtsweg befinden.«

»Ach, das ist ja toll. Wirklich, verdammt toll!«

»Aber jetzt muß es jeden Augenblick passieren.«

»Und was, wenn sie einfach den Strom abgestellt haben?«

»Geht nicht. Der Generator befindet sich unter uns.«

»Was, zum Teufel, macht der Bursche da?«

Houston erhielt sehr schnell seine Antwort. Der südliche Punkt blieb abrupt stehen. Die Stille zog sich in die Länge ... und die Tür, durch die sie hereingekommen waren, flog ihnen in tausend Fetzen um die Ohren.

34

Sie zerbarst, riß die Scharniere aus der Wand und wurde auf den Boden geschleudert. Der Gestank nach Kordit, brennendem Holz und überhitztem Metall drang in Houstons Nase. Er hustete und stellte verblüfft fest, daß er auf seine

Knie gestürzt war. Einen verwirrenden Augenblick lang glaubte er, er wäre wieder in Roncevaux als die Bombenexplosion das Bürogebäude zerrissen hatte.

Doch das hier war keine Bombe. »Eine Rakete!« brüllte Henri. Durch die Rauchschwaden konnte Houston den Mann nirgends sehen. »Sie stören sich gar nicht an den MGs! Sie haben auch keine Sekunde daran gedacht, so nahe an das Haus zu kommen!« Henris Stimme war ein Schrei. »Sie bleiben einfach weit genug weg und blasen die Jagdhütte mit Raketen in Fetzen! Sie werden ...«

Die zweite Explosion überdeckte fast jedes andere Geräusch. Die westliche Wand, vor der Houston erst vor kurzem ihre Drinks zubereitet hatte, löste sich auf groteske Weise in ihre Bestandteile auf. Große Holzsplitter flogen in den Raum hinein.

Simone begann zu schreien. Die Ostwand der Hütte, vor der der größte Teil von Henris Instrumenten aufgebaut war, flog auseinander. Houston fiel auf den Rücken, schlug mit seinem Hinterkopf hart auf den Boden auf. Ein umherfliegendes Trümmerstück hatte ihn von den Füßen gerissen. Der Schutt lag auf ihm. Er versuchte sich zu befreien, suchte gleichzeitig nach Simone. Und wieder explodierte die Südwand.

»Wir können nicht hierbleiben!« brüllte Henri.

»Aber wir können doch nicht weg! Sie werden uns erschießen!«

»Es gibt eine Möglichkeit.« Henri sprach jetzt mit einer so gedämpften, beherrschten Stimme, daß Houston ihn nur mit großen Augen anstarrte und schon halb befürchtete, der Mann wäre verrückt geworden. »Helfen Sie mir!« befahl Henri barsch und begann an Trümmerstücken herumzuzerren.

Houston wischte sich über seine durch den Rauch brennenden Augen. Verwirrt, verständnislos beobachtete er Henris fieberhafte Anstrengungen. Bei dem dichten Rauch sah Henri wie ein Dämon aus, gehüllt in schwarze Kleider, mit seinem schwarzen Bart, der an eine Teufelsmaske erinnerte. Dann hörte Houston die ohrenbetäubende Explosion, die in das Schlafzimmer krachte. Und er hörte noch etwas anderes. Es war ein Geräusch wie das Zischen entweichender Luft. Er spürte deutlich die zunehmende Hitze. Er drehte sich um und blickte in die Flammen. Die ganze andere Seite des Raumes stand völlig in Flammen. Die Luft dröhnte wie bei einem Orkan. Ein Feuersturm.

»Helfen Sie mir endlich!« brüllte Henri wieder.

Houston gehorchte. Er stolperte durch die Trümmer. Scharfe Kanten von Brettern und die Glassplitter der zerbrochenen Monitore stachen in seine Beine. Eine neuerliche Explosion schleuderte ihn nach vorne. Seine Trommelfelle waren dermaßen mißhandelt worden, daß er jetzt nicht einmal mehr das Prasseln der Flammen hörte. Doch die stetig wachsende Hitze konnte er nur zu deutlich spüren. Sie war viel näher gekommen, intensiver geworden. Der Rauch verdeckte Simone. Sie hustete laut. Wieder eine ohrenbetäubende Explosion. Ein durch die Luft zischender Splitter schnitt in seine Schulter.

Die Trümmer forträumen. Aufheben und werfen. Da unten mußte eine Falltür sein.

Henri stieß ihn zurück, stürzte sich auf den Fußboden. Der Schlag raubte Houston den Atem. Als seine Lungen krampfhaft versuchten, tief Luft einzusaugen, atmete er Rauch ein. Seine Lungen revoltierten auf der Stelle. Er würgte.

Doch Henri hatte inzwischen die Falltür angehoben. Durch den in der Luft wirbelnden Rauch starrte Houston in vollkommene Schwärze. Seine Instinkte schrien in ihm auf, warnten ihn, plagten ihn. Nein! sagte er sich. Er hielt sich zurück. Wurde von dieser ekelerregenden Dunkelheit im Boden erschreckt und zurückgestoßen.

Die Flammen kamen näher, schimmerten durch den beißenden Rauch. Seine Kleider fühlten sich warm an. Seine Haare begannen einen stechenden Geruch abzugeben.

»Schnell!« rief Henri ihm zu.

Houston packte Simones Arm. »Gibt es eine Leiter?« brüllte er dann zurück.

»Stufen! Eine Treppe!« schrie Henri.

Die nächste Explosion beseitigte Houstons letzte Zweifel. Mit einem Arm um Simone senkte Houston sich in die Dunkelheit hinab. Sofort berührte sein Fuß eine Stufe. Dann noch eine, als er sein zweites Bein in die Dunkelheit setzte. »In Ordnung!« sagte er zu Simone. »Es ist sicher! Keine Angst!«

Mit einer Hand klammerte sie sich krampfhaft an seiner Schulter fest. Dann spürte er, wie der Griff sich lockerte, wie die Hand abglitt. Sie suchte tastend nach den Stufen, berührte sie. Über ihnen waren die Flammen jetzt schon so nahe, daß die Dunkelheit unter der Falltüre inzwischen ausgeleuchtet wurde. Houston sah festgestampften Erdboden, die rauhen Steinwände. Eine säuerliche Feuchtigkeit stieg in seine Nase, und er hörte das tiefe Brummen eines Motors. Durch die zwielichtigen Schatten blickte er kurz in eine Ecke, wo ein massiger Generator arbeitete.

Henri stürzte an ihnen vorbei, schlug wie besessen auf seine rauchenden Kleider ein. Er warf sich auf den Boden und rollte sich im Dreck hin und her. Houston sprang ihm sofort zu Hilfe. Er wickelte sich hastig sein Hemd um die Hand und schug dann auf die rauchenden Stellen von Henris Kleidung ein. Und schließlich war der Rauch fort. Henri stöhnte. Seine Stirn war schweißgebadet.

»Sind Sie in Ordnung?«

Henri gab ihm keine Antwort. Seine Augen waren vor Schmerz fest zusammengekniffen. Der Gestank seines verbrannten Fleisches war ekelerregend. Er atmete tief ein. »Keine Zeit.« Dann rappelte er sich mühselig auf. Als Houston ihm helfen wollte, schüttelte Henri seine Hand barsch ab. »Wir dürfen nicht mehr länger warten! Wir müssen uns beeilen!«

Als Houston noch einen schnellen Blick nach oben warf, sah er, daß die Flammen inzwischen den Eingang in den Keller ausfüllten. Luft strömte zischend an ihnen vorbei auf die Öffnung zu. Die Flammen leckten bereits an den obersten hölzernen Treppenstufen. »Wir werden hier unten ersticken!«

»Nein. Folgen Sie mir.« Henri zerrte an Houstons Arm. Er hastete auf die dunkle Ecke des Kellers zu und riß eine Metalltür auf. Die Tür quietschte. Sie stürmten hinein.

»Ein Tunnel! Ein Fluchtweg. Er führt zum Fuß des Berges. Unter dem Zaun hindurch. So erreichen wir den Wald.«

Sie liefen. Houston stieß mit der Schulter hart gegen eine unangenehm feuchte Wand. Der Stein schürfte seine Schulter auf. Doch er konnte nicht erkennen, wo er hinging. In panischem Schrecken lief er einfach blindlings weiter.

Simone stieß heftig gegen ihn, taumelte zur Seite. Sie waren sich in der Dunkelheit gegenseitig im Weg, stürzten gemeinsam auf die Erde, die so feucht war, daß man sie eher Matsch nennen konnte. Sie rutschten auf ihren Rücken durch den Dreck. Petes Schuhe waren schon völlig durchnäßt. Seine Hose war kalt und völlig verschmiert. Sie kämpften sich wieder auf ihre Füße. Hinter sich hörte Houston zwei weitere Explosionen. Aufgrund der Entfernung waren sie jetzt leiser, gedämpfter. Er spürte die Druckwellen.

Er lief weiter. Immer nach vorne. Neben sich spürte er Henri und Simone. Er hörte das saugende Geräusch von Matsch an seinen Schuhen, wenn er die Beine hob. Mit jedem neuen Schritt. Sein unregelmäßiges, stoßweises Atmen hallte in dem engen Tunnel gespenstisch nach.

»Bald werden sie fertig sein«, sagte Henri. Er klang angespannt. »Sie werden die Zufahrt hinaufkommen. Sie werden die Trümmer durchsuchen. Sie werden merken, daß wir verschwunden sind.«

Wieder meldeten sich Petes Instinkte, ließen ihm keine Ruhe, warnten ihn. Da war noch irgend etwas ganz Offensichtliches, etwas, das ganz klar auf der Hand lag, doch das er leider bisher übersehen hatte. Er konnte es nicht genau packen, konnte sich nicht darüber klarwerden, was es war. Doch allein die Beharrlichkeit dieses quälenden Gedankens beunruhigte ihn. Machte ihn fertig. Irgend etwas stimmte nicht. Aber Himmel, was war es nur?

»Langsam!« befahl Henri. Er streckte eine Hand nach ihnen aus, versuchte sie zurückzuhalten. »Warten Sie einen Moment!«

Houston gehorchte. Er hielt Simone fest. »Warum?« fragte er dann Henri.

»Vor uns befindet sich eine weitere Tür. Wir sind schon fast da.«

Houston spürte, wie Henri sich zentimeterweise vorwärts bewegte. Noch acht Schritte. »Hier ist sie. Ich habe sie gefunden!«

»Bringen Sie uns hier raus!« sagte Simone.

»Nur noch ein paar Sekunden.«

Houston hörte wie Henri einen Riegel zurückschob. Das Geräusch von Metall auf Metall. Henri holte tief Luft und schien an der Tür zu ziehen. »Ich habe es fast geschafft. Da!« Und dann prallte Henri gegen die Wand des Tunnels. »Wir sind in Sicherheit!«

Houstons Unterbewußtsein schickte weiterhin seine Alarmsignale. Irgend etwas stimmte hier nicht. Er spürte, wie Henri mit aller Kraft die Tür aufzuziehen versuchte. Fahles Mondlicht fiel durch den breiter werdenden Spalt. Die Nachtluft roch frisch und süßlich.

»Gott sei Dank«, sagte Simone aufatmend.

Das Mondlicht, das durch ein Wirrwarr aus Ästen und Blättern vor der Tür in den Tunnel fiel, weckte in Houston ein Hochgefühl. Als dunkle Silhouette machte Henri einen Schritt vor den versteckten Tunnelausgang, um die Äste zur Seite zu schieben. Jetzt funkelte das Mondlicht sie hell und strahlend an. Houston hatte noch nie zuvor etwas Schöneres gesehen. Simone immer noch fest an sich drückend folgte er Henri aus dem Tunnel. Er fühlte sich befreit. Noch ein paar Schritte und sie würden endgültig in Sicherheit sein. Die Bäume des Waldes ragten dicht vor ihnen hoch auf.

Und plötzlich wußte er, welcher warnende Gedanke die ganze Zeit über in seinem Kopf genagt hatte. Es war ein harter und scharfer und eindringlicher Gedanke.

»Henri, warten Sie! Wenn sie alles über die Jagdhütte gewußt haben, über den elektrisch geladenen Zaun, über die Minen und die Maschinengewehre, wenn sie wußten, daß sie Raketen benötigen würden, dann müssen sie doch auch...«

Der Gewehrschuß aus Richtung des Waldes schnitt Houston mitten im Satz das Wort ab. Er hörte wie die Kugel Henri durchschlug. Er spürte, wie das Blut ihn bespritzte. Henri krümmte sich. Stöhnte, keuchte. Dann verkrampfte er sich und fiel auf Houston zurück.

»Peter!« schrie Simone.

Houston konnte nicht sprechen. Seine Stimmbänder schienen gelähmt. In panischem Entsetzen rutschte er unter der Leiche beiseite. Ohne nachzudenken, nahm er Henris Revolver.

»Peter! Sag doch etwas!«

»Er ist tot!«

»Nein!«

Houston zog sie auf die Erde hinunter. Eine weitere Kugel schlug auf die Tür hinter ihnen. Pfeifend prallte sie von dem Metall ab.

Houston sah das Mündungsfeuer irgendwo in den dunklen Bäumen. Er hörte den Schuß. Noch einen Schuß. Er sah ein anderes Mündungsfeuer. Die beiden Schützen befanden sich etwa zwanzig Meter voneinander entfernt.

Offensichtlich hatten sie damit gerechnet, daß er in den Tunnel fliehen würde, sich dort verstecken würde, während andere Bewaffnete von oben durch den Tunnel herunterkamen. Ganz offensichtlich schossen sie nicht auf klare Ziele. Sie wollten Houston einfach nur in den Tunnel zurückzwingen.

Aber wir können nicht zurück! Und genauso todsicher können wir nicht hierbleiben, dachte er.

Wut stieg in ihm auf. Panik verwandelte sich in Wahnsinn, Verzweiflung.

Wieder ein Mündungsblitz. Er erwiderte das Feuer. Er stand auf, sprang nach vorne.

»Peter!«

Doch er hörte nicht zu. Er stürzte los, zielte im Laufen auf die Stelle, wo er den Mündungsblitz gesehen hatte. Er schoß und hörte dann einen Schrei. Er wirbelte herum. Links von sich sah er wieder Mündungsfeuer. Doch Houston raste weiter auf den Schrei zu, den er gehört hatte. Er sprang über einen Baumstumpf, lief im Zickzack um einen anderen Baum. Seine Angst hatte all seine Sinne extrem geschärft. Er konnte in der Nacht sehen, als wäre es heller Tag. Seine Ohren waren trotz der Qualen, denen sie oben in der Jagdhütte ausgesetzt gewesen waren, aufmerksam und scharf wie selten zuvor. Da. Ein Stöhnen unmittelbar vor ihm. Rascheln im Unterholz. Eine geduckte Gestalt. Schemenhaft. Offenbar umklammerte sie einen verwundeten Arm. Dann ein ungläubiges Gesicht. Weit aufgerissene Augen. Ein junger Mann. Glattrasiert. Flehende, bittende Augen.

Houston schoß ihm in den Kopf.

Das Geräusch war schrecklich. Aufplatzendes Fleisch. Zerfetzender, splitternder Knochen. Ein hartes Geräusch und doch merkwürdig flüssig. Der enorme Schuß wurde von dem Aufprall völlig verschluckt.

Houston wirbelte zur Seite. Ihm war übel. Er fiel, schlug auf und rollte über den Waldboden. Der zweite Heckenschütze begann wieder zu feuern. Houston hörte, wie die Kugel in einen Baum einschlug. Rinde flog durch die Luft, bewirkte ein leises Rascheln in den abgestorbenen, auf die Erde gefallenen Blättern des Waldes.

Houston rollte weiter. Stürzte in eine Rinne. Blieb liegen.

Er lag in seichtem Wasser. Ein Bach. Die Feuchtigkeit ließ seine nackte Haut zusammenziehen. Die Kälte.

»Peter!« schrie Simone. Durch ihre Schreie würde sie den zweiten Schützen ablenken. Hör jetzt nicht auf zu schreien, flehte er sie schweigend an.

Los! Ruf weiter nach mir! Hör jetzt nicht auf damit!

Fünfzehn Meter. Dann zwanzig. Mit naßer, eiskalter Brust kroch er aus dem Bach. Die Böschung hinauf. Er linste durch die Nacht, durch das Gewirr der Bäume und Sträucher.

Matsch klebte auf seiner Brust. Er umklammerte den Revolver. Wie viele Schüsse hatte er noch? Er zählte zurück und tippte auf drei.

Er hörte Simone wieder rufen. »Peter!« Er sah eine Bewegung neben einem Baum. Nicht sehr weit von ihm entfernt. Ein Mann, der durch Simones Rufen abgelenkt wurde und jetzt in ihre Richtung schaute.

Houston zielte.

Er hielt seinen Atem an, stemmte seine Ellbogen fest auf den Boden. Er packte sein rechtes Handgelenk, stützte die Waffe ab. Hielt sie ganz ruhig.

Der Lauf schwankte.

Nein! Er konzentrierte sich. Kniff seine Augen zusammen, zielte. Nein! Er verlor seine Kraft. Seine Hand wurde unsicher, schlaff.

Schweißperlen stachen ihm in den Augen. Sein nackter Oberkörper zitterte auf dem feuchtkalten Waldboden.

Die Gestalt verließ den schemenhaften Umriß des Baumes.

Houston zog den Abzug durch. Der Rückschlag riß seinen Arm hoch. Benommen rappelte er sich auf. Seine Schuhe rutschten auf den Blättern ab. Er stürzte. Er kroch weiter. Er rappelte sich mühsam wieder auf.

Die Gestalt bewegte sich. Wieder zog Houston den Abzug durch. Dumpf schlug Metall auf Metall. Nichts geschah.

O Gott! Ich habe keine Munition mehr!

Doch mit seinem ersten Schuß hatte er den Mann verwundet. Houston erreichte ihn, stieß seinen Kopf mit aller Gewalt gegen die Brust des Mannes und stürzte mit ihm zu Boden.

So fest er konnte schlug Houston auf ihn ein, ließ Schläge mit dem leeren Revolver auf ihn niederprasseln. Prügelte ihn. Schlug wieder und wieder zu. Er ließ den Knauf der Waffe herabkrachen. Und noch einmal. Er konnte nicht mehr aufhören. Er konnte, wollte seine Wut und seinen Haß nicht mehr länger zurückhalten, unterdrücken.

Doch sein Körper ermüdete schließlich schneller als seine Seele. Sein Arm wurde schwächer und entsetzlich schwer. Der Revolver fiel aus seinen sich lockernden Fingern. Er fiel quer über den Körper des anderen Mannes. Und als er dann das Gesicht des Mannes sah, als er entdeckte, wie er ihn zugerichtet hatte, stöhnte er tief auf. Es war ein tiefes, angewidertes Jammern, Heulen. Er übergab sich, umklammerte sein blut- und matschverschmiertes Gesicht.

»Oh, mein Gott«, flüsterte er. »Vergib mir.«

35

»Du lebst!« Simone kam ihm vom Tunnelausgang entgegengelaufen.

Houston schwankte in der Dunkelheit müde auf sie zu.

Schluchzend umarmte sie ihn. »Ich hatte so eine schreckliche Angst, daß du...«

Zitternd küßte Houston sie.

»Bist du verletzt?« fragte er besorgt.

»Meine Schulter.«

Blut tropfte auf den Boden. »Wir müssen hier weg«, sagte er. »Die anderen Männer. Sie müssen die Schüsse auch gehört haben.«

Er warf einen kurzen Blick über den Tunnel auf das lodernde Feuer oben auf dem Berg.

»Sie werden bald hier sein«, sagte er. Er zeigte auf den Wald. »Beeil dich.«

Dann begannen sie in ihrer Panik zu laufen. Sein ganzer Körper schmerzte wie eine einzige große Wunde. Er brach durch Büsche und Sträucher. Schwärze türmte sich über ihm auf.

Der Wald wurde dichter.

»Wir müssen die Straße finden«, sagte sie.

Wohin? überlegte er fieberhaft. In welche Richtung? Er hatte vollkommen die Orientierung verloren. Er konnte nicht abschätzen, in welcher Richtung die Straße lag. Irgendwo auf der anderen Seite des Berges, vermutete er. Aber sie konnten unmöglich wieder kehrtmachen. Die Männer würden sie bestimmt hören. Und soweit er wußte, befand sich die Straße ja auch tatsächlich direkt vor ihnen.

Er lief weiter und hörte das Tosen von Wasser. Ein Fluß. Houston sah es sofort, als er aus dem Unterholz ins Freie brach. Beinahe verlor er sein Gleichgewicht, wäre gefallen. Simone hielt ihn fest. Schwer atmend warf er einen schnellen Blick auf den Mondschein, der auf der unruhig bewegten Wasseroberfläche tanzte.

»Verdammt noch mal, wir sitzen in der Falle!«

Der Fluß schäumte. Weiße Kronen wirbelten wie verrückt

auf seiner Oberfläche. Houston hatte entsetzliche Angst. Er umklammerte seine Brust.

»Wir müssen am Ufer entlang laufen«, sagte sie. »Aber sie werden sich wahrscheinlich aufteilen. Sie werden in beide Richtungen gehen und uns dann den Weg abschneiden.«

Es fiel Houston entsetzlich schwer zu sprechen. »Wir schwimmen auf die andere Seite«, zwang er sich schließlich zu sagen.

Sie starrte ihn ungläubig an.

»Das ist unsere einzige Chance.«

»Aber die Strömung ist doch viel zu stark. Wir werden ertrinken«, sagte sie.

»Sie werden uns umbringen, wenn sie uns finden. Wir haben gar keine andere Wahl.«

Energisch schüttelte Simone darauf ihren Kopf.

»Wir müssen es einfach riskieren«, sagte er.

»Aber deine Schulter!«

»Kann man auch nichts dran ändern. Ich verliere zuviel Blut.«

Wieder schüttelte sie ihren Kopf.

Er versuchte den Gürtel aus den Schlaufen seiner Hose zu ziehen. »Mach eine Schlinge und binde deine Hand daran fest. Ich halte das andere Ende. Wir müssen auf jeden Fall zusammenbleiben.« Ängstlich suchte er den Fluß ab. »Und jetzt Schluß mit reden!«

Den Gürtel zwischen sich angespannt kletterten sie nebeneinander die Uferböschung hinab. Die Strömung packte sie sofort und die Gewalt des Flußes schleuderte sie hin und her. Houston umklammerte seinen Gürtel fester, spürte wie er sich anspannte, als Simone seitlich von der Strömung fortgerissen wurde. Er zog an dem Gürtel, um ihr Halt zu geben. Sein Gesicht tauchte unter die Wasseroberfläche. Hustend kämpfte er sich wieder an die Luft.

Er hatte noch nie zuvor eine solch lähmende Kälte gespürt, einen solchen alles erfrierenden Druck. Jetzt hörte er den Fluß stöhnen und heulen. Und dann wurde ihm bewußt, daß er selbst es war, der stöhnte, während um ihn herum das reinste Chaos tobte.

Irgend etwas traf ihn, schlug hart gegen seine Rippen.

Beinahe wäre er unter Wasser gezogen worden. Houston sah es an sich vorbeitreiben, sah die knorrigen Knoten des großen Astes. Doch viel zu spät erkannte er, daß dieser Ast es ihm erleichtert hätte, auf dem Fluß zu treiben. Er reckte sich, versuchte ihn noch zu erreichen, doch er war schon viel zu weit fort – nur noch ein undeutlich, auf und ab wogendes schattenhaftes Objekt in der Dunkelheit. Neben ihm trat Simone angestrengt im Wasser.

Ich werde hier sterben, dachte er. Und plötzlich befand er sich wieder in seinem Citroen, kämpfte damit, aus dem Fenster herauszukommen. Strebte fieberhaft, verzweifelt zur Wasseroberfläche, während sich seine Lungen ausdehnten und sein Verstand immer schwächer und schwächer wurde.

Er hatte nicht mehr die Kraft, um zu kämpfen. Seine verletzte Schulter schwächte ihn. Die Strömung trug ihn einfach fort. Jan war tot. Schon sehr bald würde auch er tot sein. Seine Hoffnungen wurden immer geringer, flackerten kurz auf, erstarben. Er gab auf – und erwachte wieder, als Simone an dem Gürtel zog.

»Schwimm weiter!« sagte sie zu ihm.

»Ich kann nicht mehr. Bin zu schwach. Mach ohne mich weiter!«

»Nein! Wir haben es schon fast geschafft!«

Er glaubte nicht richtig gehört zu haben. »Was?«

»Das Ufer! Wir haben es fast erreicht!«

Houston starrte sie dümmlich an. Schwarze Formen. Hochaufragende Schatten. Die Silhouetten von Bäumen und Bergen und...

»O Gott«, sagte er. Seine neugewonnene Kraft überraschte ihn. Ein verzweifelter Überlebenswille erfüllte jede einzelne Faser seines Körpers. Er schlug wild mit den Armen um sich. Trat im Wasser, fieberte dem Ufer entgegen. Und als er dann schließlich den matschigen Grund unter seinen Füßen spürte, löste sich ein triumphierender Schrei aus der Tiefe seiner Brust.

»Wir sind da! Wir haben es geschafft!«

Er planschte durch das schlammige Wasser und warf sich auf das Ufer. Starrte zu den Sternen hinauf. Er sah den Mond. Er betete ihn an.

»Wir sind in Sicherheit!« sagte er zu Simone. Die Aufregung wärmte sein taubes, gefühlloses Gesicht. »Sie werden uns nie finden. Selbst wenn sie versuchen sollten, auf diese Seite zu schwimmen, werden sie doch nie wissen, wo wir wieder an Land gegangen sind. Wie weit wir im Fluß abgetrieben sind! Zumindest nicht, bevor wir nicht schon lange wieder fort sind.«

Er versuchte aufzustehen, doch er hatte nicht die Kraft dazu.

Sie sagte leise: »Ruh dich erst aus!«

»Wir sind beide völlig unterkühlt und naß. Wenn wir nicht bald einen Schutz finden – und trockene Kleidung –, dann werden wir erfrieren.«

Und dann hörte er in der Ferne ein Motorengeräusch. Ein Lastwagen. Hinter sich. Hinter den Bäumen. Taumelnd stand er auf. Sein Atem ging schwer. »Komm, beeil dich!« sagte er.

»Hier muß es irgendwo Bauernhöfe geben. Wir können zu einem Telefon kommen. Wir werden Bellay anrufen.«

Er erstarrte. »Nein. Das können wir nicht.«

»Aber er wird uns Schutz geben.«

»Ja, wird er das wirklich? Irgend jemand wußte Bescheid, wo wir waren! Bellay hat doch die Vorkehrungen alle höchstpersönlich getroffen! Er ist doch derjenige, der uns hier herausgeschickt hat. Diese Männer, die die Jagdhütte angegriffen haben... Nachdem wir praktisch gerade erst dort eingetroffen waren!«

»Du meinst, er hat uns eine Falle gestellt? Bellay soll das getan haben?«

»Todsicher hat es irgend jemand getan! Wer wußte denn, wo wir uns verstecken wollten?«

»Aber Bellay... Ich verstehe nicht, warum er...«

»Wenn er für sie arbeitet. Wenn er etwas mit ihnen zu tun hat!«

Sie stöhnte. Ihre Augen waren stumpf und hoffnungslos. »Sag mir, daß das nicht wahr ist!«

»Welche andere Antwort gibt es denn? Man hat uns hierhergeschickt, um getötet zu werden!«

Ihre Lippen begannen zu beben. »Dann gibt es niemanden, der uns helfen kann! Wir haben keine Chance!«

Er schaute sie an. Seine nassen Kleider klebten ihm am Leib. Er konnte ihre Qual förmlich körperlich spüren. Konnte fühlen, wie vollkommen entmutigt und müde sie war. »Nein!« sagte er. »Es gibt noch einen Mann, dem wir vertrauen können.«

Vierter Teil

36

»Irgend etwas stimmt nicht. So spät sollte er nicht kommen«, sagte Houston.

Das Café begann sich langsam zu füllen. Er und Simone warteten besorgt in einer Nische in der Ecke, von wo aus sie schnell einen Hinterausgang des Cafés erreichen konnten. Beklommen tranken sie an ihrem Wein. Das monotone Hintergrundgeräusch gedämpft geführter Unterhaltungen schwoll an, während gegen Mittag immer mehr Gäste zum Essen kamen. Schließlich hatten sie keine andere Wahl mehr. Houston sagte Simone, daß sie jetzt gehen müßten.

»Nein. Laß uns noch ein kleines bißchen länger warten.«

»Aber wir können uns dieses Risiko nicht leisten«, sagte er. »Angenommen, seine Telefonleitung war angezapft. Angenommen, er hat mit... All diese Leute hier. Was ist denn, wenn einer von denen hier ist, um uns umzubringen?«

»Jetzt klingst du aber ganz genauso wie ich gestern nacht!«

»Ich verstehe nicht...«

»Du hast doch gesagt, daß wir endgültig erledigt wären, wenn er auch gegen uns ist. In dem Augenblick, wenn wir uns erst einmal an keinem Ort mehr sicher fühlen, hat Verlaine uns geschlagen. Wir sind gelähmt. Das dürfen wir einfach nicht zulassen. Warte noch ein bißchen und sei zuversichtlich.«

Er musterte sie aufmerksam. »Ich weiß wirklich nicht, was ich ohne dich tun sollte.«

»Himmel, ich weiß auch nicht, was Sie ohne mich machen würden!«

Doch es war nicht Simone, die das sagte. Es war die Stimme eines Mannes. Alarmiert wirbelte Houston zur Seite.

Andrews stand unmittelbar neben ihrem Tisch: kurzgeschnittenes Haar, kantiges, hartes Gesicht, muskulös. Stocksteif stand er da, trug ein Hemd mit Schulterklappen, das ihm den Anschein gab, als wäre er immer noch beim Militär.

Houston ließ sich erleichtert zurücksinken. »Wo kommen Sie denn her?«

»Ich bin durch den Hintereingang hereingekommen. Das ist auch der Grund, warum ich so spät dran bin. Ich mußte ganz sichergehen, daß mir niemand folgte. Ich habe mein Telefon überprüft. Die Leitung wird nicht abgehört.« Sein Gesicht wirkte irgendwie beunruhigt. Nachdenklich legte er einen Aktenhefter auf den Tisch, zog sich einen Stuhl heraus und setzte sich dann kerzengerade zu ihnen. »Sie sehen übrigens fürchterlich aus. Als Sie mich gestern nacht angerufen haben, wollten Sie mir keine Einzelheiten verraten. Was, zum Teufel, ist denn eigentlich passiert?«

Houston sagte es ihm.

Er beendete seine Geschichte mit dem alten Mann in dem verrosteten Lastwagen, der sie an der Straße aufgelesen hatte. Der alte Mann hatte ihnen ihre Lüge von dem Autounfall abgekauft und sie ins nächste Dorf gefahren, wo sie, sobald der alte Mann erst außer Sicht war, einen Betrunkenen dafür bezahlt hatten, sie ein Dorf weiter zu fahren.

»Und dann haben wir einen Arzt aufgesucht. Wir haben uns neue Kleider gekauft. Wir haben verdammt viel Zeit in Zügen und Bussen verbracht.«

»Und nach alledem haben Sie immer noch die Nerven, mich hier an diesem Ort treffen zu wollen? An einem dermaßen öffentlichen Ort?«

»Wir dachten uns, daß sie nicht versuchen würden, uns vor aller Augen umzubringen. Zu viele Zeugen eben.«

»Nach allem, was Sie mir jetzt erzählt haben, sind diese Kerle aber offenbar nicht sonderlich schüchtern und verlegen.«

»Danke. Vielen Dank auch. Genau das, was ich am meisten brauche. Eine richtig schöne Ermutigung.«

»Verlaine und Charon? Etwas weißes?«

»Ja, ich weiß. Das ergibt nicht besonders viel Sinn.«

»Es ist, als würde man einen Stein in einen Teich werfen. Die Wellen dehnen sich immer weiter aus.«

»Haben Sie die Telefonnummern?« fragte Houston.

Andrews musterte ihn aufmerksam. »Sie sind immer noch fest entschlossen, weiterzumachen?«

»Mehr denn je. Was für eine andere Alternative bleibt mir denn? Entweder laufen wir fort, bis sie uns am Ende doch noch irgendwann erwischen, oder wir finden die Wahrheit heraus und kämpfen!«

Andrews seufzte. »Ja, ich habe die Nummern.« Er griff nach dem Aktenhefter, den er auf den Tisch gelegt hatte.

Doch seine Hand schien immer noch zu zögern. »Es war nicht leicht. Ich mußte alte Gefälligkeiten einfordern, die mir noch geschuldet wurden. Und dafür habe ich jetzt eine ganze Menge eigene Verpflichtungen anderen gegenüber am Hals. Ich habe ein paar alte Freunde beim militärischen Nachrichtendienst verloren. Doch am Ende habe ich sie dann doch noch überreden können. Sie haben lange gezögert, mir diese Nummern ohne eine Erlaubnis von oben zu geben... Sind Sie sich immer noch vollkommen sicher, daß Sie den französischen Behörden nicht vertrauen können?«

»Würden Sie ihnen an meiner Stelle denn vertrauen? Den örtlichen Dorfpolizisten oder Bellays Dienststelle?«

»Wenn man bedenkt, was alles geschehen ist... Nein!«

»Die Nummern«, sagte Houston.

Andrews warf einen kurzen Blick auf den Hefter. Er zögerte immer noch, betastete besorgt das Siegel. »Sind Sie sich auch absolut sicher, daß Sie sich nicht lieber irgendwo verstecken möchten?« fragte er. »Der Nachrichtendienst hat vorgeschlagen – nein, sie haben darauf bestanden –, daß Sie sich von jetzt an im Hintergrund halten, während sie ihre Nachforschungen durchführen.«

Houston streckte seine Hand nach dem Aktenhefter aus.

Andrews kam ihm zuvor und brach selbst das Siegel. Er zog ein Blatt Papier heraus. »Ihr Vater hat drei Telefonate geführt«, sagte Andrews zu Simone. »Wie ich bereits vermutet hatte, waren es Ferngespräche. Die angewählten Anschlüsse sind von dem Computer der Telefongesellschaft gespeichert worden, um später das Hotel Ihres Vaters mit den Gebühren belasten zu können.« Er reichte Simone das Blatt Papier. »Das sind sie. Die Nummern und auch die Länder. Ich weiß nicht, wem diese Anschlüsse gehören. Doch die Orte können vielleicht auch schon eine gewisse Bedeutung haben. Zuerst Frankreich, dann England und zum Schluß Amerika.«

Pete durchzuckte ein eiskaltes Frösteln. »Amerika?«

»Möglicherweise Ihr Vater«, meinte Andrews. »Deshalb habe ich mich ja auch gefragt, ob Sie sich wirklich sicher sind, daß Sie es unbedingt wissen müssen. Die Geheimnisse und Rätsel der Kindheit rührt man besser nicht an.«

»Sie irren sich«, sagte Pete. »Ohne die Wahrheit... Was spielt dann noch eine Rolle?«

»Um Ihretwillen hoffe ich, daß Sie recht haben. Ich kann Ihnen jetzt nicht mehr helfen. Der Geheimdienst hat mir den Befehl gegeben, mich in Zukunft aus dieser Sache herauszuhalten. Von jetzt an sind Sie völlig auf sich allein gestellt... Und noch etwas.« Widerwillig griff Andrews in den Hefter und zog die Titelseite einer Pariser Tageszeitung heraus. »Haben Sie das schon gelesen?«

Houston nickte. »Ja. Das, was bei der Jagdhütte geschehen ist. Mit keinem Wort werden die beiden Männer erwähnt, die ich gezwungen war zu...« Houston schluckte schwer. »Aber wir beide werden dafür sehr wohl genannt, und die Polizei ist davon überzeugt, daß wir beide für den Mord an einem französischen Geheimagenten verantwortlich sind. Dank Bellay werden wir jetzt überall gesucht. Es hat nicht geklappt, uns auszuschalten. Also sorgt er jetzt dafür, daß alles so aussieht, als wären wir für all das verantwortlich. Wenn ich jemals meine Hände um seinen Hals...« Houston versteifte sich. »Da ist noch etwas, was sie mir angetan haben.«

»Was meinen Sie?«

»Sie haben mich gezwungen zu töten. Sie haben mir eine Seite meines Ichs gezeigt, die ich gar nicht kennenlernen wollte.«

»Aber zur Selbstverteidigung...«

»Das macht doch keinen Unterschied!« sagte Houston erregt. »Ich habe zwei Menschen getötet. Ich...« Er bemerkte, daß die Leute im Café sich zu ihm umzudrehen begannen. Er blickte auf die Kreise herab, die sein Weinglas auf der Tischplatte hinterließ. Dann veränderten sich diese Kreise plötzlich, wurden zu den zerschundenen Gesichtern der Männer, die er getötet hatte. Er schauderte. »Ich bin es nicht gewohnt zu töten«, fuhr er leiser fort. Beinahe war es ein Flüstern. »Ich habe aus purem Instinkt reagiert. Sicher, meine Bücher sind an einigen Stellen auch sehr gewalttätig, und ich habe natürlich recherchiert, ehe ich mich an die Schreibmaschine gesetzt habe. Ich habe Waffenunterricht genommen. Aber gestern nacht war es verdammt echt, und ich war verflucht gut dabei. Ich habe Profis besiegt. Ich versuche mir immer wieder selbst einzureden, daß ich nur viel Glück hatte. Aber ich weiß, was ich dabei empfunden habe. Ich habe ein Talent dafür. Und die Folgerungen daraus gefallen mir ganz und gar nicht.«

Houston spannte sich an. Er spürte, wie Andrews seine Hand umklammerte.

»Wenn mich einer fragt: Ich kann Sie sehr gut verstehen«, sagte Andrews. »Ich war in Vietnam. Es gab da ein paar Männer in meiner Einheit, die konnten töten, ohne daß es ihnen etwas ausmachte. Ich persönlich habe immer Alpträume bekommen.« Andrews schwieg einen Augenblick. Als er sich an diese Zeit zurückerinnerte, verzog er angewidert seinen Mund. »Deshalb bin ich heute da, wo ich nun einmal bin. Der Friedhof. Es ist eine Art Buße. Trotzdem, ich sage Ihnen etwas. Ein Mann, der tötet und dem es nichts ausmacht, dieser Mann ist keinen Dreck wert. Aber wenn er töten muß, und es nicht tut, nun ja, mein Freund, dieser Mann ist schon so gut wie tot.«

Pete konzentrierte sich vollkommen auf Andrews, dachte nach und schaute dann fort. »Das Problem ist nur, ich wollte töten«, sagte er. »Ich wollte sie für all das bezahlen lassen, was sie mir angetan haben. Und Janice. Und Simone. Das ist es, was mir Sorgen bereitet.« Er blickte Andrews wieder direkt an. »Ich bin wütend und ich habe Angst. Weil ich zwei Männer umgebracht habe, und weil es mir beim nächstenmal vielleicht noch leichter fällt.«

Andrews rührte sich nicht. Er sah ihn einfach nur an. Abwägend, nachdenklich, taxierend. Mit einem neuen Bewußtsein. Als er schließlich wieder sprach, lag ein tiefer Respekt in seiner Stimme. »Dann haben Sie vielleicht wirklich eine echte Chance.«

37

Pete legte den Hörer wieder auf und trat aus der Telefonzelle. Seine Hände waren verschwitzt. In dem großen, geschäftigen Raum – einer Halle mit zahllosen Telefonen in Paris – befanden sich vor sämtlichen Wänden lange Reihen mit Telefonzellen. Hinter einer Theke in der Mitte des Raumes nahm eine Reihe von Angestellten die Bitten und Wünsche der zahllosen Leute – hauptsächlich Touristen – entgegen, die hierhergekommen waren, um Auslandsgespräche zu führen. Der Raum war laut, doch das sollte Houston nur recht sein. Er fühlte sich in diesem Chaos sicher und geschützt.

Zum wiederholtenmal las er das Blatt Papier, das der Superintendent ihm gegeben hatte. Drei nüchterne, nichtssagende Telefonnummern. Anschlüsse in Frankreich, England und Amerika. Seine Hände zitterten immer noch. Er hörte, wie unmittelbar neben ihm die Tür einer Zelle geöffnet wurde. Simone trat heraus. Ihr Gesicht wirkte angespannt und nachdenklich.

»Bist du durchgekommen?« fragte er. »Hast du mit irgendwem gesprochen?«

»Ja.« Sie klang verwirrt. »Es war kein Büro hier in Paris. Es ist ein Privatanschluß. LeBlanc. Francois LeBlanc.«

Houston konnte den Schock, den er plötzlich empfand nicht verbergen. Simone riß ihre Augen weit auf und starrte ihn an. »Was ist denn?«

»Ich sage es dir sofort. Gleich. Vielleicht hat es ja gar nichts zu bedeuten. Was hat er gesagt?«

»Ich habe nicht mit ihm persönlich gesprochen. Er ist nicht zu Hause. Ein Hausangestellter hat den Anruf entgegengenommen.«

»Erwartet man LeBlanc bald wieder zurück?«

»Nein. Er ist vor zwei Tagen plötzlich abgereist. Wie es

heißt, zu einer geschäftlichen Konferenz in seinem Landhaus.«

»Vor zwei Tagen? An diesem Tag hat dein Vater ihn angerufen!«

»Glaubst du, ich wüßte das nicht?«

Houston beobachtete sie. Die Angst, die Anspannung, in ihren Augen. Er nahm sie behutsam in den Arm. »Nimm's nicht so schwer. Ich weiß, daß das alles nicht so leicht für dich ist. Es ist für uns beide nicht gerade leicht. Aber wir müssen unbedingt die Antworten auf unsere Fragen finden.«

»Wir müssen meinen Vater finden. Falls er versucht, mich zu beschützen, falls er LeBlanc angerufen hat, um dem ein Ende zu setzen, was geschieht, dann befindet er sich in größter Gefahr. Seine Arbeitgeber werden doch ganz sicher seine Loyalität in Frage stellen. Er kann nicht gleichzeitig mir und Verlaine treu ergeben sein.«

»Ich glaube, wir kommen ihm langsam näher.«

Begierig sah sie zu ihm auf. »Dein Anruf?«

»Es war eine Londoner Nummer. Wieder eine Privatwohnung. Der Name ist Jules Fontaine. Er ist ebenfalls nicht zu Hause. Ein Sekretär sagte mir, daß er vor zwei Tagen abreisen mußte. Ein dringender Geschäftstermin.«

»Hier in Frankreich?«

»Das nimmt der Mann an, ja.«

»Dann ist mein Vater bei ihm! Und bei LeBlanc!«

»Wir wollen es hoffen«, sagte Houston. »Wir haben das Puzzle beinahe zusammen. Es fehlt nur noch ein Teil.«

Das Telefon in der Telefonzelle, die Houston gerade verlassen hatte, begann zu klingeln. »Amerika«, sagte er. »Ich habe dem Angestellten gesagt, er solle mir die Verbindung herstellen, sobald ich mit meinem ersten Gespräch fertig wäre. New York.« Er ging in die Zelle. Er hoffte und befürchtete zugleich in wenigen Augenblicken die Stimme seines lang vermißten Vaters zu hören.

»Hello«, sagte er. Irgendwo in der Leitung knackte es. Houston hob seine Stimme, versuchte über die große Entfernung lauter, verständlicher zu sprechen. »Mein Name ist Victor Corrigan«, sagte er. »Jemand hat eine Nachricht und diese Telefonnummer bei meiner Sekretärin für mich hinterlassen. Ich sollte zurückrufen, nur weiß ich leider nicht genau, warum. Die Nachricht ist sehr unklar.«

Die Stimme einer Frau. Ende Vierzig. Anfang Fünfzig. Ganz sicher aus einer der sogenannten besseren Gesellschaftsschichten. Sie klang kultiviert, gebildet, so als wäre sie auf einem kleinen, sehr exklusiven College in New England gewesen. »Victor Corrigan? Tut mir sehr leid. Ich glaube nicht, daß ich Ihren Namen schon einmal gehört habe.« Ihre Satzmelodie drückte Unsicherheit aus. Houston vermutete, daß sie sich oft entschuldigte.

»Es ist mir schrecklich unangenehm,«, sagte er. »Meine Sekretärin ist noch nicht lange bei mir. Sie macht jetzt schon die ganze Woche einen Fehler nach dem anderen. So wie es aussieht, werde ich sie wahrscheinlich wieder entlassen müssen.«

»Oh, nein. Das ist ja schrecklich. Bitte, wenn es sich um etwas Geschäftliches handelt, dann bin ich leider nicht gut genug informiert, um Ihnen weiterhelfen zu können. Sie sollten sich besser mit meinem Mann unterhalten.«

»Ist er zu sprechen? Vielleicht kann er mir sagen, um was es eigentlich geht.«

»Nein, das geht leider im Moment nicht. Er ist vor zwei Tagen abgereist. Er ist in die Berge gefahren.«

Houston spürte, wie er erregter wurde. »Dann warte ich und rufe später wieder an. Es tut mir wirklich sehr leid, daß ich... Nein, bitte warten Sie noch einen Augenblick. Eine Frage hätte ich noch. Wenn Sie noch einen Moment Zeit für mich haben. Meine Sekretärin hat leider eine sehr konfuse Arbeitsweise. Wenn Sie mir vielleicht freundlicherweise den Namen Ihres Mannes verraten könnten, dann wäre ich in der Lage, in meinen Unterlagen nachzuschauen. Vielleicht ist es mir dann möglich, einen Grund für den Anruf Ihres Mannes herauszufinden und...«

»Natürlich.« Sie schien erleichtert zu sein. »Ich habe nicht sehr oft die Gelegenheit, jemandem weiterhelfen zu können. Sein Name ist Paul Dassin.«

»Ach, natürlich. Ich hätte die Nummer gleich erkennen müssen. Sicher. Verlaine Enterprises.«

»Nein, absolut nicht. Von einer Firma namens Verlaine Enterprises habe ich noch nie etwas gehört. Hawthorne Imports.«

Houston runzelte seine Stirn. »Mein Irrtum. Manchmal verwechsle ich die beiden. Ich will Sie jetzt nicht noch länger aufhalten. Richten Sie Paul bitte einen Gruß von mir aus. Im Frühjahr sind die Rockies wirklich ganz besonders schön. Wenn er etwas Glück hat, wird er sogar noch skilaufen können.«

»Nein. Nicht die Rockies.«

»Entschuldigen Sie?«

»Die Alpen, junger Mann. Er ist nach Frankreich geflogen.«

Houston befürchtete, daß ihm schlecht werden würde. Er stützte sich an der Glasscheibe der Telefonzelle ab, bedankte sich schnell bei der Frau, entschuldigte sich noch einmal, und legte den Hörer schließlich unbeholfen wieder auf. Er zog an der Tür. Simone starrte ihn an. Sie war verblüfft über den benommenen Ausdruck auf seinem Gesicht. »Was hast du denn?«

»Ich weiß es auch nicht. Ich...« Houston sah, wie ihr Gesicht vor seinen Augen zu verschwimmen begann, wie es zu verblassen schien. »Er ist vor zwei Tagen abgereist. In die Alpen. Nach Frankreich.« Der Lärm und die Geräusche des großen Raumes hallten in seinem Kopf dumpf nach.

»Sie müssen sich alle irgendwo treffen. Sie müssen einfach zusammen sein«, sagte sie hastig. »Sie alle. Und mein Vater.«

»Paul Dassin.« Er stützte sich an der Türe der Telefonzelle ab. Es ging nicht anders. Er fühlte sich benommen.

»Was?«

»Das ist sein Name. Wie alle anderen auch – Francois LeBlanc und Jules Fontaine – ein französischer Name. Wir dachten doch, diese Männer wären die vermißten Soldaten aus dem Trupp meines Vaters. Aber es erscheint mir doch sehr unwahrscheinlich, daß sie alle französischer Abstammung gewesen sind, daß alle Eltern gehabt haben, die aus Frankreich in die Staaten ausgewandert sind.«

»Sie können aber auch andere Namen angenommen haben.«

Houston nickte. »Ja. Sie können sich eine neue Identität zugelegt haben. Das ist durchaus denkbar. Aber warum?«

»LeBlanc.«

Verwirrt, verständnislos schaute er sie an.

»Als ich seinen Namen nannte – zum erstenmal nannte –, habe ich irgend etwas auf deinem Gesicht gelesen«, sagte sie. »Irgendwie hatte sich da der Ausdruck in deinen Augen verändert.«

»Da du Französin bist, ist der Name für dich völlig normal und vertraut. Er ist nichts Besonderes für dich. Aber mir macht die Sprache immer wieder Schwierigkeiten. Alles, was ich auf Französisch höre, übersetze ich in meinem Kopf automatisch ins Englische.«

»Was hat das denn mit...«

»Sag mir, was dieser Familienname auf Englisch bedeutet?«

»Was? LeBlanc? Nun ja, *blanc* bedeutet...« Und dann verstand sie.

»*Blanc* bedeutet weiß«, sagte er. »In deinem Schlafzimmer, als dieser Mann im Sterben lag, da dachte ich, er hätte wieder in seine Muttersprache übergewechselt. Also habe ich das übersetzt, was er mir gesagt hat. Und das ergab keinen Sinn. Kein Wunder. Denn er sprach ja auch gar nicht Französisch. Der Mann hat mir einen Namen genannt. Er hat nicht gesagt: ›Der Weiße‹, sondern er sagte schlicht und einfach: ›LeBlanc.‹«

»Verlaine und...«

»Jetzt wissen wir also, was diese beiden Namen bedeuten. Aber wer oder was ist Charon?«

38

Houston fröstelte es auf dem Bürgersteig der stark befahrenen Pariser Straße. Der Himmel hatte sich inzwischen zugezogen, das Tageslicht verblaßte. Ein schwacher Wind hatte eingesetzt, war frisch und feucht. Houston zog seinen Mantel zu und schloß einen weiteren Knopf.

Er befand sich in einem Viertel mit Bürogebäuden, in deren Erdgeschossen Boutiquen und einige Cafés untergebracht waren. Es war Spätnachmittag. Die Büroangestellten hatten Feierabend und begannen aus den Gebäuden zu strömen. Houston blickte über die Straße und sah ein Schild, auf dem LE MCDONALD'S stand. Er hoffte, daß das jemand wohl für besonders witzig gehalten hatte.

Er spürte einen Regentropfen. Und dann noch einen. Auf dem Bürgersteig begannen sich dunkle Flecken zu bilden. Er spürte den Regen auf seinem Nasenrücken, seinen Händen. Spürte, wie die Tropfen schnell durch seinen dünnen Mantel drangen. Falls sich der Regen zu einem richtigen Wolkenbruch auswachsen sollte, konnte er unmöglich länger im Freien auf Simone warten. Doch wenn er sich andererseits irgendwo unterstellte, dann fuhr sie womöglich an ihm vorbei ohne ihn zu sehen. Er schaute sich nach irgendeinem Schutz um, wo man ihn trotzdem von der Straße aus sehen konnte. Eine Markise vielleicht. Oder ein Hauseingang.

Wir hätten uns nicht trennen sollen, dachte er. Wir hätten uns auf gar keinen Fall trennen dürfen.

Etwa einen halben Häuserblock entfernt links von sich sah er ein dunkelblaues Wohnmobil die Straße heraufkommen. Angestrengt blickte er durch den jetzt böig fallenden Regen, um den Fahrer erkennen zu können. Er sah eine Bewegung im Führerhaus des Wagens und lief ihm entgegen. Der Regen durchnäßte schnell seine neuerworbenen Schuhe und Socken.

Ein Blitz zuckte über den grauen, bedeckten Himmel. Houston erreichte das Wohnmobil. Er riß die Beifahrertür auf und kletterte hinein. »Ich habe mir schon Sorgen um dich gemacht«, sagte er.

»Die erste Autovermietung, bei der ich war, hatte kein Wohnmobil. Die zweite war geschlossen.« Simone wischte ihm Regentropfen von seiner Stirn.

»Aber du hast doch deinen amerikanischen Führerschein benutzt, ja? Du hast den Wagen unter dem Namen deines früheren Mannes angemietet?«

Sie nickte. »Die Polizei kennt diesen Namen nicht. Sie werden dieses Wohnmobil niemals mit uns in Verbindung bringen können.«

Houston drehte sich um und blickte in den hinteren Teil des Wagens. »Hast du die Schlafsäcke? Die Lebensmittel?«

Sie nickte wieder. »Ja, unsere Ausrüstung ist komplett.« Sie schaltete den Scheibenwischer ein. Houston beobachtete, wie der dichte Berufsverkehr sich zentimeterweise über die Straße weiterschob.

»Aber wo müssen wir überhaupt hin?« fragte sie. »Alles was wir wissen ist doch, daß sie sich jetzt irgendwo in den Alpen befinden. In einem Landhaus, daß diesem LeBlanc gehört. Wir werden es niemals finden.«

Houston zog einen Prospekt aus seiner Manteltasche. »Da irrst du dich aber. Während du bei der Autovermietung warst, habe ich einen Börsenmakler aufgesucht. Ich habe so getan, als würde ich Aktien kaufen wollen. Verlaine-Aktien. Der Broker hat mir das hier gegeben.« Die Broschüre war ein Werbeblatt für Verlaine.

»Da LeBlanc behauptet, er wäre geschäftlich in den Alpen, habe ich mir gedacht, daß sein Landhaus möglicherweise der Verlaine Enterprises gehört und daß nicht er persönlich der Eigentümer ist. Auf diese Weise könnte er es steuerlich absetzen.« Er zuckte die Achseln. »Gut. Also habe ich Verlaine angerufen. Natürlich war LeBlanc nicht im Haus. Seine Sekretärin sagte mir, daß er geschäftlich in den Alpen zu tun hätte. Natürlich habe ich ihr nicht meinen Namen gesagt. Trotzdem hat sie mir mehr verraten, als dieser Hausangestellte in seiner Privatwohnung. Er befindet sich zur Zeit im Arbeits- und Erholungszentrum für leitende Verlaine-Angestellte.«

»Das hilft uns aber auch nicht besonders viel weiter.«

»Oh, das tut es doch.« Er gab ihr die Broschüre. »Hier.« Das Foto zeigte ein saftig grünes Tal. Wenn man die Berge hinauf blickte, sah man vorbei an dichten Nadelwäldern die Zinnen und Türme einer uralten Burg, die vor dem weißen Schnee der im Hintergrund liegenden Berge grau und trist wirkte. Unter dem Bild befand sich eine erklärende Unterschrift: Ausbildungszentrum der Verlaine-Gruppe; Refugium der Manager und leitenden Angestellten.

Er sagte: »Da. Genau da werden wir deinen Vater finden.

Und meinen. Und alle unsere Antworten. In dieser Burg in den Alpen.«

Simone steuerte das Wohnmobil auf eine breitere Straße, die sie aus Paris hinausführte. Houston konnte ihre Aufregung deutlich spüren.

»Aber das ist noch nicht alles«, fuhr er fort. »Ich bin auf einen weiteren merkwürdigen Zufall gestoßen. Der Broker hat mir gesagt, daß Verlaine im Jahre neunzehnhundertfünfzig gegründet worden wäre. Das ist exakt das Jahr, in dem das Rathaus von St. Laurent ein Opfer der Flammen wurde. Das Jahr, in dem alle Unterlagen vernichtet wurden.«

»Glaubst du vielleicht, es war Brandstiftung?«

»Ja. Um die Sterbeurkunden zu vernichten. Du hast doch selbst gesagt, daß diese vermißten amerikanischen Soldaten vielleicht neue Identitäten angenommen hätten. Sie haben ganz einfach die Namen von Söhnen benutzt, die in St. Laurent gestorben waren. Dein Vater war es, der die geeigneten Namen ausgegraben hat. Zweifellos waren es Söhne aus Familien, die während des Zweiten Weltkrieges gestorben waren. Auf diese Weise konnten später nicht irgendwelche Eltern auftauchen und ihren Einspruch erheben: ›Ihr seid nicht unsere Söhne. Unsere Söhne sind tot.‹ Ganz einfach, weil auch die Eltern nicht mehr lebten. Dein Vater muß sich um den ganzen Papierkram gekümmert haben. Er hat die Pässe und die Geburtsurkunden besorgt, und anschließend hat er dann das Rathaus angesteckt, damit niemand jemals herausfinden konnte, daß diese Namen zu Kindern gehörten, die schon lange tot waren.«

»Gott allein weiß, was mein Vater sonst noch alles für sie getan haben mag.«

»Die Hauptsache ist jedoch, daß wir jetzt wissen, warum diese Männer französische Namen besitzen.«

»Nein. Wir wissen, wie sie zu diesen Namen gekommen sind«, sagte Simone. »Aber nicht, warum. Wir wissen immer noch nicht, aus welchem Grund sie das alles getan haben.«

»Aber das wird sich schon sehr bald ändern«, sagte er. Mit grimmiger Miene starrte er in das Unwetter hinaus.

39

»*Ah, oui. Je le connais*«, sagte der junge Mann an der Tankstelle. Offenbar freute er sich darüber, daß er helfen konnte. Er trug einen Mechanikeroverall. Der weiche Stoff war scheinbar erst kürzlich gereinigt worden, doch seine Brust, die Knie und die Ärmel waren bereits wieder voller Öl und Schmutz.

Es war eine Tankstelle in der Nähe von Grenoble. Sie waren die ganze Nacht durchgefahren, hatten sich von Zeit zu Zeit am Steuer abgelöst. Einer hatte geschlafen, während der andere weiterfuhr. Angehalten hatten sie lediglich zum Tanken, um sich irgendwo etwas zu essen zu kaufen oder um auf eine Toilette zu gehen. Sie waren immer in südöstlicher Richtung von Paris nach Lyon gefahren, und dann anschließend weiter auf einer direkt nach Osten in die Berge führenden Straße. Bei Tagesanbruch, als die Sonne weit vor ihnen am Horizont schimmerte, hatten sie einen Augenblick lang geglaubt, flauschige Wolken wie weiße Wattebäusche am fernen Himmel zu sehen. Doch dann war ihnen plötzlich klargeworden, daß es keine Wolken, sondern die schneebedeckten Gipfel der Berge gewesen waren. Es war ein Anblick von einer wunderbaren, bewegenden Größe und Erhabenheit.

Während des Morgens hatten sie dann in vierzehn verschiedenen Städten Halt gemacht. Doch niemand schien die Burg auf dem Foto wiederzuerkennen. Als sich die Berge schon erheblich näher vor ihnen auftürmten, begann Houston langsam seine Zuversicht zu verlieren. Er war müde, abgespannt und hungrig. Er war sich ganz sicher gewesen, daß die Burg so etwas wie ein Wahrzeichen war, und daß sie allen Leuten, die in der Gegend lebten, bekannt sein müßte. Jetzt kamen ihm allerdings langsam Zweifel. »Verdammt, es ist hoffnungslos. Ich habe mich geirrt. Wir werden diesen Ort wahrscheinlich nie finden.«

Es wirkte wie ein elektrischer Stromschlag auf Houston, als der junge Tankwart die Burg auf dem Foto wiedererkannte.

»Was?« fragte Simone. »Er weiß, wo sie liegt?«

Die Augen des Tankwartes strahlten erfreut, glücklich darüber, daß er Houston nicht enttäuscht hatte. Er lächelte sie breit an, gestikulierte über das Châteaux von Grenoble hinaus auf einen kaum sichtbaren Punkt am baumbestandenen Fuß eines weit entfernten Gipfels.

So nah und doch so weit fort. Houstons müder Verstand begann ihm Streiche zu spielen. Seine Vorstellungskraft vergrößerte diesen kaum wahrnehmbaren Flecken. Die Bäume schienen auf ihn zugerast zu kommen. Um dieser schwindelerregenden Illusion zu entgehen, drehte er sich schnell zu Simone um. Ihr Gesicht befand sich dicht neben ihm. Ihr dichtes Haar lag glatt und sanft über ihrer Schulter. »Ich will mich nur vergewissern, daß du auch wirklich hier bei mir bist«, sagte Houston schnell, als sie überrascht zu ihm aufblickte. »Einen kurzen Moment lang war ich mir irgendwie nicht mehr ganz sicher, ob das alles wirklich ist. Ich war voller Zweifel und Unsicherheiten. Wegen allem.«

»Er geht uns gerade eine Straßenkarte holen. Er kann uns zeigen, wie wir fahren müssen.«

»Was meinst du, wie weit ist es wohl noch? Ich schätze, so etwa an die fünfundzwanzig Kilometer.«

»Oder mehr. Die Berge täuschen einen sehr leicht. Entfernungen wirken hier oft erheblich kürzer als sie in Wirklichkeit sind.«

»Ja, genau das meine ich auch. Wenn wir die Burg sogar von hier aus sehen können, wie verdammt groß muß sie dann wohl sein? Aus der Nähe muß sie einfach gewaltig sein!«

Sie fanden es bald heraus. Der junge Tankwart beschrieb ihnen genau den Weg und gab ihnen die Straßenkarte mit. Von Grenoble aus fuhren sie weiter nach Osten, immer höher hinauf in die Berge. So entschlossen Houston einerseits auch sein mochte, die steilen, hochaufragenden Berge schüchterten ihn auf eine Weise auch irgendwie ein. Sie drängten sich immer näher und höher um die schmalen Straßen. Houston hielt seinen Blick fest nach vorne gerichtet. In einem niedrigen Gang quälte sich das Wohnmobil über die Bergstraßen. Wie auf einer Berg- und Talbahn fuhren sie immer wieder hinauf und hinab, kamen über gefährlich wirkende Pässe, während die Bäume immer spärlicher wurden und nacktem, grauen Fels und Schnee Platz machten. Sie fuhren an Wasserfällen vorbei und an steil in die Tiefe stürzenden Abgründen. Sie sahen auf die Wälder weit unten im Tal herab, und in der Ferne sahen sie etwas, das wie ein Spielzeugmodell von Grenoble aussah. Einmal bogen sie falsch ab und verloren schon wieder die Hoffnung, doch bald darauf bemerkten sie ihren Fehler und kehrten ein Stück um. Schließlich sahen sie die Burg vor sich, die sie gesucht hatten.

Sie lag ein gutes Stück über ihnen, eingekeilt zwischen zwei hohen Bergen. Schwarz und bedrohlich hockte sie am Fuß eines enormen Felssturzes. Die Türme der Burg ragten hoch über die Wipfel der Tannen hinaus. Von ihrem Standort aus konnten sie die Zinnen und Laufgänge bereits deutlich und klar sehen.

Es war ein überwältigender Anblick, und je näher sie kamen, desto beeindruckender wirkte die Burg. Houston verglich das, was er sah, immer wieder mit dem Foto der Werbebroschüre. Er studierte jedes Detail der Fotografie, hob sie auf Augenhöhe, so daß er nicht mehr durch die Windschutzscheibe sehen konnte. Auf dem Papier schien dieses Gebäude der Fantasie eines kleinen Kindes entsprungen zu sein. Es war das Abbild eines verwunschenen Märchenschlosses. Er nahm die Broschüre wieder herunter und sah die Burg dann aus haargenau derselben Perspektive, aus der auch die Fotografie angefertigt worden war. Er war fasziniert von dem Unterschied zwischen der zweidimensionalen Fotografie und der plastischen Wirklichkeit. Allein die Ausmaße dessen, was er jetzt mit eigenen Augen vor sich sah, verursachten ihm ein Frösteln.

»Es sieht irgendwie aus, als wären mehrere Gebäude einfach übereinander gestapelt worden«, sagte er. »Die Burg muß an die fünfzig Räume haben.«

Die Straße machte einen sanften Bogen, führte um den zur Burg gehörenden Besitz herum. Ein Privatweg führte zu einem vergitterten Metalltor, das in eine hohe Betonmauer eingelassen war.

»Es ist eine Festung«, sagte Houston.

Aus der Nähe verstellte die Mauer die freie Sicht auf die Burg. Hinter den Stangen des Tores konnte Houston keine Wache, keine Wachhunde, überhaupt keinerlei Anzeichen irgendeiner Aktivität erkennen. Er sah nichts als einen mit Bäumen bestandenen Park und eines Kiesweg, der sich durch die Landschaft schlängelte. Das Gelände machte einen ländlichen, friedlichen Eindruck.

Doch Houston wußte, daß zwischen den Sonnenstrahlen, die durch den pastellenen Wald fielen, sehr wohl auch Wächter versteckt sein würden. Ganz sicher waren Sicherheitsvorkehrungen getroffen worden, gab es Alarmanlagen und Verteidigungseinrichtungen.

Als das Wohnmobil an dem gewaltigen Tor vorbeifuhr, hatte Houston das deutliche Gefühl, daß sie von versteckten Augen aufmerksam beobachtet wurden. Während er gegen das beunruhigende Gefühl ankämpfte, drehte er sich nicht mehr zu dem schweren Eisentor um, das nun hinter ihnen zurückblieb. Obschon er es liebend gerne gemacht hätte, widerstand er dem Drang, die hohen Außenmauern abzusuchen oder das zu lokalisieren, was ihn zermürbte. Er blickte einfach immer stur geradeaus, hielt seine Augen auf dem Punkt, wo die Straße sich durch die Tannen weiter hinauf in die Berge schlängelte. Er hoffte nur, daß er und Simone wie ganz normale, harmlose Touristen wirkten.

Vor ihnen war ein anderer Wagen die Bergstraße hinaufgefahren. Er warf einen kurzen Blick in den Rückspiegel an seiner Tür und entdeckte einen weiteren Wagen, der hinter ihnen den Berg heraufkam. Natürlich herrschte hier oben kein dichter Verkehr. Andererseits fuhren offenbar doch auch genug Autos auf dieser Straße, daß Houston sich kaum vorstellen konnte, daß ihr Wohnmobil verdächtig erscheinen würde. An einer Ecke machte die Mauer einen scharfen Knick und verlief dann rechtwinklig zur Straße in die Berge hinauf. Houston drehte seinen Kopf zu Simone.

»Sobald wir etwas höher sind, kannst du uns einen Platz suchen, an dem wir eine kleine Rast einlegen können.«

Sie fand einen Aussichtspunkt. Neben der Straße war ein mit Kies bedeckter Parkplatz angelegt worden, dessen eine Seite mit einem Schutzgeländer versehen war. Es gab mehrere Picknick-Tische, Bänke und eine ganze Reihe von Münz-Teleskopen vor dem Geländer.

»Park das Wohnmobil so, daß die Rückseite zur Burg gerichtet ist«, sagte Houston und warf einen kurzen Seitenblick auf den schwindelerregenden Ausblick über das majestätisch wirkende Tal, das sich weit unter ihnen erstreckte. »Ich bin mir ziemlich sicher, daß der Verkehr auf dieser Straße von der Burg aus überwacht wird«, fuhr er fort. »Sie werden unter Garantie mißtrauisch, wenn wir zu lange hier bleiben. Und solange wir hier stehen, müssen wir so tun, als wären wir ganz normale Touristen. Steig jetzt aus und geh zu den Teleskopen hinüber. Aber achte bitte darauf, daß du der Burg immer deinen Rücken zuwendest. Tu so, als würdest du dich ausschließlich für den malerischen Blick auf das Tal interessieren.«

»Kommst du nicht mit?«

»Nein, noch nicht.«

»Aber wenn sie den Verkehr auf der Straße wirklich beobachten, dann werden sie doch auch wissen, daß wir zu zweit in dem Wohnmobil gewesen sind. Sie werden mißtrauisch, wenn wir jetzt nicht beide aussteigen.«

»Ich brauche nur fünf Minuten.«

Stirnrunzelnd öffnete sie die Tür und ging über den Kies zu dem Schutzgeländer und den Fernrohren. Der Wagen, der ein Stück hinter ihnen auf der Straße gewesen war, bog jetzt ebenfalls auf den Parkplatz ein. Houston spannte sich unwillkürlich an. Doch dann sah er einen Mann, eine Frau und drei Kinder aussteigen. Aufgeregt und neugierig kletterten sie neben Simone und waren von dem wunderbaren Ausblick offenbar ganz begeistert. Gut, dachte er. Sie geben uns Deckung. Da dieses Auto unmittelbar hinter ihrem Wohnmobil stand, hatte ein möglicher Beobachter auf der Burg keinen freien, ungehinderten Blick mehr.

Er kroch in den hinteren Teil des Wagens und nahm das Fernglas in die Hand, das er in Grenoble gekauft hatte. Das achtfach vergrößernde Glas war das stärkste, das er ohne die Hilfe eines Stativs benutzen konnte, und ohne daß das Zittern seiner Hand zu stark wurde. Er hielt sich vom Fenster zurück, damit man ihn nicht sehen konnte. Dann hob

Houston das Glas vor die Augen und konzentrierte sich ganz auf die Burg. Er schätzte die Entfernung auf etwa tausend Meter.

Aufmerksam und systematisch suchte er zuerst das Hauptgebäude ab, dann einige kleinere Nebengebäude und schließlich den Park und die Mauer, die den gesamten Besitz umfriedete. Manchmal war das Bild dermaßen klar und plastisch, daß er meinte, die schweren Steinblöcke der Burg oder die glatte, blau schimmernde Oberfläche eines Porsche, der vor einem kleinen spitzen Gebäude geparkt war, berühren zu können. Dieses Gebäude war möglicherweise ein Kutscherhaus oder das Wohnhaus des Dienstpersonals. Oder vielleicht auch ein Wachhaus.

Schließlich nahm Houston den Picknickkorb, zog die Seitentür des Wohnmobils auf und stieg aus. Der Wagen versteckte ihn vor den Blicken jedes Beobachters, der möglicherweise von der Burg aus diesen Parkplatz bewachte. Er trat auf den freien Platz hinaus, zeigte nur seinen Rücken und ganz besonders auch den Picknickkorb, den er in seiner Hand trug.

»Simone!«

Sie trat von dem Teleskop zurück. Es hatte den Anschein, als würde sie die wunderbare Aussicht auf das Tal nur höchst ungern verlassen. Sie ging auf einen der Picknicktische zu. Als sie sich setzte, stand ihr Wohmobil wieder als Hindernis zwischen der Burg und ihnen.

»Hat es geklappt?« fragte sie.

»Ich weiß jetzt, was wir wissen müssen.«

Zum Frühstück hatten sie nur frische Croissants und Kaffee gehabt. Das Mittagessen hatten sie ganz ausfallen lassen. Houstons Magen knurrte unüberhörbar, als er jetzt in den Korb hineingriff. Wurst, Käse, ein schwerer Rotwein. Er kaute und schluckte. Die Wurst war gut gewürzt und brannte in seinem Mund.

»Wachtposten mit Gewehren«, sagte er.

Simone versteifte sich.

»Fünf. Zwei deutsche Schäferhunde, die frei auf dem Gelände herumlaufen. Ich nehme an, es gibt noch mehr. Auf den Türmen befinden sich Suchscheinwerfer.« Houston hörte das erstickte Geräusch in ihrer Kehle. »Die Mauern, die das gesamte Grundstück umgeben, werden von Fernsehkameras überwacht. Selbst wenn uns eine Möglichkeit einfallen würde, wie wir ohne gesehen zu werden über die Mauer kommen könnten, würden wir doch nie über den Stacheldraht kommen, der oben auf der Mauer ausgerollt worden ist. Oh, natürlich könnten wir den Draht einfach durchschneiden, aber ich vermute, daß er elektrisch geladen ist. Ich vermute, daß in der Burg sofort ein Alarm ausgelöst wird, wenn wir den Stromkreis unterbrechen.«

»Dann ist es also wirklich eine Festung. Es gibt keine Möglichkeit, unerkannt hinein zu kommen.«

Er wischte sich seinen Mund ab. Er zögerte noch, den Plan auszusprechen, der sich in seinem Kopf abgezeichnet hatte. »Ja, vielleicht.«

»Nichts vielleicht. Es ist unmöglich.«

»Nein. Nur schwer.« Houston räumte die Lebensmittel und den Wein in den Korb zurück.

»Wie?« fragte sie sofort.

Er hörte, wie eine Autotür zugeschlagen wurde und sah den Mann, die Frau und ihre Kinder wieder in den Wagen einsteigen. Der Motor wurde angelassen.

»Wir sind jetzt auch schon lange genug hier«, sagte er. »Wenn diese Leute den Parkplatz verlassen, sollten wir auch wieder aufbrechen. Der Ausblick ist sicherlich wunderbar, aber auch wieder nicht wunderbar genug, um hier den ganzen Tag herumzuhängen.« Er stand auf.

»Ich habe dich etwas gefragt. Wie willst du hinein?«

»Wir werden von hinten in die Burg kommen. Von oben. Nein! Dreh dich jetzt nicht um!«

Sie beherrschte sich. »Aber hinter der Burg ist doch nur eine Felswand! Ach, was sage ich, Felswand? Es ist eine senkrechte, glatte, unüberwindliche Bergwand!«

»Tja, und daher werden sie wohl auch kaum mit Besuchern aus dieser Richtung rechnen. Sie werden annehmen, daß es viel zu gefährlich ist...«

»Und da haben sie auch vollkommen recht! Wenn du tatsächlich erwartest, daß ich...«

»Denk doch bitte erst einmal richtig darüber nach. Und in

der Zwischenzeit haben wir noch einige Besorgungen zu erledigen.«

Simone beäugte ihn mißtrauisch.

»Unsere Ausrüstung. In Grenoble.«

40

»Aber ich habe Höhenangst!« sagte Simone verzweifelt.

Sie kämpften sich den steilen, steinigen Bergrücken hinauf. Noch ein gutes Stück über ihnen befand sich eine lange Reihe hoher Tannen. Houstons Rucksack lastete schwer auf seinem Rücken. Die Tragegurte schnitten sich tief in seine Schultern. Er schwitzte sehr stark. Durch die große Anstrengung waren seine Augenbrauen stark zusammengezogen. Seine Knie taten ihm weh. Seine Oberschenkel begannen langsam zu protestieren. Unter seinem Rucksack klebten ihm sein dickes Hemd und der Pullover feucht auf dem Rücken. Der durchschwitzte Stoff bewirkte, daß ihm kalt war, obschon er einen glühendheißen Kopf hatte.

»Dann dreh dich nicht um und schau nicht zurück!« antwortete er.

Hinter und unter ihnen fiel ein ganzes Labyrinth von dicht bewaldeten Senken und Graten abrupt in den tiefen Abgrund des Tales. Aus dieser Entfernung konnte er die Stelle nicht mehr sehen, an der sie ihr Wohnmobil neben einem versteckt gelegenen und mit Brettern vernagelten Chalet mehrere hundert Meter abseits der Straße zurückgelassen hatten. Genausowenig konnte er natürlich auch den schon lange nicht mehr benutzten, dicht mit Unkraut überwucherten Feldweg sehen, der zu dem Haus führte. Weit hinten konnte er jedoch noch die Hauptstraße erkennen, die sich durch die Berge schlängelte. Aus dieser Höhe sah es wie ein willkürlich in die Landschaft geworfenes schwarzes Band aus, auf dem sich hin und wieder vereinzelte kleine Pünktchen wie irgendwelche Insekten entlangbewegten.

»Ich soll nicht zurücksehen?« fragte sie ihn aufgebracht. »Nicht zurücksehen? Der Schock würde mich wahrscheinlich auf der Stelle umbringen. Zumindest würde ich mir in die Hose machen.«

Er mußte lachen, auch wenn ihm eigentlich gar nicht danach zumute war. Wenn er seine Konzentration und Aufmerksamkeit verlor, dann würde er Fehler begehen, und auch wenn dieser Abhang kein steiler Felssturz war, war er doch andererseits auch wieder steil genug, daß er sich bei einem möglichen Sturz verletzten konnte. Und hier oben waren selbst kleinere Verletzungen tödlich. Verstauchungen oder Prellungen würden seine Bewegungsfreiheit einschränken und behindern, was wiederum leicht andere Unfälle nach sich ziehen konnte, bis...«

»Findest du das vielleicht lustig?«

»Nein«, sagte er. »Absolut nicht. Überhaupt nichts ist hier lustig!«

»Jedenfalls habe ich ja auch nicht diesen Augenblick jetzt gemeint. Wenn mir wirklich schwindelig wird, dann gibt es ja hier noch genügend Felsen und Steine, an denen ich mich einfach festhalten kann. Ich meinte eigentlich auch vielmehr später, wenn wir mit den Seilen arbeiten. Ich glaube wirklich nicht, daß ich es schaffen werde.«

Er kletterte zu ihr, hielt sich rechts von ihr, so daß er nicht von einem Stein getroffen werden konnte, falls sie zufällig einen lösen sollte. »Du bist in guter Kondition. Du joggst täglich. Du hast immer Gymnastik gemacht.«

»Ich bezweifle ja auch gar nicht meine körperlichen Kräfte und Reserven. Im Prinzip weiß ich, daß ich mit Seilen klettern kann. Aber ich habe einfach keine Übung darin, habe so was noch nie gemacht.«

»Ich werde es dir beibringen.«

»Was? In einem Tag?«

Er antwortete ihr nicht. Um der Wahrheit aus dem Weg zu gehen, ging er an ihr vorbei und kletterte voraus.

»Selbst wenn ich in einem Flugzeug sitze«, sagte sie. »Ich kann einfach nicht aus dem Fenster sehen. Mir wird sofort schlecht.« Ihre Stimme klang angespannt. Er hörte, wie die Sohlen ihrer Wanderschuhe über den Fels knirschten. »Abgesehen davon wird die Sonne auch schon bald untergehen.«

Houston kniff seine Augen zusammen und blickte zum Himmel. Die Sonne war rot und dick aufgeblasen und hing bereits tief über den Bergen. »Das kann uns nur nützen«, sagte er.

»Ich wüßte nicht wie.«

»Nun ja, im Dunkeln kannst du nicht sehen, was sich unter dir befindet.«

Mit einer Hand krallte er sich an einen Felsen. Einen Stiefel stützte er auf einer Felsnase ab und zog sich dann nach oben. Ein erleichtertes Gefühl jagte durch seine strapazierten Muskeln. Schweiß tropfte von seinem Gesicht. Schnell drehte er sich um. Simone kletterte neben ihn. Er bot ihr eine Hand an und half ihr auf den Felsblock herauf. Über eine kleine Almweide sahen sie auf eine schon undeutlich werdende Mauer hoher Tannen und auf die zerklüfteten Felswände, die steil hinter ihnen aufstiegen.

Houston nahm sich nicht die Zeit, um diesen Anblick länger zu genießen. Die Sonne war wieder ein Stück gesunken. Hastig verließ er die Kante des Abhangs, damit man seine Silhouette nicht von weiter unten erkennen konnte. Beinahe bei den Tannen, auf dem saftigen Gras der Bergweide, ließ er seinen Rucksack vom Rücken gleiten, streckte sich und rieb seine schmerzenden Schulterblätter. Dann suchte er in seinem Rucksack und zog schließlich eine Feldflasche und zwei Schokoladenriegel heraus. Die verstärkte Abstrahlung von Körperwärme aufgrund seiner großen Anstrengungen hatte die Schokoladenriegel weich und klebrig werden lassen. Vorsichtig zog er die Verpackung von den weichen Riegeln ab und reichte einen Simone. Den anderen schob er sich selbst hungrig in den Mund. Er war dermaßen erschöpft, daß er nicht einmal die Süße der Schokolade schmeckte. Doch ehe er bemerkte, wie gierig er ihn verschlungen hatte, war der Riegel auch schon aufgegessen. Dann schraubte er den Verschluß der Feldflasche auf und trank das warme, leicht metallisch schmeckende Wasser.

Aber nicht zuviel. Andernfalls würde er Magenkrämpfe bekommen.

Simone wischte sich Schokolade aus ihren Mundwinkeln.

»Und ich hoffe, daß wir uns jetzt ein bißchen ausruhen werden.«

»Nein. Jetzt vergewissern wir uns, daß wir uns noch nicht verlaufen haben.«

Er holte eine Karte und einen Kompaß aus seinem Rucksack. Die Landkarte breitete er auf dem Gras aus und drehte sie dann so, daß die Höhenlinien der Abhänge und Grate zu dem Gelände um sie herum paßten.

»Durch diese Bäume dort« – er streckte seine Hand aus – »werden wir einen weiteren Hang erreichen. Mach nicht so ein Gesicht. Wir müssen jetzt nicht mehr klettern. Wir gehen jetzt einfach links um den Fuß des Berges herum und passieren zwei Senken rechts von uns. Dann kommen wir zu einer dritten Senke – auf unserer Linken. Sie wird uns wieder tiefer herabführen. Und dann werden wir unmittelbar an der Felswand hinter der Burg herauskommen.«

»Und wie hoch ist diese Felswand?«

Er überprüfte den Kompaß.

»Pete! Die Felswand. Wie hoch ist sie?«

»Frag nicht.«

»Und du bist dir auch ganz sicher, daß du genau weißt, was du tust?«

»Ich habe dir doch neulich schon erzählt, daß ich bestimmte Fachgebiete genau recherchieren muß, wenn ich an einem Buch arbeite. Wenn in einem meiner Romane Schießereien vorkommen, dann muß ich etwas über Waffen lernen. Also habe ich die entsprechenden Kurse besucht. In meinem zweiten Roman hatte ich einen Helden, der von seinen Verfolgern in den Bergen gejagt wurde. Er wußte einfach alles über Überlebenstechniken. Er konnte klettern und konnte Seile benutzen und ... nun ja, ich hatte vorher auch nicht den blassesten Schimmer von all diesem Zeug. Ich mußte das alles selbst erst lernen, damit ich mein Buch auch wirklich überzeugend schreiben konnte. Ich kann aus dir natürlich in der kurzen Zeit keine Expertin machen. Aber ich werde dafür sorgen, daß du nicht in Schwierigkeiten gerätst.«

Houston faltete die Landkarte wieder zusammen. Den Kompaß steckte er sich in die Tasche. »Komm, gehen wir weiter, solange wir noch Licht haben. Ich will dir vor Einbruch der Dunkelheit noch zeigen, wie man mit Seilen klettert.«

41

Er stand hinter ihr und beobachtete, wie sie das Seil hielt. »Ja, gut so. Und jetzt halte deinen linken Arm gerade ausgestreckt. Nein, nicht so hoch. So. Ja.«

Er stellte sich dicht hinter sie, legte seine Arme um Simone und streckte seine Hände aus, um ihren Arm zu führen.

Die Bewegung war instinktiv. Er hatte nicht beabsichtigt, was dann geschah. Die Trauer um Jan, vermischt mit Angst, hatte jeden Gedanken an Sex vollkommen aus seinem Kopf verbannt. Doch als er Simone jetzt so hielt, als er ihren Körper spürte, merkte er plötzlich, daß er sie küßte. Die weiche, sanfte Haut auf ihrem Nacken. Der süße Duft ihres Haares. Mit einem tiefen Seufzer drehte sie sich zu ihm um und umarmte ihn. Sein Impuls erschreckte ihn. Er versuchte, sich zurückzuziehen. Sie hielt ihn einfach fester, küßte ihn wieder. Als ihre Zunge sich zwischen seine Lippen schob, spürte Houston eine heiße Flamme durch seinen Körper jagen. Außer seinem Verlangen nach ihr hatte nichts mehr Bedeutung.

Gemeinsam sanken sie langsam auf den Boden. Er nestelte an ihrem Hemd. Er berührte ihre schwellenden Brüste. Er küßte sie. Küßte ihren Bauch. Er war verloren. Seine Leidenschaft war stürmisch, kannte keine Vernunft mehr. Alles andere um ihn herum verschwand: der Himmel, die Luft, die Bäume, die Erde. Alles außer Simone. Er drang in sie ein. Schrie vollkommen hilflos auf. Erst zärtlich, dann wild und ungestüm. Langsam, tief, schnell. Jeder Augenbick verlängerte sich zu einer kleinen Ewigkeit. Ruhig. Schön. Nein! Ja! Seine Seele explodierte, verließ seinen Körper, stieg auf. Höher. Und höher.

Sie stieß ihn nach oben, höher, spannte sich an, erschauerte. »Oh!«

Die kalte Luft erinnerte ihn wieder an den Schweiß auf

seinem Rücken. Er lag dicht neben ihr, umklammerte sie fest, mußte urplötzlich an Jan denken.

»Ich bin nicht ihre Konkurrentin«, sagte Simone.

»Ich kann nichts dagegen machen.«

»Hast du jetzt ein schlechtes Gewissen? Wir haben nichts Schlimmes getan.«

»Nein, es ist nicht deswegen.«

»Warum dann? Was hast du?«

»Es ist, weil sie tot ist und ich noch lebe. Ich habe einfach nicht das Recht, mich so lebendig zu fühlen. Irgendwie ist das nicht richtig.«

Zärtlich berührte Simone seine Lippen.

42

Es herrschte völlige Dunkelheit, als das Lied eines Nachtvogels ihn weckte. Simone lag in seinen Armen. Houston blickte auf den sternenübersäten Himmel hinauf, auf die Mondsichel am Horizont. Hatte er schon zu lange geschlafen? Wie spät war es? Er warf einen hastigen Blick auf seine Uhr. Die Leuchtziffern sagten ihm, daß es dreizehn Minuten nach zehn war. Er ließ sich zurücksinken und – er wollte Simone nicht stören – genoß diese letzten ruhigen Minuten. Hier im Schutz der hohen Felsblöcke, ganz in der Nähe der beruhigenden Schatten des Waldes, verströmten die Tannen einen angenehmen Harzduft. Unter seinem Rücken spürte er den dicht mit Nadeln bedeckten Boden und er mußte wieder an die wunderbaren, süßen Augenblicke denken, als sie sich vor dem Einschlafen geliebt hatten.

Er stieß sie ganz leicht an. Schläfrig öffnete Simone ihre Augen und blinzelte ihn an. Sie lächelte und legte ihre Hand auf seine Wange. »Es wird Zeit«, sagte er.

Sie nickte.

Irgend etwas knackte dort hinten unter den Bäumen. Alarmiert setzte sie sich auf. Angespannt und besorgt blickte sie in die Finsternis.

»Nur ein Tier«, sagte er.

»Woher willst du das wissen?«

»Die Geräusche sind völlig normal. Jemand, der sich durch die Bäume da an uns heranschleichen würde, müßte, gleichgültig wie vorsichtig er sich dabei auch immer anstellen würde, mehr als nur einen Ast zerbrechen.«

Das war eine Lüge. Ein geschickter Jäger, der sich Zeit ließ, konnte sich in der Dunkelheit lautlos an seine Beute anschleichen. Doch er hoffte, daß er sie beruhigt hatte. Davon abgesehen: Falls sie tatsächlich entdeckt worden sein sollten, konnten sie jetzt so oder so nichts mehr daran ändern. Jemand mit einem lichtempfindlichen Infrarot-Zielfernrohr konnte sie mühelos auch in der Dunkelheit erkennen, und sie würden auch nicht die geringste Chance haben, sich zu verteidigen. Er hatte Henris Revolver und zehn Schuß Munition, die er der Leiche abgenommen hatte. Doch die Waffe war nutzlos, solange er kein Ziel hatte. Zwei schnelle, gut gezielte Schüsse konnten sie jetzt sofort töten.

Er durfte sich von solchen Gedanken nicht beunruhigen lassen. Es gab auch wirklich nichts, was er dagegen tun konnte.

»Wir waren vorsichtig und wir haben getan, was wir tun konnten. Das muß einfach reichen. Wir müssen einfach hoffen.« Er umarmte sie fest. Dann sagte er sich, daß er sich jetzt in Bewegung setzen mußte. Daß er sich dem stellen mußte, was er plante.

Sie krochen von den Bäumen zur Kante der steil abfallenden Felswand. Houston band eine Nylonschlinge um einen Baum und befestigte einen Karabinerhaken daran. Dann zog er sein Seil durch den Haken und verknotete die beiden losen Enden.

»Warum machst du das so?« erkundigte sich Simone. »Warum bindest du nicht einfach das Seil um den Baum?«

»Weil wir, nachdem wir erst einmal dort unten sind, das Seil nicht einfach deutlich sichtbar in der Wand hängen lassen können. Natürlich wird es in der Dunkelheit niemand bemerken. Aber was ist, wenn wir bei Tagesanbruch immer noch dort unten sind? Irgendwer muß es dann zwangsläufig entdecken. Unten angekommen werde ich die verknoteten Enden lösen. Dann brauche ich nur noch an einem Seilende zu ziehen. Die andere Seite wird durch den Karabinerhaken rutschen und zu mir herunterfallen. Niemand wird wissen, daß wir über die Wand herabgekommen sind.«

»Wenn wir das Seil direkt um den Baum binden würden, könnte es sich ja außerdem auch an der Rinde verhaken und dort hängenbleiben.«

Er lächelte sie an. »Richtig. Wir würden es niemals herunterbekommen. Du lernst verdammt schnell.« Was er ihr allerdings nicht sagte war, daß das Seil durch die Reibung gegen den Baumstamm unter Umständen auch auffasern könnte, während sie kletterten. Der Karabinerhaken war glatt und damit auch sicherer.

Houston drehte sich wieder zu der Felswand um. Sein Herz begann sofort schneller zu schlagen, als er den Abgrund zu den hellen Lichtern der Burg hinunterblickte. Die Mondsichel in seinem Rücken beunruhigte ihn etwas. Ihr heller Schein und nicht weniger das Funkeln der Sterne. Doch andererseits war er auch wieder sehr zuversichtlich, daß niemand unter ihnen sie bei ihrem Abstieg bemerken würde. Ein schwacher, kühler Wind hatte eingesetzt. Möglicherweise würde sie der Wind etwas behindern, wenn sie in der Wand kletterten. Er hatte Simone gezeigt, was sie tun mußte, doch sie war ungeschickt und übernervös gewesen. Jetzt begann er sich wegen ihr Sorgen zu machen, hoffte, daß er ihr helfen können würde, während sie zusammen den Abstieg machten. Er zog seine Lederhandschuhe an.

Ihre Augen funkelten. Er spürte deutlich ihre panische Angst. »Halte dich immer dicht in meiner Nähe«, sagte er. Er warf das Seil über die Felskante und lauschte auf das zischende Geräusch, das es während des Fallens durch die Dunkelheit machte. Es schlug gegen die Wand. Houston drehte sich um und wollte das zweite Seil ergreifen.

Ihre Hand auf seiner Schulter hielt ihn davon ab. Hatte sie vielleicht wieder irgendein verdächtiges Geräusch gehört? Hatte irgend etwas sie gewarnt? Er drehte sich schnell zu ihr um, wachsam, angespannt... und sah den leidenden Ausdruck in ihren Augen.

»Mach es nicht.«

»Was?«

»Das andere Seil. Kümmere dich nicht darum. Ich kann unmöglich dort hinunterklettern. Ich bin jetzt schon vor Angst wie gelähmt. Ich bleibe hier. Ich warte auf dich, bis du zurückkommst.«

»Was? Allein? Aber du hast nichts zu essen und außerdem bist du hier auch völlig ungeschützt.«

»Ich habe Schokoladenriegel. Und zwei Sandwiches. Ich werde es mir gut einteilen. Der Himmel ist klar. Ich glaube nicht, daß es einen Sturm geben wird.«

»Aber hundertprozentig sicher weißt du das auch nicht. Was ist, wenn es anfängt zu schneien? Oder noch schlimmer... wenn jemand dich findet?«

»Pete, ich werde auf gar keinen Fall an diesem Seil hinunterklettern! Ich kann es nicht! Ich habe Angst! Warum willst du mir nicht zuhören?«

Mehr als daß er es hörte, konnte er ihre Verzweiflung spüren. »Na schön«, sagte er schließlich. »Wir können darüber reden.«

»Nein!« Ihre Stimme klang gequält.

Houston hielt seinen Atem an. Diskutierte diese Frage mit sich selbst. »Okay«, sagte er dann leise.

»Pete, es tut mir leid!«

»Du brauchst dich nicht zu entschuldigen. Ich weiß, daß du es machen würdest, wenn du könntest.«

»Und du bist jetzt auch nicht wütend auf mich?«

»Wie kann ich auf dich wütend sein?«

Houston grinste sie breit an. Sie lehnte sich an ihn. Doch er bemerkte das Zittern in ihren Schultern... und verstand plötzlich, wie dicht sie an den Rand der absoluten Katastrophe geraten waren.

»He, wahrscheinlich werde ich es allein auch viel besser schaffen«, sagte er. »Du wartest einfach hier auf mich, okay? Wenn ich morgen abend noch nicht zurück sein sollte, dann gehst du zu unserem Wohnmobil zurück.«

»Und was dann? Wenn du verletzt bist oder falls sie...«

»Sorg dann dafür, daß die Polizei hierherkommt. Sorg dafür, daß sie nach mir suchen.«

»Ich habe eine entsetzliche Angst, daß ich dich verliere. Bitte, geh nicht da runter. Komm mit mir. Wir gehen zu dem Wohnmobil zurück. Wir werden einfach fliehen, fortlaufen und...«

»Nein«, sagte er einfach nur.

Sie blickten sich tief in die Augen.

»Wir haben uns geliebt«, sagte er. »Ich bedaure das nicht. Aber das ändert auch absolut nichts. Es macht alles nur noch ein wenig komplizierter. Meine Frau ist tot, und ich will und kann nicht einfach so vergessen, was sie mir bedeutet hat. Ich werde den Mann finden, der sie umgebracht hat.«

»Und auch deinen Vater. Und meinen Vater.«

»Und ihn retten. Uns selbst retten. Wir können nicht für immer weglaufen.«

Sie hob ihre Schultern und lächelte. »Ich habe eigentlich auch gar keine andere Antwort erwartet. Geh jetzt.« Ihre Stimme war tonlos. »Bevor ich wirklich ernsthaft versuche, dich aufzuhalten.«

Houston küßte sie. Er trat einen Schritt zurück und machte sich bereit. Dann drehte er sich zur Felswand um. Die Burg weit unter ihm schien irgendwie verzerrt zu sein, weit fort und doch ganz nah. Ihre Lichter schimmerten matt und um ihre Türme lag ein gespenstischer Dunstschleier. Er hatte das Gefühl, als würde er sie von einem anderen, längst vergangenen Jahrhundert aus betrachten.

Wieder drehte er sich um und studierte aufmerksam Simones Gesicht. Vielleicht zum allerletzten Mal. Er prägte sich jeden Zug ihres feinen, zarten Gesichts unauslöschlich ein. In seinem Hals spürte er einen dicken Kloß. Er nahm das Doppelseil zwischen seine Beine, griff hinter sich und zog es um seinen rechten Oberschenkel, legte es dann quer über seine Brust und ließ es über die linke Schulter wieder nach hinten herabhängen. Mit der linken Hand ergriff er das Seilende vor sich, die rechte Hand nahm er hinter seinen Rücken und packte dann den Teil des Seiles, der von seiner Schulter die Felswand herabhing. Indem er das Seil auf diese Weise um sich gewickelt hatte, war er durch sein rechtes Bein und seinen Rücken ausreichend abgesichert. Er betete leise. Er trat dicht an den Rand der Felswand, neigte sich darüber hinaus. Das Blut hämmerte in seinen Schläfen.

Dort, wo das Seil sein Bein und seinen Rücken stützte, schnitt es scharf in sein Fleisch.

Und dann begann er langsam und vorsichtig rückwärts zu gehen. Nach unten.

43

Das Zentrum und die Orientierung seiner Welt hatte sich verändert. Die Sterne standen nicht mehr länger über ihm. Sondern direkt vor ihm. Die Burg lag auch nicht mehr unter ihm, sondern befand sich jetzt in seinem Rücken. Er erlebte die Illusion, als würde er rückwärts über eine horizontale Oberfläche gehen. Doch der scharfe, beißende Druck des Seiles gegen sein Bein und seinen Rücken, zusammen mit dem merkwürdigen Druck in seinem Magen, standen in krassem Widerspruch zu dieser Illusion. Diese körperlichen Gefühle unterstrichen übermäßig, daß er sich auf einer vertikalen und nicht auf einer horizontalen Ebene bewegte. Die gegensätzlichen Signale, die sein Gehirn empfing und die miteinander völlig unvereinbar waren, verursachten eine starke Übelkeit. Vor ihm und doch über ihm blickte Simone vom Rand der Felswand zu ihm hinunter. Doch ihr besorgtes Gesicht wurde stetig kleiner, als er das Seil durch seine Hände gleiten ließ. Dann verschmolz sie schließlich völlig mit der Dunkelheit, und er sah nur noch die verschwommenen, undeutlichen Felsen und dann wieder den sternenübersäten Himmel vor sich.

Er mußte seine Knie gestreckt halten, während er seinen Oberkörper in der Hüfte abknickte. Andernfalls würden seine Beine über seinen Kopf steigen und er würde zwangsläufig abstürzen.

Seine Bewegungen waren wohlüberlegt: langsam, ruhig, gleichmäßig. Er hatte Filme gesehen, in denen Bergsteiger Felswände praktisch herabgestürzt waren. Sie hatten sich abgestoßen, fielen dann an ihrem Seil fünf, sechs Meter tief, und prallten mit abfedernden Beinen wieder auf dem Felsen auf. Aber Stürze oder Sprünge von sechs Metern stellten eine große Belastung für das Seil und auch für dessen Verankerung dar. Man hatte kaum noch eine Möglichkeit, bei einem möglichen Fehler etwas auszugleichen. Und selbst wenn er wirklich versucht gewesen wäre, schneller, aggressiver abzusteigen, in der Dunkelheit der Nacht hätte er es ganz sicher nicht gewagt. Er konnte nicht sehen, was sich unter ihm befand. Also: Langsam und gleichmäßig, sagte Houston sich immer wieder. Sorg dafür, daß du das hier anständig machst.

Trotz seiner robusten Lederhandschuhe spürte er doch die Reibungswärme des Seils. Hitze drang durch das Leder. Er ließ seine Hand langsam das noch unter ihm hängende Seil hinaufwandern. Durch sein Gewicht schnitt sich das Seil tief in seine Schulter, seine Brust und seinen rechten Oberschenkel. Sein Magen flatterte. Er atmete schnell, keuchte, um nur ja nicht die Nerven zu verlieren.

Seine rechte Hand fand schließlich den Knoten, der die beiden Enden des doppeltgelegten Seils zusammenhielt. Das warnte ihn, daß er mit seinem Abstieg aufhören mußte, daß er einen Felsvorsprung finden mußte, einen Platz, wo er stehen konnte. Wenn er noch weiter nach unten glitt, würde er bald kein Seil mehr haben und abstürzen.

Mit der rechten Hand zog er das über die Schulter hängende Seil dicht an seine rechte Seite, um nicht noch weiter abzusteigen. Er preßte seine schweren Profilsohlen gegen den Felsen, suchte so tastend und vorsichtig die zerklüftete Oberfläche nach einem Halt ab. Als er nicht fand, wonach er suchte, drohte ihn die Panik zu überrennen. Das hatte er befürchtet. Er war fest entschlossen gewesen, nicht über die Risiken und Gefahren dieses Abstieges nachzudenken. Wenn er keinen Platz zum Ausruhen fand, dann würde er auch keine Gelegenheit haben, das Seil herunterzuziehen, es neu zu verankern und dann den Abstieg fortzusetzen. Dann war er gezwungen, entweder wieder zurück nach oben zu klettern oder aber in der Wand hängenzubleiben.

Houston stieß sich ab und ließ sich vor der Wand pendeln. Das Seil grub sich noch tiefer in sein Bein und seine Brust, seine Schulter und seinen Rücken ein. Seine Füße tasteten über die rauhe Felsoberfläche. Sein Herz hämmerte hart gegen seinen Brustkorb. Er streckte seine Beine weiter nach unten, suchte. Er beugte sich nach rechts und dann nach links.

Und Houston fand es schließlich... Eine schmale Felsnase, breit genug, um gerade eben darauf stehen zu können. Er schwang sich zur Seite, streckte seine rechte Hand aus, packte einen zerklüfteten Felsvorsprung und zog sie auf die Felsnase. Er ruhte sich aus, schluckte hastig. Schweißtropfen brannten in seinen Augen. Mit einem Ärmel wischte er sich über die nasse Stirn. Dann bemerkte er, daß seine Arme zitterten. Und auch seine Beine.

Denk nicht darüber nach, sagte Houston sich. Denk nicht an die Tiefe unter dir. Sei froh, daß du im Dunkeln nichts sehen kannst.

Mit einer Hand umklammerte er das Seil, während er vorsichtig seinen Rucksack von den Schultern gleiten ließ. Er nahm einen Felsnagel und einen Hammer heraus, suchte sorgfältig die Felsoberfläche ab und fand schließlich einen geeigneten, soliden Spalt. Er verkeilte den Nagel in den Spalt, legte ein Tuch darüber, um die Schlaggeräusche zu dämpfen. Dann holte er aus und schlug mit dem Hammer zu. Bei jedem Schlag zuckte er unwillkürlich zusammen. Trotz des Tuches war deutlich ein metallisches Geräusch zu hören. Irgendwo unter ihm bellte ein Hund. In der Nähe der Burg.

Houston verkrampfte sich. Der Hund hörte auf zu bellen. Trotzdem wartete er weiter ab, starrte durch die Finsternis zur Burg. Doch er konnte keine Wachen entdecken, keinerlei Anzeichen dafür, daß ein Alarm ausgelöst worden war. Der Wind trocknete den Schweiß auf seiner Stirn. Er begann sich wieder zu entspannen. Er überprüfte den Sitz des Nagels, war zufrieden und überzeugt davon, daß er halten würde.

Er verstaute den Hammer und das Tuch wieder in seinem Rucksack, nahm einen Karabinerhaken heraus, ließ ihn durch das Loch des Felsnagels schnippen und zog schließlich seine Handschuhe aus. Mit nackten Händen versuchte er dann den Knoten zu lösen, der die beiden Seilenden zusammenhielt. Der Knoten war stramm zusammengezogen, löste sich nicht. Seine Finger zitterten. Er versuchte es wieder. Seine Lungen brannten, der Atem stach in seiner Kehle. Endlich spürte er, wie sich der Knoten lockerte. Dann waren die Seilenden frei.

Ohne Sicherung balancierte er auf dem schmalen Felsvorsprung. Er zog an einem Seilende und beobachtete, wie das andere Ende langsam nach oben in der Nacht verschwand. Er stellte sich vor, wie das Seil jetzt an Simone vorbeigleiten mußte, dann durch den Haken, den er an der Schlinge um den Baum befestigt hatte. Plötzlich schien das Seil gewichtslos geworden zu sein. Offenbar war es jetzt durch den Haken dort oben gerutscht und fiel die Felswand herunter. Er umklammerte das andere Seilende in seiner Hand so fest er konnte, spürte, wie das Seil hinter seinem Rücken in die Tiefe fiel. Dann riß es ihn mit einem Ruck nach vorn und um ein Haar hätte er sein Gleichgewicht verloren. Er stemmte seine derben Bergsteigerschuhe fest gegen den Fels, stützte sich auf dem schmalen Sims ab. Langsam begann er dann das Seil zu sich heraufzuziehen. Er verknotete die beiden Enden wieder und klinkte es dann in den Karabinerhaken am Felsnagel ein. Jetzt mußte er nur noch seine Handschuhe wieder anziehen, das Seil durch seine Beine fallen lassen, und schon konnte er den Abstieg fortsetzen.

Zufrieden mit sich selbst drückte er sich schließlich wieder ab. Er dachte nicht daran, daß er seine Knie durchgedrückt halten mußte. Und plötzlich wurden seine Beine nach oben gerissen und mit dem Kopf nach unten hing er in der Wand. Atemlos baumelte er an dem Seil, das ihn jetzt behinderte, ihn einengte. Die Schwärze der Nacht verwandelte sich in eine purpurne Röte. Das Blut stieg ihm schnell in den Kopf. Auf seinen Ohren spürte er einen Druck wie beim Tauchen. Die Augen begannen Houston aus dem Kopf zu treten. Seine angeschwollenen Wangen sackten nach unten, drückten auf seine Augenhöhlen. Das Blut hämmerte in seinem Schädel. Der Wind war inzwischen auch stärker geworden, griff nach Houston und scheuerte ihn über die Felswand. Sein Kopf schlug hart gegen einen vorstehenden Felsbrocken und seine Hände wurden kraftloser. Beinahe hätte er das Seil losgelassen. Nein! Wenn er jetzt noch mehr die Balance verlor, wenn seine Füße nach außen wegknickten, dann würde er sich dermaßen in dem Seil verheddern, daß er sich leicht selbst erhängen konnte. Er drehte sich, schabte mit einem Stiefel über die Wand, zog an dem Seil, hangelte sich hoch, um seinen Oberkörper wieder auf eine Höhe mit seinen Füßen zu bringen. Es kostete ihn eine große Anstrengung, seine Stiefel auf der Wand nach unten zu bringen, während er sich gleichzeitig an dem Seil langsam höher zog. Der steigende hohe Blutdruck in seinem Kopf hatte ihn inzwischen an den Rand der Bewußtlosigkeit gebracht. Houston schnappte verzweifelt nach Luft, als würde er ertrinken. Seine Arme fühlten sich taub an. Das Seil hatte die Adern abgedrückt. Doch die Wirkung der gesteigerten Adrenalin-Ausschüttung gab nicht nach. Es brannte durch seinen Körper. Aus Angst entstand Kraft. Er strengte sich ungeheuer an, hob seinen Oberkörper höher und schabte mit seinen Füßen über den Fels. Er zog am Seil. Und urplötzlich war der enorme Druck in seinem Kopf wieder verschwunden. Er konnte wieder frei durchatmen. Seine Wangen drückten auch nicht mehr auf seine Augen. Seine Knie standen wieder senkrecht zur Felswand und waren durchgedrückt. Dann hob Houston seinen Oberkörper noch weiter an und war wieder sicher.

Doch auch jetzt noch zitterte er am ganzen Körper. Die Krämpfe in seinen Armen und Beinen ließen sich nicht unterdrücken.

44

Dreißig Minuten später berührte Houston schließlich erschöpft wieder festen Boden. Innerhalb des Burggeländes brach er dann einfach zusammen. Innerhalb! Er drehte sich um und warf einen flüchtigen Blick auf die hohen Tannen. Sie seufzten leise im Wind. Die Luft war merklich abgekühlt. Er zog sich die zerfetzten Handschuhe aus. Seine Hände hatten Blasen, waren blutig. Mit angeschwollenen Fingern löste er den Knoten, zog an dem Seil und stolperte schwankend ein paar Schritte zurück. Mit einem leisen Zischen kam das Seil herunter, fiel schwer neben ihn auf den

Boden. Houston nahm seinen Rucksack ab, packte das Seil und die Handschuhe ein, holte den Revolver heraus und ließ sich dann müde gegen einen Baumstumpf sinken. Der Revolver in seiner Hand flößte ihm wieder Zuversicht ein. Das glatte, schwere Metall der Waffe beruhigte ihn. Houstons Finger glitten über die Waffe.

Jetzt wurde ihm auch klar, daß er mehr aus Angst als aus Erschöpfung gezittert hatte. Er wußte, daß er sich wieder in Bewegung setzen mußte. Es war schon beinahe Mitternacht. Und er hatte noch viel zu tun. Er durfte seine kostbare Zeit nicht mit Ausruhen verschwenden, konnte es sich nicht leisten, sein Vorhaben noch einmal zu überdenken.

Er stand mühsam wieder auf und zwängte den Rucksack in ein Loch unter dem Baumstumpf, bedeckte ihn dann mit Steinen und abgefallenen Tannennadeln. Er schmierte sich Dreck ins Gesicht, damit seine helle Haut in den Schatten der Nacht unauffälliger wurde und mit ihnen verschmolz. Nervös begann er seinen Weg durch den Wald. Lautlos berührten seine Stiefel den nachgiebigen, federnden Waldboden. Er blinzelte durch die tief herabhängenden Äste und sah die Umrisse der Burg vor sich, sah das Licht hinter den gewaltigen Flügelfenstern.

Seine Angst kühlte ihn ab. Er hatte nicht weiter als bis zu dem Punkt gedacht, wie er die Burg erreichen konnte. Er würde auf Wachtposten und Hunde achten müssen, doch wenn er erst die Außenmauern erreicht hatte, dann konnte er die seilstarken Ranken hinaufklettern, die dort wuchsen. Oben angekommen konnte er versteckt über die Laufgänge durch den gesamten Komplex schleichen und jeden Teil der Burg auskundschaften. Errol Flynn, dachte er. Natürlich, Douglas Fairbanks. Was, zum Teufel, hast du denn nur? Diese Leute wollen dich schließlich umbringen.

Er stand am Saum des Waldes, am Rand der Rasenfläche, die er überqueren mußte, um die Außenwand der Burg zu erreichen. Auf jedem der Burgtürme brannte ein starker Suchscheinwerfer. Wie es aussah, befanden sich keine Männer dort oben. Die Strahlen der Scheinwerfer überschnitten sich nicht. Zwischen zwei Lichtkegeln gab es eine halbwegs im Schatten liegende Stelle. Houston kalkulierte das Risiko.

Aufmerksam suchter er das Gelände nach Hunden ab. Er sah keine... Und sah auch keine Wachtposten.

So schnell er konnte lief er auf eine etwa hüfthohe Hecke zu, die ein Quadrat bildete und in dessen Mitte Gartenmöbel standen. Er hastete an der Hecke vorbei, blieb nur einen Moment stehen, um Luft zu holen. Wieder suchten seine Augen das Gelände ab. Er lief weiter. Sein Herz hämmerte wie verrückt. Vor den Stufen eines Gartenhäuschens kauerte er sich zusammen. Vorsichtig sah er durch die Spaliere auf den Schatten zwischen den Lichtkegeln der beiden Suchscheinwerfer. Trotz des Windes war die Nacht vollkommen still. Er hörte sein eigenes, scharfes Atmen. Von seinem augenblicklichen Standort auf der Rückseite der Burg sah er die Stallungen auf seiner Linken, eine siebentürige Garage und die nackten Steinmauern des Wachhauses.

Ehe ihm richtig bewußt wurde, was er tat, begann er schon zu laufen. Jetzt oder nie! Nirgendwo eine Wache, die ihn sehen konnte. Kein Hund in der Nähe, der seine Witterung aufnehmen konnte. Schon in einer Minute konnte alles völlig anders sein. Soweit er wußte, würden die Wachen schon sehr bald um die Ecke kommen, diese Seite der Burg kontrollieren und dann weitergehen. Das gesamte Gelände wurde nach einem konstanten, gründlichen Muster überwacht. Houston zwang sich weiter. Die Anstrengung ließ seinen Blick verschleiern. Suchscheinwerfer bedrohten ihn auf jeder Seite. Er umging ihr Licht. Fieberhaft raste er weiter auf die Burgmauer zu, und noch während er sich hastig umdrehte, um sich zu vergewissern, daß niemand ihn bemerkt hatte, stopfte er sich den Revolver in den Hosenbund und ergriff die starken Stiele der Kletterpflanzen an der Außenmauer. Die Rinde fühlte sich trocken an, doch die Pflanze hatte sich gut auf der Mauer verankert, hatte sich mit anderen zu einem dichten Geflecht verwoben, das ihn tragen würde. Er keilte eine Stiefelspitze in das Pflanzennetz, zog sich ein Stück hinauf. Und kletterte nach oben. Eine halbe Minute später hatte er es schon fast geschafft.

Ein Geräusch weit unter ihm ließ ihn plötzlich mitten in der Bewegung gefrieren. Es waren barsche, geknurrte Stimmen und das Klicken von Metall. Bewegungslos und in panischem Entsetzen hing er da. Als er vorsichtig nach unten starrte, sah er zwei Wachen am Fuß der Mauer. Einer der Männer steckte sich eben eine Zigarette an, und im flackernden Schein eines Feuerzeugs konnte Pete sehen, wie der andere Mann ein Gewehr von seiner Schulter nahm. Dann entdeckte er auch den Deutschen Schäferhund und schlagartig hörte er auf zu atmen.

Obschon sich die Wachen unmittelbar unter ihm befanden, hatten sie ihn offenbar noch nicht bemerkt. Dafür aber der Hund. Der Köter schnüffelte im Gras herum, an der Mauer, an den Kletterpflanzen. Das Tier spannte sich, winselte leise, drehte sich jetzt zu der offenen Rasenfläche und zu der aufdringlichen Fährte eines Fremden um. Nein! dachte Houston und blickte auf das kurze Stück hinauf, das ihm noch bis zum Ende der Mauer fehlte. Er hörte, wie sich die beiden Männer unter ihm unterhielten.

Die Ranken, die er mit seinen Händen umklammerte, begannen sich langsam von der Mauer zu lösen. Er mußte jetzt weiter, andernfalls würde er in wenigen Augenblicken den Halt verlieren und abrutschen. Und er würde direkt auf den beiden Wachen landen. Und dann würde der Hund sich auf ihn stürzen und seine Kehle zerfetzen. Vorsichtig hob er eine Hand und fand einen neuen, besseren Halt. Die Pflanze ächzte unter seinem Gewicht. Und jetzt begann der Hund auch noch zu bellen. Gut. Dadurch würden sie die Geräusche, die er bei seinem weiteren Aufstieg machen würde, nicht hören können. Er befürchtete, daß das Tier jetzt dort unten vor der Mauer stand und zu ihm hinaufbellte, doch er wagte es nicht nach unten zu sehen, um sich zu vergewissern. Er kletterte einfach nur weiter – eine Hand nach der anderen – und spannte sich schon für die Kugel an, die durch seinen Rücken schlagen und seinen Brustkorb zerreißen würde.

Seine zitternde Hand griff ins Leere. Er war oben angekommen! Er hatte es geschafft! Er schlang seine Arme hastig um die Mauerkante und zog sich vorsichtig auf die Brüstung.

Er lauschte auf den Hund. Einer der Männer fuhr den Hund scharf an und schlagartig verstummte das Bellen. Er wartete. Vorsichtig hob er seinen Kopf und riskierte einen kurzen Blick nach unten. Die Wachen gingen jetzt wieder. Der Hund führte sie. Sie überquerten den im Schatten liegenden Raum zwischen den Lichtkegeln der beiden Suchscheinwerfer und näherten sich den Stufen in das Gartenhäuschen. Dort zögerten die beiden Männer einen Augenblick, sahen den Hund stirnrunzelnd an und rissen einmal kurz und scharf an seiner Leine. Der Hund weigerte sich weiterzugehen. Sie zerrten energischer an der Leine und setzten dann ihren normalen Kontrollgang fort.

Houston leckte sich über seine aufgesprungenen, kalten Lippen. Der Erleichterung, daß sie ihn nicht entdeckt hatten, folgte die tiefe Depression, die erschöpfende Nachwirkung der nackten Angst. Der Adrenalinspiegel in seinem Blut sank wieder. Houston fühlte sich müde, erschöpft und lethargisch.

Er kauerte sich auf dem Laufgang im Schatten zusammen. In früheren Zeiten hatten genau hier oben die Bogenschützen der Burg gestanden und auf das offene Gelände unter ihm hinausgeschaut und ihre Armbrüste auf die Belagerer gerichtet. In der Brüstung befanden sich Scharten, durch die die Schützen ihre Pfeile abgeschossen hatten.

Der Wind heulte um den undeutlichen, schwarzen Umriß des Turmes auf seiner Rechten. Keine Wache trat aus seinem Schatten heraus und verstellte Houston den Weg. Nichtsdestoweniger zog er den Revolver. Der Geruch des Waffenöls stieg ihm in die Nase, als er den Sicherungshebel langsam zurückschob. Er blickte auf den Burghof im Zentrum der Burg herab. Verlassen lag er im taghellen Licht starker Scheinwerfer. Direkt vor Houston, weit unten, versperrte ein massives Holztor den Zugang zu diesem Hof.

Er kroch an den Rand des Laufgangs und blickte auf einen weiteren Gang unter sich herab. Dieser zweite Gang ragte etwas weiter über den Hof hinaus, und wieder ein Stück tiefer erkannte er noch einen dritten Laufgang. Diese Anordnung erinnerte ihn an eine riesige Treppe, die schließlich im Hof den Boden erreichte. Die Laufgänge waren so breit, daß Houston annahm, daß sie die Dächer verschiedener Ebenen der Burg waren.

Doch trotz des äußeren Anscheins von Ordnung, den sie vermittelten, hatte Houston das Gefühl, daß sich darunter Labyrinthe von Gängen, Fluren und Korridoren verbargen. Er wußte, daß er im Inneren der Burg ziellos herumirren konnte, hoffnungslos die Orientierung verlieren mußte, bis sie ihn am Ende entdecken würden.

Nein, so darfst du nicht denken. Los, beweg dich.

Lautlos lief Houston zu dem Turm hinüber und entdeckte in den Stein gehauene Stufen. Er suchte die unregelmäßige Silhouette der Burg ab. Mißtrauisch beäugte er das, was aus diesem neuen Blickwinkel eine überwältigende Größe ausstrahlte. Die Steinblöcke der Wände waren größer als er selbst. Durch mit Markisen überdachte Fenster konnte er in Räume hineinsehen, die dreimal so hoch wie normale Zimmer waren. Die wenigen, aus denen das Licht von Kronleuchtern und Kaminfeuern fiel, zogen sein Interesse auf sich. Er versuchte zu erkennen, was in diesen Räumen war.

Die beleuchteten Zimmer befanden sich auf seiner rechten Seite im Erdgeschoß, von wo er über einen niedrigeren Laufgang gekrochen war. Plötzlich verharrte er. In der weit rechts liegenden Halle, hinter einem riesigen Bogenfenster – eines von den wenigen ohne trübe Glasscheiben – sah er einen Mann wütend gestikulieren. Ganz offensichtlich wies er einen anderen, unsichtbaren Mann zurecht. Der Mann war an die sechzig Jahre alt, trug eine dunkelblaue Jacke, einen hellblauen Pullover und dunkelgraue Hosen. Er hatte kurzes, gepflegtes blondes Haar und ein markantes Gesicht mit harten Augen. Doch Houston konnte nicht erkennen, wer sich außerdem noch in dem Raum aufhielt. Er veränderte seine Position, legte sich flach gepreßt auf den Steinboden und konnte so tiefer in den Raum hineinblicken.

Jetzt erkannte er zwei weitere Männer, deren Gesichter allerdings immer noch verborgen blieben. Einer von ihnen trug einen braunen Anzug mit Weste, der andere einfach nur eine Hose und ein weißes Hemd, dessen oberste drei Knöpfe aufstanden. Houston sah eine dichte Brustbehaarung und ein Medaillon, das an einer goldenen Kette baumelte.

Diese beiden Männer standen steif und angespannt dort.

Mit energischen Gesten antwortete der eine Mann auf das, was der erste gesagt hatte. Houston wünschte sich, auch etwas von ihrer Unterhaltung mitanhören zu können. Er kroch noch ein Stückchen dichter heran. Und atmete unwillkürlich scharf ein. Denn aus diesem neuen Blickwinkel, von dem aus er weitere Teile des Raumes einsehen konnte, hatte er einen guten Blick auf Monsard. Was er sah, ließ schlagartig Übelkeit in ihm aufsteigen.

Der alte Mann kauerte zusammengesunken in einem tiefen Ohrensessel. Er sah mitleiderregend, eingefallen und verängstigt aus... Er wirkte älter als beim letztenmal, als Houston ihn gesehen hatte. Auf seinem Gesicht waren deutlich Prellungen und Schürfwunden zu sehen. Seine Kleider waren zerknittert und blutverschmiert.

Sie hatten ihn geschlagen. Noch etwas, für das sie bezahlen würden! dachte Houston. Eiskalte Wut begann wieder in ihm aufzusteigen. Er umklammerte den Revolver etwas fester, grimmiger in seiner Hand. Ich werde...

Plötzlich verkrampfte er sich. Zwei Wachen tauchten in dem Raum auf. Sie postierten sich links und rechts von Monsard und rissen ihn brutal auf die Füße. Monsard schien zu protestieren. Die Angst entstellte sein Gesicht.

Houston fühlte sich entsetzlich hilflos. Seine Wut war sinnlos. Er beobachtete, wie die beiden Wachen Monsard nach hinten zerrten, sah, wie sie mit ihm den Raum verließen.

Er mußte unbedingt in die Burg hineinkommen... um Monsard zu retten, um ihn zu Simone zu bringen... und um Antworten auf seine Fragen zu erhalten, um den alten Mann dazu zu bringen ihm zu erzählen, was, zum Teufel, hier eigentlich gespielt wurde!

Das drängende Bedürfnis endlich zu handeln ließ ihn beben. Noch als er sich für den Eingang am anderen Ende des Laufganges entschied, stellte er sich die Treppe vor, über die er nach unten laufen würde, um die beiden Wachen zu überwältigen. Er wußte noch nicht, wie er das anstellen sollte. Alles, was er in diesem Augenblick dafür sehr wohl wußte, war, daß er es einfach tun mußte!

Noch bevor er das Gebäude betreten konnte, wurde Houston aufgehalten. Unter ihm, auf seiner Rechten, flog mit einem lauten Krachen eine Tür auf. Er hörte gedämpfte, wütende Befehle. Das Geräusch schwerer Stiefel auf Stein und ein schleifendes, schleppendes Geräusch, ein leises Winseln.

Vorsichtig warf er einen Blick über den Rand des Laufganges. Das Licht der Scheinwerfer war grell. Er sah, wie die beiden Wachen Monsard brutal über den Burghof schleppten. Sie waren gewaltig und riesig, und der alte Mann wirkte so entsetzlich klein und zerbrechlich zwischen ihnen. Houston versuchte zu erkennen, durch welche Tür sie den Hof wieder verlassen würden. Er würde ihnen folgen. Er würde...

Blendendes, grelles Licht flammte plötzlich aus allen Richtungen um ihn herum auf. Die Strahlen zahlloser Scheinwerfer trafen sich genau auf ihm. Die Nacht war schlagartig zum Tag geworden. Der Laufgang war die Bühne und er war der Hauptdarsteller. Er fühlte sich in den harten, unbarmherzigen Strahlen völlig nackt und ungeschützt. Er konnte nichts mehr sehen. Er hob seine Hände, um seine Augen gegen das Licht abzuschirmen. Sein Körper verspannte sich. Seine Muskeln zogen sich krampfhaft zusammen. Von beiden Seiten kamen Wachen auf ihn zugerannt. Mit erhobenen Gewehren und grimmig entschlossenen Gesichtern. Auf dem Laufgang über ihm tauchten weitere bewaffnete Männer auf.

Während Houston schutzlos, gelähmt in dem plötzlichen, grellen Licht kauerte, dröhnte eine tiefe, vollklingende Männerstimme aus versteckt angebrachten Lautsprechern um ihn herum.

»Herzlich willkommen, Mr. Houston. Wir haben Sie bereits erwartet.«

Fünfter Teil

45

Er sprang.

Er hatte nicht vor zu sterben oder sich die Zeit zu nehmen, seine Chancen zu berechnen oder zu dem Ergebnis zu gelangen, daß es jedes Risiko wert war, wenn die Alternative nur seine Gefangennahme bedeutete. Während die Scheinwerfer ihn anstrahlten, während seine brennenden Augen schmerzend auf die Gewehre starrten, die auf ihn gerichtet waren, reagierte er aus purem Reflex heraus.

Er hatte nach rechts gesehen. Jetzt drehte er sich zum Rand des Laufgangs – und sprang aus Verzweiflung. Der Wind jagte an seinem Gesicht vorbei. Sein Magen drehte sich um. Das Kopfsteinpflaster des Burghofs kam mit Lichtgeschwindigkeit auf ihn zugeschossen. Houston fiel auf eine der Markisen zu, die er zuvor gesehen hatte.

Er schlug mit der Schulter auf den dunkelbraunen Leinenstoff. Hart und abrupt wurde sein Fall gebremst. Die Luft verließ explosionsartig seine Lungen. Er prallte zurück, schlug wieder auf die Markise auf und rollte die leichte Neigung hinunter. Auf groteske Weise suchten seine Hände verzweifelt nach irgendeinem Halt. Seine Füße rutschten über den Rand der Markise. Er umklammerte den Saum des Stoffes. Der Revolver in seiner Hand behinderte ihn. Seine Beine zappelten hilflos in der Luft und er verlor endgültig den Halt. Mit einem atemberaubenden Schlag prallte er auf das Kopfsteinpflaster des Hofs.

Ein jäher, alle Sinne betäubender Schmerz durchzuckte ihn. Schwerfällig zwang er seine Arme und Beine, sich zu bewegen. Mit unbeholfenen, unkoordinierten Bewegungen kroch er auf seine Knie. Während er noch benommen im Rhythmus des Schwindels in seinem Kopf hin- und herschwankte, klärte sich sein Sehvermögen wieder, und er sah zwei Wachen auf dem Burghof. Sie ließen Monsard los und stürzten auf ihn zu. Die Gesichter über ihren hochgerissenen Revolvern waren leichenblaß. In seiner Benommenheit klangen die schweren Schritte ihrer Stiefel für Houston wie Donner.

Obschon sein Körper schwankte, weigerten sich seine Arme einfach, sich zu bewegen. Sein eigener Revolver schien unendlich groß und schwer zu sein. Mit all seiner Kraft hob er ihn und langsam, ganz langsam begann sein Arm auf seinen Willen zu reagieren. Er hatte das Gefühl, als würde er es morgen geschafft haben, ihn ganz zu heben. Er versuchte zu zielen. Dann erinnerte er sich daran, daß er nicht gespannt hatte. Er stöhnte. Der erste Mann hatte ihn jetzt erreicht. Völlig hilflos beobachtete Houston, wie der Mann seinen Stiefel hob und nach ihm trat. Er machte diese Bewegung mit einer schier unglaublichen Geschwindigkeit. Die Stahlkappe der Stiefelspitze krachte gegen sein Handgelenk. Doch Houstons Körper schmerzte bereits überall so sehr, daß er diesen einen Schlag kaum noch spürte. Er nahm nur wahr, wie sich sein Arm bewegte und wie seine Finger sich lockerten. Dann beobachtete er, auf eine perverse Weise von dem Geschehen fasziniert, wie der Revolver seine Hand verließ, durch die Luft geschleudert wurde und schließlich auf dem Pflaster aufschlug.

Als er sein Handgelenk umklammerte, hörte er die hastigen Schritte weiterer heranstürmender Männer. Sie liefen die Treppen in den Hof hinunter, um zu ihm zu kommen. Männer brüllten, atmeten schwer. Die Schulterriemen von Gewehren schlugen gegen laufende Beine. Als sie sich ihm näherten, meinte Houston zu spüren, wie die Luft um ihn herum durch den Druck ihrer Körper verdichtet wurde. Dann hörte er, wie der Riegel der Tür unter der Markise unmittelbar vor ihm zurückgeschoben wurde. Die Tür wurde aufgerissen und schlug gegen die Wand.

Vor seinen Augen begann wieder alles zu verschwimmen. Er hatte nicht einmal mehr die Kraft, seine Augen zu heben. Er schielte auf das Kopfsteinpflaster vor der Schwelle der Tür und sah nur das glänzende Schwarz von Lacklederschuhen, von teuren Abendschuhen, das langsam auf ihn zukam. Dann blieben die Schuhe stehen. So dicht vor ihm, daß er sie hätte berühren können, wenn er es gewollt hätte.

Langsam, unendlich langsam hob Houston seine Augen. Eine schwarze, konservativ geschnittene Hose, eine schwarze Smokingjacke, eine schwarze Fliege. Der Mann war an die sechzig Jahre alt: groß und gepflegt und attraktiv; volle Lippen, dunkle, funkelnde Augen, kräftige Wangen, dunkles Haar, das von einer gutgeformten Stirn gerade nach hinten gekämmt worden war; eine Haut, die so braun war, daß man sie bronze nennen konnte. Pete blinzelte respektvoll.

»Das war wirklich sehr dumm von Ihnen, Mr. Houston«, sagte der Mann.

»Was hätten *Sie* an meiner Stelle denn getan?« Houstons zornige Worte kamen nur gedämpft heraus. So als würde er durch einen Knebel sprechen.

Ein nachdenklicher Augenblick. Ein achselzuckendes Kompliment. Amüsierte Augen. »Vermutlich nichts anderes.«

Jetzt erkannte Houston die Stimme. Das war die Stimme, die ihn über Lautsprecher begrüßt hatte, kurz bevor er gesprungen war.

»Aber nichtsdestoweniger sehr töricht. Haben Sie sich verletzt?« fuhr der Mann fort.

Houston gab ihm keine Antwort.

»Sie kommen spät«, sagte der Mann. »Wir hatten schon früher mit Ihnen gerechnet.«

»Was? Sie haben mich erwartet?«

»Natürlich. Aber bitte, Sie können unmöglich weiter hier auf dem Boden herumkriechen. Helft ihm hoch!«

Zwei Wachen rissen Houston auf die Beine. Er schwankte.

»Haltet ihn fest!« Der Mann betrachtete Houston nachdenklich. »Ja. Sie werden doch sicher nicht allen Ernstes denken, daß Sie diesen Ort ohne meine Hilfe gefunden hätten.«

»Ich habe es geschafft.«

»Bitte, gut. Sie haben wirklich bemerkenswerte Fähigkeiten an den Tag gelegt. Aber gelegentlich ist Ihnen auch geholfen worden. Denken Sie doch nur an die Telefonate, die Sie nach Paris, London und New York geführt haben. Ich begann mich schon zu fragen, ob sie wirklich nützlich waren. Ich habe vermutet, daß Sie möglicherweise erkannten, wie leicht ich es Ihnen gemacht habe. All die vielen kleinen Hinweise und Spuren, die man für Sie ausgelegt hat.«

»Was sagen Sie da? Ich bin bewußt hierhergeführt worden? Diese drei Leute wußten, aus welchen Grund ich sie angerufen hatte?«

»Nein, nicht direkt. Aber sie hatten ihre Anweisungen. Auch wenn sie den eigentlichen Sinn nicht kannten, taten sie doch, was notwendig war.«

»Warum?«

»Weil Sie sich zu gut versteckt haben. Sie sind etwas zu schnell geflohen. Schließlich bin ich zu der Überzeugung gelangt, daß ich Sie niemals finden würde. Also habe ich den Spieß einfach umgedreht. Ich hielt es für erheblich einfacher, wenn Sie statt dessen mich finden würden. Und wie Sie ja jetzt selbst sehen können, habe ich recht gehabt.« Er schwieg. Und lächelte.

In Houston stieg wieder eiskalte Wut auf. Er sprang auf den Mann zu, wollte ihm dieses süffisante Grinsen aus dem Gesicht schlagen.

Die beiden Wachen rissen ihm brutal seine Arme auf den Rücken.

Der Mann schien von Houstons Angriffsversuch gar nichts bemerkt zu haben. »Aber eigentlich hatte ich ja gehofft, Sie würden uns noch einen anderen Gast mitbringen. Die Einladung galt für Sie beide. Aber... ich kann Simone nirgends sehen. Wo ist sie?«

Houston zitterte. Er spürte, daß Monsard ganz in der Nähe war und sich jetzt durch die Wachen heranschob.

»Simone?« fragte der alte Mann ihn beunruhigt. »Ist sie bei Ihnen?«

»Ich bin doch nicht blöd!«

»Aber ist sie vielleicht in der Nähe?« fragte der Mann in dem Smoking.

»Wohl kaum. Aber sie weiß, daß ich hier bin. Und falls ich nicht zu ihr zurückkehre, wird sie zur Polizei gehen.«

Der Mann lachte leise in sich hinein. »Ach, wirklich? Wird sie das?«

Houston schrie ihn an. »Wer, verdammt noch mal... Sind Sie mein Vater?«

Doch der Mann lachte nur noch lauter. »Du meine Güte! Mr. Houston, nein! Obschon, ich glaube, Sie haben schon von mir gehört. Pierre de St. Laurent.«

46

Die Augen des Mannes blitzten. Houston zuckte zusammen. Nach seiner langen Suche hatte er also schließlich doch noch Erfolg gehabt. Doch er empfand keinerlei Triumph, keinerlei Befriedigung. Er war nur angeekelt.

Plötzlich fiel ihm etwas ein. Er drehte sich schnell zu Monsard um. Er spürte ein Prickeln in seinem Nacken. »Sie haben doch gerade Englisch gesprochen?«

»*Qu'est-ce que c'est?*«

»Gerade eben. Sie haben mich doch gefragt, ob Simone bei mir wäre. Sie haben Englisch gesprochen?«

Doch der alte Mann hob nur fragend seine Augenbrauen und zuckte verwirrt mit den Achseln. »*Je ne comprends pas.*«

»Sie lügen!«

Der alte Mann runzelte verwirrt seine Stirn. Hilflos starrte er St. Laurent an.

Doch diese Sache schien St. Laurent nur noch mehr zu amüsieren. »Jacques, es sieht ganz so aus, als hätte er es herausgefunden.«

Monsard spannte sich an. Dann nickte er langsam. »Ja, es ist wahr«, sagte er.

»Simone?«

»Sie weiß es nicht. Im Dorf spreche ich niemals englisch. Es ist schon so viele Jahre her... Der Krieg war vorbei... Es hat sich so ergeben, daß ich damals Ihre Sprache lernte.«

»Aber warum verbergen Sie das?«

»Um keine Aufmerksamkeit zu erregen. Um ein einfacher Franzose vom Land zu bleiben. Außerdem hatte ich so genügend Zeit um nachzudenken, während Simone bei unseren Unterhaltungen übersetzte. Ihre Probleme mit unserer Sprache halfen mir auch, Sie zu verwirren.«

»Was denn? Ich bin von Anfang an bewußt in die Irre geführt worden?«

Der alte Mann nickte.

Houston sah das Gesicht des alten Mannes aufmerksam an. Und dann erkannte er einen weiteren Trick, eine weitere Lüge. »Ihre Verletzungen.« Monsard berührte sein angeschwollenes, zerschundenes Gesicht. »Alles falsch. Nichts als Schminke. Sie sind gar nicht geschlagen worden!« Im hellen Licht der Scheinwerfer sah Houston jetzt deutlich, daß die Prellungen und Verletzungen Monsards nichts als Theaterschminke waren.

»Ja. Ein bißchen theatralisch, da gebe ich Ihnen recht. Aber auch sehr wirkungsvoll«, sagte St. Laurent. »Haben Sie sich übrigens gut unterhalten? Wir haben den Raum so hell es eben ging beleuchtet. Die verschiedenen Akteure in diesem kleinen Stück haben sich so postiert, daß Sie sie durch das Fenster von außen sehen konnten. Wir haben mit der Maske einige Zeit herumexperimentiert. Wenn wir sie nicht sehr dick geschminkt hätten, dann hätten Sie sie vom Laufgang aus niemals sehen können.«

»Ich verstehe nicht.«

»Wie soll ich es nennen? Ein Lockmittel. Schließlich konnten wir es ja unmöglich zulassen, daß Sie einfach so hier frei herumspazierten. Und wenn wir die Falle zu früh hätten zuschnappen lassen, wären Sie uns möglicherweise doch noch irgendwie entkommen. Doch auf diese Weise, als wir Sie genau dort hatten, wo wir Sie auch haben wollten...« Er klatschte sich in die Hände.

»Dann befinden Sie sich gar nicht in Gefahr?« fragte Houston Monsard.

Der alte Mann schüttelte seinen Kopf.

»Er befindet sich in ernstzunehmender Ungnade, möchte man vielleicht eher sagen«, erläuterte St. Laurent. »Aber zumindest für den Augenblick nicht in Gefahr. Es war sehr dumm von ihm, uns anzurufen, hierhergerannt zu kommen und uns mit wirklich absurden Forderungen in bezug auf seine Tochter zu belästigen. Doch als ich mir dann das ganze leidige Problem noch einmal gründlich durch den Kopf gehen ließ, ist mir klargeworden, daß er uns ungewollt wirklich einen großen Dienst erwiesen hat. In der Jagdhütte sind Sie uns entkommen. Wir wußten nicht, wo Sie sich anschließend versteckt hielten. Doch Sie besitzen auf der anderen Seite auch einen sehr konsistenten Charakter. Sie sind fest entschlossen. Und so war ich mir vollkommen sicher, daß Sie die Jagd nach uns fortsetzen würden, so wie wir Sie ebenfalls weiter jagen würden. Die Telefonate, die unser Freund Monsard geführt hatte. Ich war mir ganz sicher, daß Sie uns schließlich mit Hilfe dieser Anrufe finden würden.«

»Aber Sie hatten doch vorhin erst die Möglichkeit, mich einfach umbringen lassen zu können. Warum nehmen Sie mich statt dessen gefangen?«

»Weil ich Sie brauche. Und auch Simone. Ich würde mir wirklich sehr wünschen, daß Sie mir jetzt verraten, wo sie im Augenblick steckt.«

»Sie *brauchen* uns? Sobald Sie uns beide in Ihrer Gewalt haben, sind wir doch erledigt!«

»Ach, dieses Mißtrauen!« St. Laurent schnalzte mit der Zunge. »Sie sind doch sicherlich sehr müde und abgespannt. Sie benötigen dringend etwas Ruhe und Erholung. Und natürlich etwas zu essen.«

»Was?«

St. Laurent ging an Houston vorbei. Die Wachen stießen Houston roh in den Rücken, zwangen ihn, dem anderen Mann zu folgen. Das grelle Scheinwerferlicht glänzte auf dem Kopfsteinpflaster. Houston sah, wie St. Laurent durch eine weitere große Tür das Gebäude betrat. Er erkannte das hellerleuchtete Fenster unmittelbar neben dieser Tür wieder: Es war dasjenige, das er vom Laufgang aus beobachtet hatte – der gewaltige offene Kamin, der Kronleuchter, die Wandtäfelung, die schweren, massigen Möbel.

Er wurde weitergestoßen. Er hatte keinen Einfluß auf die gegenwärtige Situation. Es ging durch die Tür und dann einen Korridor mit gewölbter Decke entlang. Die frische Nachtluft wurde von einer unangenehmen Feuchtigkeit verdrängt. Zur Linken ein weiterer Korridor, dessen Wände aus lackiertem Holz bestanden. Dann eine kunstvolle, handgeschnitzte Tür. Eine saubere und fein ausgeführte Arbeit. St. Laurent blieb stehen, warf über seine Schulter einen kurzen, ironischen Blick auf Houston zurück. Dann drehte er den Türknopf.

Flankiert von den beiden bewaffneten Männern, betrat Houston zögernd den Raum. Er war nervös, fühlte sich steif. Der ganze Körper tat ihm weh. Hinter sich hörte er Monsard hereinkommen. Einer der Wächter verließ den Raum und der zweite Mann schloß hinter ihm die Tür. Dann drehte er sich wieder um. Die Waffe schußbereit in der Hand.

Etwas verwirrt schaute Houston sich in dem Raum um. Er war freundlich, prachtvoll, einfach großartig. Wenn da nicht das elektrische Licht gewesen wäre, wäre Houston sofort bereit gewesen zu schwören, daß er durch ein Loch in der Zeit in die Vergangenheit gestolpert wäre. Dort in der Ecke eine Ritterrüstung, über dem Kaminsims hing ein Wappen, auf einer Wand überkreuzte Schwerter. *Das Rolandslied.* Tristan, Lanzelot und Elenore von Aquitanien. Der Glanz und die Pracht des mittelalterlichen Frankreich spiegelte sich in diesem großen Zimmer wieder.

Houston war sprachlos.

Doch dann fiel sein Blick wieder auf St. Laurent, der ihn entwaffnend anlächelte. »Kaffee?« fragte St. Laurent. »Oder vielleicht lieber ein Likör? Einen Cognac?«

Houston mußte sich zusammenreißen, um nicht einfach mit offenem Mund staunend dazustehen. Seine volle Aufmerksamkeit war jetzt auf drei Männer gerichtet, die vor einem polierten Tisch in der anderen Ecke des Raumes standen. Einen dieser Männer hatte er bereits ganz vom Laufgang aus gesehen. Er war an die sechzig Jahre alt, hatte rotblonde Haare, wirkte gepflegt und vornehm. Er trug einen hellblauen Pullover und eine marineblaue Jacke. Doch die beiden anderen Männer hatte er nur zum Teil gesehen. Der Mann mit dem braunen Anzug und der Weste: Auch er mußte etwa sechzig Jahre alt sein, hatte dünnes Haar, tiefliegende Augen, wirkte hager und verhärmt. Der Mann unmittelbar neben ihm, der mit dem weit aufgeknöpften Hemd und dem Medaillon auf der behaarten Brust, war erheblich jünger – vielleicht dreißig –, hatte stechende Augen, unbarmherzige, harte Lippen und sah ansonsten unverschämt gut aus.

»Aber ich vergesse ja ganz meine guten Manieren«, sagte St. Laurent zu Houston. »Lassen Sie mich die Herren vorstellen. Mich kennen Sie als Francois LeBlanc. Natürlich. Und diese drei Gentlemen hier sind Jules Fontaine aus London...«

Fontaine – der mit dem blauen Pullover und dem Blazer – hob seinen halbvollen Cognacschwenker zum Gruß.

»Aus New York haben wir Paul Dassin...«

Der hagere Mann nickte steif.

»Und sein Sohn Charles«, sagte St. Laurent.

Weißes Hemd und Medaillon. Absolut keinerlei Reaktion. Hochmütig und unnahbar.

»Aber wie Sie natürlich schon längst wissen, hatten wir früher einmal andere Namen.«

»Mein Vater«, sagte Houston stockend. Er war angespannt, aufgeregt. »Wer von Ihnen ist es?« Sein zorniger Blick wanderte von St. Laurent zu den anderen Männern. »Wer?«

Jules Fontaine? Der Mann blickte ihn über den Rand seines Glases hinweg an.

Paul Dassin? Der Mann stand einfach unbeweglich und steif da.

»Sagen Sie es mir!«

»Ich bin es«, sagte Paul Dassin schließlich. Unter seinen tiefliegenden Augen hatte er dunkle Ringe. Seine Antwort kam sehr zögernd, widerwillig, war kaum lauter als ein leises Flüstern. Er räusperte sich, als hätte er sich verschluckt.

Erst nachdem er schon drei Schritte weit gegangen war, registrierte Houston überhaupt, daß er sich tatsächlich bewegt hatte. Dann blieb er völlig überwältigt stehen und starrte den fremden Mann mit weit aufgerissenen Augen an. Houston fixierte den Mann, studierte ihn aufmerksam. War dieser blaße, kränklich aussehende Mann der Geist aus all seinen Kinderträumen? War dies tatsächlich der Mann, den er früher in seinen Träumen bewundert und den zu hassen er nun gelernt hatte? Ein ausgemergelter, magerer, zerbrechlicher, alter Mann, mit dem man eher Mitleid haben als daß man wütend auf ihn sein konnte? Zart, empfindlich, mitleiderregend?

Dann trübten sich seine Augen und die Beine gaben unter ihm nach. Houston taumelte zu einem Stuhl.

Doch erreichte ihn nie. Er brach zusammen.

47

»Können Sie mich wieder verstehen?« fragte St. Laurent.

Houston roch den scharfen Alkohol in dem Cognacschwenker, der ihm an den Mund bedrückt wurde. Er zitterte, nickte leicht, griff nach dem Glas. Sein Rücken tat ihm weh. Jede Bewegung verursachte starke Schmerzen, doch er war dermaßen eingeschüchtert und verängstigt, daß er trotz seiner Verletzungen nicht völllig benommen war. Ganz im Gegenteil. Er fühlte sich angespannt, erregt, extrem wachsam und aufmerksam.

»Ausgezeichnet. Dann fahren wir also mit dem geschäftlichen Teil fort. Ich werde ganz offen zu Ihnen sein«, sagte St. Laurent zu Houston. »Vollkommen offen und ehrlich.«

»Ich wüßte nicht, wozu das gut sein sollte.«

Die Stimme klang eindringlich, ungehalten. Überrascht zuckte Houston leicht zusammen und drehte sich abrupt zu dem Mann um, der seinen Einwand erhoben hatte. Es war sein Halbbruder Charles, dessen Medaillon auf seiner Brust bebte. »Ich bin nicht damit einverstanden. Wir sollten ihm nichts sagen. Es ist einfach zu riskant. Ich sage: Tötet ihn und damit fertig.«

»Ja, wir kennen deine Meinung«, erwiderte St. Laurent. »Das hast du uns jetzt schon mehrmals gesagt. Du hast ja tatsächlich auch schon mehrfach versucht, ihn umzubringen. Und du warst nicht sonderlich erfolgreich damit.«

»Dieses Mal wird nichts schiefgehen.«

»Sie haben also meine Frau umgebracht?« fragte Houston.

Charles warf ihm einen kurzen, unverschämten Blick zu.

»Sie waren das?« Während Houston sein Glas abstellte und sich von seinem Stuhl erhob, wurde seine Stimme lauter. »Sie haben den Lastwagen gefahren?«

»Natürlich nicht!«

»Aber Sie haben den Befehl dazu gegeben! Sie sind der Mann, der sie umgebracht hat!«

Vorsichtig schlich Houston durch den Raum. Blanker, brennender Haß verzehrte ihn. Sein Gang war steif. Er setzte einen Fuß fest auf den Boden, dann den anderen. Seine Hände waren zu Fäusten geballt und hingen an seinen Seiten. Er sah nur noch Charles. Nichts anderes schien mehr zu existieren.

Er hob seine Fäuste. Charles stolperte zurück, um ihm auszuweichen.

»Mr. Houston!« sagte St. Laurent scharf.

Houston ging einen weiteren Schritt.

»Ich kann das nicht zulassen«, beharrte St. Laurent.

Charles trat hinter einen Tisch, umkreiste ihn, während er Houston auswich. Houston machte einen weiteren Schritt und spürte, wie er von unnachgiebigen, kraftvollen Händen zurückgehalten wurde.

Ein Leibwächter drückte auf die Nervenknoten hinter Petes Ohren. Der Schmerz war vollkommen, verschluckte jede andere Wahrnehmung, zwang ihn schlagartig in die Knie. Er wandt sich auf dem Boden, war dermaßen hilflos, daß er nicht einmal mehr stöhnen konnte. Und so schnell wie der Schmerz gekommen war, so schnell war er auch wieder verschwunden. Die Wache trat einen Schritt zurück. Pete schnappte nach Luft und rieb seinen malträtierten Nacken. Er sank zusammen.

»Versuchen Sie meine Geduld nicht zu mißbrauchen«, warnte St. Laurent Houston. »Sie sind als Gast hier. Bitte benehmen Sie sich auch wie ein Gast.«

Pete nickte, massierte seinen pochenden Nacken.

Charles stand immer noch hinter dem Tisch und starrte ihn mit finsterer Miene an. »Da, jetzt seht ihr es ja selbst. Der Mann ist doch labil. Wir wären dumm, wenn wir ihm vertrauen würden.«

»Wir haben uns bereits entschieden. Halte dich daran.«

»Aber...«

»Nein! Störe jetzt nicht weiter!« Es war Houstons Vater, der sich nun einmischte. Seit er seine Identität gestanden hatte, hatte der Mann nichts mehr gesagt. Während des ganzen Streites hatte er sich nicht gerührt. Doch jetzt übernahm er das Kommando. Trotz seines abgespannten, verhärmten Gesichts und Körpers strahlte er Selbstvertrauen und Sicherheit aus, als er in die Mitte des Raums ging. »Wir sind hier zusammengekommen, um diese Angelegenheit ein für allemal aus der Welt zu schaffen. Und ich spreche sowohl für Jacques wie auch mich selbst, wenn ich auf einer angemessenen Lösung dieses Problems bestehe.«

»Mich interessiert einzig und allein die Sicherheit meiner Tochter«, sagte Monsard. »Ich will ihr Leben schützen.« Er zitterte, zog an den falschen Prellungen und Schürfwunden auf seinem Gesicht. Die Maske schälte sich in Streifen grotesk weichen Gummis von seiner Haut. Houston bemerkte den besorgten Ausdruck in seinen Augen.

»Er hat recht«, stimmte nun auch Fontaine zu. Er griff in sein Jacket und nahm ein silbernes Zigarettenetui heraus. »All diese Streitereien führen doch zu nichts.« Fontaine steckte sich eine Zigarette an. »Fahre jetzt bitte, wie wir es vereinbart hatten, fort«, sagte er zu St. Laurent, drehte sich dann zu Houston um und half ihm vom Boden hoch. »Hier. Nehmen Sie die Zigarette. Setzen Sie sich wieder auf Ihren Stuhl und hören Sie genau zu. Es geht um Ihre Zukunft.«

Houston nahm einen tiefen Zug von der Zigarette, genau das, was er in diesem Augenblick auch unbedingt brauchte. Dann kehrte er zu seinem Stuhl zurück. Er blickte Charles nicht mehr an, obschon er deutlich spürte, wie dieser ihn wütend anfunkelte.

»Sind alle einverstanden?« fragte St. Laurent.

Niemand sagte etwas. Pete konnte die Spannung im Raum förmlich spüren.

»Gut. Mr. Houston, Sie schreiben Geschichten. Ich werde Ihnen jetzt eine Geschichte erzählen. Damals, neunzehnvierundvierzig, war ich Doppelagent für die Deutschen.«

»Das geben Sie also zu?«

»Nun, wir erreichen nichts damit, wenn ich Sie anlüge. Ich möchte, daß Sie von meiner guten Absicht überzeugt sind.«

Houston starrte den Mann wegen seiner Offenheit groß an.

»Ich habe ihnen Informationen gegen die Alliierten geliefert. Dafür haben die Deutschen mich mit Gold bezahlt. Aus solchen noch recht bescheidenen Anfängen entstehen große Pläne. Mir wurde klar, daß sie mich niemals mit Gold bezahlen würden, wenn sie nur eine recht kleine Menge davon besaßen. Also mußte es irgendwo sehr viel Gold geben. Die Deutschen befanden sich damals auf dem Rückzug und rafften dabei gierig alles, was irgendeinen Wert besaß, an sich. Sie mußten geheime Schätze gehortet haben, dachte ich mir. Schätze von einem unglaublichen Ausmaß und Wert. Das Kunststück bestand nun also nur noch darin, wie ich ihnen diese Schätze abnehmen konnte.«

Houston saß kerzengerade. Er beugte sich leicht vor. »Das steckt also hinter dem ganzen Theater? Sie haben einen Schatz von den...«

»Warten Sie doch bitte ab. Greifen Sie meiner Geschichte nicht vor. Sie ist erheblich komplizierter als Sie annehmen. Ich habe das Gold nicht gestohlen. Brauchte es auch gar nicht. Man hat es mir gegeben.«

Houston runzelte seine Stirn.

»Der deutsche General stand vor einem ernsten Dilemma«, fuhr St. Laurent fort. »Er war fest davon überzeugt, daß der Krieg bald zu Ende sein würde... daß Deutschland ihn verlieren würde. Hitler war völlig verrückt geworden. Er weigerte sich starrsinnig, das Offensichtliche klar zu sehen. Er rief all seine Armeen zurück und plante eine letzte heroische Schlacht, die die Alliierten vom deutschen Staatsgebiet fernhalten würde. Das Vaterland war bankrott. Doch mit den Schätzen, die seine auf dem Rückzug befindlichen Armeen mitbrachten, würden neue Offensiven finanziert werden können.«

»Das ist doch der reinste Wahnsinn.«

»Ja, zu diesem Ergebnis kam auch der deutsche General. Es war einfach sinnlos, noch weiter zu leiden. Eine grausame Verschwendung. Das Gold, für das so viele gute Männer bereits hatten sterben müssen, würde nur dazu vergeudet werden, daß noch mehr Männer starben. Und ohne jeden vernünftigen Grund. Aber mit Hitlers Ansichten nicht übereinzustimmen, bedeutete automatisch auch das Risiko eingehen zu müssen, hingerichtet zu werden. Aber abgesehen davon hatte der General auch noch erfahren, daß Hitler den Mut und die Tapferkeit seiner zurückkehrenden Offiziere absolut nicht honorierte. Statt dessen wurden sie für ihr tatsächliches oder vermeintliches Versagen auch noch bestraft. Es hatte absolut keinen Sinn, in das Vaterland zurückzugehen. Der General hatte erfahren, daß die beiden Söhne im Kampf gefallen waren, und daß seine Frau aus Kummer und Trauer Selbstmord begangen hatte. Was für eine Zukunft hatte er also in Deutschland zu erwarten? Seinen Offizieren vertraute er nicht genug, um sie um Hilfe zu bitten. Er brauchte einen Mann, der keinerlei Prinzipien besaß. Natürlich ließ er mich kommen. ›Gold im Wert von zehn Millionen Dollar‹, sagte er. ›Alles für Sie. Wenn Sie mir helfen zu desertieren, ohne daß ich dabei allerdings in alliierte Kriegsgefangenschaft gerate.‹ Also Südamerika, wo er, mit seinem eigenen Anteil an dem Gold, gut und in Wohlstand leben konnte.«

»Und Sie waren damit einverstanden?«

»Das größte Problem an der Sache war die Männer zu finden, die mir halfen. Meinen eigenen Landsleuten habe ich nicht vertraut. Sie waren zu große Patrioten, zu selbstlos. Doch ich habe die Amerikaner aufmerksam beobachtet und schließlich fand ich einen Trupp, dem ich glaubte, vertrauen zu können. Es waren durch die Bank junge Soldaten, denen die zahllosen Schlachten, die sie bereits hinter sich hatten, eine schreckliche Angst eingejagt hatten und die nur darauf brannten, so schnell wie möglich zu desertieren. Nur, daß sie eben keinerlei Zukunft als Deserteure haben würden. Es war einiges an Überzeugungsarbeit notwendig. Ich hatte Argumente im Wert von mehreren Millionen Dollar.«

»Der Gedanke an all dieses viele Geld«, schaltete sich Fontaine ein. »Ein Vermögen größer als ich es mir je erträumen konnte oder jemals zu sehen bekommen würde. Sie wissen nicht, wie es damals war. Es hatte ununterbrochen nur Kämpfe und Schlachten gegeben. D-Day. Die Landung auf dem Strand, und dann die... Kein Mensch hat mir vorher gesagt, daß ich dermaßen große Angst haben würde.«

Houston bemerkte, daß sein Vater nichts sagte. »Und wie ging es dann weiter?« fragte er St. Laurent.

»Ich habe dem General gesagt, daß die Amerikaner schon sehr bald angreifen würden. Er hat seine Soldaten an die Front geschickt. Einschließlich der Männer, die zur Bewachung des Goldes abgestellt waren. Das war eine durchaus logische Entscheidung von dem Mann. Denn wer sollte denn schon das Gold stehlen, während draußen ein feindlicher Angriff tobte?«

»Sie haben sich das Durcheinander und die unklare Lage während der Schlacht zunutze gemacht«, sagte Houston. »Neun alliierte Soldaten schlichen sich im Kampfgetümmel heimlich fort. Die Deutschen, die auf einen mächtigen Angriffskeil aus einer bestimmten Richtung warteten, waren nicht auf einen so kleinen Einbruch durch ihre Linien und noch dazu aus der entgegengesetzten Richtung vorbereitet.«

»Ja. Und ganz besonders auch deshalb nicht, weil diese spezielle Flanke ihrer Front gar nicht bewacht wurde. Dafür sorgte der General. Er hat bei den Lastwagen mit dem Gold auf uns gewartet.«

»Und dann haben Sie einfach die Lastwagen genommen und sind geflohen?«

»Exakt. Wir hatten Glück. Wir waren dreist und unverfroren. Und wir waren reich.«

»Aber ein Problem gab es doch. Frankreich befand sich im Krieg. Sie hatten keine Möglichkeit, das Land mit dem Gold zu verlassen. Es war einfach zuviel, und außerdem müssen die Deutschen doch schon sehr bald Jagd auf Sie gemacht haben.«

»Aber nicht, bevor wir das Gold sicher versteckt hatten. Wir fuhren die Lastwagen fünfzehn Kilometer von der Stelle fort, an der wir das Gold vergraben hatten. Dann haben wir die Lastwagen angezündet und sind geflohen. Mit unseren Uniformen war es überhaupt kein Problem, über die amerikanischen Linien zu kommen.«

»Der General...«

»...sah natürlich wie einer von unseren Leuten aus. Es

dauerte dann einen ganzen Monat, und wir mußten uns wirklich einiges einfallen lassen. Aber schließlich sind wir nach Südamerika gekommen. Wir warteten ab. Als der Krieg dann vorbei war, wollten auch andere Deutsche vor der neuen Besatzungsmacht fliehen. Ich will damit nicht sagen, daß wir etwa Irren und Fanatikern die Flucht ermöglicht haben. Aber viele Generale der Wehrmacht waren ein bißchen zu eifrig gewesen, sich bei Hitler einzuschmeicheln und sein Lob zu bekommen. Sie befürchteten, daß sie ebenfalls in Nürnberg als Kriegsverbrecher vor Gericht gestellt werden würden. Also haben wir ihr Verschwinden arrangiert, ihre sichere Reise nach Südamerika. Und für unsere Dienste haben sie uns sehr gut bezahlt.«

»Aber neunzehnhundertfünfzig sind Sie dann nach Frankreich zurückgekehrt.«

»Er weiß es!« sagte Fontaine erschrocken.

»Er soll es erzählen.«

»Ja, zu dieser Zeit sind Sie dann an Monsard herangetreten«, sagte Pete. »Sie haben sich das ausgedacht, während Sie sich im Exil versteckt hielten. Sie brauchten neue Identitäten. Sie wollten Frankreich zu Ihrer Basis machen, weil ja dort schließlich auch das Gold versteckt war. Früher war Monsard Ihr bester Freund gewesen. Er war völlig mittellos. Sie haben ihn mit dem Hotel bestochen. Daraufhin arbeitete er sich durch die Einwohnerregister im Rathaus von St. Laurent, fand die geeigneten Identitäten, und ging das Risiko ein, Ihnen neue Geburtsurkunden und die entsprechenden Pässe zu besorgen. Anschließend steckte er das Rathaus an, damit niemand später entdecken konnte, daß Ihre Namen lange verstorbenen Kindern gehörten.«

»Sie sind wirklich sehr einfallsreich.«

»Was war mit dem Priester?«

»Oh, einen Augenblick lang wurde ich von Zweifeln geplagt. Ich ging zur Beichte. Ich gebe zu, daß mich der reinste Aberglauben dazu getrieben hat, aber ich war jung und ich hatte Angst. Ich erzählte ihm alles, verließ mich auf sein Schweigegelübde als katholischer Priester und hoffte, daß ich wenigstens um mein Seelenheil verhandeln konnte, falls alles andere schiefgehen sollte.«

»Sie haben sich damit einem anständigen und ehrlichen Mann ausgeliefert.«

»Ich wußte, daß er niemals reden würde.«

»Und trotzdem haben Sie ihn umbringen lassen.«

»Nein, das stimmt nicht. Das war Ihr Bruder.«

»Aber warum?«

»Fragen Sie ihn doch selbst.«

»Der Priester wurde schwach«, sagte Charles. »Früher oder später hätte er geredet.«

»Und du bist in letzter Zeit ziemlich nervös geworden«, meinte St. Laurent zu Charles. »Du machst mich damit ebenfalls nervös. Wenn ich gewußt hätte, was du wirklich vorhattest...«

»Irgend jemand muß eure Schnitzer doch wieder ausbügeln.« Die beiden Männer starrten sich gegenseitig hart an.

»Charon«, sagte Houston.

Abrupt drehten sich die Köpfe der beiden wieder zu ihm.

»Charon«, wiederholte Houston trocken.

»Das ist ein kleines Wortspiel, das wir der klassischen Mythologie entliehen haben. Charon ist der Fährmann der Unterwelt. Man bezahlt ihn. Er transportiert einen. Und genau das haben wir für die Deutschen auch getan. Charon war unser Codename. Wir haben ihn dann als einen alles umfassenden Ausdruck beibehalten, der Verlaine und noch ein gutes Dutzend weiterer Firmengruppen in ebenso vielen verschiedenen Ländern umfaßte. Indem wir die Verfahrensweisen und Kanäle weiterbenutzten, die wir errichtet hatten, um die Deutschen aus Europa herauszuschmuggeln, konnten wir uns in dem etablieren, was wir selbst gerne als Import-Export-Geschäft bezeichnen.«

»Heroin?« fragte Houston und mußte wieder an das denken, was Bellay ihm erzählt hatte.

»Reden wir nicht über Einzelheiten.«

»Waffen?«

»Bitte, keine weiteren Fragen mehr. Sie besitzen jetzt ausreichende Informationen, um sich ein Angebot durch den Kopf gehen zu lassen, das wir Ihnen gerne machen möchten.« St. Laurent sah ihn fest an. »Kommen Sie zu uns.«

Houston erbleichte. Er hatte sich schon gefragt, auf was

St. Laurent hinauswollte, warum diese Unterhaltung überhaupt stattfand, warum er alles erklärte. Er war mit diesen Überlegungen zu keinem Ergebnis gelangt, doch bei all den verschiedenen Möglichkeiten, die ihm durch den Kopf gegangen waren, hatte er auch nicht eine Sekunde an einen solchen Vorschlag gedacht. Darauf war er nicht vorbereitet. Seine Gedanken überschlugen sich. »Ich soll zu Ihnen kommen?«

»Schauen Sie sich in diesem Raum um. Wie Sie ja bereits wissen, waren außer mir neun Amerikaner an dieser Sache beteiligt. Nach siebenunddreißig Jahren sehen Sie jetzt den traurigen Rest der ursprünglichen Gruppe vor sich. Unfälle, Krankheit, Selbstmord. Der Tod hat unsere Freunde einen nach dem anderen geholt. Natürlich haben wir Verantwortung und Vollmacht delegiert. An den Spitzen unserer verschiedenen Unternehmen stehen sehr befähigte Männer, doch deren Machtbefugnisse sind sehr eng begrenzt. Eine Hand weiß nicht, was die andere tut. Nur *wir* allein besitzen den vollständigen Überblick über sämtliche Geschäfte. Wir allein wissen, wie Charon funktioniert. Uns verbindet ein gemeinsames Band. Das Geheimnis, wie wir angefangen haben. Hartnäckig haben wir unsere Macht behauptet, trotz dem, was der Tod unserer Gruppe angetan hat. Doch nun droht ausgerechnet die Meinungsverschiedenheit, die Ihre Aktivität unter uns ausgelöst hat, uns am Ende doch noch zu zerstören. Mein lieber alter Freund Monsard hier macht sich um seine Tochter mehr Sorgen und Gedanken als um Charon. Er glaubt, wir würden eine ernsthafte Bedrohung für ihn darstellen. Und dann ist da natürlich auch noch Ihr Vater. Auch wenn er Sie niemals gekannt hat, ist er dennoch mit Ihnen verwandt. Und er empfindet Ihnen gegenüber eine gewisse Verpflichtung. Zwar in geringerem Ausmaß als Monsard, aber nichtsdestoweniger eine Verpflichtung. Wenn wir Sie einfach töten würden, dann würde er darüber nachdenken, darüber ins Grübeln geraten, und am Ende würde er uns dieses Vorgehen übelnehmen.«

Houston drehte sich zu seinem Vater um, musterte aufmerksam diese dunkel umrandeten, verzweifelten Augen.

»Das Bild mag vielleicht ein wenig zu plastisch sein«, fuhr

St. Laurent fort. »Aber wir benötigen verzweifelt neues, frisches Blut. Und ich kann mir kaum einen fähigeren, geeigneteren Mann als denjenigen vorstellen, der unser Geheimnis gelüftet hat. Die Frage ist nur: Können Sie das Geheimnis auch *bewahren*? Können Sie *schweigen*? Falls Sie unseren Vorschlag annehmen sollten, würden Sie uns gewiß nicht nur die neue Kraft verleihen, die wir unbedingt benötigen. Gleichzeitig würden Sie mit einer solchen Entscheidung auch die Meinungsverschiedenheiten in unserer Gruppe beenden. Wir würden wieder in der alten Harmonie zusammenarbeiten können, die so viele Jahre zwischen uns bestanden hat.«

»Abgesehen von Charles.«

»Er weiß sehr gut, was das Beste für uns ist. Er versteht es. Er wird sich fügen.«

»Aber warum sollte *ich* mich fügen?«

St. Laurent lachte. »Ich sollte eigentlich meinen, unser Angebot mit all seinen Implikationen würde für sich sprechen. Es ist durchaus verlockend. Wenn Sie nicht einverstanden sind, werden wir Sie töten. Und natürlich auch Simone. Ungeachtet der Verbitterung, die eine solche Maßnahme in unsere kleine Gruppe bringen würde. Denken Sie an Simone. Falls Sie auch nur einen Funken Zuneigung zu ihr verspüren sollten, dann treffen Sie Ihre Entscheidung, indem Sie das immer mitbedenken. Und denken Sie nicht zuletzt auch an den Reichtum, den ich Ihnen anbiete.«

»Keine Summe, und wäre sie noch so hoch...«

»...könnte den Verlust Ihrer Frau aufwiegen. Ja. Natürlich nicht. Ich beabsichtige auch gar nicht, Sie zu beleidigen. Aber ich bitte Sie sehr wohl darum, pragmatisch zu denken. Wir haben ein Problem. Sagen Sie uns, wie wir es lösen sollen.«

»Es gibt da nur einen kleinen Schönheitsfehler.«

»Ach, wirklich?«

»Falls ich tatsächlich bei Ihnen mitmachen sollte, wie können Sie sich dann jemals wirklich sicher genug sein, daß Sie mir vertrauen können? Ich werde ein ständiger Quell der Besorgnis sein. Eine ständige Bedrohung.«

St. Laurent schüttelte seinen Kopf. »Wenn es wirklich einen kleinen Schönheitsfehler geben sollte, Mr. Houston, dann haben Sie ihn zumindest noch nicht gefunden. Nachdem Sie Ihre Frau verloren haben, werden Sie doch wohl kaum einen zweiten schweren Verlust sehenden Auges riskieren wollen. Wenn Sie uns betrügen und verraten sollten, werden wir Simone umbringen. Wenn Simone uns betrügt oder verrät, dann werden wir Sie töten. Das würde uns zwar auch nicht mehr retten, aber wenn schon nichts anderes: Rache ist süß! Ich verstehe schon, Sie fragen sich jetzt sicher, wie wir aus dem Gefängnis heraus noch an Sie herankommen wollen. Aber das ist ganz einfach. Durch einen Vertrag. Geld, das sich im Besitz einer Person befindet, die Sie nie kennengelernt haben. Und diese Ihnen unbekannte Person wird damit einen Mörder bezahlen. Sie sind schon einmal um Ihr Leben gelaufen. Sie wissen, was Angst und Verzweiflung ist. Ganz sicher möchten Sie so etwas nicht noch einmal erleben. Weder für Simone noch für sich selbst.« Der Wind fuhr heulend um die Fenster. »So. Wir haben diese Frage jetzt lange und ausgiebig genug diskutiert.«

»Ich muß mit meinem Vater darüber sprechen«, sagte Houston. St. Laurent hielt die Luft an. Houstons Vater erstarrte, sein Gesicht wurde noch eine Nuance blasser. »Nur wir beide. Allein«, sagte Houston. »Es gibt verschiedene Dinge, die ich einfach wissen muß.«

In Charles Stimme lag nackte Verachtung. »Ein Familientreffen. Nein, das ist ja richtig rührend.«

Houstons Vater blickte Charles an. »Er ist auch mit dir verwandt!«

»Ja, durch einen lächerlichen Zufall der Geburt«, sagte Charles. »Aber ich erkenne diese Verwandtschaft nicht an. Ich werde mich der Entscheidung der Gruppe beugen. Aber ich werde auf gar keinen Fall so tun, als würde mir diese Entscheidung gefallen.«

»Du hast keinen Grund, eifersüchtig zu sein.«

»Wohl kaum, Vater. Aber ich schäme mich für dich. Und ich bin zutiefst angewidert. Da er nun einmal das Produkt deines Fehlers ist, solltest du dich auch um ihn kümmern.« Charles reckte seine Schultern. Verächtlich durchquerte er den Raum und riß die Türe auf. Er warf noch einen kurzen, geringschätzigen Blick auf Houston und trat auf den Korridor hinaus. Und stieß beinahe mit einem Wachtposten zusammen, der gerade eilig in den Raum hineinkommen wollte.

»Was ist denn?« fragte St. Laurent den Mann stirnrunzelnd.

Als der Mann gerade antworten wollte, bemerkte er Houston, unterbrach sich und deutete mit einer knappen Kopfbewegung zum Flur.

»Bitte, entschuldigen Sie mich«, sagte St. Laurent noch zu Houston, als er bereits ging. »Ja, sprechen Sie ruhig alles mit Ihrem Vater durch.« Er bemühte sich, so beiläufig und zwanglos wie möglich zu klingen. »Sie drei.«

»Was?«

»Sie, Ihr Vater... und eine Wache.«

48

Der Wind war kalt. Houston schritt mit seinem Vater den Hof auf und ab, während sie von einem Posten auf der Brüstung scharf im Auge behalten wurden. Er hatte das bestimmte Gefühl, daß sie auch noch von anderen Augenpaaren aus versteckten Beobachtungspunkten verfolgt wurden, doch das kümmerte Houston nicht. Er fühlte sich, als wäre er beides gleichzeitig: Der verlassene, kleine Junge, dessen Traum schließlich doch noch Wirklichkeit geworden war, und der betrogene Erwachsene, dessen schlimmste Alpträume wahr geworden waren.

Er blickte zur Mondsichel hinauf. Er dachte am Simone und daran, daß sie sich wahrscheinlich große Sorgen machte, während sie oben auf dem Felsvorsprung auf ihn wartete. Er sah das grelle Licht der Flutlichtscheinwerfer, das auf dem glatten Kopfsteinpflaster reflektiert wurde. Dann kniff Houston seine Augen zusammen, drehte sich zur Seite, um seinen Vater zur Rede zu stellen. »*Warum?*«

Sein Vater beobachtete ihn eingehend. »Ich weiß nicht, was sie über mich erzählt hat.«

»Du warst wunderbar.«

Sein Vater zuckte die Achseln. »Wir sind nicht miteinander ausgekommen.«

Der Hof schien sich unter Houstons Füßen zu neigen. »Du lügst! Bis zu ihrem Tod hat sie immer wieder behauptet, dich zu lieben!«

Houstons Vater starrte ihn an. »Du meinst, sie ist... Carol ist *tot*?«

Ein großer Eisblock sank in Houstons Bauch.

»Wann?« fragte sein Vater.

»Vor zwei Monaten, Herzinfarkt.«

»Aber sie war doch erst achtundfünfzig!«

»Ach, du kannst dich noch an ihr Alter erinnern?«

»Natürlich. Ich mußte sehr oft an sie denken. Ich habe mich oft gefragt, wie sie wohl leben mochte, wie *du* warst. Was ihr, du und deine Mutter, wohl getan habt.«

»Aber du hast doch gesagt, du wärst nicht mit ihr ausgekommen?«

»Das heißt aber nicht, daß ich sie nicht trotzdem geliebt habe.«

»Das verstehe ich nicht!«

»Das ist eine ganz besondere Art von Schmerz«, sagte sein Vater leise. »Wenn man jemanden liebt und ganz genau weiß, daß diese Liebe nicht erwidert wird. Es wäre zutreffender gewesen, wenn ich gesagt hätte, daß sie nicht mit *mir* zurechtgekommen ist. Du warst so etwas wie ein Unfall.«

Houston wurde bleich.

»Du hast es nicht gewußt?« fragte sein Vater erstaunt.

»Ich dachte, ihr hättet mich haben wollen.«

»Bitte, du mußt das verstehen. Damals, als deine Mutter und ich jung waren, war Sex noch nicht die zwanglose, unkomplizierte Angelegenheit, die es heute geworden ist. Verhütungsmittel waren nicht üblich. Ich hatte Freunde, die so etwas benutzten, aber entweder war ich dafür nicht selbstsicher oder nicht zynisch genug. Doch deine Mutter und ich kamen darin überein, daß wir noch warten wollten. Eines Nachts wurden wir dann trotzdem von unserer Leidenschaft überwältigt. Dieses eine Mal. Nur dieses einzige Mal.

Und du warst die Konsequenz aus dieser Nacht. An Abtreibung war zu der damaligen Zeit einfach nicht zu denken. Es war weder moralisch noch rechtlich vorstellbar. Die wenigen Leute, die illegale Abtreibungen durchführten, konnten leicht Engelmacher oder Schlächter sein. Wir hatten vorgehabt zu heiraten, wenn ich erst mit der Schule fertig war. Statt dessen wurden wir bereits einen Monat, nachdem Carol erfahren hatte, daß sie schwanger war, verheiratet. Ich für meinen Teil liebte deine Mutter so sehr, daß unsere frühzeitige Ehe für mich ein echtes Privileg war. Ich war glücklich. Doch deine Mutter war erheblich sensibler für den Skandal, für die hochgezogenen Augenbrauen von Freunden und Nachbarn und ihrer Eltern. Sie hatte sich immer eine ganz bestimmte Art von Leben für sich vorgestellt, und plötzlich, wie aus heiterem Himmel, hatte sie ein ganz anderes Leben bekommen: Weniger angemessen, weniger angesehen. Sie gab allein mir die Schuld daran, daß sie schwanger geworden war. Und schließlich haßte sie mich dafür.«

»Und warum hat sie dann immer nur mit soviel Liebe von dir erzählt?«

»Um die traurige Wahrheit zu verbergen. Sie hätte dich auch Verbitterung lehren können. Sie hätte es erreichen können, daß du mich haßt. Doch statt dessen hat sie sich dafür entschieden, dir die Liebe zu lehren, deine Abstammung gut und anständig erscheinen zu lassen.«

»Aber ich habe sie auch mehrmals gefragt, warum sie nie wieder einen anderen Mann geheiratet hat. Sie sagte mir, daß kein anderer Mann vor der Erinnerung an dich bestehen könnte, nachdem sie den Besten gekannt hatte. Wie könnte sie jemals mit jemand Schlechterem glücklich und zufrieden sein? fragte sie mich.«

»Sie haßte den Sex. Sie hat gelogen, um ihre tiefe Verbitterung zu verbergen.«

Houston spürte ein eiskaltes Loch in seinem Bauch.

»Carol wollte sich wieder scheiden lassen. Aber damals war selbst das ein großer Skandal. Dann wurde ich zum Militär eingezogen, und wir einigten uns darauf, daß ich nach Kriegsende nicht mehr zu euch zurückkehren würde. Die Trennung ersparte ihr den Skandal. Ich nehme an, daß ich damals mit dem Einberufungsausschuß hätte reden können, wenn ich ihnen gesagt hätte, daß ich bald Vater werden würde. Doch die Kriegslage verschlechterte sich. Sie brauchten dringend jeden Soldaten, den sie bekommen konnten. Letzten Endes begann ich auch daran zu zweifeln, ob ich mit einem solchen Zurückstellungsantrag überhaupt durchkommen würde. Deine Mutter vermittelte mir ein dermaßen starkes Gefühl der Minderwertigkeit, der völligen Wertlosigkeit, daß ich mich schließlich widerspruchslos einziehen ließ. Ich habe ihr geschrieben, doch deine Mutter hat nicht einmal auf einen meiner Briefe geantwortet. Falls ich den Krieg überleben sollte, hoffte ich, daß ich sie doch noch davon überzeugen könnte, alles anders zu sehen. Doch tief in meinem Innersten wußte ich, daß sie sich niemals ändern würde. Als St. Laurent mit seinem Angebot an mich herantrat, fühlte ich mich dermaßen entmutigt und leer, daß ich die Chance mit beiden Händen ergiff, die er mir bot. Verstehst du, ich hatte nichts mehr zu verlieren! Ich bildete mir ein, daß es mir vielleicht doch noch gelingen würde, sie zu überzeugen, wenn ich plötzlich als reicher Mann zu ihr zurückkehrte.«

»Hast du später versucht, dich mit uns in Verbindung zu setzen?«

»Nein, ich konnte es nicht. Erst viel später wurde mir bewußt, daß ich mich mit meiner eigenen Logik hereingelegt hatte. St. Laurent bestand darauf, daß wir uns versteckt hielten. ›Nur ein Fehler‹, sagte er damals zu uns, ›nur ein Schritt zurück in unsere früheren Leben, nur eine Nachricht an diejenigen, die wir einmal gut kannten, und wir werden alle ins Gefängnis wandern. Das Militär wird unsere Angehörigen und Verwandten ständig überwachen.‹ Er schwor damals, denjenigen eigenhändig umzubringen, der jemals reden würde. Von dem Augenblick an, als wir desertiert waren, waren wir auch gezwungen glasklar zu erkennen, daß das, was wir einmal gewesen waren, unwiderbringlich tot war. Unsere früheren Leben existierten nicht mehr. Du kannst es mir schon glauben, ich stand mehr als einmal kurz davor, alles zu riskieren und aufs Spiel zu setzen, nur um zu versuchen, mit Carol Verbindung aufzunehmen. Dann habe ich mich gefragt, ob sie ein solches Risiko wert war... Eine Frau, die sich wiederholt alle Mühe gegeben hatte, mich spüren, mich wissen zu lassen, wie sehr sie mich verachtete und haßte. Am Ende war ich dann ein Feigling.«

»Sie hat einen Brief erhalten.«

»Ja. Von St. Laurent. Er hat jedem unserer Angehörigen einen solchen Brief geschickt. Das war ein Zugeständnis an uns. Das Militär würde unsere Angehörigen natürlich davon unterrichtet haben, daß wir als vermißt galten. Aber wir wollten nicht, daß sie auf uns warteten, daß sie womöglich hofften, wir würden noch leben. Und diese Briefe würden sie davon überzeugen, daß wir tatsächlich tot waren.«

»Angenommen, jemand wäre mit diesem Brief zum Kriegsministerium gegangen. Was dann?«

»Was hätte das schon groß für einen Schaden anrichten können? Die Militärbürokratie würde doch niemals beweisen können, daß dieser Brief eine Fälschung war. St. Laurent zum Beispiel war ja verschwunden... Er würde nie irgendwelche Fragen beantworten können. Außerdem, du darfst nicht vergessen, daß im Chaos des Kriegs immer wieder Versehen passieren, immer wieder Fehler gemacht werden. Das Kriegsministerium hätte also wahrscheinlich angenommen, daß ihre Unterlagen eben falsch gewesen waren – diese Soldaten wurden nicht vermißt, sie waren gefallen, tot. Wie sollte es sonst Gräber geben, um die sich St. Laurent kümmerte? Das Kriegsministerium würde sich dann bei den Angehörigen dafür entschuldigen und sich anschließend wieder wichtigeren Dingen zugewendet haben.«

»Mutter hat an die Echtheit dieses Briefes geglaubt.«

»Ja, weil es ihr ausgezeichnet gelegen kam. Keine Scheidung. Keine Trennung. Statt dessen die Würde, eine Witwe zu sein. Sie *wollte* auch glauben, daß ich tot war.«

»Und du hast wieder geheiratet.« Houstons Stimme klang bitter und hart.

»Eine gute Frau. Aber ich habe sie niemals so geliebt, wie ich deine Mutter geliebt habe. Nun ja, die Jahre vergehen. Irgendwann ist ein einsamer Mann dann auch mit einem Kompromiß einverstanden. Ich habe immer in der Angst gelebt, irgendwann doch noch erwischt zu werden. Ich habe gelebt, indem ich meine Erinnerungen an deine Mutter immer gepflegt und geachtet habe. Ich habe einen Sohn großgezogen – du hast ja selbst gesehen, was Charles für ein Mensch ist –, einen Sohn, der keinerlei Respekt wert ist. Heute weiß ich, daß meine Entscheidung, mich St. Laurent anzuschließen und ihm zuzustimmen, falsch war. Sie war dumm und töricht. Ich wäre lieber mit deiner Mutter zusammengewesen. Ich hätte einfach wieder zu ihr zurückkehren und einen neuen Anfang mit ihr versuchen sollen. Ich hätte mir Mühe geben müssen, ihre Liebe zu gewinnen.«

»Und was jetzt?«

»Ich möchte dein Leben retten. Du bist all das, wie ich mir Charles immer gewünscht hätte. Ich kann kein Vater für dich sein – dafür ist es jetzt viel zu spät –, aber ich kann dich wie den Sohn behandeln, den ich hätte großziehen sollen. Ich kann dich beschützen. Du kannst mich hassen, wenn du willst, aber vertrauen kannst du mir auch. Laß mich dein Leben retten.«

»Die Russen.«

»Was? Ich verstehe nicht!«

»Deine Gruppe arbeitet mit den Russen zusammen.«

»Das ist doch völliger Unsinn! Wir sind Kriminelle, aber doch keine Wahnsinnigen. Wie kommt dir eine solche Absurdität nur in den Sinn?«

»Ein Mann namens Bellay hat es mir gesagt.«

»Ich kenne ihn nicht.«

»Er ist Angehöriger des französischen Geheimdienstes. Er ist fest davon überzeugt, daß Verlaine nur eine Fassade für russische Agenten ist.«

»Peter!« Zum erstenmal benutzte Houstons Vater seinen Vornamen.

Pete hätte ihm beinahe mit »Vater« geantwortet.

»Wir sind keine Spione, keine Agenten. Wir sind alte Männer, die feststellen mußten, daß sie für immer außerhalb der Gesellschaft bleiben müssen, nachdem sie sich einmal dazu entschieden hatten, den Boden von Recht und Ordnung zu verlassen. Unser erstes Verbrechen hat weitere Verbrechen beinahe automatisch nach sich gezogen. Um das Gold zu verkaufen, konnten wir uns natürlich nicht an legale Vermittlungsbüros oder gar an Banken wenden. Zu viele Fragen wären gestellt worden, auf die wir keine Antworten geben konnten. Wir benutzten also statt dessen Hehler der Unterwelt. Sie verlangten als Gebühr etwa die Hälfte dessen, was das Gold wert war. Und dennoch war unser Reingewinn einfach gewaltig, fantastisch. Und wir waren habgierig. Um die Hälfte, die wir durch den Verkauf verloren hatten, wieder hereinzubekommen, mußten wir unser Geld irgendwo investieren. Doch wir standen sofort wieder vor dem gleichen Problem: Wie sollten wir das viele Geld legal jemals erklären? Woher hatten wir es? Schließlich haben wir uns der Unterwelt angeschlossen, wurden selbst zu Kriminellen. Wir lernten schnell, wie man heißes, illegales Geld reinwaschen konnte, lernten, daß das Verbrechen beim zweiten- und drittenmal immer leichter fiel. Und vor allen Dingen lernten wir, daß das Verbrechen erheblich einträglicher war als jedes vollkommen legale Geschäft. Und jetzt werden wir von der Kriminalität kontrolliert. Natürlich, St. Laurent kontrolliert uns ebenfalls. Wir befolgen seine Anweisungen. Wir sind schwächer als er, haben Angst vor der Rache, die er ganz sicher üben würde, falls wir ihn verraten sollten.«

»Aber andererseits ist er auch bereit, mich und Simone zu akzeptieren, nur damit Monsard und du zufrieden bleiben. Das ist doch unlogisch.«

»Ein kalkuliertes Risiko. Er ist auf unser Wohlwollen und unsere guten Absichten angewiesen. Innerhalb gewisser Grenzen kommt er uns entgegen und beschwichtigt uns. Falls wir uns trennen sollten, würde Verlaine zwangsläufig zerfallen. Charon wäre vernichtet. Und damit auch alles, für das St. Laurent sein Leben lang gearbeitet hat. Selbst jetzt noch hat er Angst, daß Charles einen Keil zwischen uns treiben könnte. Wir sind gemäßigt und vernünftig, doch er ist bösartig und brutal. Auch wenn ich es zutiefst verabscheue, so etwas von dem eigenen Sohn zu sagen: Der Mann ist einfach nur böse und schlecht. Du mußt gegen ihn kämpfen. Benutze Verlaine dazu, um etwas Gutes zu tun.«

»Himmel, du hast vor Charles ja ebensoviel Angst wie vor St. Laurent!«

»Mehr noch. Es ist schon erschreckend festzustellen, daß mein eigenes Fleisch und Blut mich dermaßen verachtet wie er es tut. Wenn er schon für seinen leiblichen Vater eine ernste Gefahr darstellt, wer könnte da jemals vor diesem Menschen sicher sein? Er kennt keinerlei Hemmungen und Beherrschung. Er ist absolut skrupellos.«

»Anstatt ihn also selbst zu bekämpfen, willst du mir diesen Job zuschieben? Du machst schon wieder den alten Fehler. Du wolltest nicht darum kämpfen, deine Ehe zu retten. Und du willst nicht gegen deinen eigenen Sohn kämpfen. Wofür willst du überhaupt kämpfen? Vor vielen Jahren bist du zu St. Laurent gegangen, damit der dir sagt, was du tun sollst. Und heute kommst du zu mir. Mein Gott, dreh dich endlich um und hilf dir selbst! Nimm dein eigenes Leben endlich in die Hand! Trage die Verantwortung dafür selbst!«

»Oh, das mache ich, Peter. Ich kämpfe um dein Leben.«

Pete zitterte im kalten Wind. Die Fluglichter schienen grell auf sie herab, schenkten jedoch kein bißchen Wärme. Vielmehr stach das Licht wie Eissplitter.

»Du hast meine Frau umgebracht!« schrie er plötzlich und packte seinen Vater. Er wollte ihn vernichten, umbringen, zerstören, auslöschen. Er würde ihn schlagen, erdrosseln, ihn töten! Er würde ihn für alles bestrafen, für alles bezahlen lassen! Für alles!

Doch statt dessen umklammerte er seinen Vater nur und schluchzte.

49

St. Laurent trat aus dem Schatten. Houston erschauerte. Während dieser Mann langsam auf ihn zukam, kam mit seiner Gegenwart auch eine eisige Kälte. Er trug jetzt einen pechschwarzen Umhang, durch den dieser Mann einfach perfekt mit der schwarzen Dunkelheit verschmolzen war, aus der er jetzt ins Licht trat. Das Cape hatte ein purpurrotes Futter, und zusammen mit St. Laurents glänzendem Rüschenhemd, seinem strahlenden, starren Lächeln schien die Farbe unwirklich, irgendwie grotesk zu sein. Seine forschenden, eiskalten Augen betrachteten Houston. Sein voller Mund war zu einem ironischen Grinsen verzogen.

»War das eine Geste des Einverständnisses, Mr. Houston?«

Keine Antwort.

»Ich muß gestehen, daß Ihr langes Zögern mich beruhigt«, sagte St. Laurent.

Houston antwortete immer noch nichts.

»Denn wenn Sie sofort und ohne lange Umschweife bereit gewesen wären, in unser Lager zu kommen, dann hätte ich Ihren Motiven zu einem solchen Schritt doch sehr mißtraut«, fuhr St. Laurent ungerührt fort. »Nun, wie dem auch sei, vielleicht vermag ein weiterer Gast Sie endgültig zu überzeugen.«

»Noch ein Gast?«

»Ja. Kommen Sie doch bitte mit.«

St. Laurent zog seinen Umhang vor der Brust zusammen und drehte sich wieder zu der Dunkelheit um, aus der er gekommen war. Houston starrte seinen Rücken an. St. Laurent ging weiter. Houston blinzelte, denn urplötzlich war St. Laurent verschwunden. Die Nacht hatte ihn verschluckt. Ein unheimlicher, eiskalter Schauer durchzuckte Houston.

Dann ließ ihn irgend etwas anderes frösteln. Der Wind kam immer noch in heftigen Böen aus den Bergen heruntergefegt und brachte die Kälte der Gletscher mit sich. Er verschränkte seine Arme und zog seine wollene Jacke zusammen. Trotzdem fuhr die Eiseskälte durch die Jacke, quälte ihn. Als der steife Wind in seine Haare fuhr, sah er, wie die vom Sturm über den Himmel gepeitschten schweren Wolken den Mond verdeckten. Er hatte Simone gewarnt, daß in diesen Bergen unerwartete Stürme mit furchterregender Plötzlichkeit auftreten konnten. Jetzt mußte er wieder an sie denken, wie sie ungeschützt irgendwo dort oben auf ihn wartete. Er machte sich große Sorgen um sie, verfluchte seine Dummheit, seinen Fehler, daß er ihr erlaubt hatte, allein dort oben zu bleiben. Sie hätte zu ihrem Wohnmobil zurückkehren sollen. Wenn es jetzt auch noch zu schneien beginnen sollte...

»Ich warte!« St. Laurents tiefe, wohltönende Stimme schien aus dem Nichts zu kommen.

Houston hatte eine düstere Vorahnung. Dann peitschte der Wind mit Gewalt auf ihn ein. Als er das grelle Licht der starken Punktscheinwerfer verließ, fühlte er sich plötzlich noch kälter. Einen Augenblick lang, während sich seine Augen auf die Dunkelheit einstellten, war er vollkommen blind. Er tastete mit seinen Händen, befürchtete, jeden Moment gegen eine Wand zu laufen. Vorsichtig schlurfte er über das Kopfsteinpflaster. Seine Augen weiteten sich – irgendwo vor ihm tauchte ein Lichtschimmer auf, fiel aus einer geöffneten Tür.

Houston entdeckte St. Laurent. Seine Augen glänzten, als er mit einer einladenden Geste auf die Tür deutete. Der Wind heulte und fegte um die Burg. Houston warf einen kurzen Blick auf den Hof zurück, wo er jetzt dicke Schneeflocken im Licht der Scheinwerfer schräg vom Himmel fallen sah.

Er schauderte und ging hinein. Sein Vater folgte dicht hinter ihm. St. Laurent betrat das Gebäude als Letzter und schloß hinter sich die schwere Tür. Das Heulen und Kreischen des Windes drang jetzt nur noch gedämpft und schwach herein.

Vorsichtig schaute Houston einen prunkvoll ausgestatteten Flur hinab. Seine Besorgnis und Angst schien den Flur länger werden zu lassen.

»Nein, nicht dort entlang, Mr. Houston.« St. Laurent neigte seinen Kopf, um auf eine Treppe rechts von ihnen zu deuten. Die Stufen führten kreisförmig nach unten. Perfekt behauene Granitblöcke, die beinahe nahtlos aufeinander paßten, bildeten die Wände. Die Stufen waren sehr steil und hoch. Houston hatte das schwindelerregende Gefühl, in einen tiefen Brunnen hinabzuschauen.

Er mußte sich zwingen, weiterzugehen. Seine Schritte hallten von den Wänden der engen Wendeltreppe nach. Je weiter er die Spirale hinabging, desto kühler und feuchter wurde die Luft. Die Treppe war auch erheblich länger als er erwartet hatte. Runde um Runde schraubte sie sich immer tiefer. Und mit jeder neuen Biegung glaubte Houston, endlich das Ende der Treppe erreicht zu haben. Doch die Stufen führten scheinbar endlos in die Tiefe. Mit der Zeit hatte er sich so an dieses endlose Muster gewöhnt, daß er sich schon wieder in Erwartung weiterer Stufen zur Seite drehte, als er längst den Boden erreicht hatte. Er befand sich am Ende eines Korridors, der von trüben, nackten Glühbirnen unter der Decke beleuchtet wurde. Die einzelnen Lampen lagen so weit auseinander, daß sie kaum die Schatten auf den Wänden berührten.

In dem Korridor herrschte ein unangenehm stechender Geruch. Feuchtigkeit schimmerte auf den Steinen. Als Houston sich umschaute, bemerkte er zwei weitere vollkommen identische Korridore, die sich nach links und rechts erstreckten.

»Hier entlang, bitte«, sagte St. Laurent.

Nach rechts also.

Er ging weiter. Hinter ihm folgte sein Vater, dann St. Laurent. Ihre Schritte hallten in dem öden Korridor nach. Houston spürte einen Druck in seiner Brust. Er fragte sich, ob er es darauf ankommen lassen sollte: St. Laurent zu überwältigen und zu fliehen versuchen.

Doch dann wurde er von St. Laurent überholt. Der Mann streckte seine Hand nach einer massiven Eichentür aus.

Er zog den schweren Riegel zurück, zerrte an der Tür. Quietschend bewegte sie sich.

Licht schimmerte durch den Spalt, wurde mehr, je weiter die Tür geöffnet wurde.

St. Laurent trat einen Schritt zurück. Amüsiert beobachtete er Houstons Gesicht.

Unglauben. Dann Schock und Angst. Eine Folterkammer. Folterbänke und Streckräder, Ketten und lange, scharfe Dorne. Während Charles in perversem Entzücken im Raum stand, während seine Augen vor Vergnügen funkelten, sah Houston die Gestalt, die sich auf einem merkwürdigen Stuhl abkämpfte, deren Arme und Beine von starken Lederriemen gefesselt waren und deren Kopf in einem Metallhelm steckte.

Er starrte Simone mit vor Entsetzen aufgerissenen Augen an. Er umklammerte krampfhaft den Türknauf, stöhnte auf, kämpfte damit, die lähmende Ohnmacht unter Kontrolle zu bringen, die ihn innerlich zu verbrühen drohte.

Sie sollte doch jetzt oben auf dem Felsen sein! Sie sollte nicht hier sein! Wie, in drei Teufels Namen, hatten sie sie nur gefunden? Und was, zum Teufel, hatte Charles mit ihr gemacht?

Houston sah, wie sich ihre Muskeln gegen die Lederriemen anspannten. Ihre Brüste hoben sich unter ihrem Pullover. Verzweifelt verdrehte sie sich auf dem Stuhl.

Und plötzlich kehrte Houstons Kraft und Energie zurück. Seine Ohnmacht verwandelte sich in rasende, blinde Wut. Er bewegte sich vorwärts. »Wenn du ihr was angetan hast, Charles...« Sein Hals war dermaßen verkrampft, daß seine Worte nur als tiefes, bedrohliches Knurren herauskamen.

Er erreichte seine Beute. Packte zu.

Dieses Mal wich Charles nicht vor ihm zurück. Frech richtete er sich auf, drückte seine Brust heraus. »Noch einen Schritt, und ich werde an diesem Hebel hier ziehen. Das wird ihr das Genick brechen.«

Charles umklammerte mit einer Hand den Hebel. Houston blieb wie angewurzelt stehen. Seine Lungen schienen zu brennen.

»Sie ist nicht verletzt worden.« Es war St. Laurent, der dies sagte. Houston drehte sich anklagend um.

»Natürlich sorgt dieser Stuhl hier nur für ihre gute Haltung. Ich weiß. Eine kleine Therapie, nicht wahr?«

»Sie haben mein Ehrenwort«, sagte St. Laurent.

»Und das ist einen Dreck wert!«

»Ich meine exakt das, was ich sage! Sie ist nicht verletzt worden. Ihr ist nichts passiert.«

Houstons Vater stand noch im Türrahmen. Bleich, beunruhigt. Verstohlen wanderten seine Blicke von einem zum anderen.

»Und du meinst allen Ernstes, ich sollte mich diesen... diesen Leuten hier anschließen?« Houstons Gesicht war vor Ekel verzerrt.

Sein Vater wischte sich mit einem Taschentuch über den Mund. »Hör ihm doch einfach mal zu.«

Houston zitterte. Er schluckte, kämpfte damit, seine

Selbstbeherrschung nicht zu verlieren. Er lehnte sich steif gegen eine Folterbank. Während er sie entsetzt anstarrte, schaffte er es, wieder ruhiger und gleichmäßiger zu atmen und seine Muskeln anzuspannen, um das unwillkürliche Zittern zu unterdrücken. »Sagen Sie mir, wie Sie sie gefunden haben!«

»Negative Auslese«, antwortete St. Laurent. »Die Außenmauern um das Gelände der Burg werden von Fernsehkameras überwacht. Wir wissen also, daß Sie nicht auf diesem Weg hereingekommen sein können. Also blieb nur noch die Felswand hinter der Burg. Sie mußten diesen Weg genommen haben. Die Wachen sind dann einfach hinaufgegangen, um dort oben zu suchen.«

»Was denn? Bei Nacht? Das ist viel zu gefährlich. Und ganz abgesehen davon hätten sie erheblich mehr Zeit benötigt, um herauf- und wieder herunterzukommen.«

»Wenn unsere Leute gezwungen gewesen wären zu klettern, dann hätten Sie sicherlich recht. Aber es gibt einen erheblich besseren und einfacheren Weg, den Gipfel der Wand zu erreichen.«

»Was? Ein Tunnel?«

»Ja. So etwas in der Art wie Ihr Fluchtweg aus dieser Jagdhütte. Das ist noch ein Überbleibsel aus jenen Tagen, als die Menschen noch Angst vor Belagerungen hatten. Durch diesen versteckten Zugang konnten Lebensmittel und Trinkwasser in die Burg geschafft werden. Die Lords und Ladys konnten dadurch fliehen. Simone hatte sich dort oben versteckt, doch es gelang den Wachen, sie zu finden. Zu ihrer Ehre sollte ich vielleicht noch erwähnen, daß sie sich aus Leibeskräfte gewehrt hat. Bitte, bitte... regen Sie sich doch nicht gleich wieder auf. Sie ist nicht verletzt worden, ich sagte es bereits. Schließlich mußte sie einsehen, daß es klüger und weiser ist, sich zu ergeben.«

»Nehmen Sie ihr diesen Helm ab!«

»Ja. Sobald Sie sich wieder etwas mehr beruhigt haben.«

»Wenn Sie dieses...«

»Patt. Schön, also werde ich den ersten Zug machen. Charles, nimm ihr bitte den Helm wieder ab.«

»Aber...«

»Tu, was ich dir sage!«

Widerwillig und mürrisch löste Charles die Verschlüsse auf beiden Seiten des Metallhelms. Mit finsterer Miene zog er ihn dann von ihrem Kopf. Houston drehte sich der Magen um, als er die Abdrücke der Metallbänder auf ihrem Hals und ihrer Stirn sah. Zitternd ging er auf sie zu.

Unbeholfen und steif drehte sie langsam ihren Kopf von links nach rechts. Offenbar mit Schmerzen öffnete und schloß sie mehrmals weit ihren Mund. Sie massierte ihren Hals. Als sie schließlich etwas sagte, war ihre Stimme sehr rauh und kaum zu verstehen. »Pete...« Sie schluckte, um ihre Kehle etwas anzufeuchten.

Er hielt sie fest.

Dann wirbelte er zu St. Laurent herum. »Wenn Sie nicht vorhaben, uns zu verletzen, dann verraten Sie mir jetzt sofort, warum...«

»Ich diese kleine Demonstration hier arrangiert habe? Ach, das ist doch ganz einfach erklärt. Um Ihnen zu zeigen was geschieht, wenn Sie nicht kooperieren sollten. Glauben Sie mir, wenn ich tatsächlich gewollt hätte, Ihrer kleinen Freundin weh zu tun, dann hätte ich durchaus auch eine erheblich plastischere Demonstration für Sie vorbereiten können. Es ist eine kleine Geste der Garantien, die ich Ihnen anbiete. Charles, löse bitte jetzt ihre Arme und Beine.«

Charles fiel die Kinnlade herab. Doch dann schien die Bedeutung der Worte endlich in seinen Verstand eingedrungen zu sein, und langsam, ungeschickt, beugte er sich herab und begann an den Lederriemen herumzufummeln.

Simone massierte ihre Handgelenke und Knöchel. Etwas zu schnell versuchte sie aufzustehen. Schwach wie sie war, verlor sie sofort ihr Gleichgewicht. Gerade noch rechtzeitig hielt Houston sie fest und stützte sie ab.

»Mr. Houston, vor einiger Zeit erwähnten Sie doch, daß ich auf Ihre Hilfe angewiesen wäre, um Simone in meine Gewalt zu bekommen. Und Sie sagten auch, daß ich Sie beide umbringen würde, sobald ich Sie beide haben würde.«

Houston nickte.

»Das war eine durchaus intelligente Annahme. Und dennoch war sie falsch. Mein Angebot ist begründet und gilt auch jetzt noch. Als ich Sie hierhergebracht habe, hätte ich Ihnen auch ohne weiteres ihre Leiche präsentieren können – was gleichzeitig das letzte gewesen wäre, was Sie selbst jemals auf dieser Welt gesehen hätten. Statt dessen ist doch wohl ihre Freiheit und Unversehrtheit genügend Beweis für meine Großzügigkeit. Welche Alternative ist denn attraktiver? Tod oder Sicherheit? Folter oder Einverständnis? Ich weiß, daß Sie ein sehr intelligenter Mann sind. Sie besitzen ein Gewissen. Doch manchmal läßt sich ein Kompromiß einfach nicht vermeiden. Aber eines sollten Sie niemals vergessen: Falls Sie mein Angebot annehmen und uns später dennoch verraten, dann wird dieser Raum hier Ihre letzte Bestimmung sein!«

»Hör ihm zu«, sagte sein Vater.

Charles äffte den alten Mann nach: »Ja, hör ihm nur ganz genau zu.«

Doch die Eisentür auf den Korridor war nicht geschlossen worden. Irgendwo draußen auf dem Flur waren jetzt sich schnell nähernde Schritte zu hören. Hastige, laufende Schritte.

Houston drehte sich zur Tür um.

Monsard kam in den Raum hereingestürzt. Sein Körper schien auf eine merkwürdige Art weniger geworden zu sein, kleiner, zerbrechlicher. Sein Gesicht wirkte älter, seine Augen grimmig und scharf. Er schnappte nach Luft, als er sah, in was für einer Art Raum er sich befand. »Was habt ihr getan?« sagte er zu St. Laurent.

»Nichts, was dich betrifft!«

»Sie ist meine Tochter!«

»Genau aus diesem Grund haben wir ja nun auch dieses ganze dumme Problem hier!« antwortete St. Laurent scharf. »Wegen dir! Und wegen ihm!«

Houstons Vater zuckte zusammen.

»Wenn Ihr keine Kinder hättet, dann würden wir jetzt auch nicht bedroht sein! Aber gottverdammt, du bist nun mal mein Freund! Wenn ich sie umbringe, dann wirst du mir das niemals verzeihen! Wenn ich seinen Sohn umbringe, dann wird er mir ebenfalls niemals verzeihen! Alles, für das ich mein Leben lang gearbeitet habe, würde damit gefährdet! Überzeugt ihr eure Kinder! Helft mir dabei, ihr Leben zu retten! Und auch *euer eigenes* Leben!«

St. Laurents wütende Schreie hallten gespenstisch durch die Folterkammer, prallten von den Marterinstrumenten zurück, die die zwangsläufige Konsequenz von Houstons Weigerung zur Zusammenarbeit waren.

Monsard stand einfach nur in seiner mitleiderregenden Qual da. Flehend.

Houston drehte sich zu seinem Vater um. Mitleid, Trauer, Kummer und Zweifel überkamen ihn. Er wollte nicht sterben. Er wollte nicht, daß *Simone* starb.

»Gut«, sagte er widerstrebend, zögernd. »Ich werde mitmachen.«

St. Laurents Augen funkelten triumphierend. »Und was ist mit Ihnen, Simone?«

Sie musterte aufmerksam Houstons Gesicht.

Er spürte deutlich ihre Anspannung.

Houston nickte ihr zu, und sie drehte ihren Kopf zu St. Laurent. »Ich mache, was Peter sagt.«

Die Spannung im Raum nahm langsam ab.

»Ausgezeichnet. Und jetzt schnell. Wer weiß sonst noch etwas über unser Geheimnis? Wer ist sonst noch in Ihre Nachforschungen verwickelt worden?«

»Was hat das denn mit...?«

»Sehr viel! Wir müssen sehr vorsichtig sein. Wer weiß sonst noch über das Bescheid, was Sie entdeckt haben?«

»Wollen Sie diese Leute umbringen?«

»Nein, durchaus nicht. Anders als Ihr Bruder ziehe ich persönlich erheblich zivilisiertere, normale Mittel vor. Man kann diese Leute bestechen, ihnen Sand in die Augen streuen. Sie können zum Beispiel zu ihnen gehen, und ihnen dann neue, in die Irre führende Informationen geben. Also: Wer?«

»Ein Superintendent auf dem Militärfriedhof.«

»Ja, das wissen wir. Wer noch?«

»Der Superintendent hat sich mit dem Geheimdienst der Armee in Verbindung gesetzt.«

»Die Namen dieser Männer?«

»Das hat er mir nicht gesagt.«

»Wir werden es herausfinden. Wir werden dafür sorgen, daß es sich für diese Männer lohnt, ihre Nachforschungen einzustellen. Einer der Vorteile wirklich großen Reichtums ist es, daß unsere Bestechungsgelder unglaublich hoch sein können. Sie sind viel zu großzügig, als daß man sie ablehnen könnte.«

»Ich habe ein Ferngespräch nach Amerika geführt. Mit einem Mann namens Hutchinson.«

»Ja, das ist Fontaines Sohn.«

»Es schien ihn sehr zu stören, daß ich ihn überhaupt belästigt habe.«

»Anders als in Ihrem Fall ist sein Interesse an seinem Vater keine Besessenheit. Er wird es wieder vergessen.«

Pete versuchte sich zu erinnern. »Und Bellay, natürlich. Aber der arbeitet ja sowieso für Sie.«

»Entschuldigen Sie bitte?«

»Alfred Bellay. Er ist Angehöriger des französischen Geheimdienstes. Er ist der Mann, der Ihnen gesagt hat, daß wir in diese Jagdhütte gehen würden.«

»Ich habe noch nie etwas von diesem Mann gehört!«

Houston spürte ein beklommenes Gefühl in seiner Brust. »Aber wenn er nicht für Sie arbeitet, woher konnten Sie denn dann wissen, wo wir uns verstecken wollten?«

St. Laurent blickte ihn erschrocken an. »Charles, hast du diesen Mann benutzt?«

»Ich habe die üblichen Polizeiinformanten benutzt. Ich kenne ihn auch nicht.«

»Er kennt Sie aber«, sagte Pete trocken. »Er behauptet, daß er nun schon seit einem Jahr an den Ermittlungen und Untersuchungen gegen Sie arbeitet.«

St. Laurent erstarrte. »Das habe ich befürchtet.«

»Ich werde mich darum kümmern«, sagte Charles.

»Ja, und mach das besser sehr schnell.« St. Laurent sah Houston wieder an. »Und jetzt entschuldigen Sie uns bitte. Ich bedaure es wirklich sehr, daß ich Ihnen keine bessere Unterkunft anbieten kann.«

»Sie wollen uns hier lassen?«

»Das ist eine leider notwendige kleine Unannehmlichkeit. Aber ich bin ganz zuversichtlich, daß Sie sich mit Simone nicht zu einsam fühlen werden.«

Houstons Vater schien die ganze Situation sehr unangenehm zu sein. »Pete, es tut mir wirklich sehr leid.«

»Ist das ein Trick? Haben Sie mich angelogen?«

»Das ist doch erheblich zivilisierter als die Folter«, meinte St. Laurent in freundlichem Plauderton zu Houston. »Und erheblich effektiver noch dazu.«

Monsard brüllte: »Nein!«

»Mein lieber alter Freund, du enttäuschst mich«, sagte St. Laurent. »Du machst mich wirklich noch ganz krank. Deine Schwäche ist eine ernsthafte Bedrohung für uns. Deine sentimentalen Gefühle sind eine Gefahr.«

»Abschaum!« Monsard begann auf Französisch zu fluchen.

Doch St. Laurent lächelte ihn einfach nur freundlich an. »Tss, ss! Solche schlimmen Worte von einem guten Freund zu einem anderen! Sehr schön. Du machst dir um dein liebes Töchterlein dermaßen große Sorgen, daß ich vermute, du solltest vielleicht lieber hier bei ihr bleiben! Nutze die Gelegenheit und erforsche dein Gewissen. Bereite dich vor!«

Monsard bebte am ganzen Körper. Er ballte eine Faust, schlug nach St. Laurent. Doch der blieb völlig ungerührt und unbeweglich stehen, so als wäre er gegen jede mögliche Verletzung immun. Dann begann er sogar laut zu lachen.

Plötzlich erkannte Houston auch den Grund für dieses Verhalten. Als hätten sie es vorher so vereinbart, trat Charles jetzt vor. Während seine rechte Hand Monsards Faust ergriff, holte seine Linke mit einer schweren Keule weit aus. Sie traf den alten Mann mit einem dumpfen Schlag auf der Stirn. Sofort platzte seine Kopfhaut auf. Blut spritzte über seine Haare und lief sofort über sein Gesicht. Der alte Mann stöhnte auf. Seine Knie gaben nach. Er stürzte.

Pete zog scharf die Luft ein. Simone schrie entsetzt auf, lief zu ihrem Vater. Charles drehte sich um, versuchte offenbar zu entscheiden, ob er sie ebenfalls schlagen sollte. St. Laurent hob eine Hand, um ihn aufzuhalten. Zwei Wachen sprangen in den Raum.

Petes Haß wurde größer, schwoll an. »Charles, mit dem Ding in der Hand bist du wirklich schrecklich mutig!«

»Willst du es auch mal ausprobieren?«

»Sei nicht dumm!« fuhr St. Laurent Charles dann an. »Wir haben jetzt keine Zeit für deine private Unterhaltung!«

»Vielleicht später«, zischte Charles Houston an. »Da ich jetzt schon solange gewartet habe, kann ich es auch noch ein bißchen länger aushalten.«

»Irgendwelche Kommentare?« fragte St. Laurent Houstons Vater. »Willst du vielleicht auch hierbleiben?«

»Ich bin dir immer treu gewesen«, antwortete Houstons Vater und reckte stolz seine Brust. »Deine versteckten Anschuldigungen habe ich nicht verdient. Ich habe getan, was du wolltest! Immer!«

Houston tobte. »Du gottverdammtes... Alles, worüber wir gesprochen haben! Du hast so getan, als wolltest du mich wirklich haben! Du hast mich auf ganz miese Weise mißbraucht!«

»Wir brauchten Informationen«, sagte Houstons Vater ungerührt und eiskalt. »Wir mußten unbedingt die Namen der Leute haben, die du mit in diese leidige Geschichte hereingezogen hast. Du mußtest uns bereitwillig und vollständig alles erzählen.«

»Ich muß ja wirklich wie der letzte Idiot gewirkt haben. Ich weiß wirklich nicht, wie du es geschafft hast, nicht lauthals loszulachen!«

»Es hat tatsächlich Augenblicke gegeben, da war es schon sehr schwer«, pflichtete ihm St. Laurent vergnügt bei. »Sie haben Ihre Rolle noch erheblich bereitwilliger gespielt, als wir zu hoffen gewagt hatten.«

»Ich könnte dich umbringen«, sagte Houston zu seinem Vater.

»Mäßigen Sie sich«, zischte St. Laurent. »Sie haben nur sich selbst etwas vorzuwerfen.« Er drehte sich um und wollte gehen.

Auf dem Boden stöhnte Monsard laut auf. Sein Kopf lag auf dem Schoß seiner Tochter. Sie wischte ihm das Blut aus dem Gesicht und weinte leise.

Mit einem lauten Knall fiel die schwere Eisentür zu. Die drei waren allein. Houston sah mit einem schnellen Blick, daß der Raum keinerlei Fenster besaß. Als er einen Sprung machte, um die Tür zu packen, hörte er, wie der schwere

Riegel auf der Außenseite der Tür vorgeschoben wurde. Im Flur hatte er einen Lichtschalter gesehen. Er hörte noch ein gedämpftes, verächtliches Lachen, und obschon es eigentlich unmöglich war, hätte Houston schwören können, daß er auch das leise Klicken gehört hatte, als der Raum plötzlich in tiefer, undurchdringlicher Dunkelheit lag.

50

Es war absolut. Die Dunkelheit war nicht bloß einfach die Abwesenheit von Licht. Es war eine eindeutig erdrückende Atmosphäre, eine erstickende Kraft, die Houston wie ein schwerer Umhang die Luft zum Atmen raubte. Die Finsternis war dermaßen vollständig, umfaßend, daß Houstons andere Sinne sofort die Kontrolle übernahmen.

Monsard stöhnte immer noch. Houston bekam schlagartig eine Gänsehaut, als Simone schluchzend sagte: »Pete, hilf mir!«

Jede Faser seines Körpers, jeder Instink in ihm schrie: *Licht!* Er versuchte sich an die Anlage des Raumes zu erinnern, doch alles, was ihm einfiel, waren diese obszönen Marterinstrumente. Er tastete sich an einer feuchten Wand entlang, stieß hart gegen einen scharfkantigen Metallgegenstand. Der Schmerz ließ ihn zusammenzucken. Er rieb seine Hüfte.

Und berührte dabei eine kleine Schachtel in seiner Hosentasche. Die Wachen hatten draußen auf dem Hof den Revolver aus seiner Hand getreten. Sie hatten ihn nach weiteren Waffen durchsucht. Doch sie hatten dieses unbedeutende, belanglose Ding nicht weiter beachtet, das er im Augenblick am meisten benötigte. Seine Streichhölzer.

Houston zog die kleine Schachtel aus der Hosentasche und rieb mit zitternden Fingern ein Zündholz an. Die winzige Flamme vertrieb sofort einen kleinen Teil der bedrükkenden Schwärze. Flackernd, blaß, jeden Augenblick drohend wieder auszugehen, zu sterben. Aber Licht. Er drehte sich zu Simone um und sah die Angst in ihren Augen.

»Das Streichholz geht gleich aus«, warnte er sie. »Ich muß noch eins anmachen.«

Trotzdem ließ er das Zündholz so lange brennen, bis es seine Fingerspitzen stach. Er ließ es fallen und nahm schnell ein anderes aus der Schachtel, um es anzureißen. Mit einem zischenden Geräusch begann es zu brennen. Houston atmete tief ein, wurde langsam ruhiger.

»Pete, du wirst schon bald alle Streichhölzer aufgebraucht haben.« Ihr unausgesprochenes: »Und was dann?« beschäftigte ihn.

Er schlurfte langsam durch den Raum, hielt dabei das Streichholz vor sich, um die Finsternis zu durchbrechen. Eine eiserne Maske. Und weiter hinten Brandeisen.

Houston stolperte unsicher auf sie zu. Brandeisen! Feuer!

Er war außer sich, als er die Feuerstelle schließlich fand. Das Brennholz lag direkt neben dem offenen Kamin aufgestapelt. Er bückte sich. Das Streichholz flackerte noch einmal auf und verlöschte dann. Er zündete ein weiteres an. In dem unruhigen Schein des kleinen Hölzchens riß er hastig Späne von einem größeren Holzscheit. Er drückte die Späne dann zusammen und bildete einen winzigen Ball. Dann drückte er zwei Finger in die Mitte dieses Balls, um eine kleine Vertiefung zu bilden.

Das Streichholz ging wieder aus. Ein neues. Vorsichtig senkte er es in die Vertiefung in dem kleinen Ball aus Holzspänen herab. Rinde knackte, versprühte kleine Funken. Flammen begannen größer zu werden. Ganz vorsichtig blies er. Dreißig Sekunden später sank er erschöpft zurück. Die Flammen breiteten sich aus. Beißender Rauch zog in seine Nase, ehe der Kaminzug wirksam wurde und der Rauch den Kamin hinaufwirbelte. Rauch! Die Wachen oben auf den Brüstungen und Zinnen der Burg würden den Rauch ebenfalls sehen. Sie würden herunterkommen und das Feuer wieder löschen. Dann erinnerte sich Houston wieder an den Schnee, den er vorhin draußen gesehen hatte. Der Schnee würde den Rauch verbergen. Er entspannte sich, als das flackernde Licht sich vorsichtig in den tiefschwarzen Raum hineintastete. Der Schein aus der Feuerstelle erreichte Simone, doch war auch wieder nicht stark genug, auch die dunklen Ecken der Folterkammer auszuleuchten.

Auf Houstons Stirn standen Schweißperlen. Er lief eilig zu Simone hinüber. »Wie geht es ihm?«

»Ich kann die Blutung einfach nicht stoppen!«

Nervös suchte Houston in seinen Jackentaschen herum. Dann riß er hastig ein Taschentuch heraus. Er drückte es gegen die blutverschmierte Stirn des alten Mannes. Augenblicklich verfärbte sich das Taschentuch dunkelrot. »Es war ein sehr harter Schlag. Wahrscheinlich hat es ihm die Schädeldecke zertrümmert.« Houston bemerkte sofort, wie Simone darauf reagierte. »He«, sagte er schnell, »ich kann mich ja auch irren!«

Behutsam schob er das blutdurchtränkte Haar des alten Mannes zur Seite. Er sah die starke Vertiefung auf seinem Schädel. Trotz der Hitze des Feuers war ihm plötzlich sehr kalt. Sein Atem blieb ihm in der Brust stecken. Die Lider des alten Mannes flatterten.

»Pete, er kommt wieder zu Bewußtsein!«

Oder er stirbt, dachte Houston.

Der alte Mann blinzelte sie an. Sein Mund war schlaff geöffnet. »Wer...«

»Simone. Ich bin bei dir. Peter ist auch bei dir.«

»Ich kann nichts sehen.«

»Du mußt dich ausruhen. Dein Kopf... Versuch nicht zu sprechen. Du mußt deine Kräfte schonen.«

»Aber St. Laurent...«

»Er hat uns hier eingesperrt. Er will uns umbringen«, sagte Houston.

»Ich habe versucht, euch zu warnen.«

Houston beobachtete den alten Mann voller Entsetzen. Die Augen von Simones Vater verdrehten sich. Nur noch das Weiße war in seinen Augenhöhlen zu sehen.

»Habe auch versucht, sie aufzuhalten.« Der alte Mann zuckte. »Verlaine aufzuhalten.«

»Pete, hilf mir doch!«

Houston packte sofort die zuckenden, strampelnden Beine des alten Mannes.

»Er war mein Freund.«

»Wer? St. Laurent?«

»Aber er war meine Freundschaft nicht wert.« Der alte Mann platzte heraus: »Charon.«

»Was?«

»Die Russen bezahlen uns.«

»Aber ich habe meinen Vater gefragt. Er hat es *abgestritten,* daß ihr für sie arbeitet.«

»Er mußte lügen. Andernfalls wäre er ermordet worden.« Der alte Mann würgte. Als er sich dann räusperte, übergab er sich.

Simone war verzweifelt. Sie wischte den Mund ihres Vaters ab. »Sprich jetzt nicht mehr.«

»Keine Zeit. Ihr müßt es wissen. Es hat alles angefangen, als sie den Deutschen geholfen haben. Erst dieser General. Dann all die anderen Irren, die die Konzentrationslager geleitet haben.«

»Aber St. Laurent hat doch abgestritten, daß er Kriegsverbrechern geholfen hat.«

»Lügen. Immer nur Lügen. Nach dem Krieg hat er den Russen geholfen.«

Houston verkrampfte sich.

»Und dann der PLO. Den Roten Brigaden. Der Baader-Meinhof-Gruppe.«

Terrorismus, Haß, Wahnsinn.

»Der IRA. Den Arabern und den Kubanern und...« Starke Krämpfe schüttelten den alten Mann. »Ihnen allen hat er geholfen. Alle benutzten sie Charon.«

»Warum?« fragte Pete.

»Es ist... eine Pipeline. Eine Fluchtroute. Charon ist ein Netzwerk. Charon stellt sichere Wege in und aus Ländern zur Verfügung.«

»Für Mörder?«

»Pässe, Transportmittel, Verstecke. Alles, was man haben will. Der Mann, der den Papst erschossen hat.«

Simone riß eine Hand vor ihren Mund.

»Er hat unsere Dienste gemietet.« Der Körper des alten Mannes krümmte sich. »Das Hotel...«

»Was ist mit dem Hotel?« fragte Houston.

»Es ist ein sicheres Haus für Mörder und Attentäter. Aus dem Grund besitzt Charon es doch überhaupt. Jetzt, in diesem Augenblick, wartet wieder ein Killer dort. Er will jemanden erschießen... den...« Er schwieg. Konnte nicht mehr weitersprechen. »Sie... haben ihn gesehen.«

»Wer ist es?«

»Er benutzt immer einen... nach Flieder... riechenden Körperpuder.«

Houston schnappte nach Luft. Monsard schüttelte sich unkontrollierbar. Er strampelte mit den Beinen, schlug mit seinen Fersen auf den Boden. Seine Arme zuckten.

»Pete, er hat Krämpfe!«

Houston verstärkte den Griff um den alten Mann, doch dessen Kräfte schienen übermenschlich zu sein. Houston konnte ihn nicht mehr halten und fiel nach hinten zurück. Der alte Mann trat ihm in den Bauch. Houston klappte wie ein Taschenmesser zusammen. Die schaumigen, erstickenden Geräusche, die der alte Mann jetzt ausstieß, ließen Übelkeit in Houston aufsteigen.

Mein Gott, seine Zunge! Er verschluckt sie noch!

Houston konnte unmöglich seine Hand benutzen, um die Zunge zu erreichen. Möglicherweise schlugen die Kinnladen des alten Mannes zu und würden ihm dann seine Finger abbeißen.

»Pete!«

Houston wirbelte herum. Blickte in den Raum hinein. Er suchte nach einem Stock, einem Stück Metall, nach irgend etwas!

Er sah das Feuer im Kamin. Er kroch zu dem Holzstoß daneben, packte einen starken Ast und lief zu Monsard zurück.

Das Gesicht des alten Mannes hatte sich inzwischen dunkel verfärbt. Er umklammerte mit beiden Händen seinen Hals, würgte, röchelte.

Mit aller Kraft stieß Houston das Holz zwischen die Zähne des alten Mannes. Er suchte nach der Zunge, fand sie schließlich. Sie war bereits weit in seinen Hals zurückgerutscht und drohte ihm die Luft abzuschneiden. Und als dann die Zähne des alten Mannes krampfhaft auf das Holz bissen, kam die Zunge endlich wieder nach vorne und wurde von dem Holz unten gehalten.

Gierig atmete der Mann ein. Seine Hände rutschten schlaff von seinem Hals ab.

Houston erstarrte; jetzt hatte er ein anderes Geräusch

wahrgenommen. Entsetzt, in panischem Schrecken blickte er zu der Eisentür. Trotz der Stärke dieser Tür war er sich ganz sicher, daß er zwei sehr leise, gedämpfte Geräusche aus dem Korridor gehört hatte, die an ein Spucken erinnerten.

»Was ist das?« fragte Simone.

Er wußte es nicht. Wütend stand er auf. Wenn sie ihn holen wollten... Er umklammerte die schwere Keule, mit der Charles den alten Monsard niedergeschlagen hatte. Leise schob er sich auf die Wand zu, so daß man ihn nicht sehen würde, wenn die Tür gleich geöffnet wurde.

Er hörte das leise Klappern und Rasseln eines Schlüssels. Quietschend öffnete sich die Eisentür. Houston sah einen Schatten hereinkommen. Als er die Keule über seinen Kopf hob, bewegte sich die schemenhafte Gestalt schnell zur Seite. Die Keule knallte hart gegen die Granitwand.

Sein Vater.

Der wuchtige Aufprall der Keule gegen die Wand jagte einen stechenden Schmerz durch Houstons Hand. Seine Schulter fühlte sich an, als wäre sie brutal geschlagen worden.

Sein Vater! Houston sah sofort, daß er allein gekommen war, ließ dann die Keule sinken und sprang los.

Wie vom Blitz getroffen erstarrte er, als er die Waffe in der Hand des anderen Mannes sah. Eine Automatik mit Schalldämpfer.

Sein Vater stieß den Lauf mit seiner röhrenförmigen Verlängerung nachdrücklich auf Houstons Gesicht. »Ich bin gekommen, weil ich euch helfen will«, sagte er. »Laß mich dich nicht töten müssen.«

Houston starrte ihn einfach nur an. Hinter seinem Vater sah er zwei Körper im Korridor liegen. Zwei Wachtposten lagen schlaff in ihrem eigenen Blut.

»Hast du sie erschossen?« fragte Houston.

»Ihr müßt jetzt fort. St. Laurent hat bereits alle Vorbereitungen getroffen. Er wird euch bald holen kommen.«

»Warum?«

»Weil ihr zuviel wißt, du gottverdammter Idiot!«

»Nein, das meine ich nicht! Warum willst du mir helfen?«

»Du bist mein Sohn!«

Pete funkelte ihn an. »Das hast du mir schon einmal draußen auf dem Hof gesagt. Und dann hast du deine Geschichte verflucht schnell wieder geändert. Du hast St. Laurent gesagt, daß ich dir nichts bedeute.«

»Ja, um meine Freiheit zu behalten. Wenn ich mich wie Monsard verhalten hätte, dann wäre ich doch zusammen mit euch hier eingesperrt worden. Ich habe gelogen, um Zeit zu gewinnen. Ich hatte von Anfang an vor, hierher zurückzukommen.«

»Du lügst doch schon wieder!«

»Die Wachen da draußen auf dem Korridor... Sind das etwa auch Lügen? Ich sage dir, St. Laurent ist schon auf dem Weg! Versuch dein Glück und verschwinde jetzt!«

Sein Vater hastete zu Simone hinüber. Er blickte auf ihren Vater herab. »Laß ihn hier!«

»Nein!« sagte sie entschieden.

»Aber Sie können ihm sowieso nicht mehr helfen. Sie können ihn nicht mitnehmen!«

»Nein! Er braucht mich jetzt!«

»Dann werden Sie sterben!«

»Ich muß ihn retten!«

»Verstehen Sie das denn nicht? Er ist tot!«

Sie zuckte zusammen und wich erschrocken zurück. »Aber er hat sich doch gerade noch bewegt! Nein!« Sie stieß ihren Vater leicht an. »Los! Beweis ihm, daß du noch lebst!« Sie stieß ihn fester an. »Nein! Mein Gott!«

Die Hand ihres Vaters rutschte von seiner Brust. Seine Knöchel schlugen auf den harten Steinboden. Der Ast ragte aus seinem Mund heraus.

»Er ist nicht tot! Er kann einfach nicht tot sein!«

Houston zog sie hoch.

Sie schlug ihm ins Gesicht. Er spürte ein heißes Stechen.

»Er ist nicht tot!« jammerte sie.

»Du mußt jetzt mit mir kommen!«

Wieder zuckte ihre Hand blitzschnell zu seinem Gesicht. Er packte ihr Handgelenk und schüttelte sie heftig. »Nein! Es tut mir sehr leid, daß er tot ist. Er war verdammt mutig und tapfer! Er hat versucht, uns zu helfen! Aber verdammt... Hör mir jetzt zu! Wir müssen hier weg!«

Sein Vater kniete neben Monsard und suchte nach dem Puls. Mutlos schüttelte er dann seinen Kopf.

»Wir kommen mit dir«, sagte Houston.

Er schob Simone vor sich durch den Raum. Ihre tränenüberströmten Augen starrten auf ihren Vater. Ihre Trauer machte sie unbeholfen und steif. Sie schwankte, stolperte, stieß gegen den Türknauf.

Houston packte ihre Schultern und drehte sie zum Korridor um. Als sie die beiden toten Wachen sah, mußte sie würgen.

51

Doch statt sich zu übergeben, begann sie zu laufen... Schneller als Houston und sein Vater. In ihrer verzweifelten Panik stürzte sie blindlings einfach immer weiter.

»Hier lang!« sagte Houstons Vater und zeigte den richtigen Weg.

Sie erreichten die Stelle, an der sich die drei langen Flure trafen. Unterhalb der Wendeltreppe. Sein Vater deutete auf den rechten, den mittleren Korridor. Doch Simone stürzte bereits die Treppe hinauf. Sie verschwand hinter der ersten Biegung.

»Sie werden sie finden!«

Houston jagte hinter ihr her. Er erwischte ihren Pullover als sie gerade um einen weiteren Bogen lief. Der Pullover zerriß. Houston hatte einen Stoffetzen in der Hand. Simone stolperte, fiel auf Houston zurück, und dann rollten sie beide die steilen Stufen bis auf den Boden des Kellergangs hinunter. Houston spürte die scharfe Kante einer Treppenstufe in seinem Rücken. Er stöhnte auf, versuchte aufzustehen. Dann packte er Simone und schob sie den mittleren Korridor hinein.

Sie hasteten durch mit Spinnweben verhangene Halbschatten, durch eine übelriechende Feuchtigkeit, kamen an nackten, kalten Steinen vorbei. Sie erreichten einen weiteren Knotenpunkt. Dieses Mal entschied sich sein Vater für den linken Flur und kurze Zeit später bogen sie in einen weiteren Gang rechts von ihnen ab. Das Labyrinth der Gänge wurde immer verwirrender. Irgendwo hörte Houston Wasser tropfen. Er sah Ratten. Er hörte einen schrillen Schrei und sah eine Fledermaus mit gewaltigen Flügeln direkt auf Simone herabstoßen. Simone schlug verzweifelt mit ihren Händen um ihren Kopf, versuchte sich so zu schützen. Und dann stürzte sich das Tier mit dem typischen Gekreische von Nagern auf Houston. Es war braun und fletschte große, weiße Zähne. Houston achtete nicht länger darauf, wo er seine Füße hinsetzte. Als die harten Sohlen seines Stiefels in einem Spalt auf dem Boden hängenblieben, fiel er der Länge nach hin. Sein Gesicht schlug hart auf den nassen Granit auf.

Simone zog ihn verzweifelt wieder hoch – Simone: Ihr Gesicht war entstellt, verzerrt, völlig verzweifelt und verängstigt. Instinktiv kauerte Houston sich wieder zusammen, befürchtete, daß die Fledermaus erneut angreifen würde.

»Bist du in Ordnung?« fragte sie ihn.

Er nickte. Er hatte sich eine Wange bei seinem Sturz aufgeschürft. Sie begann schnell anzuschwellen. Sein Vater lief irgendwo weiter vor ihnen. Simone und Houston rannten ihm schnell nach.

Houston hatte keine Ahnung, wohin sie eigentlich gingen. Er konnte nicht einmal sagen, ob sie zur Vorder- oder zur Rückseite der Burg hasteten. Manchmal hatte er den Eindruck, als würde sich der Boden unter ihren Füßen leicht nach unten neigen, doch jetzt liefen sie ganz sicher bergauf. Seine Lungen brannten als sie endlich das Ende dieses Ganges erreichten. Das Geräusch von tropfendem Wasser war jetzt lauter. Er stand vor zwei großen, schweren Eisentüren. Ihre Oberflächen waren mit einem braunen, ekelhaften Schleim bedeckt. Die kalte Feuchtigkeit griff nach ihnen, durchdrang alle Kleider. Er sah, wie sein Atem Nebel vor seinem Mund bildete.

»Wo sind wir hier?«

»Auf der Rückseite der Burg. Diese Tür« – sein Vater

zeigte auf die rechte der beiden – »führt hinauf in die Berge. Du erinnerst dich doch sicher daran, daß St. Laurent von einem Tunnel gesprochen hat?«

»Ja, durch den die Wachen zu Simone hinauf gelangt sind.«

»Und genauso werdet ihr jetzt auch von hier verschwinden können. Durch den Schneesturm werdet ihr nicht zu finden sein.«

»Schneit es denn immer noch?«

»Ja, mehr als vorher. Glaubst du, daß du in dem Sturm dort draußen zurecht kommst?«

»Ja. Ich werde es dir zeigen. Wir gehen, solange wir die Kraft dazu haben, und dann bauen wir uns einen Schutz.«

»Ich werde nicht mit euch kommen.«

»Was?«

»Mein Herz. Ich werde den Schock und die Kälte niemals überleben.«

»Aber St. Laurent wird dich umbringen!«

»Wenn ich mit dir komme, dann sterbe ich dort draußen. Aber wenn ich hierbleibe, werde ich dich wenigstens bei deiner Flucht nicht behindern.«

»Ich kann nicht.«

»Nimm bitte dieses kleine Geschenk von mir an. Als du jung warst, hast du mich gebraucht. Ich bin dir damals nicht zu Hilfe gekommen. Laß mich das jetzt wieder wenigstens ein bißchen gutmachen.«

»Aber du bist mein Vater!«

»Ja, und dein Vater schenkt dir dein Leben. Du bist ihnen immer noch nicht entkommen. Nur zu leicht kannst du dort draußen erfrieren. Oder es besteht auch immer noch die Möglichkeit, daß sie dich finden werden... Aber wenn ich jetzt mit dir gehe, dann werde ich euch behindern. Ihr werdet nicht schnell genug fliehen können. Und dann werdet ihr beide ganz sicher sterben. Um Himmels willen, denk doch wenigstens an Simone!«

Das qualvolle, peinerfüllte Flehen seines Vaters hallte hohl in dem langen kahlen Korridor nach. Etwas weiter weg stand eine Ratte auf ihren Hinterläufen und zischte sie wütend an.

»Ich weiß nicht, was ich jetzt tun soll.«

»Halte Charon auf! Mach das, wozu ich zuviel Angst hatte!«

»Ich kann sie schon hören«, sagte Simone plötzlich.

Houston warf einen kurzen Blick den langen Gang hinunter. Weit entfernt hörte er jetzt auch das gedämpfte Brüllen von mehreren Stimmen. Stiefelsohlen schlugen schwer auf den feuchten Granit. Wütende Befehle hallten in der dunklen Ferne.

»Schnell«, bedrängte sie sein Vater jetzt. »Ich gebe euch Zeit, einen kleinen Vorsprung. Ich werde sie aufhalten.« Er umklammerte den schleimigen Türgriff.

Doch Houston sah seinen Vater nur stirnrunzelnd an. Plötzlich mußte er wieder daran denken, was in der Jagdhütte geschehen war. Wie Henri sie, als die Hütte über ihnen in Flammen stand, durch den geheimen Tunnel in den Wald am Fuße des Berges geführt hatte. Und wie der Ausgang dann bewacht gewesen war. Wie aus ihrem vermeintlich sicheren Fluchtweg dann urplötzlich eine tödliche Falle geworden war.

Jetzt suchte Houston verzweifelt in den Augen seines Vaters – sein zerbrechlicher, gebeugter, kranker alter Vater, der Houston vor so vielen Jahren einfach verlassen hatte, der seinen Sohn niemals kennengelernt hatte und der jetzt sein Leben opfern wollte, nur um ihn zu retten. Ergibt das irgendeinen Sinn, fragte sich Pete, einem Mann zu vertrauen, den man nie zuvor gesehen hat, den man nie wirklich kennengelernt hatte? Der, wenn auch indirekt, deine Frau ermordet hat, und der für Charon arbeitet? Solltest du nicht vielleicht jetzt klar erkennen, daß dies hier jetzt auch nur wieder ein weiterer schmutziger Trick ist? Eine weitere Lüge? Dein Vater behauptet, er hätte diese beiden Wachtposten vor der Folterkammer erschossen. Aber hast du dich auch vergewissert, daß sie wirklich tot waren? Ebensogut konnten sie sich doch auch verstellt haben. Wenn du jetzt diesen Tunnel hier benutzt, dann kann es doch sehr gut passieren, daß du auf Wachen triffst, die nur auf dich warten. Und wenn dann die Schneeschmelze einsetzt, werden die Behörden irgendwann zwei erfrorene Wintercamper finden. Fünfzig Meilen weit von diesem Ort entfernt. Irgendwo in den Bergen. Nur ein weiterer in einer langen Reihe von Bergunfällen.

Sein Verstand konnte nicht mehr klar arbeiten. Man hatte ihm Sicherheit angeboten, doch sein Mißtrauen war stärker. Von Anfang an war in diesem ganzen Alptraum nichts das gewesen, was es zu sein geschienen hatte.

»Du lügst!« sagte Houston.

Sein Vater wurde kreidebleich. »Sie werden schon bald hier sein! Du darfst deine einzige Chance nicht aufs Spiel setzen!«

»Meine einzige Chance ist *dieser* Weg!« Houston sprang nach links. Er packte die Klinke der zweiten Tür.

»Nein. Das ist ein Fehler! Dieser Gang hier führt in die Burg!«

»Wo sie uns auch nicht erwarten werden!«

»Vertraue mir doch! Nimm den Tunnel! Flieh!«

Houston schrie seinen Vater an. »Nein!« Doch sein Schrei wurde von einem lauteren Geräusch verschluckt. Eine schrille, markerschütternde Sirene, die von den engen Abmessungen des Gangs nur noch verstärkt wurde, begann irgendwo zu heulen. Houston preßte seine Hände fest auf die Ohren. Das Geräusch erinnerte irgendwie an den Lärm einer hochtourigen Kreissäge.

Ängstlich blickte sein Vater den langen Korridor hinab. Houston nutzte diesen Augenblick und riß ihm schnell die Pistole aus der Hand. Praktisch gleichzeitig zog er an der zweiten Tür.

Er spürte den ekelhaften, klebrigen Schleim unter seinen Händen. Die Tür gab nicht einen Millimeter nach.

»Abgeschlossen!« Er strengte sich mehr an, legte seine ganze Kraft in diesen Versuch. Seine Schulter begann ihm fürchterlich zu schmerzen, doch er zog einfach weiter. »Helft mir!«

Simone sprang schnell neben ihn, packte die Türklinke, zog ebenfalls.

Und dann gab die Tür plötzlich nach. Sie fielen nach hinten. Houston rappelte sich wieder auf. Er bemerkte einen Riegel auf der Innenseite der Türe. Doch er war nicht vorgeschoben gewesen.

An der Mauer hinter der Eisentür sah er einen Lichtschalter. Als er ihn drückte, wurde eine schmale, steile Treppe im Licht einer schwachen Glühbirne sichtbar. Das Holz der Treppe sah morsch und verfault aus.

Houston konnte das stetige Heulen der Sirene nicht mehr länger ertragen. Er schob Simone vor sich in den kurzen Gang. Sein Vater drückte sich hastig an ihm vorbei, lief dann die uralte Treppe hinauf.

Pete versuchte ihn aufzuhalten. »Nein!«

»Aber du kennst dich in der Burg doch nicht aus!«

»Ich vertraue dir aber nicht!«

»Dann wirst du mich wohl umbringen müssen. Ich komme mit!«

Sein Vater wartete seine Antwort gar nicht erst ab. Er lief bereits weiter die Treppe hinauf. Unter seinem Gewicht bog sich das faule Holz der Stufen. Es klang wie ein gedämpftes, feuchtes Ächzen.

Houston drehte sich um, um die Eisentür zuzuziehen. Ihre untere Metallkante kratzte über den Steinboden. Dann fiel sie endlich ins Schloß. Während er seinen Vater und Simone die Treppe hinaufstürzen hörte, drückte er mit aller Kraft den eingerosteten Riegel vor, um die Tür gegen ein Öffnen von der anderen Seite zu sichern. Dann drehte er sich um und lief den beiden anderen nach. Sein Stiefel krachte zu fest auf die erste Holzstufe. Das Brett zerbrach sofort und sein Knöchel verkeilte sich. Der unerwartete, jähe Schmerz ließ ihn zusammenfahren. Er bückte sich, um die Holzsplitter um sein Bein zu entfernen. Der Knöchel war nicht verstaucht, doch das Fleisch reagierte schon auf die leichteste Berührung sehr empfindlich. Er nahm die nächsten Stufen. Sehr vorsichtig und besorgt, daß auch noch andere Stufen unter seinem Gewicht nachgeben würden. Der schmale Treppenaufstieg war dermaßen eng, daß er mit seinen Schultern auf beiden Seiten gegen die Granitwände streifte. Beinahe hätte er sogar einmal sein Gleichgewicht verloren. Hinter ihm schien sich die nervenaufreibende Sirene alle Mühe zu geben, die verschlossene Metalltür zu durchdringen.

Dann erreichte er einen Treppenabsatz, wo sich die Bodendielen unter seinem Gewicht bogen. Die seitlichen Stützverstrebungen an der Wand begannen zu knarren, lösten sich langsam aus ihren Verankerungen. Schnell kletterte er weiter. Bald sah er wieder die Rücken seines Vaters und Simones vor sich. Eisiger Dampf hing vor ihren Mündern.

Ein weiterer Treppenabsatz. Sein Vater und Simone blieben unvermittelt stehen. Sie standen jetzt vor einer polierten Holztür. Houston beeilte sich, zu ihnen hinaufzukommen.

»Diese Tür führt zu den Haupträumen der Burg«, sagte sein Vater.

Mißtrauisch lehnte Houston sich dagegen. Von der anderen Seite hörte er keinerlei Stimmen.

Er nickte, hielt die Automatik schußbereit in der Hand, und drehte vorsichtig den Türknauf. Houston zog. Blendendes Licht überschüttete ihn. Unwillkürlich kniff er seine Augen zusammen, spürte die behagliche Wärme des Burginneren.

Er blickte auf einen langen, sehr breiten Korridor hinaus. Auf einer der Seitenwände sah er ein mittelalterliches Gemälde: Ein Löwe von der Größe eines Menschen lag zu Füßen einer in einen purpurnen Umhang eingehüllten Frau. Sie trug eine Krone auf ihrem Kopf. In einer Hand hielt sie ein Kruzifix. Er blickte an dem kunstvollen Wandteppich vorbei den Flur hinunter. Er sah keine Wachen. Er spürte keine Gefahr.

»Schnell!«

52

Houston übernahm die Führung. Er sprang aus der Tür auf den Gang, warf hastige Blicke links und rechts den Flur hinunter und wirbelte dann wütend zu seinem Vater herum.

»Falls du um Hilfe schreien solltest, bringe ich dich sofort um! Wenn du lügst... Wie kommen wir von hier auf die Brüstung?«

»Die Wachen werden dich sehen!«

»Was? Im Schneesturm? Das kann ich mir kaum vorstellen. Wahrscheinlich bewachen sie den Tunnel. Ich bin durch Klettern hier reingekommen, und ganz genauso werden wir auch wieder verschwinden!«

»Wenn du fest dazu entschlossen bist... Hier entlang!«

Nach rechts.

»Gut, dann gehen wir also nach links.«

»Das ist aber der falsche Weg. Und es ist dumm von dir. Du bist...«

Mit dem Auftauchen der Wache war diese Diskussion schlagartig beendet. Der Mann kam um eine Ecke des Korridors links von ihnen. Er schien die Aufregung gespürt zu haben, die irgendwie in der Luft lag, drehte sich blitzschnell zu ihnen um und sah die beiden Männer und die Frauen dann mit aufgerissenen Augen an. Seine Verblüffung dauerte nur einen Sekundenbruchteil. Dann hob er sein Gewehr.

Houston schoß. Der Schalldämpfer gab ein spuckendes Geräusch von sich. Der Wachtposten brach zusammen. Sein Gewehr fiel mit einem lauten Scheppern auf den Boden. Seine graue Uniform verfärbte sich rot.

Vorher war es in dem Korridor vollkommen still gewesen. Doch jetzt schlug das Aufheulen der Sirene ohne jede Vorwarnung auf Petes Ohren ein. Er hatte sie weit unter sich gehört, diese morsche Treppe hinunter, durch die versperrte Eisentür an ihrem Ende. Doch jetzt schien die ganze Burg von dem auf- und abklingenden Heulen der Sirenen erfüllt zu sein. Während sich ihm die Nackenhaare sträubten, entschied sich Houston gegen sein tiefverwurzeltes Mißtrauen. Aus Angst davor, daß ein zweiter Wachtposten von links in den Flur gerannt kommen könnte, ging er auf den Vorschlag seines Vaters ein und stürmte nach rechts.

Simone umklammerte seine Hand. Schnell hasteten sie über den Knotenpunkt mehrerer aufeinandertreffender Gänge. Als er den anderen Korridor hinunterblickte, sah er aus den Augenwinkeln einen Mann und schoß sofort.

Krachend zerbarst Glas. Houston zuckte zusammen. Der von Entsetzen und Grauen gepeinigte Mann, den er erschossen hatte, war sein eigenes Spiegelbild gewesen!

Ängstlich lief er weiter. Dann kamen sie an einer Tür vorbei, die sich dermaßen plötzlich und unerwartet neben ihnen öffnete, daß Houston taumelte, stolperte.

Jules Fontaine tauchte im Türrahmen auf. Er trug einen Schlafanzug. In einer Hand hielt er ein Buch. Sein Gesicht verzog sich, als er Houston erkannte. Schnell sprang er in sein Zimmer zurück und warf die Tür zu.

Das Schloß klickte. Houston hob seine Automatik, zog den Abzug durch. Der Schalldämpfer spuckte leise. Als die Kugel durch das Holz der Tür schlug, wurde das Heulen der Sirene für einen Augenblick zu Fontaines Heulen. Houston konnte den gedämpften Aufschrei hinter dem zersplitterten Loch in der Tür hören.

Der Flur erstreckte sich weiter vor ihm. Andere Korridore führten nach links und nach rechts. Jede Tür wurde plötzlich zu einer unausgesprochenen, ständigen Bedrohung. Sein Herz begann schneller zu schlagen, pumpte sein Blut wie verrückt durch die Adern.

Am anderen Ende des Gangs vermischte sich jetzt das Jammern der ohrenbetäubenden Sirene mit hastig herankommenden Schritten. Houston ließ sich auf seine Knie sinken, zielte mit beiden Händen, hielt die Arme durchgestreckt, die Ellenbogen völlig starr. Taumelnd kam ein Wachtposten um die Ecke gerannt, stolperte als er sah, was er vor sich hatte. Houston drückte den Abzug durch. Der Rückschlag versetzte ihm einen starken Ruck. Der Mann krümmte sich mitten in der Bewegung nach hinten. Houston hatte ihm die Stirn weggeschossen.

Das Gewehr! Hol dir das Gewehr! schrie etwas in Houstons Kopf. Doch genau in dem Augenblick, als er sich darauf stürzen wollte, hörte er weitere schwere Schritte aus derselben Richtung nahen, aus der der erste Mann gekommen war.

»Zurück!« brüllte er Simone an.

Er sprang hinter ihr her. Ein eiskalter Schock durchjagte seinen Körper. Auch von der anderen Seite des Korridors tauchten jetzt zwei Wachtposten auf. Sie sahen ihren am Boden liegenden Kameraden und hoben sofort wütend ihre Gewehre auf Houston, seinen Vater und Simone.

Von der anderen Seite des Flurs näherte sich das stampfende Dröhnen weiterer Stiefel.

Sie saßen in der Falle! Sie hatten keinerlei Deckung!

Houston sprang in die Flurmitte, griff verzweifelt nach einem Türknauf und betete, daß nicht abgeschlossen war. Die Tür öffnete sich. Houston fiel in den Raum hinein. Sein Vater und Simone liefen über ihn hinweg. Draußen auf dem Gang hörte er Schüsse und dann einen durchdringenden Schrei. Im ersten Augenblick verstand er nicht, doch dann dämmerte es ihm, daß die beiden Männer auf dem Flur genau in dem Augenblick das Feuer eröffnet haben mußten, als auf der gegenüberliegenden Seite des Gangs eine andere Gruppe von Wachen um die Ecke gekommen war. Der Schrei kam von einem Wachtposten, der vom Kreuzfeuer voll erwischt worden war.

Houston rollte sich weiter in den Raum hinein, trat mit einem Fuß die Tür zu. Dann sprang er auf, um abzuschließen. Er wirbelte herum und suchte den Raum fieberhaft ab: Es war ein prachtvolles Zimmer, mindestens drei normale Stockwerke hoch. Von einem Ende des Raums erstreckte sich bis zur gegenüberliegenden Wand ein solider, massiger Tisch. Hochlehnige Stühle standen an seinen beiden Seiten. Die Wände waren mit prächtigen alten Gobelins geschmückt und in einem offenen Kamin knisterte ein loderndes Feuer. Das Licht des Kronleuchters unter der hohen Decke blendete ihn. Auf der anderen Seite dieses Raums, über etwas, das wie ein Thron aussah, erstreckte sich über die gesamte Länge der Wand ein Balkon.

Es gab keine weiteren Türen. Draußen hörte er das Brüllen der Wachen. Sie fluchten, hämmerten wie verrückt gegen die Tür, versuchten sie aufzubrechen.

Doch die Tür war massiv. Sie würden sie niemals zertrümmern können. Houston fühlte sich in dem Raum sicher. Doch dann erkannte er auch, daß er in eine Falle gelaufen war. Er starrte an Simone und seinem Vater vorbei auf die Fenster. Sie waren hoch und sehr schmal und waren in Nischen in die Wand eingelassen.

Er lief über den polierten Holzfußboden zu den Fenstern. Sorgfältig darauf achtend, daß er sich hinter ihnen nicht zeigte, warf er einen hastigen Blick hinaus. Das Heulen des Windes übertönte die Sirene. Er sah den vom Wind gepeitschten Schnee, der jetzt so dicht fiel, daß die Zinnen und Brüstungen der Burg nicht mehr zu erkennen waren. Ebensowenig der Burghof und die verschiedenen anderen Ebenen. Die Kälte drang durch die massiven dicken Mauern und machte seine Hand gefühllos, die er gegen die Wand gedrückt hatte. Houston riß seine Hand zurück und rieb sie.

Die Fenster hatten Scharniere. Nachdem er erst einmal das Fenster aufgezogen hatte, konnte er durch den schmalen Spalt nach draußen sehen. Für einen kurzen Augenblick ließ der Schneesturm dann plötzlich nach und er konnte die Brüstung wieder deutlich erkennen. Also mußte dieser Raum hier auf einer der höheren Ebenen der Burg liegen. Er befand sich demnach näher an den Zinnen, als er erwartet hatte.

Doch dann huschte eine schemenhafte Gestalt durch das schneeverschleierte Bild. Lautlos. Schnell. Houston schnappte nach Luft, als habe er gerade eben einen Geist gesehen. Die Gestalt war vollkommen weiß gewesen. Sie schien weder Gesicht noch Hände gehabt zu haben. Ein Gespenst, schon wieder verschwunden, ehe er erkannt hatte, was er da eigentlich gesehen hatte. Die Erscheinung verschmolz so sehr mit den wirbelnden Schneeflocken, daß er sich nicht einmal mehr sicher war, ob er sich alles nicht nur eingebildet hatte. War da wirklich etwas gewesen?

Houston zitterte.

Dann ließ der Schneesturm wieder einen Moment lang nach, und dieses Mal konnte er sogar noch weiter als beim erstenmal sehen: An der Brüstung vorbei, über den Innenhof, auf die gegenüberliegende Brüstung. Er sah die dunklen Umrisse von zwei grauen Wachen. Plötzlich erstarrten die beiden Männer, schienen ihre Gewehre auf irgend etwas zu richten.

Wir sind aber doch hier drin, dachte Houston verwundert. Das mußten in diesem Augenblick ganz sicher doch schon alle wissen. Jeder auf der Burg mußte inzwischen davon informiert sein, daß sie hier in diesem Raum in der Falle saßen.

Er hätte jederzeit geschworen, daß das, was er dann sah, eine Halluzination sein mußte. Aus dem Nichts fielen zwei weiße Gestalten auf die beiden grauen Wachen herab. Und jetzt kämpften Weiß und Grau miteinander auf der Brüstung hinter dem Burghof. Eine der weißen Gestalten hob einen metallenen Gegenstand, schlug auf eine der Wachen ein. Das zweite Gespenst schleuderte eine Wache in das Nichts. Der wiedereinsetzende, stärker werdende Schneesturm nahm den Blick auf den verrenkten Sturz der Wache in den Hof.

Draußen waren jetzt auch Schüsse zu hören: automatische Waffen, Gewehre, Handfeuerwaffen. Männer schrien aufgeregt durcheinander.

Auch aus dem Burginneren waren jetzt heftige Schießereien zu hören. Die Wachen auf der anderen Seite der Tür im Korridor hatten aufgehört, mit den Schäften ihrer Gewehre dagegen zu hämmern. Während die kreischende Sirene weiter durch die Nacht schrillte, schlugen ohrenbetäubende Gewehrschüsse auf Houstons Ohren ein. Kugeln zersplitterten das Holz der Tür.

»Sie werden einfach das Schloß herausschießen!« brüllte Houston gegen den Lärm. »Los! Wir müssen durchs Fenster! Das ist unsere einzige Chance!« Er runzelte die Stirn. »Aber irgend etwas passiert da draußen!«

Mehr Schüsse hinter der verschlossenen Tür. Doch dieses Mal hörten sie sich irgendwie anders an: Schneller, lauter. Es war das stotternde Krachen automatischer Waffen auf dem Korridor. *»Was ist das?«* fragte Houston verständnislos.

Er konnte bald nicht mehr klar denken. Er mußte Simone retten. Mußte sie zum Fenster bringen. Sie hier herausschaffen. Sie hatte die Beherrschung verloren. Sie stöhnte nur noch. Ihre Beine gaben unter ihr nach. Sie sank zu Boden.

Er lief zu ihr. Der Tisch stand ihm im Weg. Blitzschnell lief er um ihn herum.

Und dann versetzte ihm irgend etwas einen kräftigen Schlag. Schnitt heiß über seine Brust. Plötzlich spürte er ein stechendes Brennen. Er war fassungslos, perplex, konnte nicht mehr atmen.

Der Schuß hallte im Raum nach. Sein Echo wurde von

den hohen Wänden zurückgeworfen. Houston spürte die klebrige Wärme von Blut, das über seine Brust lief und jetzt seinen Hosenbund durchnäßte. Die Kugel hatte ihn nur gestreift. Hatte ihn getroffen, als er um den Tisch auf Simone zustürzen wollte.

Sie streckte einen Arm aus. Ihr Mund stand weit aufgerissen. Sein Vater schreckte zusammen. Houston wirbelte herum.

Der Balkon! Hoch über dem anderen Ende des Raums hob eine breit grinsende Gestalt langsam einen Revolver. Houston sah das goldene Medaillon. Charles!

»Aha, dann hast du also liebe Freunde mitgebracht!« sagte Charles höhnisch.

»Ich weiß nicht, was du meinst!«

»Die Männer in den Tarnanzügen! Die Sturmtruppen!«

Houston verstand mit einem Mal. Die Erscheinungen. Die Gespenster. Die Gestalten in Weiß. Jetzt hörte er draußen Explosionen, das Stakkato von MG-Salven. Dann zwei weit entfernte, markerschütternde Schreie.

Charles zielte.

Houston schoß. Der Schalldämpfer spuckte, der Rückschlag riß seinen Arm hoch. Die Kugel prallte wirkungslos in das Geländer der Galerie.

Charles lachte. »Auf eine solche Entfernung ist ein Schalldämpfer leider nicht besonders genau!«

Exakt in dem Augenblick, als Charles den Abzug seines Revolvers durchzog, sprang Houston in Deckung. Die Kugel durchschlug die hohe Rückenlehne des Stuhls, hinter dem Houston sich auf den Boden gekauert versteckte. Das splitternde Krachen des Holzes hallte in dem Raum nach.

Simone kauerte sich auf ihre Hände und Knie. Wimmernd kroch sie unter dem großen Tisch in Deckung.

Mit fieberhafter Eile versuchte Houston den Schalldämpfer abzuschrauben. Er verbrannte sich an dem heißen Metall seine Finger. Mit schmerzverzerrtem Gesicht zuckte er zusammen. Endlich hatte er es doch noch geschafft, den Schalldämpfer herunterzubekommen. Schwer atmend blickte er zu seinem Vater, der immer noch im freien Schußfeld dastand. »Los! Runter! Unter den Tisch! Schnell!« schrie Houston.

Doch sein Vater schien nichts zu hören. Er taumelte mit unsicheren Schritten auf den Balkon zu. »Nimm die Waffe runter, Charles!« befahl er.

Houston hörte keine Antwort. Versteckt hinter seinem Stuhl ließ er das Magazin der Automatik in seine Hand gleiten. *Leer.* Mit zitternden Fingern schob er den Schlitten der Pistole zurück. In der Kammer befand sich noch eine Kugel. Seine letzte Chance.

Vorsichtig lugte er hinter dem Stuhl hervor.

Und duckte sich augenblicklich wieder weg. Charles schoß, traf wieder nur den Stuhl. Die Druckwelle klingelte in Houstons Ohren. Ein Holzsplitter wurde gegen seinen Kopf geschleudert.

Er wird solange durch die Rückenlehne schießen, bis er mich endlich getroffen hat. Nur noch eine letzte Kugel. Ich darf sie nicht verschwenden, dachte Houston. Er sprintete hinter dem Stuhl vor.

Überrascht riß Charles seinen Mund weit auf.

Als Houston den Abzug durchdrückte, verschwand Charles.

Mit einem stechenden Schmerz in den Lungen drückte Houston sich mit dem Rücken gegen die Wand und starrte zu dem Balkon hinauf, der über ihm in den Raum hinausragte.

Draußen waren jetzt mehr Schüsse zu hören. Und auch von innen, aus dem Labyrinth der zahllosen Gänge und Korridore der Burg. Unter sich, auf den tieferliegenden Etagen, hörte er das Rattern automatischer Waffen. Houston zuckte zusammen, befürchtete plötzlich, daß möglicherweise Geschoße den Boden durchschlagen könnten.

Die schrille Sirene verstummte. Außer weit entfernten Schreien und vereinzeltem Gewehrfeuer war nun alles vollkommen still.

Nein, nicht alles. Der Sturm heulte immer noch. Houstons Ohren klingelten. Er konnte sein heftiges, stoßweises Atmen nicht unter Kontrolle bringen. Charles – falls er noch lebte – würde es wohl kaum überhören können.

Houston hörte das leise Scharren von Schuhen auf Holz. Er wirbelte herum und sah, wie sein Vater auf diese Seite des großen Raums zugestolpert kam. Mit schmerzverzerrtem Gesicht umklammerte der alte Mann seinen Brustkorb. Sein Gesicht war völlig grau geworden. Er wirkte überhaupt jetzt noch gebeugter, noch schwächer, noch blasser. Die große Anstrengung, die ihn offenbar jeder einzelne seiner schleppenden Schritte kostete, war alarmierend.

Sein Herz! Er hat Schmerzen in der Brust!

Der verwirrte, ungläubige Ausdruck in den Augen seines Vaters war ein weiterer Beweis. Er hatte einen Herzanfall! Der alte Mann krümmte sich, richtete sich dann wieder auf. Er verkrampfte sich, stand gerader, aufrechter als es einem Menschen überhaupt möglich zu sein schien. Voller Entsetzen beobachtete Houston ihn, starrte hilflos auf die Todesangst in den Augen seines Vaters.

Und dann verstand Houston. Das Entsetzen in dem Gesicht seines Vaters hatte seine Ursache in etwas, was er links von Houston an der Wand gesehen hatte.

Während Houston noch herumwirbelte, zielte er mit seiner nutzlos gewordenen Automatik, kauerte sich in Hockstellung auf den Boden, um sich zu verteidigen.

Sein Bruder befand sich nicht mehr oben auf der Galerie. Er war jetzt hier unten, stand Houston unmittelbar gegenüber. Aber wie konnte das sein? Die Wand hatte doch keinerlei Türen! Außer Gobelins und alten Gemälden befand sich dort doch gar nichts. Und was noch schlimmer war: Sein Bruder war nicht einmal verwundet! Houstons Schuß hatte ihn verfehlt.

»Na mach schon!« sagte Charles spöttisch. »Drück den Abzug doch durch!«

Houstons Herz setzte einen Schlag aus. Hilflos blickte er auf die Waffe in seiner Hand.

»Keine Munition mehr, was?« fragte Charles bissig. »Sonst hättest du noch einmal geschossen!«

Houston wollte die Pistole auf seinen Bruder schleudern und ihn dann anspringen. Eine andere Möglichkeit sah er nicht mehr. Doch Charles hob schon wieder seinen Revolver. Langsam begann sich sein Finger um den Abzug zu krümmen. Houston hatte das Gefühl, als würde er bis zum Hals in dickem, zähem Schleim stehen. Sein Körper bewegte sich einfach nicht.

»Nein! Das muß jetzt aufhören!«

Die Stimme gehörte seinem Vater, der vorwärts taumelte. Er hatte seine Hände ausgestreckt, stellte sich zwischen seine beiden Söhne, schützte Houston mit seinem Körper. »Das hat doch keinen Sinn mehr! Sie haben uns erwischt! Was hat es noch für einen Sinn, ihn umzubringen!«

»Du beschissener alter Furz!« Charles drückte ab.

Houston hörte, wie die Kugel seinen Vater durchschlug. Blut spritzte.

Sein Vater stöhnte nicht einmal mehr. Sein schwacher, lebloser Körper fiel zuckend gegen Houston, der sich unwillkürlich in diesem Augenblick vorwärts bewegte. Und die Leiche schien zu gehen, mechanisch auf Charles zuzumarschieren.

Ungläubig begann Charles zu schreien. Die Leiche taumelte gegen ihn, warf ihn aus dem Gleichgewicht. Als der Körper dann zu Boden stürzte, sprang Houston los. Er stemmte einen Fuß vor den anderen, kauerte sich zusammen, spannte sich an, ballte eine Faust.

Mit einem fürchterlichen Schlag trafen seine Knöchel die Wange seines Bruders, und Houston spürte mit einer tiefen, grimmigen Befriedigung, wie ein Knochen im Gesicht seines Bruders krachend brach. Jetzt verwandelte sich Houstons Faust in die leibhaftig gewordene rasende Wut. Knöchel krachten und brannten, schwollen sofort an. Houston stöhnte auf. Er trat Charles mit einem scharfen Tritt den Revolver aus der Hand. Und schlug wieder zu. Und wieder.

Das Gesicht seines Bruders begann seine Form zu verlieren, verzerrte sich, sah irgendwie schief aus. Charles war von den Schlägen völlig benommen. Er stolperte zurück, machte keinerlei Versuch, Houstons Schläge abzuwehren.

Seinen Vorteil weiter ausnutzend setzte Houston nach.

Und erkannte sofort seinen Fehler. Sein Bruder hatte bloß abgewartet. Mit einem gewaltigen geraden Haken schlug Charles auf Houstons Brustkorb.

Schmerz schnürte Houston den Hals zu. Es war ein Gefühl, als hätte man ihm mit voller Kraft ein starkes Brett vor den Brustkorb geschlagen. Sein rasendes Herz überschlug mehrere Schläge. Seine Knie wurden weich, drohten nachzugeben.

Vor seinen Augen begann sich alles zu drehen, doch trotzdem sah Houston, wie Charles zu seinem Revolver auf dem Fußboden blickte. Doch anstatt zu versuchen, die Waffe zu erreichen, nahm Charles eine Kampfsportstellung ein: Die Füße leicht nach außen gestellt, die Beine gespreizt, der Oberkörper geduckt und seine Finger schlängelnd wie ein ganzes Nest aufgestörter Schlangen.

»So ist es besser«, sagte Charles durch seine inzwischen stark angeschwollenen Lippen. »Du hast alles zerstört. Aber ehe sie mich erwischen, werde ich dafür sorgen, daß du dir wünschst, früher nach Hause gefahren zu sein.« Er zeigte auf die Stelle, wo Houston gerade seine Rippen massierte. »Keine Angst, sie sind nicht gebrochen. Das wäre zu früh, viel zu einfach. Ich möchte nicht, daß ein gesplitterter Knochen deine Lungen durchbohrt.« Blut schäumte auf seinen Lippen. Er schluckte. »Du wirst jede einzelne schmerzvolle Sekunde mit klarem Kopf erleben. Gegen Ende wirst du mich dann anbetteln, daß ich dich endlich töten soll oder daß ich dich wenigstens bewußtlos schlage. Aber das werde ich nicht tun. Wenn ich dich sterben lasse, wirst du immer noch bei vollem Bewußtsein sein. Du wirst dir schrecklich bewußt sein, was ich mit dir mache.«

Angst brandete wie eine große Woge durch Houstons Körper, löschte schlagartig jeden Schmerz aus. Er schleuderte seine Pistole, doch Charles wich mit einem schnellen Seitenschritt geschickt aus. Die Waffe flog an ihm vorbei, fiel scheppernd auf die Holzdielen. Charles sprang vor. Houston drehte sich zur Seite und sprang auf den Tisch. Dann machte er eine Grätsche über einen Stuhl und landete mit gebeugten Knien auf der anderen Seite auf dem Boden. Der Stoß verursachte sofort einen sengenden Schmerz in seinen verletzten Rippen und raubte ihm für eine Sekunde die Luft.

Charles folgte ihm, sprang ebenfalls auf den Tisch und kauerte sich dort wie ein wildes, gefährliches Tier zusammen.

Ganz am Rand seines verschwommenen Gesichtsfelds bemerkte Houston, wie Simone unter dem Tisch gekrochen kam und dann, um den beiden kämpfenden Männern auszuweichen, auf die andere Seite des Raums lief.

Charles sprang. Er kam auf, bereit, sofort zuzuschlagen. Houston spürte die Wärme des knisternden Kaminfeuers in seinem Rücken. Die Hitze leckte an seiner Kleidung.

Blitzartig drehte Houston sich um, suchte verzweifelt nach irgend etwas, mit dem er sich verteidigen konnte. An der Wand hinter ihm hingen mittelalterliche Waffen. Er riß ein Schwert aus seiner Halterung und war nicht auf sein Gewicht vorbereitet. Das Schwert sank in seinen Händen zu Boden. Er mußte es mit beiden Händen fest umklammern und – unter der Last leicht zur Seite geneigt – holte weit aus.

Das Schwert sauste durch die Luft. Charles machte einen Satz zurück, doch trotzdem zerfetzte die Schwertspitze sein Hemd, trennte die Goldkette seines Medaillons durch.

Charles stieß gegen einen Stuhl. Er warf einen finsteren Blick auf das Medaillon, das auf den Boden gefallen war.

Wieder holte Houston mit dem Schwert aus.

Wütend duckte Charles sich weg. »Ach, so willst du es also haben?« Charles sprang wie eine Raubkatze auf die anderen Waffen an der Wand zu. »Das ist wohl kaum ein sehr fairer Kampf, mein Lieber. Ich bin ein Experte!«

Er zog einen Morgenstern herunter. Die Kugel war mit langen Stacheln versehen. Er wirbelte den Eisenball dermaßen schnell durch die Luft, daß Houston nur noch eine einzige verschwommene Bewegung wahrnahm. Die Waffe machte ein zischendes, gefährlich klingendes Geräusch.

In seiner Panik mußte Houston all seine noch verbleibende Kraft aufbieten, um nicht auf der Stelle die Flucht zu ergreifen. Wieder holte er mit seinem Schwert aus.

Das Schwert prallte mit der Kette des Morgensterns zusammen. Der atemberaubende Schlag riß Houston aus dem Gleichgewicht, doch die Kette, statt sich wieder von dem Schwert zu lösen, wickelte sich rasend schnell um die Klinge, umklammerte sie, riß Houston nach vorn.

Houston verlor den festen Halt um das Heft des Schwertes. Charles riß an der Kette. Das Schwert flog durch die Luft.

Charles fing es geschickt auf, ließ sofort den Morgenstern fallen. Er brauchte nur eine Hand, um das schwere Schwert sicher führen zu können. Blitzartig riß er es zurück und stieß mit der Klinge wieder vor. Er nahm die Haltung eines Fechters ein: Das Gesicht zur Seite gedreht, die Beine weit gespreizt, die linke Hand auf seiner Hüfte abgestützt. Und er schnellte mit einer federnden Bewegung vor.

Houston versuchte auszuweichen, doch Charles zielte nach rechts. Dann wieder nach links. Und Houston stolperte zurück, immer näher an das Kaminfeuer heran. Und wieder spürte er die sengende Hitze in seinem Rücken.

Er blinzelte und sah, wie sich eine geisterähnliche Gestalt am anderen Ende des Raums erhob und sich von hinten an den Rücken seines Bruders anschlich. Simone!

Hol dir den Revolver, dachte Houston, erkannte doch im gleichen Augenblick, daß dazu nicht mehr genügend Zeit blieb. Er wurde bleich, als er sah, wie Simone einen langen Dolch von der Wand abnahm.

Charles bemerkte nichts davon. Selbst als er das Schwert nach Houston durch die Luft sausen ließ, ahnte er noch nichts von ihrer Gegenwart. Bis er dann erkannte, daß Houston nicht ihn mit aufgerissenen Augen anstarrte. Vielmehr sah Houston an ihm vorbei auf die anderen Waffen an der Wand.

In diesem Augenblick verstand Charles alles. Mitten in einem Schritt brach er seine Bewegung ab und begann sich umzudrehen. Aber nicht früh genug, denn Simone hatte den Dolch bereits mit beiden Händen erhoben. Sie biß ihre Zähne heftig zusammen, als sie den Dolch mit aller Kraft herabsausen ließ. Sie schnappte nach Luft, als der Aufprall erfolgte.

Houston konnte das Geräusch des muskelzerfetzenden Stiches deutlich hören. Und schlimmer noch: das Kratzen von Metall über Knochen. Charles erhob sich auf seine Zehenspitzen. Ein Zittern erschütterte seinen Körper. Er griff nach seinem Rücken, doch konnte das Messer nicht erreichen. Er ließ das Schwert fallen. Sein Gesicht wurde kalkweiß. In entsetzlichen Schmerzen fiel seine Kinnlade herunter.

Er brüllte aus Leibeskräften, bückte sich, hob das Schwert wieder auf. Er schrie: »Miststück!« und holte in seiner alles verzehrenden Wut mit dem Schwert nach ihr aus.

Das Feuer! Houstons Kleider begannen zu rauchen. Entsetzt sprang er von den Flammen fort, und in diesem Augenblick sah er auf dem Kaminsims eine Lanze an die Wand darüber gelehnt. Merkwürdigerweise ruhte die Spitze der Lanze in einem Kelch.

Instinktiv packte er die Lanze, riß sie aus dem Kelch und rief, sich gleichzeitig herumwirbelnd: »Charles!«

Sein Bruder ahnte weitere Gefahr und drehte sich ungeschickt und schwerfällig um. Das Schwert hatte er hoch über seinen Kopf erhoben.

Houston schleuderte die Lanze und spießte Charles Unterleib auf. Die Spitze ragte aus seinem Rücken heraus.

Simone schrie, taumelte zurück, um dem stürzenden Körper auszuweichen.

Charles fiel auf das Messer in seinem Rücken. Es drang bis zum Heft ein. Seine Hacken trommelten auf dem Boden. Dann lag er reglos da.

Houston stolperte auf Simone zu und umklammerte sie. Blut hatte seine Jacke und Hose durchnäßt. Eine unendliche Erschöpfung überkam ihn. Jetzt erst wurde ihm bewußt, wie sehr seine Wunde ihn geschwächt hatte. Er sackte gegen sie.

»Alles in Ordnung. Es ist vorbei«, sagte sie und hielt ihn fest.

Sie irrte sich.

53

Mit einem plötzlichen, jähen Donnern flog die Tür auf. Bretter und Holzsplitter flogen durch die Luft. Die Druckwelle schleuderte Houston und Simone zurück.

Gestalten platzten in den Raum. In Weiß. Mit Maschinengewehren im Anschlag. Ihre Gesichter waren hinter Skimasken versteckt, als sie mit ihren Gewehren in den Raum zielten.

Als Houston sich bückte, um das Schwert aufzuheben, das Charles fallengelassen hatte, wußte er, daß er nicht mehr die Kraft dazu hatte, es auch zu benutzen.

»Houston?« fragte einer der Männer. Er hob seine weißen Handschuhe, um sich die Skimaske vom Gesicht zu ziehen. Schweißgebadet, angespannt, verzogen sich erleichtert Bellays schmale Gesichtszüge. »Ich hatte schon Angst, wir würden zu spät kommen.«

»Sie *sind* zu spät«, sagte Houston verbittert und blickte auf die Leiche seines Vaters.

»Was? Mein Gott, Sie bluten ja!«

Houston blickte auf seine blutrot verschmierte Jacke herab. Feucht, warm klebte sie an ihm. »Meine Strafe.«

»Sie reden Unsinn.«

»Wer ist bei Ihnen? Sie sagten *wir*.«

»Die beste Einheit meiner Dienststelle. Wir sind Ihnen von dem Augenblick an gefolgt, als Sie sich mit Andrews in diesem Café getroffen haben.«

»Sie meinen, als er uns diese drei Telefonnummern gegeben hat? In dem Café? Er hat Ihnen gesagt, daß er sich dort mit uns verabredet hatte?«

»Ich weiß, es war reichlich zynisch von mir, aber ich habe die Entscheidung getroffen, daß wir Sie als eine Art Katalysator verwenden sollten, um Verlaine zu zwingen, einen weiteren Schlag gegen Sie durchzuführen. Doch dieses Mal würden wir gut darauf vorbereitet sein.«

»Sie haben uns hereingelegt? Wir waren nichts als Köder?«

»Sie sind ununterbrochen bewacht worden. Erinnern Sie sich noch, wie Sie auf der Straße in der Nähe der Burg angehalten haben? An diesem Aussichtspunkt?«

Houston funkelte ihn an.

»Ein anderer Wagen ist doch noch auf den Parkplatz gekommen«, fuhr Bellay fort. »Und dann ist eine Familie ausgestiegen, richtig? Ein Mann, eine Frau und drei Kinder? Sie arbeiten für uns.«

»Wenn Sie so nahe waren, wieso haben Sie dann so verdammt lange gebraucht? Sie hätten meinen Vater retten können! Und auch Simones Vater!«

Bellay war offensichtlich erschüttert. »Sie haben uns überrascht!«

»Was?«

»Wir haben nicht erwartet, daß es Ihnen tatsächlich gelingen würde, hier hereinzukommen. Wir hielten es einfach für unmöglich für Sie. Für einen Mann allein. Die Burg schien zu gut abgesichert und beschützt zu sein. Wir gingen davon aus, daß Sie vielleicht versuchen würden, sie herauszulocken. Und als wir dann erkannten... Wir haben Sie in der Felswand hinter der Burg beobachtet. Nachdem Sie unten angekommen waren, tauchten oben Wachen auf und packten Simone. Wir haben daraufhin so schnell wir konnten alle nötigen Kräfte mobilisiert!«

»Andrews?«

»Ich bin auch hier.« Der Amerikaner zog seine Skimaske ab. Nervös grinste Andrews sie an.

»Sie haben mich auch angelogen. Sie haben mich auch nur mißbraucht.« Houston bebte am ganzen Körper, hätte ihn beinahe geschlagen.

Doch Andrews bot ihm seine Hand an.

Houston starrte die angebotene Hand an, dann sagte er: »Verdammt auch!« und schüttelte sie widerwillig. Dann drehte er sich wieder zu Bellay. »In diesem Hotel. Dort ist ein Attentäter. Ich kann ihn identifizieren.«

Bellay runzelte seine Stirn. »Sobald das hier vorbei ist. Was ist aus St. Laurent geworden? Wir haben die ganze Burg durchsucht. Wir konnten ihn nirgends finden.«

Ungläubig mußte Houston den anderen Mann anblinzeln.

Und plötzlich fiel ihm der Tunnel ein. Seine Haut kribbelte, als er sich schnell umdrehte und auf die andere Seite des Raums blickte. Der Balkon, die Wand, in der Charles auf rätselhafte Weise verschwunden war. Die Gobelins!

»Was ist denn los? Was haben Sie denn?« fragte Bellay.

Houston antwortete nichts. Er lief durch den Raum zu den Gobelins. Dort mußte es irgendwo eine versteckte Tür geben, eine Möglichkeit, wie Charles von der Galerie herabgekommen sein konnte. Er riß einen Gobelin von der Wand und sah nichts als graue Steinmauer vor sich. Er riß einen weiteren fort und entdeckte sofort einen Türbogen.

»Hier!«

Bellay und Andrews liefen durch den Raum. Eine Treppe führte zu dem Balkon hinauf. Doch direkt geradeaus führte ein kurzer Gang auf eine zweite Treppe, und deren Stufen führten nach unten.

»Das ganze Gebäude ist voller versteckter geheimer Gänge«, sagte Houston. »Irgendwo unter uns befindet sich ein Tunnel.« Er drehte sich zu Simone um. »Ich muß das hier tun!«

»Ich komme mit dir«, sagte sie.

»Nein. Ich brauche dich viel zu sehr. Ich will dich nicht verlieren!«

»Und was ist, wenn ich *dich* verliere?«

»Ich verspreche dir, daß ich vorsichtig bin. Wenn es Schwierigkeiten gibt, werde ich Andrews vorgehen lassen.«

»Oh, vielen Dank auch. Sehr nett von Ihnen«, sagte Andrews trocken.

»Das schulden Sie mir!«

»Bleibt bei ihr«, befahl Bellay seinen Männern.

Houston bückte sich unter dem Gobelin weg und lief den versteckten Korridor hinunter. Der Superintendent und Bellay kamen hinter ihm her. Sie rannten die Treppe hinab. Es schien als würden die Stufen niemals ein Ende nehmen.

Doch schließlich erreichten sie den Fuß der Treppe in einem kalten, dunklen Tunnel, der in den Granit gehauen war. In einer leichten Steigung führte er scheinbar zur Rückseite der Burg hinauf.

Bellay zog eine Taschenlampe aus seinem Schneeanzug. Der Strahl flammte auf und stach wie eine Lanze durch die Finsternis des Tunnels. Vorsichtig schlichen die drei Männer weiter. Andrews hob sein Gewehr. Schon bald stieg der Tunnel steiler an. Houston hörte den pfeifenden, heulenden Wind. Er spürte die tiefe, durchdringende Kälte, die immer mehr zunahm.

»Wir müssen uns dem Berg nähern. Dem Grat oberhalb

der Burg.« Houstons Stimme hallte in dem engen Tunnel hohl nach.

Im gespenstischen Strahl der Taschenlampe sah er seinen eisigen Atem, der Nebel vor seinem Mund bildete. Sie erreichten einen Knick des Tunnels. Während sie vorsichtig um die Ecke blickten, richtete Bellay seine Taschenlampe in die Finsternis.

Eine Tür. Sie hasteten weiter. Vorsichtig zogen sie die Tür auf. Die kreischende Dunkelheit des Schneesturms peitschte auf sie ein.

»Da!« brüllte Bellay gegen den Lärm und zeigte in die Nacht.

Houston hob seine Arme, um sein Gesicht vor der Gewalt des Sturms zu schützen. Mit zusammengepressten Augen blickte er auf die Stelle, wo schon wieder halb vom Schnee bedeckte Fußabdrücke deutlich im Licht der Taschenlampe zu erkennen waren. Ein Mann – er konnte keinen großen Vorsprung vor ihnen haben – war in Richtung der Berge davongelaufen.

Houstons Gesicht begann sich taub, erfroren anzufühlen. Trotz des wütenden Windes verließ er den Tunnel, folgte den Fußabdrücken im Schnee.

»Sie werden ihn nicht finden!« rief Bellay ihm nach.

»Ich muß es versuchen! Ich muß ihn haben!«

»Sie werden da draußen erfrieren!« Andrews versuchte ihn zurückzuhalten. Houston stieß die Hände des Superintendents barsch zurück und stolperte weiter.

»Der Sturm wird Ihnen die Arbeit abnehmen! Er wird ihn töten!« schrie Bellay gegen den Wind an. »Hier draußen hat er nicht die geringste Chance!«

Und dann waren die Fußabdrücke plötzlich verschwunden. Als Houston verwirrt auf den Schnee herabstarrte, befürchtete er schon, er habe Halluzinationen. Dann veränderte der Schnee auf dem Boden seine Farbe. Weiß wurde zu einem leuchtenden, verspritzten Rot.

Bellay stöhnte und fiel, ließ seine Taschenlampe fallen.

Houston kauerte sich sofort alarmiert zusammen. Er hatte einen Schuß gehört. Aber von wo? Der Wind spielte seine Streiche, leitete jedes Geräusch um. Es konnte von wer weiß wo hergekommen sein.

Andrews kletterte schwerfällig zu Bellay.

Das Blut war nach vorne gespritzt, erkannte Houston dann. Dann mußte der Schuß also...

Houston wirbelte herum, um zu sehen, was sich in seinem Rücken befand. Er starrte auf die immer noch weit offenstehende Tür des Tunnels. Doch von St. Laurent war nichts zu sehen. Gab es vielleicht im Tunnel ein Versteck, von dem aus St. Laurent sich an sie herangepirscht hatte?

Verzweifelt suchte Houston die Dunkelheit ab. Dann sah er eine plötzliche, undeutliche Bewegung. Purpurn. Aber nicht in dem Tunnel! Höher! Darüber! Auf einem Sims über dem Tunnelausgang! Offensichtlich hatte St. Laurent gewußt, daß er verfolgt wurde. Statt einfach in den Schneesturm hinauszulaufen, war er in seinen eigenen Fußstapfen zurückgegangen. Und war dann auf den Felssims über dem Tunnelausgang hinaufgeklettert. Er hatte dort oben gewartet. Hatte die Männer erschießen wollen, die ihm gefolgt waren.

Während Houston auf die unerwartete Bewegung von Purpurrot starrte, die jetzt in der Dunkelheit gefror, erkannte er, daß St. Laurent immer noch seinen rotgefütterten Umhang tragen mußte. Der Mann hatte es dermaßen eilig gehabt fortzukommen, daß ihm nicht mehr genug Zeit geblieben war, sich anständige, warme Kleidung zu verschaffen. Er hatte einfach keine Zeit mehr dazu gehabt.

Und jetzt sah Houston auch den Revolver, den St. Laurent auf ihn richtete. Doch irgend etwas war schiefgelaufen. St. Laurent hätte sie alle drei mit Leichtigkeit erschießen können. Anschließend hätte er einfach eine der Leichen ausgezogen, um so an einen schützenden und wärmenden Schneeanzug zu kommen. Was hielt ihn also auf? Warum schoß er nicht?

Der eiskalte Wind, der Houstons Wangen zu erfrieren begonnen hatte! Mein Gott, er hat keine Handschuhe an! Sein Revolver ist an seiner nackten, ungeschützten Haut festgefroren! Seine Finger... Er kann sie nicht mehr bewegen!

St. Laurent versuchte unterdessen verzweifelt, seine Finger zu befreien. Er zog und zerrte an ihnen, jammerte laut.

Houston hatte keine Waffe. »Andrews! Hinter Ihnen!«

Doch die Warnung kam zu spät. In seinen Qualen sprang St. Laurent von dem Sims herab. Das purpurrote Futter seines Capes flatterte im Wind, breitete sich aus.

Eine rasende Gestalt direkt aus der Hölle!

Noch während Houston zurückstolperte, spürte er, wie der Körper ihn streifte. Er torkelte zurück, mußte nach diesem Schlag nach Luft schnappen. Er stürzte und St. Laurent sprang sofort auf ihn los, hämmerte mit der nutzlos gewordenen Waffe auf ihn ein.

Andrews brüllte irgend etwas. St. Laurent und Houston begannen zu rollen. Sie befanden sich auf einem Abhang. Sie rollten und kugelten ineinander verkrallt durch den Schnee.

Fort von Andrews. Fort von der Taschenlampe. Er und St. Laurent waren jetzt von dem wütenden Schneesturm verschluckt. Um sie herum herrschte nichts als ein weißes Chaos. Sie rollten in der Finsternis, schlugen ohne größere Wirkung aufeinander ein. Houstons Seite schrammte über einen zackigen Felsbrocken unter dem Schnee. Sein Kopf stieß kurz gegen einen Baum.

Er krallte seine Finger in St. Laurent. Er stieß und schlug. Er kratzte und bohrte.

Und plötzlich fühlte Houston sich völlig gewichtslos. Oh, mein Gott, wir sind auf einer Felswand! Wir stürzen ab! Sein Magen verdrehte sich. Schmerzhaft pfiff sein Atem aus den Lungen.

Während sie stürzten, drehten sich die beiden Männer. Der Wind heulte weiter. Der wirbelnde Sturm hüllte sie wie in ein Leichentuch ein. Mit einem jähen, markerschütternden, fürchterlichen Schlag prallten sie dann auf. Houston spürte, wie die Kälte in seinen Körper drang, sich langsam ausbreitete. Wie sie ihn betäubte und lähmte, während er kämpfte.

Sein rechtes Bein baumelte über leerem Raum. Obschon Houston nicht erkennen konnte, was sich in seiner Umgebung befand, war er sich doch ganz sicher, daß sie nach ihrem Sturz auf einem Felsvorsprung gelandet sein mußten. In panischem Entsetzen versuchte er sich von dem Abgrund zurückzuwinden, zu fliehen.

Doch St. Laurent schlug immer weiter mit seinem Revolver auf ihn ein, und Houstons Bewußtsein begann langsam schwächer zu werden. Es war als ob der Schnee auch durch sein Gehirn toben würde. Seine Kraft versickerte, nahm rapide ab. Er lockerte seinen Griff, mit dem er gerade noch nach Augen gestochen und an Ohren gezogen katte.

Irgendwo ein Schrei. Ein lauter Ruf.

»Houston!«

Ja. Andrews suchte ihn. Aber es war zu spät.

Ich habe meine Grenze erreicht. Ich habe einfach nicht mehr die Kraft, noch weiterzukämpfen. Diese Kälte. Es ist so wunderbar. Ich muß jetzt unbedingt schlafen. Ich muß mich ausruhen.

Der Strahl der Taschenlampe zerschnitt suchend den Schneesturm.

»Houston!«

Näher jetzt. Nicht mehr sehr weit entfernt.

St. Laurent schien verzweifelt zu sein. Er schlug noch einmal hart mit seinem Revolver zu und rappelte sich dann mühselig auf die Beine. Er schien zu erkennen, daß er nicht gleichzeitig gegen Houston und gegen Andrews kämpfen konnte. Er schaute sich fieberhaft suchend um. Er suchte nach einem Ort, zu dem er laufen konnte, wo er sich verstecken konnte.

Er stürmte hastig in den Sturm hinaus.

In die falsche Richtung.

Auf den Rand der Felswand zu, den er nicht sehen konnte. Und für einen winzigen Augenblick glaubte Houston, seine Augen würden ihm einen Streich spielen. Das Cape breitete sich aus. St. Laurent schien zu fliegen.

Und dann schrie St. Laurent. Er fiel, drehte sich. Rot und Schwarz. Und wieder Rot und Schwarz. Und dann nur noch Weiß.

Und er war fort.

Andrews kämpfte sich mühsam den Abhang hinunter. Besorgt hockte er sich neben Houston. »Sind Sie verletzt?«

»Ich... weiß es nicht... Bellay?«

»Er ist nur leicht verwundet... St. Laurent?«

»Die Felswand hinabgestürzt.«

»Kommen Sie, Sie erfrieren hier sonst noch«, sagte Andrews. »Ich muß Sie zurückbringen.«

Der wirbelnde Schnee wurde zu einem Wirbel in Petes Kopf.

Wohin? dachte er. Wohin müssen Sie mich zurückbringen?

Seine Frau war tot. Und auch sein Vater. Tot.

Der wirbelnde Schneesturm schien sich zu teilen, und in seinem sich wie wild drehenden Geist meinte er eine Gestalt zu erkennen. Sie winkte ihm zu. Eine Frau. Sie bot ihm Rettung und die Zukunft.

Ja, dachte er. Ja, bring mich zu ihr zurück. *Simone.*

Andrews half ihm auf, drehte ihn um und führte ihn durch den Schnee. Doch lange bevor sie den Eingang des Tunnels erreichten, öffnete sich ein anderer Tunnel und verschluckte ihn. Die Bewußtlosigkeit war eine Erlösung, das Ende von Schmerzen und Leiden.

Als er wieder erwachte, wartete sie bereits auf ihn.

Das Gesamtverzeichnis der Heyne-Taschenbücher informiert Sie ausführlich über alle lieferbaren Titel. Sie erhalten es von Ihrer Buchhandlung oder direkt vom Verlag.

Wilhelm Heyne Verlag, Postfach 201204, 8000 München 2

HEYNE BÜCHER

MOTTO:
HOCHSPANNUNG

Meisterwerke der internationalen Thriller-Literatur

Marvin H. Albert
Vendetta
01/6302 - DM 5,80
Der Don ist tot
01/6336 - DM 5,80
Der Schnüffler
01/6396 - DM 5,80
Driscoll's Diamanten
01/6472 - DM 5,80
Der Korse
01/6541 - DM 7,80

Richard Bachman
Der Fluch
01/6601 - DM 7,80

Desmond Bagley
Atemlos
01/6081 - DM 6,80
Bahama-Krise
01/6253 - DM 7,80
Der Feind
01/6296 - DM 7,80
Die Gnadenlosen
01/6394 - DM 7,80
Der goldene Kiel
01/6456 - DM 7,80
Die Erbschaft
01/6529 - DM 7,80

Robert Bloch
Psycho 2
01/6287 - DM 6,80
Psycho
01/6374 - DM 5,80

John le Carré
Eine Art Held
01/6565 - DM 9,80
Die Libelle
01/6619 - DM 9,80

Francis Clifford
Agentenspiel
01/6176 - DM 5,80

Robert Daley
Im tödlichen Abseits
01/6360 - DM 7,80
Prince of the City
01/6436 - DM 7,80
Im Jahr des Drachen
01/6483 - DM 8,80

Len Deigthon
Eiskalt
01/5390 - DM 6,80
Nagelprobe
01/5466 - DM 6,80
Finale in Berlin
01/5641 - DM 5,80
Ipcress - Streng geheim
01/5711 - DM 5,80
Fische reden nicht
01/5811 - DM 6,80
Das Milliarden-Dollar-Gehirn
01/5863 - DM 5,80
Tod auf teurem Pflaster
01/5952 - DM 5,80
Komm schon, Baby, lach dich tot
01/6094 - DM 5,80
Sahara-Duell
01/6242 - DM 6,80

Colin Forbes
Target 5
01/5314 - DM 6,80
Tafak
01/5360 - DM 6,80
Nullzeit
01/5519 - DM 6,80
Lawinenexpreß
01/5631 - DM 6,80
Focus
01/6443 - DM 7,80

Frank Göhre/ Carl Schenkel
Abwärts
01/6278 - DM 6,80

Joseph Hayes
Sekunde der Wahrheit
01/6240 - DM 9,80

Jack Higgins
Die Mordbeichte
01/5469 - DM 5,80
Schlüssel zur Hölle
01/5840 - DM 5,50
Mitternacht ist schon vorüber
01/5903 - DM 5,80
Im Schatten des Verräters
01/6010 - DM 5,80
Der eiserne Tiger
01/6141 - DM 5,80

Stephen King
Brennen muß Salem
01/6478 - DM 9,80
Im Morgengrauen
01/6553 - DM 6,80

Tabitha King
Das Puppenhaus
01/6625 - DM 7,80

Elmore Leonard
Sie nannten ihn Stick
01/6532 - DM 6,80
LaBrava
01/6627 - DM 6,80

Wilhelm Heyne Verlag München

Preisänderungen vorbehalten.

HEYNE BÜCHER

TOP-THRILLER

Wer Spannung sagt, meint Heyne-Taschenbücher

Robert Ludlum
Die Matlock-Affäre
01/5723 - DM 6,80
Das Osterman-Wochenende
01/5803 - DM 7,80
Das Kastler-Manuskript
01/5898 - DM 7,80
Der Rheinmann-Tausch
01/5948 - DM 7,80
Das Jesus-Papier
01/6044 - DM 7,80
Das Scarlatti-Erbe
01/6136 - DM 7,80
Der Gandolfo-Anschlag
01/6180 - DM 7,80
Der Matarese-Bund
01/6265 - DM 9,80
Der Borowski-Betrug
01/6417 - DM 9,80
Das Parsifal-Mosaik
01/6577 - DM 9,80

Eric van Lustbader
Der Ninja
01/6381 - DM 9,80
Schwarzes Herz
01/6527 - DM 9,80

Helen MacInnes
Botschaft aus Malaga
01/5319 - DM 6,80
Entscheidung auf Delphi
01/5677 - DM 6,80
Agentenkrieg
01/5745 - DM 7,80
Bete um ein tapfres Herz
01/5813 - DM 6,80
Liebe in Washington
01/5911 - DM 6,80
Treffpunkt Wien
01/6058 - DM 7,80

Alistair MacLean
Nacht ohne Ende
01/433 - DM 5,80
Jenseits der Grenze
01/576 - DM 5,80
Angst ist der Schlüssel
01/642 - DM 5,80
Eisstation Zebra
01/685 - DM 6,80
Die schwarze Hornisse
01/944 - DM 6,80
Agenten sterben einsam
01/956 - DM 5,80
Der Satanskäfer
01/5034 - DM 6,80
Souvenirs
01/5148 - DM 5,80
Tödliche Fiesta
01/5192 - DM 6,80
Dem Sieger eine Handvoll Erde
01/5245 - DM 6,80
Die Insel
01/5280 - DM 6,80
Nevada Pass
01/5330 - DM 5,80
Golden Gate
01/5454 - DM 6,80
Circus
01/5535 - DM 5,80
Meerhexe
01/5657 - DM 5,80
Goodbye Kalifornien
01/5921 - DM 6,80
Die Hölle von Athabasca
01/6144 - DM 6,80
Fluß des Grauens
01/6515 - DM 6,80
Partisanen
01/6592 - DM 5,80

Alistair MacLean / John Denis
Geiseldrama in Paris
01/6032 - DM 5,80
Höllenflug der Airforce 1
01/6332 - DM 6,80

Hinrich Matthiesen
Der Skorpion
01/5248 - DM 7,80
Minou
01/5344 - DM 5,80
Tage, die aus dem Kalender fallen
01/5414 - DM 5,80
Acapulco Royal
01/5471 - DM 7,80
Blinde Schuld
01/5545 - DM 6,80
Tombola
01/5579 - DM 7,80
Die Variante
01/5883 - DM 7,80
Die Ibiza-Spur
01/5946 - DM 7,80
Der Mestize
01/6056 - DM 7,80
Die Barcelona-Affäre
01/6230 - DM 6,80
Brandspuren
01/6295 - DM 7,80
Fluchtpunkt Yucatan
01/6433 - DM 6,80
Der Malaga-Mann
01/6506 - DM 6,80
Der Canasta-Trick
01/6569 - DM 5,80

René Louis Maurice und Ken Follett
Unter den Straßen von Nizza
01/6284 - DM 5,80

KINGS TOP-THRILLER

01/6705 - DM 7,80

01/6478 - DM 9,80

01/6553 - DM 6,80

01/6601 - DM 7,80

01/6687 - DM 6,80

An der Spitze der US-Bestsellerlisten, seit das Pseudonym gelüftet ist: Bachman ist King.

Horror-Romane der eigenen Art von Stephen Kings Ehefrau

01/6755 - DM 7,80

01/6625 - DM 7,80

HEYNE BÜCHER

Stephen Kings neuer Super-Schocker!

„Horror vom Feinsten“ urteilt der „Stern“ über Stephen King

Großformatiges Paperback
864 Seiten
Deutsche Erstausgabe
01/6657 – DM 24,80

Das Böse in Gestalt eines namenlosen Grauens versetzt eine kleine amerikanische Stadt in Angst und Schrecken. Die unheimliche Mordserie reißt nicht ab …

Wilhelm Heyne Verlag München